Reijo Mäki
Tango Negro

Zu diesem Buch

Eigentlich hat Jussi Vares, der wortkarge und abgebrühte Privatdetektiv aus dem finnischen Turku, nicht viel zu tun. Er ist einem Heiratsschwindler auf der Spur, der zwar wenig attraktiv ist, dafür aber Tango tanzen kann wie der Teufel – was die Damen mittleren Alters beeindruckt. Doch dann kommt Jussi Vares mit seinem alten Freund Jaska Teikari, einem Journalisten, ins Gespräch, der angeblich weiß, wer vor sechs Jahren den Tangokönig Harry Koivikko ermordet haben könnte. Wenig später ist Teikari wie vom Erdboden verschluckt, und Vares macht sich auf die Suche … Was harmlos als Routinejob anfängt, gerät zunehmend außer Kontrolle, und Vares muss etliche Stunden am Tresen seiner Stammkneipe verbringen, bis er dem spektakulärsten Mordfall der finnischen Nachkriegsgeschichte auf die Spur kommt. Herrlich skurril, düster und spannend – ein Fall für Jussi Vares, den finnischen Philip Marlowe.

*Reijo Mäki*, geboren 1958 im finnischen Siikainen, arbeitete unter anderem als Holzhacker, Werftarbeiter, Türsteher und als Ticketverkäufer in der U-Bahn. Nach seinem Studium war er bei finnischen Banken im Marketingbereich tätig, beschloss aber nach zehn Jahren, sich ganz dem Schreiben zu widmen. Mittlerweile hat Reijo Mäki insgesamt zwanzig Romane geschrieben, vor allem Kriminalromane um den Privatdetektiv Jussi Vares. Auf Deutsch erschienen bisher: »Die Strumpfbandnatter«, »Der vierte Musketier«, »Tango Negro« und »Die gelbe Witwe«.

Reijo Mäki

# Tango Negro

Ein Jussi-Vares-Krimi

Aus dem Finnischen von
Bernd Lüecke

Piper München Zürich

*Mehr über unsere Autoren und Bücher:*
*www.piper.de*

Die Übersetzung wurde gefördert durch das Informationszentrum für finnische Literatur FILI.

Ungekürzte Taschenbuchausgabe
Januar 2009

Titel der finnischen Originalausgabe:
»Pimeyden Tango«, Otava, Helsinki 1997

Deutsche Erstausgabe:
Typographische Werkstatt & Verlag Stegemann, Radebeul/Dülmen 2006
Umschlaggestaltung: Cornelia Niere, München
Umschlagfoto: mauritius images/nonstock
Autorenfoto: Irmeli Jung
Satz: Typographische Werkstatt & Verlag Stegemann
Druck und Bindung: CPI – Clausen & Bosse, Leck
Printed in Germany ISBN 978-3-492-26293-4

*Für Marja*

*»Wenn der Tag zur Nacht sich neigt,*
*hör auch ich die Stadt*
*und ihren dunklen, lockenden Ruf ...«*

Martti Syrjä
Pimeyden tango

Die besten Grüße an Martti Syrjä
von der Rockband *Eppu Normaali*
im Namen dieses Buches

# I

Die letzten Töne von »La Cumparsita« verklangen im Saal. KooVee Lehtoruusu, der neue Hoffnungsstern am finnischen Tangohimmel, bedankte sich mit sonorer Stimme bei seinem »wirklich wwwunderbaren Publikum«. Nach einer kurzen Pause sollten die Damen für eine halbe Stunde die Wahl haben.

Die stilvoll gekleidete Tanzgemeinde begann in den Buffet-Raum zu strömen. Das waren sie also, die eingefleischten Tangofreunde, die nicht auf ihre Füße zu schauen brauchten, wenn sie über das glatte Parkett glitten.

Jussi Vares zog die Stirn in Falten. Musste nicht auch ein so entschiedener Gegner des Paartanzes wie er seine heiligen Versprechen irgendwann einmal neu überdenken? Konnten all diese gut gelaunten Menschen im Unrecht sein?

Unter den Anwesenden befanden sich erstaunlich wenig Betrunkene, und die altbekannte urfinnische Übellaunigkeit glänzte durch Abwesenheit. Worin lag denn nun dieser geheime Zauber des Tangos?

Vares machte einem jungen Liebespärchen Platz und ließ seinen Blick über die grünlich gestrichenen Wände des Buffet-Raums streifen. KooVee Lehtoruusu lächelte auf dem sonnigen PR-Bild ein wenig in jede Richtung. KooVee (ursprünglich Kalle-Veikko), die goldene Kehle aus Tampere, war der große Star dieses Abends, und die geschäftig im Tanzlokal umherlaufenden Marketingfuzzis von *Aquarius Music* hatten an Mühe und Merchandisingprodukten wirklich nicht gespart.

Auch die Fotos älterer finnischer Tangogrößen schienen dem stolzen Einmarsch der »Großen Stimme von Tampere« beifällig von der Hinterwand zuzunicken. In der Mitte, besonders herausgestellt, lächelte der große Olavi Virta in seinem weißen Smoking. Links und rechts von ihm breitete sich eine wahrlich prächtige Bilderkavalkade aus: Henry Theel, Veikko Tuomi, Eino Grön, Markus Allan, Reijo Taipale – und natürlich der Sohn der Stadt, der große und tragische Held – Harry Koivikko.

»Verehrtes Publikum, noch ist es nicht so weit, sich fortzuschleichen und eine rote Limo zu schlürfen, denn KooVee hat sich bereit erklärt, an der Tür zur Garderobe Autogrammkarten zu verteilen.« Am Geräuschpegel war zu erkennen, dass die Ankündigung die Anwesenden in eifrige Bewegung gesetzt hatte.

An der Tür erschien auch das Pärchen, auf das Jussi Vares gewartet hatte: ein mittelgroßer, etwa vierzigjähriger Mann mit dunklen Augenbrauen und eine blonde, elegante Frau, die so aussah, als würde sie direkt vom Friseurstuhl kommen. Das Paar schlug die Richtung zu einem langen Sofa ein und ließ sich vor dem Fenster nieder.

Jussi Vares holte tief Luft und nahm instinktiv Haltung an. Die Herrschaften waren also immer noch da. Gut so. Jetzt konnte er Herrn Risto Rautanen in aller Ruhe bei seinen neuesten Machenschaften beobachten.

Risto Rautanen stellte sich, seinem Stil getreu, dicht an die Frau heran. Er blickte Kaarina Vehmanen mit ernster Miene tief in die Augen. Dann legte er seine Hand auf ihre Schulter; eine Geste, die keineswegs aufdringlich wirkte.

Jussi Vares kippte sich einen Schluck fades Bier in den Schlund und stieß einen leisen Seufzer aus. Vor seinen Augen spielte sich wieder einmal eine mystische Szene ab, die den begrenzten Erfahrungshorizont des zynischen Privatschnüfflers bei weitem überstieg.

Risto Rautanen, ein behäbiger, schwermütig dreinblickender Mann, der an den Schläfen schon leicht angegraut war, wirkte mit seinem dunklen Anzug und seiner grauen Krawatte wie der Verwalter einer vor der Schließung stehenden Genossenschaftsmolkerei in Süd-Ostbottnien.

Wie sehr es Jussi Vares auch versuchte, sich in die Stöckelschuhe einer Frau zu stellen, es wollte ihm einfach nicht in den Kopf gehen, was diesen stinknormal aussehenden Mann zu einem so erfolgreichen Schwindler machte.

Risto Rautanen war jedoch nie im Meiereibetrieb tätig gewesen, höchstens im übertragenen Sinne. Jussi Vares wusste über die Biografie des Mannes so viel, dass dieser seit den siebziger Jahren – nachdem er wegen einiger Verfehlungen von der Offiziersakademie (der so genannten Rattenschule) geflogen war – in zahlreichen verschiedenen Bereichen gewirkt hatte, vor allem im Verkauf und Marketing.

Rautanen hatte sein Brot auf vielerlei Weise verdient: als Fliesenvertreter, Bingo-Croupier, Gebietsverkaufsleiter für *Omas Kartoffelmus* und *Elovena*-Haferflocken in der Provinz Süd-Savo, Türsteher und Barkeeper im lappländischen Wintersportzentrum Saariselkä, Marktverkäufer für Angora-Unterwäsche und Pantoffeln, Vertreter für historische Großeditionen und als Händler für Naturheilprodukte. Eine Zeit lang hatte er auch farbige Luftaufnahmen westfinnischer Bauernhöfe vertrieben und nebenbei ein neues und Epoche machendes Drainagesystem verkauft.

Überdies hatte Risto Rautanen am Sparen interessierten Heimfriseuren japanische Haarschneider mit Extraklingen und praktische taiwanesische Schlüsselanhänger angedreht, die nicht verloren gingen, weil sie auf das Pfeifen ihres Besitzers mit einem schrillen Signalton reagierten.

Wegen gewisser Unregelmäßigkeiten hatte der Mann während einer etwa einjährigen Visite auf den weitläufigen Feldern des Ersatzgefängnisses in der Landgemeinde Köyliö auch ganz persönlich mit den neuesten Errungenschaften der finnischen Drainagetechnik Bekanntschaft gemacht. Dieses Missgeschick war ihm irgendwann in der Mitte der achtziger Jahre unterlaufen. Der Fehler wiederholte sich nicht. Die Sache war Risto Rautanen, clever wie er war, ein für alle Mal eine Lehre gewesen.

Die letzten drei Jahre hatte Risto Rautanen mit vollem Engagement auf Frauen gesetzt, vor allem auf Damen mittleren Alters. Im Unterschied zu anderen, sich auf demselben Gebiet tummelnden Mitstreitern – zum Beispiel Flugkapitänen, die zur Anschaffung einer Winterwohnung in Florida ein Kreditarrangement benötigten, verarmten, aber stolzen Landgutbesitzern aus Südfinnland (denen die Bank hinterher kläffte wie ein hässlicher

Köter) oder eifrig nach der Frau ihres Lebens suchenden IT-Consultern, die für eine teure Prostataoperation in eine Berner oder Züricher Klinik eingewiesen werden sollten – hatte Risto Rautanen wohlweislich den Glauben zu seinem Spezialgebiet erkoren. Und noch dazu mit Tanz durchwürzt.

Er traf seine Frauen vor allem bei Veranstaltungen mit geistlichem Charakter, schrieb eifrig auf Anzeigen in Zeitschriften wie *Glaube und Heimat* und *Der verantwortliche Christ*, aber lauerte geeigneten Opfern auch in weltlicheren Situationen auf, zum Beispiel in den Tanzlokalen für die reiferen Jahrgänge.

Jussi Vares kannte die Machenschaften des Mannes bereits ein wenig und wusste, dass Risto Rautanen bei seiner Arbeit Kreativität und Skrupellosigkeit an den Tag legte. Rautanen hatte den Geistesblitz gehabt, in seiner Taktik zwei Lebensbereiche zu vereinigen, die für Frauen besonders interessant waren: die religiösen Dinge des Lebens und den Rausch des Paartanzes auf dem glatten Parkett.

Besonders der Tango war Ristos Spezialität. Trotz seiner rundlichen und steifen Erscheinung verwandelte er sich auf der mit Kartoffelmehl bestreuten Tanzfläche wie durch einen Zauberschlag in einen wahren Tigerhai. Vares hatte Risto Rautanens Tango-Biegungen schon in vielen Spiegelsälen verfolgen müssen, und er konnte nicht leugnen, dass dieser gottbegnadete, höfliche und ernste Tanzkünstler mit den dunklen Augenbrauen sein Handwerk wirklich verstand.

Jussi Vares dagegen hatte seine strenge Linie konsequent beibehalten. Für ihn war ein Mann nirgendwo schlechter aufgehoben als in nüchternem Zustand auf dem Tanzparkett. »Tough guys don't dance.«

Aber Risto Rautanens unbestreitbarer Erfolg bei der Damenwelt und die selbstvergessene Hingabe der sich übers Tangoparkett bewegenden Tänzerschar hatten Jussi Vares immer mehr von seinen ureigenen Überzeugungen abrücken lassen.

Risto Rautanen wandte seine behutsame, aber erfolgreiche Taktik einzig und allein bei verheirateten Frauen an. Er verhielt sich immer äußerst vorsichtig und diskret und vermied entschieden alle Arten von übertriebenem oder plumpem Verhalten. Die eheliche Beziehung der anvisierten Frau garantierte in der Regel, dass diese später davon absah, wegen der außerordentlichen Spesen, die der rhythmisch begabte Prediger verursacht hatte, Anzeige zu erstatten. Rautanen war wirklich ein gestandener Profi auf seinem Gebiet.

Plötzlich wurde Vares aus seinen Gedanken gerissen. An der Tür zum Buffet-Raum erschien ein etwa vierzigjähriger, mit einem dunklen Zweireiher bekleideter Mann. Er hatte ein rundliches Gesicht und braunes, leicht gelocktes Haar (leichte Stützwelle). An den Schläfen des Mannes war schon ein Schimmer von seriösem Grau zu erkennen (vermutlich gefärbt). Am Handgelenk trug er eine goldene (vielleicht) Rolex und in der Hand einen schwarzen Dokumentenkoffer (vermutlich leer). Im Gesicht des Neuankömmlings lag der nachdenkliche, ein wenig abwesend wirkende Ausdruck (gut einstudiert) eines viel beschäftigten Mannes und seriösen Verantwortungsträgers.

Vares gelang es gerade noch, eine auf dem Tisch liegende Zeitung aufzunehmen, sodass der Mann ihn nicht bemerkte. Er kannte den Typen nur allzu gut und dieser ihn auch. Der Name des Mannes war Aaro Vartio.

Aaro Vartio, in bestimmten Kreisen auch unter dem Spitznamen Arska Väijy bekannt, hatte einmal Jura und Wirtschaftswissenschaften studiert, beide Studiengänge jedoch wegen einiger dummer Geschichten kurzfristig unterbrechen müssen. Heutzutage besaß Vartio mehrere Postkastenfirmen, die Horoskope, erbauliche Literatur und Softpornografie vertrieben.

Vares hatte sich im Laufe der letzten Jahre mehrfach im Kundenauftrag in die Geschäfte von Vartio einmischen müssen. Es war ihm gelungen, für den Burschen drei rechtsgültige Urteile zu erwirken. Das letzte, in dem zwei Jahre zurückliegenden Fall des Kaufmannsehepaars Lahtiranta, hatte Vartio sogar eine kürzere Freiheitsstrafe im Turkuer Provinzialgefängnis eingebracht.

Vartio hasste Vares wie eine Tierbefreierin einen echten Waschbärmantel, weshalb Jussi auch ganz froh war, dass der Mann ihn an der Tür des Büffet-Raums nicht bemerkt hatte.

Aaro Vartio war Risto Rautanens Kompagnon, Drahtzieher und böser Geist in einer Person. Rautanen hatte keinen Führerschein, und so war Vartio gekommen, um das Paar mit seinem Pontiac vom Tanzlokal abzuholen.

Rautanen nickte seinem Geschäftspartner zu, erhob sich vom Sofa und bot Frau Vehmanen höflich seinen Arm an. Aaro Vartio wechselte seinen Koffer von der Rechten in die Linke und reichte der Frau, ohne eine Miene zu verziehen, die Hand. Dann verschwanden die drei im Gänsemarsch in Richtung Eingangstür.

Vares war selbst mit dem Wagen unterwegs; sein nagelneuer Ford Mondeo wartete auf dem Parkplatz des Lokals. Er zeigte jedoch keine besondere Eile, dem Dreiergespann zu folgen, da er schon genug gesehen zu haben glaubte. Die Schicht war für diesen Abend beendet.

Gleichzeitig erklangen im Saal die ersten Takte des neuen Sets. Die kräftige Stimme von KooVee Lehtoruusu riss die Zuschauer mit.

*»Wenn es Abend wird,*
*denk ich an dich*
*und vor Sehnsucht*
*verzehr ich mich ...«*

Jussi Vares blickte schnell auf seine Uhr und wollte sich schon erheben, als Jaska Teikari, ein alter Bekannter von ihm, an der Tür des Buffet-Raums erschien. Teikari war freier Journalist und schrieb für ein halbes Dutzend Zeitungen. Er war etwa im gleichen Alter wie Vares, aber der Ansatz seiner dunklen Haare schien sich bereits zurückzuziehen, und durch sein schmales Gesicht zog sich ein unbestechlicher Strichcode von Lebensfurchen.

Teikari blieb überrascht auf der Türschwelle stehen, als er Vares sah, grinste erfreut und nickte ihm zu.

Im selben Augenblick erschien, wie aus dem Nichts, eine mit einer Rüschenbluse bekleidete Frau, auf deren Wangen ein rötlicher Glanz lag, der entweder von der Bewegung oder etwas anderem herrührte.

»Damenwahl, der Herr. Darf ich bitten?«

»Tut mir Leid, Baby ...« Teikari breitete die Hände aus. »Ich kann jetzt auf keinen Fall bei diesen langsamen Rhythmen einsteigen. Mein Taktstock ist gerade bei der Jahresinspektion. Hat leichte Feuchtigkeitsschäden.«

## 2

Ein großer Mann stieg mit schwerfälligen, mechanischen Schritten wie ein auf zwei Beine erhobener Caterpillar die zum dritten Stock des Helsinkier Zentralgefängnisses führende Steintreppe hinauf. Der Mann hatte das viereckige Kinn einer Bulldogge, einen breiten Mund und schwulstige Lippen. Die dunklen Bartstoppeln, die seinen Mund umgaben, wirkten wie Unkraut, das am Rande einer Jauchegrube wucherte.

Auch die Nase des Mannes war groß und breit. Sie war leicht gekrümmt und ziemlich schief. Irgendein Wagehals hatte einmal die Stärke des Nasenbeins zu testen versucht – vermutlich zu seinem eigenen Schaden. Die Augen des schrankartigen Mannes konnten wahrlich nicht als schön bezeichnet werden, aber sie sahen außergewöhnlich aus: klein, weit auseinanderstehend, unter buschigen Augenbrauen verborgen, als ob sie sich der schmutzigen Gedanken schämten, die durch seinen Schädel schwirrten.

Die scharfen und musternden kleinen Augen des Mannes blitzten wie das Licht einer nackten Glühbirne, das im herbstlichen Schneeregen durch die Mistluke eines Kuhstalls strahlt.

Auf dem Gesicht des Mannes lag ein Ausdruck von Wachsamkeit. Dennoch lag in dem Wesen des seltsamen Beobachters etwas, was ihn auf den ersten Blick dümmlich und einfältig erscheinen ließ. Vielleicht, weil der dichte, dunkle Haaransatz ganz tief, nur einige Fingerbreit über den Augenbrauen, gradlinig über die hohe Stirn verlief. Viel zu viele Menschen hatten jedoch im Laufe der Jahre ihr falsches Urteil über diesen Mann bitter bereuen müssen.

Mit Schmerzen bereuen müssen.

Der die Treppe hinaufsteigende Klotz, Veikko Uolevi Hopea, war ein Mann, der in einem Wissensquiz über Geschichte oder Kultur bestimmt nur mit mäßigem Erfolg abgeschnitten hätte. Er hatte nicht die geringste Ahnung, was ein Derivat, was das Plusquamperfekt oder was um Himmels willen eine Internet-Homepage war. Und er hatte – nachdem er sieben lange Jahre als Strafgefangener hinter dichten Steinmauern gesessen hatte – auch keine fundierte Meinung über die Regionalpolitik der Europäischen Union.

Aber was das Überleben betraf – das Sich-Behaupten in der Gang, das Unterdrücken anderer, die Anwendung von Gewalt beim Durchsetzen eigener Ziele, also was die ewigen grausamen Gesetzmäßigkeiten des Lebens in der Anstalt und Unterwelt anging, war Veikko Uolevi Hopea ein unbestrittener Meister seines Fachs. Er war mit Sicherheit, immer und in jeder Situation, der größte und fieseste Raubfisch im Aquarium der Gnadenlosigkeit. Er war es, dessen schweren Schritten man in den hallenden, steinernen Gefängnisetagen vorsichtig, mit gespitzten Ohren lauschte.

Am Geländer im Treppenhaus lehnten, dicht beieinander, drei kräftige Männer mit langen Haaren, von denen zwei einen ungepflegten Vollbart trugen und einer einen dichten, spitz zulaufenden Schnurrbart. Die Mitglieder des Motorradklubs aus dem dritten Stock behandelten außenstehende Gefangene normalerweise nicht so wie ihresgleichen, Veikko Hopea aber war eine deutliche Ausnahme von der Regel. Die stämmigen Harley-Männer empfingen Hopea mit großem Hallo und schallendem Gelächter. Der Präsi des Klubs schüttelte Hopea im Namen der anderen Mitglieder die Hand und klopfte ihm auch noch auf die Schulter.

»Übrigens, 's gibt Neuigkeiten ... Auch Stenus Antrag ist durch. Wir ham's heute erfahren. Er geht am selben Tag in Urlaub wie du, Hopea.«

»Meinen Glückwunsch auch! Wo ist eigentlich Stenu?« Hopea schien, seiner Miene nach zu urteilen, kein besonderes Interesse zu zeigen.

»Beim Psychologen. Plappert sich die Zunge ab ...«, grinste Pressa. »Übrigens, es ist mir nur so in den Sinn gekommen, dass es für euch beide, also für Stenu und dich, vielleicht nützlich wäre, wenn ihr euch dort draußen zusammentut, in diesen kurzen Urlaubstagen.«

»Was willste damit sagen?« Veikko Hopeas kleine Augen blitzten scharf auf.

»Nur, dass Stenu für unsern Klub noch 'n paar Sachen zu erledigen hat. Du könntest ihm dabei helfen. Und außerdem, Hopea, bist du ja fast schon sieben Jahre am Stück drinnen gewesen. Stenu könnte dir in der Stadt 'n bisschen als Führer dienen, sozusagen ... du verstehst sicher, was ich meine.«

»Was meinste damit?«

»Die Welt dort draußen hat sich ziemlich verändert in den sieben Jahren. Auf den Straßen von Helsinki kommen einem schon mal Typen entgegen, die man früher nur auf den Seiten von Erdkundebüchern gesehen hat.« Pressa blinzelte verschmitzt. »*Die bunte Erde* Teil eins und zwei. Pygmäen, Schlitzaugen, Brüllindianer und Hottentotten ...«

»Ich komm schon allein klar.«

»Das bezweifle ich nicht. Aber denk über die Sache nach!« Pressa zwinkerte Veikko kameradschaftlich zu.

»Ich werd's mir überlegen. Sag Stenu, er soll in meiner Zelle vorbeischauen.« Veikko beendete damit die Versammlung. Er nickte den Motorradtypen zu und setzte seinen Weg – den Rücken breit wie eine Kirchentür, die wuchtigen Arme weit ausholend – über den dröhnenden, vom gelblichen Licht der Abendsonne durchfluteten Steinflur fort.

»Scheiße. Was mag bloß in den Köpfen dieser Heinis vom

Ausschuss vorgehen«, murmelte einer der Harley-Männer, der neben dem Präsi herumlümmelte. »Die geben Hopea Hafturlaub, verdammt, und glauben doch wirklich, dass der Alte ganz brav in diese Gemäuer zurückkehrt, um seine restlichen fünf Jahre abzusitzen. Diese Intelligenzbestien.«

»Da gibt's irgend so 'n verdammtes Gesetz. Veikko hat fast sieben Jahre ohne große Ausrutscher gesessen und während dieser verfluchten Zeit nicht ein einziges Mal Urlaub bekommen. Ist doch klar, dass sie jetzt ein wenig locker lassen müssen«, stellte Pressa nachdenklich fest.

»Glaubste wirklich, dass Veikko bereit ist, für uns 'n kleines Nebenprojekt durchzuziehen?«

»Aus diesem Zementschädel wird niemand schlau. Entweder willigt er ein oder er tut's nicht.«

»Knete braucht er auf jeden Fall, wenn er abhauen will.«

»Klar. Und wir würden ihm natürlich 'ne angemessene Entschädigung versprechen, wenn er sich bereit erklärt, zu Gunsten des Klubs ein wenig den bösen Jungen zu spielen.« Pressa steckte sich frischen Snus hinter die Oberlippe. »Und dieses Geschäft versteht der Bursche wirklich so gut wie kein anderer.«

»Na, was glaubst du. Wird er zurückkommen oder nicht?«

»Veikko? Nie im Leben!«

## 3

»Vares! Was, zum Teufel? Hier hätte ich dich wirklich am allerwenigsten vermutet!« Jaska Teikari wirkte sichtlich überrascht. »Altes Holzbein! Haste etwa angefangen, dich mit schleifenden Schritten durch staubiges Kartoffelmehl zu schleppen?«

»Nein, auf keinen Fall. Just business, you know. Für sein tägliches Brot muss man sich auf alles Mögliche einlassen.« Jussi Vares lachte. »Und selbst?«

»Garantiert noch kein einziges Tänzchen gedreht«, versicherte Jaska Teikari mit erhobener Hand. »Eines habe ich mir hoch und heilig geschworen: Es darf nie so weit kommen, dass Jaska Teikari gezwungen wäre, sich über dieses glitschige Tanzparkett zu schieben. Und wenn doch mal irgendwann ein dringender Bedarf besteht, werde ich mich lieber auf meine Hände als auf meine Füße verlassen.«

»Hey, Teikari! Wie ich sehe, läufst du noch ganz nüchtern rum. Zu dieser Abendzeit? Ist der Herr an 'ner Story dran?«

»Nun, so würd ich's nicht sagen. Es handelt sich eher um einen privateren Fall ...«

»Na, was soll's. Übrigens, wir ham uns schon lange nicht mehr gesehen. Haste viel zu tun gehabt?«

»Danke der Nachfrage. Ich komm grad aus Budapest. Hab für ein Blatt über die Liebesreise von Donna und Nils Kuussalo geschrieben. Ist 'ne viel heißere Story geworden, als ich dachte. Sie haben sich getrennt! So was verkauft sich viel besser als irgendwelche zärtlichen Kussfotos unter stilvollen Sonnenschirmen in den Straßencafés der Großstädte.«

»Die Trennung ist doch keine Neuigkeit«, bemerkte Vares. »Meines Wissens wechselt Titten-Donna die Männer häufiger als ihre Schlüpfer.«

»Hast Recht.« Jaska Teikari fummelte die Folie von einer *Camel*-Packung ab und nestelte an einer Streichholzschachtel herum. »Und du bist sicher wieder hier, um einem seitenspringenden Ehemann aufzulauern, oder hast du diesmal eine Frau im Visier?«

»Diesmal geht es eher um geistliche Dinge. Aber damit genug. No names ...«

»Aha. Die Lippen gespitzt. Du machst deine vertraulichen Nachforschungen«, zwinkerte Teikari. »Und dein verknautschter Popeline-Mantel hängt an der Garderobe, oder was?«

»Nein, nein. Der ist an Neujahr gestohlen worden, im *Olkku*. Aber wie war's in Budapest? Bestimmt 'ne prächtige Stadt im Mai, was?« fragte Vares.

»Total schöne Stadt. Ich konnte dort sogar ein wenig Urlaub machen, nachdem die werte Donna ihre Koffer gepackt, Nils sitzen gelassen und den Flieger nach Helsinki genommen hatte. Wirklich beeindruckend, diese Madjaren. Nur ihre Sprache ist unmöglich, richtig daneben. Wir sind ja verwandt mit ihnen, ganz sicher«, lachte Teikari.

Vares blickte auf die Uhr. »Aber hey, die Zeit rennt. Ich düs' mal ins Zentrum unserer geliebten Heimatstadt. Und was hast du vor?«

»Ach, du bist mit dem Wagen da! Ich würd' gern mitfahren, wenn du nichts dagegen hast.«

»Dann lass uns gleich gehen. Ich hab KooVees Stücke schon über. Werd' mal was von *Eppu Normaali* einschmeißen, wenn wir im Auto sind.«

»Hmm, Jussi. Du wohnst doch neuerdings in der Nähe von diesem Fremdenheim – dem *Märchenland*. Ich müsste dort irgendwann am Abend Olga treffen. Wir könnten vorher auf ein schnelles Bier in Mononens Mord-Bar reinschauen.«

»Also ... Bier, Moment mal. Das ist doch dieses lecker schmeckende Getränk, das so ein entspanntes und zuversichtliches Gefühl hervorruft?«

»Genau von diesem Gesöff spreche ich, mein Bruder. Es ruft in der Regel ein Feeling hervor, als würden die Dinge wie geschmiert ablaufen ...« Jaska Teikari zwinkerte mit einem Auge. »Und überhaupt. Ich hätte dir da noch 'ne spannende Geschichte zu erzählen. Spannend, aber traurig. Du wirst nie drauf kommen, wen ich in Budapest gesehen habe.«

»Lebt Béla Bartók immer noch? Ist es dir gelungen, dir von Ferenc Puskas ein Autogramm auf den Arm schreiben zu lassen? Oder hast du Rubiks Würfel verdreht?«

»Ich hab Arto Kielo gesehen!«

»Red kein' Scheiß! Den guten alten Nuokku! Der Mann lebt also immer noch!«

Kurz darauf fuhr Vares' Ford Mondeo durch die mitternächtlichen Turkuer Straßenschluchten.

Finnlands gesunde, aufstrebende Jugend ließ ihrer kreativen, aufrührerischen Energie freien Lauf, indem sie Haustüren, Schaufenster, Steinsockel, Denkmäler, Telefonzellen und Verkehrszeichen mit Sprayfarbe beschmierte. Und wenn man dann mit rostigen Datsuns und Talbots von einem Tatort zum anderen fuhr (natürlich mit zu hoher Geschwindigkeit), wurde die Spur gewechselt, ohne den Blinker zu setzen, und mutig bei Rot die Kreuzung überquert – und dazu noch mit voller Lautstärke ein unbegreifliches Gedröhne gespielt, das sich nur schwer als Musik bezeichnen ließ.

Und all dies geschah natürlich, indem man sich die verfilzte, aber weit über hundert Finnmark teure, authentische, aus den Staaten importierte Grunge-Mütze total tief über die verschwitzte Birne zog.

Kein Wunder, dass in den Zeitungen in der letzten Zeit so viel darüber geschrieben wurde, dass in den Schulen des Landes die Fälle von Kopfläusen erneut stark zugenommen haben, dachte Vares für sich.

»Die haben angeblich in der Poliklinik *Meditori* einen ganz neuen Service eingerichtet für diese Hip-Hop-Youngsters«, knurrte Vares.

»Aha. Was für einen?«

»Sie entfernen den Teenie-Patienten die Wollmütze – ganz schmerzlos, ohne örtliche Betäubung …«

Direkt vor Vares scherte ein grauer, voll besetzter Talbot mit quietschenden Reifen ein, und ein paar leere Bierflaschen wurden wichtigtuerisch am Eisengeländer der Dombrücke zerschmissen.

Vares kommentierte die Heldentat der kühnen Vorort-Tarzane mit einigen verärgerten Huptönen. Natürlich wurde zurückgehupt. Gleich an der nächsten Ampel kam die Antwort auch in bildlicher Form. Zwischen den abgenutzten Plüschwürfeln auf der Rückablage des Talbots schimmerten drei nackte Knabenärsche hervor.

»Kommt doch, ihr schwulen Opas, und holt euch Vaseline!«, krächzte eine pubertäre Stimme aus dem Seitenfenster.

»Wenn ich so größenwahnsinnig wäre und mir vorstellte, über fünfzig Jahre alt zu werden, dann würde ich wirklich anfangen, mir um die Zukunft dieses armen Landes Sorgen zu machen ...«, brummte Jaska Teikari zwischen seinen Zähnen hindurch. »Dass solche Loser mal Verantwortung tragen und unsere Renten bezahlen werden!«

»Wirken wirklich nicht wie Zahlemänner, eher wie Adoptivsöhne«, bemerkte Vares. »Kerle, die eine stolze Karriere vor sich haben: direkt von der Schulbank in den Zivildienst und dann ab in die Rente.«

Die Kassette von *Eppu Normaali,* die im Autokassettenradio spielte, schaltete sich ab. Das Radio fand einen Lokalrundfunksender. Micke Pinola sang »Puzzle der Liebe«, den großen Radiohit von seiner jüngsten CD.

»Jussi, eine Sache habe ich dich schon des Öfteren fragen wollen.« Jaska Teikaris abschätzender Blick heftete sich schräg von der Seite auf Vares' Gesicht. »Was für ein Gefühl war es, als du deine Luxusbude am Vartiovuori-Hügel gegen eine gewöhnliche Mietwohnung in einem alten Wohnblock eintauschen musstest? Und wieder in den vertrauten Privatdetektivalltag zurückgekehrt bist? Lange Schnüffeljobs und wenig Brot.«

»Man gewöhnt sich an alles«, entgegnete Jussi Vares ruhig und drehte das Lenkrad. »Ich habe gleich nach dem Mord an Mikko Berg begriffen, dass ich die Firma allein nicht mehr lange weiterführen konnte. Also habe ich *REPO-Office* sofort verkauft, als ich das erste annehmbare Angebot bekam, das aber auch nicht besonders großzügig ausfiel. Nun, von dem Geld habe ich dann den hier gekauft ...« Vares klopfte auf die gepolsterte Lenkradmitte. »Ich hab mir den ersten Neuwagen meines Lebens angeschafft. Sehr viel war ja nicht von der Verkaufssumme der Firma übrig geblieben – nachdem alle Schulden beglichen waren. Aber besser so. Ich glaube, dass überschüssiges Geld nur Sünde und Reue mit sich bringt.«

»Und schlechte Frauen, oder?«

»Nee, das nicht. Die Qualität der Frauen wird natürlich

immer steigen, wenn die Brieftasche des Gentlemans in Paradeform ist. Also, da hat dieser Juha Vainio wirklich Unrecht, wenn er in seinem Song behauptet, dass man es einem Mann am Gesicht ansieht, wenn er keine mehr abbekommt. Ein Mann kann ein noch so pockennarbiges Monstrum sein, so verwachsen wie ein Waldteufel. Eine schiefe Nase und kleine Oberflächenschäden stören eine Frau überhaupt nicht, wenn die Brieftasche nur aus diesem teuren und glatten Leder ist ...«

»Tja, da magst du Recht haben. Aber zu dir. Wie fühlst du dich dort, jenseits der Itäinen Pitkäkatu, hinterm Hof des Fremdenheims?«, setzte Teikari fort.

»Ich hab jetzt knapp über ein Jahr dort gewohnt. Die Bude ist ganz okay. Aber seine Nachbarn kann man sich nicht immer aussuchen. Am Anfang hatte ich in dieser Beziehung totales Pech. Ich meine natürlich unsern verfluchten selbsternannten Hauspolizisten. Von dem hab ich dir doch erzählt. Dieses Arschloch hatte mich gleich vom ersten Tag an auf dem Kieker.«

»War das nicht der Alte, der in die Sauna der Hausgemeinschaft eingedrungen ist, als du eine Zeit reserviert hattest. Und der dann wegen der zusätzlich anfallenden Wasserkosten rumgemosert hat, weil du zufällig gerade diese Rückenwäscherin dabei hattest?«

»Ja, genau. Der Kerl hat damals alles beobachtet, was auf dem Hof passierte – wie ein verdammter Aasgeier. Tat so, als ob ihm das ganze Haus gehörte. Scheiße! Die Geheimpolizei und die Ochrana in der eigenen Hofgemeinschaft«, brummte Vares. »Na, Friede seiner Seele. Er hat schließlich 'n Herzschlag bekommen und ist auf dem Hof zusammengebrochen – gerade als er ein junges Pärchen wegen ihrer Fahrräder ankläffte.«

Jussi Vares ging mit der Geschwindigkeit herunter. Vor ihnen, am Rande der Straße, sahen sie ein lang gezogenes Holzgebäude. Bald konnten sie auch die Buchstaben einer dringendst reparaturbedürftigen Leuchtreklame erkennen:

»FR DENHE M MÄ CHENLAND«.

Vares fuhr durch die Hauseinfahrt auf einen trostlosen Innenhof und stellte den Wagen auf seinen Stammparkplatz unter eine an der Wand des Fremdenheims stehende, verkrüppelte alte Linde. Auf der anderen Seite des mit Asphalt bedeckten Hofes erhob sich ein irgendwie traurig aussehendes, schmutzig braunes, mehrstöckiges Haus. Das Fremdenheim.

»Übrigens. Mir ist da noch was in den Sinn gekommen.« Jaska Teikari kurbelte das Seitenfenster hoch. »Ziehst du auch mal einen Job auf eigenes Risiko durch?«

»Das Leben ist doch ein einziges Risiko«, schmunzelte Vares. »Besonders mein Leben.«

»Ich meinte damit, mein Bruder, ob du auch mal einen Auftrag annehmen würdest, bei dem du rein auf Roulettebasis agierst. Also eine Arbeit, bei der man unter Umständen völlig leer ausgeht. Oder aber bei der die Provision – im besten Fall – der wahre Jackpot sein kann.«

»Hängt ganz davon ab, worum es sich handelt.«

»Ach, kein Grund zur Eile. Es muss nicht gleich am heutigen Abend sein. Alles zu seiner Zeit ...« Jaska Teikari stieg ächzend aus dem Wagen. »Also, auf zu Mononen an die Theke und den Finger hoch!«

In einer am Ende des Ganges gelegenen Zelle im dritten Geschoss des sich im Westflügel des Helsinkier Zentralgefängnisses befindenden Hochsicherheitstraktes herrschte tiefe nächtliche Stille.

Nur ein vom starken Südwestwind getriebener Regen säuselte vor sich hin wie ein unruhig schlafendes Raubtier.

Scharfe, kleine Regentropfen schlugen unentwegt gegen die Glasscheibe, die sich hinter Eisengittern befand. Veikko Hopea lag regungslos auf seiner ausgebeulten Matratze und starrte, völlig wach, zur schwarzen Decke seiner flachen Wohnstatt. Dieselbe Decke hatte er schon seit über viereinhalb Jahren in jeder einzelnen Nacht angestarrt, seit jenem Tag, als er in einem Strafgefangenentransport mit einem staatlichen Kastenwagen aus dem Zentralgefängnis Riihimäki hierher überstellt worden war.

Veikko Hopea spürte irgendwo in seinem Inneren eine leichte Unruhe. Die Ruhe der langen Tage und der täglichen Routine war dahin, als ihm der schriftliche Beschluss des Ausschusses ausgehändigt worden war – die Benachrichtigung darüber, dass man ihm tatsächlich Hafturlaub gewähren wollte!

Veikko Hopeas schmallippiger, harter Mund verzog sich zu einem Lächeln, das seine großen Zähne freigab.

»Diese Welt ist doch ein verrückter Ort ...«

Wieder einmal rief er sich den eisig kalten Winterabend ins Gedächtnis zurück, damals in Mäntyluoto, dem Hafen von Pori, am Rande des im Eisnebel versunkenen Meeres. Er erinnerte sich lebhaft an den reißenden Schmerz, den er nach dem unfreiwilligen Bad im Meer erfahren musste, als seine Handflächen an dem rohen Stahl festgefroren waren und er im schneidenden Wind und Schneegestöber auf ein kleines Zeichen der Rettung wartete, und wenn es nur das ferne Heulen des Signals eines Feuerwehrfahrzeuges gewesen wäre.

»Piss dir doch in die Hose, Hopea. Das wärmt dich wenigstens einen Moment!«

Das hatte ihm der Mann in jener Nacht über das Heulen des verteufelt kalten Windes hinweg zugerufen. Ein Mann namens Jussi Vares.

Veikko Hopea lachte in der dunklen Zelle leise vor sich hin. Pisse war warm. Aber Blut war es auch. Und hatten nicht beide Flüssigkeiten eine Temperatur von ungefähr siebenunddreißig Grad?

## 4

Die Männer traten aus der düsteren Hauseinfahrt in den fahlen Lichtkreis der Straßenlampe. Vor der Wand der Einfahrt breitete sich eine nasse Pfütze aus, dem Geruch nach zu urteilen eine frische Pisslache. In der Lache dümpelte, einsam und verlassen, das Kronenblatt einer Rosenblüte. Eine leere *Marsala*-Flasche lag einige Meter entfernt auf dem Weg.

Einige matt schimmernde Straßenlampen beleuchteten die zur Straße hin gelegene Wand des verschlafen und anspruchslos wirkenden Fremdenheims *Märchenland*. Der Anblick, der sich den Männern bot, war in der Tat überwältigend.

»Zum Teufel noch mal. Das ist ja wie an einem Heldengrab am Unabhängigkeitstag!« Vares rieb sich die Nase.

»Ja, stimmt, aber jetzt haben wir zufällig den zweiten Freitag im April, und der ist für viele Menschen ein viel heiligerer Tag.« Teikari sog mit eingezogenen Backen an der wer weiß wievielten Zigarette.

Vor dem langen Sockel des aus Holz gebauten, vom Zahn der Zeit zernagten Fremdenheims breitete sich ein wahres Blumenmeer aus: Dutzende mit Schleifen aus Seidenpapier verzierte Rosenzweige in allen möglichen Farben, Nelken und Chrysanthemen, was auch immer. Auf dem Fußweg und an der Hauswand lagen prächtige Schmucksträuße und Blumenbindearbeiten – teure Arrangements mit Schleifchen und Ziergräsern.

Die Blumen bildeten nur einen Teil des bunten Krimskrams, der auf der Straße verteilt war. Auf den braunen Platten des Gehwegs standen die Stummel heruntergebrannter Stearinkerzen, dicke Grabkerzen und verschiedene Lichter und Leuchten. Kreuz und quer waren abgebrannte Wunderkerzen auf dem Boden verstreut.

Überall lagen rührende, selbst entworfene Karten, Gedenkschleifen und andere kleine Geschenke herum, und auf dem Gehweg auch zottelige und glasäugige Teddybären und andere Stofftiere.

Jussi Vares und Jaska Teikari schritten kopfschüttelnd die Wand entlang.

»Ich geb ja zu, Jaska, dass ich nur ein ganz gewöhnlicher Einfaltspinsel bin. Aber ich muss doch sagen, dass das hier wirklich über meinen Verstand geht!«, lachte Vares gereizt.

»Nee, wirklich. Hey, schau dir mal das an!«

Die Männer beugten sich nieder, um eine am Sockel des Hauses befestigte, selbst gemachte Gedenkkarte aus Pappe zu begutachten, die von einem trauerschleierschwarzen Spitzenrand umgeben war. Auf der Karte bot sich, als Scherenschnitt, das männliche, aber fein gezeichnete, allen Finnen so vertraute Profil des Tangokönigs Harry Koivikko dar.

DU WIRST UNS IMMER IN ERINNERUNG
BLEIBEN, LIEBER HARRY.
DU BIST UNSER ENGEL.
VOLLER SEHNSUCHT
ANNELI, JAANA, LIISA UND GUNILLA
AUS RAIPPALUOTO

»Hoffentlich ist Mononens Bar nicht voll von diesen verfluchten Wallfahrerinnen ...«, dachte Jussi Vares halblaut.

»Es ist schon spät. Und außerdem werden die Damen doch kein Bier kippen«, wusste Jaska Teikari. »Diejenigen, die hier aus der Stadt kommen, sind schon zu Hause bei ihren Kerlen und gucken fern. Und die, die von auswärts gekommen sind, sitzen sicher schon in geselliger Runde in der Lobby-Bar eines besseren Hotels und schlürfen mit verlaufener Mascara an ihren Blauen Engeln.«

»Na gut. Geh'n wir rein.«

Die auch als Rezeption dienende Bar des Fremdenheims *Märchenland* war, wie erwartet, gähnend leer. Der Beherbergungsunternehmer Taisto Mononen, ein glatzköpfiger, großer Mann, unter dessen Triefaugen traurig dunkle Teebeutel hingen, saß gelangweilt hinter dem aus abblätterndem Furnierholz zusammengezimmerten Service-Tresen. Er schaute sich mit starrem Blick ein altes Western-Video an. John Wayne schien gerade einen mittelgroßen Indianerstamm zum ewigen Büffelköttelsammeln ins himmlische Reservat zu befördern.

»Friede sei diesem Haus, Taisto!«

»Nur hereinspaziert, meine Herren!«

»Wir sind keine Herren, sondern nur verdammt zähe Arbeitstiere«, grinste Jaska Teikari. »Aber setz dich ruhig schon an einen Tisch, Jussi. Ich kann dir 'n Großes spendieren.«

Vares setzte sich, mit dem Rücken zur Wand, an einen Ecktisch und ließ seinen Blick über das nur allzu vertraute Milieu schweifen. Die Bar des Fremdenheims *Märchenland*, von Spaßvögeln auf den Namen »Mordmotel-Bar« getauft, umfasste nur vier knarzende Tische, sechzehn Hocker für die Gäste und einen bräunlichen Tresen, aus dem ein einsamer Zapfhahn herausstand.

Hinter dem Tresentisch befanden sich ein hoher, surrender Kühlschrank und ein Holzgestell, an dem die Zimmerschlüssel hingen. An den Wänden der Bar wurde für *Aura*-Bier geworben, das Turkuer Traditionsgebräu, dessen Produktion vor kurzem eingestellt worden war. In der Mitte der hinteren Wand, an einem Ehrenplatz, prangten drei sorgfältig eingerahmte alte Konzertplakate. Auf allen Plakaten war, mit einem strahlenden und unnachahmlich charmanten Lächeln, der jüngst verschiedene Tangokönig Harry Koivikko abgebildet, eine ebenso tote Ikone der Vergangenheit wie das *Aura*-Bier.

Jaska Teikari kam mit zwei schäumenden Gläsern an den Tisch und ließ sich schwerfällig neben Vares nieder. Die Männer hoben schweigend ihr Getränk an die Lippen, nahmen einen deftigen Schluck und atmeten wie aus einem Munde tief aus.

»Na, Taisto, da hat der Herr Beherbergungsunternehmer wohl einen harten Tag gehabt?«, fragte Vares den Hausherrn.

»Na, was glaubst du. Zum Glück kommt solch ein Wochenende nur einmal im Jahr vor. Ein paar Tage kann man das aushalten.« Taisto Mononens Augen sahen angestrengt aus.

»Aber ist so eine Völkerwanderung nicht ein gutes Geschäft für dich und deine Firma? Da wird's doch sicher auch ein wenig in deinem Klingelbeutel klimpern, als kleine Vergütung für all die Mühen und seelischen Qualen?«, bemerkte Jaska Teikari.

»Red doch keinen Stuss, Jaska. Die meisten dieser Weiber, die hier im Gruppenreisebus aus Oulu, Kuusamo oder sonst wo her angekarrt werden, haben doch ihren eigenen Proviant dabei. Die stehen dort eine Weile mit Tränen in den Augen in der Gegend herum, stellen ihre Blümchen und Kränze an die Wand, und wie der Blitz ist die ganze Horde wieder im Bus verstaut. Später besichtigen sie die Burg, das Handwerkermuseum oder die Domkirche und gehen abends vielleicht noch in ein dämmriges Lokal, um ein wenig griechischen Salat zu futtern, und dann geht's schon wieder zurück in Richtung Heimat. So lässt sich die Sache etwa beschreiben.«

»Dann klingelt die Kasse also gar nicht so laut?«

»Wahrhaftig nicht. Glaubt mir, wenn ich sage, dass der Starrummel, der um diesen verstorbenen Harry Koivikko entstanden ist, dem Geschäft eher schadet als nützt.«

»Aber Taisto! Das stimmt doch jetzt nicht.« Jaska Teikari erhob seine Stimme »Du besitzt doch immerhin das berühmteste Fremdenheim in diesem jämmerlichen Land!«

»Okay. Okay! Ich geb ja zu, dass ich hin und wieder mal ein paar Limos und kleine Biere an irgendeine aus Ostfinnland angereiste Sommerurlaubsfamilie verkaufe. Aber solche Leute schöpfen mein Gästekontingent bei weitem nicht aus. Und das ist ja gerade das Traurige an der Sache!«

»Aber sie werden dir doch auch nicht schaden?«, drängte Vares.

»Nicht schaden?!« Taisto Mononen lachte finster. »Ihr großen Jungs habt gar nicht begriffen, was sich hinter meiner eigentlichen Geschäftsidee verbirgt. Ich hab' da zwanzig anspruchslos ausgestattete, aber äußerst preisgünstige Zimmer anzubieten, sowohl für stundenweise Nutzung als auch für die ganze Nacht. Und ich kann versichern, dass die eigentlichen Brötchenbringer – mit hochgeschlagenem Kragen hereinschleichende Familienväter, die sich für eine Stunde ein Zimmer mieten, um sich kurz zurechtzumachen – durch nichts besser vertreiben lassen als durch diese kameraklickenden Tangokönigtouristen, die sich hier Tag und Nacht vor dem Haus herumtreiben. Ist doch völlig natürlich, oder was? Ruhe und garantierte Privatsphäre sind die besten Verkaufstrümpfe für ein Stundenmotel wie dieses.«

»Hör doch einfach ganz mit dem Vermieten dieser Bumskammern auf, und mach aus dieser Bruchbude ein echtes

GEDENKMUSEUM FÜR HARRY KOIVIKKO«, ereiferte sich Jaska Teikari.

»Genau! Ein ordentliches Eintrittsgeld und die Zimmer voll mit Gedenkkram aus den verschiedenen Lebensphasen des großen Künstlers. Da würde die Turkuer Burg unter den Touristenattraktionen der Stadt bald nur noch an zweiter Stelle liegen.«

Mononen lachte müde, winkte genervt ab und schlurfte ins Hinterzimmer.

Vares wandte sich Teikari zu und wurde ernst.

»Nun, Jaska, das also zu dem verstorbenen König. Aber deine Geschichte vorhin im Auto war noch nicht zu Ende gewesen. Was wolltest du eigentlich von Budapest und Arto Kielo erzählen?«

Arto »Nuokku« Kielo war ein guter Bekannter der beiden, ein ehemaliger Tanzmusiker der alten Garde und ein recht begabter Bassist, mit dem es jedoch einige Jahre lang entschieden bergab gegangen war.

Ungefähr vor einem halben Jahr hatte Arto Kielos Leben eine völlig seltsame Wende genommen. Er hatte von seinem Onkel, Tauno Kielo, dem terrorisierenden und übellaunigen Hof-Sheriff des großen Mietblocks neben dem *Märchenland*, ein kleines Vermögen geerbt. Ziemlich bald, nachdem er sein Erbe angetreten hatte, war Arto Kielo völlig überraschend und ohne Vorwarnung von der Bildfläche und gleichzeitig aus der Stadt verschwunden.

Und jetzt behauptete Teikari steif und fest, Nuokku Kielo gesehen zu haben, lebend, und noch dazu in Budapest! Erst vor zwei Wochen. Das war zweifellos eine ziemliche Überraschung.

Teikari berichtete, dass er sich in den Morgenstunden völlig verkatert von seinem am Pest-Ufer der Donau gelegenen Hotel aus aufgemacht hatte mit der Absicht, ein wenig frische Luft zu schnappen und ein wenig herumzuspazieren.

Nachdem er eine Weile gegangen war, hatte er, mitten zwischen stolzen, alten Steinhäusern, einen parkähnlichen Platz entdeckt. Wie er später auf der Karte nachschaute, wurde dieser grüne Platz *Erzsébet Ter* genannt. Der kleine Park lag ganz im Zentrum, in der Nähe des Busbahnhofs, an dem die Fernbusse ankamen.

Teikari erzählte weiter, dass er sich auf einer ruhig erscheinenden Parkbank niedergelassen hatte, um die Morgenluft zu schnuppern. Nach einer Weile verriet ihm ein starker, widerwärtiger Geruch, weshalb die Bank so angenehm leer war. Nur einige Meter entfernt war zwischen hohem Gras eine Lagerstatt verborgen.

Die Lagerstatt bestand aus einigen durchnässten und angeschimmelten Matratzen, einem Haufen stinkender Teppiche und Filzdecken und irgendeinem Schlafsack von undefinierbarer Farbe. Die nähere Umgebung des improvisierten Quartiers war voll von Plastiktüten, Glaswaren und Arzneimittelpackungen. Beim näheren Hinsehen entdeckte Teikari auch einige schmutzige Injektionsspritzen. Die meisten davon lagen, wie ein Warnsignal, um einen nahe gelegenen Abfallkorb herum. In der Nacht hatte es geregnet. Die Sonne brannte jedoch schon am Morgen so stark, dass der nasse Plunder mit den darin eingewickelten, vor sich hin dämmernden Elendsgestalten dampfte wie die Fußlappen einer Fernpatrouille in der Entlausungssauna. Über der Lagerstätte lag ein so magenumdrehender Gestank, dass Jaska beschloss, sich zu verziehen.

Als er aber von der Bank aufgestanden war, hörte er unter einem der Lumpenhaufen eine heisere, irgendwie vertraut klingende Stimme. Im selben Augenblick kroch, von einem morgendlichen Zittern geschüttelt, eine ausgemergelte menschliche Gestalt mit gelblicher Haut und blutunterlaufenen Augen aus dem Haufen hervor und grüßte Jaska Teikari in fließendem Finnisch. Es dauerte eine Weile, ehe Teikari begriff, dass dort ein alter Bekannter aus Turku stand (oder eher in seinen schmutzigen Lumpen schlotterte): der Bassist und Musikant Arto »Nuokku« Kielo.

Teikari beschrieb Jussi Vares, der ruhig zuhörte, wie Nuokku einen muffigen Wandteppich von der Schulter abgeschüttelt und seinem alten Kumpel einen guten Morgen gewünscht hatte. Als Nächstes hätte der Bursche eine Zigarette geschnorrt, wie unzählige Male zuvor an den einschlägigen Theken Turkus. Teikari legte eine lange Pause ein. Er starrte versunken in die Ferne und schluckte einige Male. Schließlich ergänzte er, dass Nuokku ein wirklich übler Anblick gewesen sei. In den Augen des alten Kumpels hätte so ein seltsamer Blick gelegen, »wie der Blick eines Mannes, der nur noch auf den Tod wartet«.

Die Männer saßen eine Weile schweigend vor ihren halb leeren Biergläsern. Die alten Lüftungsrohre rauschten hinter den Deckenpaneelen wie ein aufkommender Sturm in dunkler Waldesnacht. Man hörte, wie Taisto im Hinterzimmer Geschirr abwusch. Auf dem Flur des Fremdenheims schlug eine Tür.

»Hörte sich nicht besonders gut an, was er erzählte. Wirklich nicht. Der Bursche war einige Monate kreuz und quer durch Europa gereist und hatte sich Stoff reingezogen. Vor allem wohl Gift. Aber auch alle mögliche andere Scheiße, was ihm halt so in die Finger kam.«

»Aber wie um Himmels willen ist er in Ungarn gelandet?«

»Darüber war er sich wohl selbst nicht ganz im Klaren. Er erzählte, dass er eines Morgens an dem Busbahnhof neben dem Park aus dem Bus gefallen sei, der aus Wien kam. Es war aber nichts Richtiges aus ihm herauszubekommen. Zwischendurch hustete er wie ein Lungenkranker. Und er lachte darüber, dass er auch nach zwei Wochen Budapest noch nicht die einschlägigen Sehenswürdigkeiten abgecheckt hatte, die Dome, Burgen, Museen und so weiter. Hat mich gefragt, ob es überhaupt stimmte, dass die Donau so schön und blau sei.« Jaska Teikari rieb sich die Wange. »Von dem stinkenden Spritzenlager in dem kleinen Park bis zu dem Fluss sind es übrigens nicht mehr als einige hundert Meter …«

»Und Nuokkus gesammelte Erzählungen? Was in aller Welt war ihm passiert?«

»Er hat wirklich seltsame Sachen erzählt. Dass er Turku und Finnland den Rücken gekehrt hätte …«

»Hatte der Arme ein Todesurteil zu erwarten oder so? War er irgendwelchen unangenehmen Typen etwas schuldig geblieben, oder was?«

»Ich glaube, dass es in seinem Fall nicht um so etwas ging ...« Jaska Teikari zündete sich nachdenklich eine neue Zigarette an. »Aber wie ich aus seinem wirren Gefasel herauszuhören glaubte, war der arme Schlucker eher vor sich selbst geflüchtet ...«

»Existenzialistischer Lebensschmerz, etwa? Bei Nuokku? Sprechen wir wirklich über denselben Arto Kielo – einen Mann, dessen Zeitplanung nie über die nächste Arbeitslosengeldzahlung hinausging?«, fragte Vares zweifelnd.

»Ja, das tun wir. Er hörte sich ganz so an, als ob er andeuten wollte, dass er ein finsteres Geheimnis mit sich trug. Er wollte mir unbedingt sein Herz ausschütten, quasi zur Feier des Wiedersehens. Er lachte, ständig hustend und spuckend, und meinte, dass er in seinem Zustand wohl kaum viele solcher Gewitterstürme mehr aushalten werde, wie den, den er in der Nacht zuvor erlebt hatte – und er meinte, dass alle Geschichten bald zu Ende erzählt wären. Dann ergriff er plötzlich meine Hand, schaute mir gerade in die Augen und sagte mit klarer und deutlicher Stimme, dass er nicht beabsichtige, noch einmal nach Finnland zurückzukehren. Niemals würde er über Lebende und Tote richten wollen!«

»Über Lebende und Tote richten? Was meinte Nuokku damit?«

»Das habe ich mich auch gefragt ...«

»Der arme Nuokku. Muss ja ganz schön schlecht um ihn gestanden haben.«

»Nuokku litt sicher unter starkem Husten oder 'ner Pockenkrankheit, irgendeiner Gelbsucht oder 'ner anderen verdammten Hepatitis, was auch immer diese Spritzenheinis so alles haben. An dem Morgen war er sicher noch auf Turkey. Hat mir ganz schön den Magen umgedreht, als ich sah, wie heruntergekommen der Bursche war. Völlig strange wirkte er ...« Teikari blickte Vares schräg an. »Aber vielleicht hab ich mir das auch nur eingebildet ...«

»Was meinst du damit?«

»Nuokku schien das dringende Bedürfnis zu haben, sich jemandem anzuvertrauen. Er plapperte wie der übelste Volksdichter. Und dann machte er – ganz plötzlich – sogar eine kleine Andeutung. Nuokku forderte mich auf, einer bestimmten Sache nachzugehen – wenn ich nach Turku zurückkäme.« Jaska Teikari blickte Vares zweifelnd an. »Aber mehr möchte ich jetzt nicht darüber reden. Also … noch nicht.«

Jussi Vares war wirklich ein wenig verwundert über das Verhalten seines Kameraden. Er trank wortlos sein Bier und wartete darauf, ob Teikari seine Geschichte fortsetzen würde.

»Diese stinkende Junkieherde wachte dann allmählich auf, und Nuokku hatte es plötzlich ziemlich eilig.« Teikari starrte finster auf die abgewetzte Tischplatte.

»Nuokku wurde nervös und schickte mich fort, beschwor mich jedoch, am folgenden Morgen zur gleichen Zeit wiederzukommen. Er versprach, das Gespräch dort fortzusetzen, wo er … also wo wir stehen geblieben waren. Und er versprach mir auch, das eine oder andere Interessante zu enthüllen.«

»Aber dann hast du Nuokku nicht mehr gesehen, oder?«, versicherte sich Vares.

»Nein. Ich kam zur vereinbarten Zeit zurück.« Jaska Teikari holte tief Luft und schüttelte den Kopf. »Aber Artos angeschimmelte Decken hingen bereits im Gebüsch zum Trocknen. Und er selbst war nirgendwo mehr zu sehen. Ich versuchte, mich bei den anderen Typen nach der Lage zu erkundigen. Einer aus der Herde, der noch einigermaßen bei Verstand war, so'n Säurekopf aus Belgien glaub ich, wusste zu berichten, dass Nuokku am Abend vorher einen schweren Blutsturz oder Herzschlag erlitten hatte. Anderthalb Stunden später soll dann der Krankenwagen gekommen sein. Nuokku war auf die Bahre gehoben und fortgetragen worden. Der Belgier meinte, dass Nuokku schon etwa eine Stunde lang tot wie ein Stein gewesen war, als der Wagen kam, ganz blau vor Kälte, hätte er dort gelegen, in dem Deckenknäuel.«

»Das also zu Arto Kielo. Amen. Friede seiner Seele. Wenn wir überhaupt so etwas wie eine Seele haben.« Jussi Vares wiegte nachdenklich das leere Bierglas in der Hand.

»Doch, das haben wir. Man soll sie sogar richtig gewogen haben, in irgendeinem wissenschaftlichen Test. Der Mensch nimmt nämlich im Augenblick des Todes, also in der Sekunde, in der der arme Geist zu seiner neuen Heimstatt, den Cumuluswolken, auffährt, etwa ein Pfund ab.«

»Ich werde wohl mindestens ein Kilo abnehmen in dem gesegneten Augenblick, wo ich den Löffel abgebe«, sann Vares nach. »In meiner Seele hat sich nämlich im Laufe der Jahre schon so allerhand irdischer Schmodder und überflüssiger Ballast angesammelt.«

»Und unser Arto hat scheinbar mit letzter Kraft versucht, seine braune Seele zu erleichtern«, sagte Teikari.

»Was für große Sünden hätte so ein harmloser Bursche wie Nuokku denn auf dem Gewissen haben können?«, wunderte sich Vares.

»Vielleicht nicht unbedingt er selbst.« In Jaska Teikaris Gesicht stieg ein rätselhaftes Lächeln. »Aber wenn seine Gefühle ebenso viel gewogen haben wie die Sünden, die andere begangen hatten?«

Im selben Augenblick betrat eine Frau mit einem glänzenden, langen Popelinemantel und kurzen, dunklen Haaren die Bar.

Olga Primalova war pünktlich erschienen. Sie stammte aus dem Süden von St. Petersburg – eine Einwanderin ingrischer Abstammung – und lebte schon seit sechs Jahren in Finnland. Olga war vor fünf Jahren von ihrem russischen Ehemann geschieden worden und hatte in Finnland eine Ausbildung zur Kosmetikerin absolviert.

Olga stand auf der Gehaltsliste eines größeren Importunternehmens im Kosmetik-Bereich, reiste im Land herum und lebte in der Regel für rund drei Wochen im Monat aus dem Koffer. Sie präsentierte in Warenhäusern, auf Messen und in Einkaufszentren die Produkte ihrer Firma. Im letzten Herbst musste sie aus ihrer früheren Zweizimmerwohnung ausziehen, weil der Vermieter das Quartier für einen Jungen aus seiner Verwandtschaft benötigte.

Jaska Teikari hatte das Fremdenheim *Märchenland* als vorübergehende Wohnlösung auserkoren. Sich zeitweise bei Taisto Mononen einzuquartieren war angeblich viel günstiger als eine ganze Monatsmiete für irgendein Wucherloch. Olga hatte schon etwa seit einem halben Jahr im *Märchenland* gewohnt.

»Olga. Wie isses? Ein großes Bier?«, fragte Jussi, als sich Olga zu ihnen setzte.

»Nein danke, lieber Jussi. Weißt du, ich bin gerade mit dem Zug aus Kuopio gekommen und möchte mich erst einmal hinlegen.« Olga zwinkerte vielsagend mit ihren großen Augen. »Jaska darf mitkommen und mir noch ein schönes Gute-Nacht-Märchen vorlesen.«

»Na wer weiß, vielleicht ja auch zwei!« Jaska schlang seinen Arm um den Hals der Frau. Als Dank bekam er einen dicken Kuss.

»Jaska erzählt doch nur«, lachte Olga. »Mein Jaska ist 'n richtiger Märchenonkel ...«

Nachdem Vares nach Hause gekommen war, stand er für eine Weile am Fenster und schaute versunken in die öde Landschaft hinaus. Durch die dünnen Vorhänge des am linken Giebel des Fremdenheims *Märchenland* gelegenen Fensters schimmerte Licht, das plötzlich erlosch, als ob eine Kerze ausgeblasen worden wäre. Vares wünschte dem Pärchen in Gedanken eine gute Nacht: Jaska Teikari, der passionierte Journalist, und Olga, die von weit her eingewanderte Gefährtin des Mannes.

Gleichzeitig fiel Vares' Blick auf ein anderes Fenster.

Das große und unbeleuchtete Fenster lag seiner Wohnung direkt gegenüber, im Schatten des frischen Blattwerks einer alten Linde. Unter dem Fenster, am Sockel des Fremdenheims, standen drei verschieden große Kerzen.

Zwei von ihnen waren bereits am Verlöschen, die dritte aber brannte hell und warm, als ob sie gerade angezündet worden wäre.

## 5

Das *Alte Frachtschiff*, ein mit Rost überzogenes Restaurantschiff, schaukelte auf den bräunlichen Wellen am Ostufer des Aurajoki, direkt neben dem Anlegesteg der Flussfähre *Föri*.

Jussi Vares hatte für elf Uhr auf der sonnigen Schankterrasse des Kahns ein Treffen mit seinem Auftraggeber, Diplom-Ingenieur Erkki Vehmanen, verabredet. Er stellte seinen Ford Mondeo mit zehn Minuten Verspätung an der Uferstraße ab. Schon als er die Straße überquerte, entdeckte er Vehmanen, der allein an einem Tisch am Heck des Schiffes saß.

Erkki Vehmanen, ein drahtiger, lang aufgeschossener Mann mit grauen Schläfen, war Mitglied der Unternehmensleitung eines großen, stark expandierenden Turkuer Unternehmens. Darüber hinaus war er einer der starrköpfigsten Menschen, denen Jussi Vares je begegnet war.

Erkki Vehmanen saß steif auf seinem Plastikstuhl wie ein Kadett auf dem Pott. Fast zwangsläufig kam Jussi dieses Bild in den Sinn. Der mit einem grauen Anzug und einer blauen Krawatte bekleidete Mann erinnerte Vares eher an den zu einem schnellen Lunch einkehrenden Referenten eines Steuerbüros als an einen effektiven und dynamischen, sich auf internationalem Parkett bewegenden Unternehmensleiter. Der schwarze Aktenkoffer, das Standardrequisit des erfolgreichen Mannes, lag vor ihm auf dem Plastiktisch. Der vom Meer kommende kräftige und warme Südwestwind blätterte für ihn in raschem Takt die Seiten der vor ihm aufgeschlagenen Handelszeitung um.

In dem Augenblick, als Vares das Schiff bestieg, kam ihm ein überraschender Gedanke. Plötzlich verstand er Frau Kaarina Vehmanen, die voller Hoffnung geglaubt hatte, einen richtigen Mann zu ehelichen – und dann einen solchen Typen als Lebensgefährten bekommen hatte: einen steifen und korrekten, ständig in Grau gekleideten Rechenschiebertechnokraten der übelsten Sorte, der an nichts anderes dachte als an die unendlichen Projekte seiner Firma, die irgendwo in Europa durchgeführt wurden.

Kaarina Vehmanen hatte Erkki den obligatorischen Erbprinzen geboren, der jetzt bereits ein erwachsener Mann war. Sie hatte ohne zu murren das Frühstück gemacht, nach der Samstagssauna das Essen zubereitet, die Verwandten empfangen, die Hemden gebügelt und immer für eine saubere und staubfreie Vorzeigewohnung gesorgt – schon fast ein Vierteljahrhundert lang. Eine beträchtliche Strafe, wie lebenslänglich ohne Recht auf Begnadigung.

Und die Jahre hatten sich ebenso aufregend und erlebnisreich aneinander aufgereiht wie die fahlen Schmuckperlen einer billigen Kette. Mit Sicherheit ebenso vorhersehbar wie die von der Briefkastenfirma eines Aaro Vartio angebotenen »persönlichen, von einem römischen Astrologieprofessor erstellten Charakterhoroskope«.

Und so war es eigentlich auch kein Wunder, dass sich die Frau (als der Sohn bereits von zu Hause ausgeflogen war) plötzlich ihrer völligen Nutzlosigkeit bewusst geworden war. Was sollte sie tun, da nichts anderes mehr übrig geblieben war als die bedrückenden Wände, die zu bügelnden Hemden, der Boden, der gestaubsaugt werden musste, die schwarze Aktentasche – und diese träge Aktentaschenverlängerung, die dort am Tisch des Restaurantschiffs saß und starr vor sich hin blickte, ein Mann, der vielleicht einmal im Jahr etwas Überraschendes tat – indem er in morgendlichem Übermut statt des grauen Kragenhemdes ein blaugraues wählte.

Kaarina Vehmanen war in eine Lage gekommen, in der sie einfach einen Entschluss treffen und sich aus dem betäubenden Halbschlaf herausreißen musste. Andernfalls wäre sie in ihrem eigenen Vakuum erstickt.

Das Traurige an der Sache war, dass die gute Kaarina ausgerechnet auf dem glatten Schlitten dieses scheinheiligen Marktschreiers und Tangopredigers Risto Rautanen neuen Inhalt und Sinn für ihr Leben zu finden glaubte.

Jussi Vares seufzte tief auf. Solche Kundengespräche gingen ihm ja auch sonst gegen den Strich, die Gesellschaft dieses Mannes aber war ihm ganz besonders unangenehm. Und er wusste schon im Voraus, was er zu erwarten hatte.

Zuerst wäre das allgemeine Pflichtprogramm dran – zehn Minuten überflüssiges Geplänkel über die Firma des Mannes und seine Geschäfte. Aber dafür wurde er ja bezahlt. In Erkki Vehmanens spröder Erscheinung lag wirklich etwas, was auch den sonnigsten Tag mit einer grauen Wolkendecke überzog.

Vares holte sich ein kleines Bier vom Tresen und ging zu Vehmanen an den Tisch. Sie begrüßten sich mit Handschlag. Vehmanens Hand erinnerte Vares an den eisernen Türgriff der *Merita*-Bank am ersten frostigen Herbstmorgen. Vares wünschte einen guten Tag und versuchte freundlich zu lächeln. Erkki Vehmanen war außergewöhnlich blass, wenn man bedachte, dass der Frühling schon weit fortgeschritten war.

»Sie haben sich ja doch diesen Termin freimachen können«, begann Vares, nachdem er den Stuhl so platziert hatte, dass er nicht in die Sonne schauen musste.

»Beeilen müssen wir uns trotzdem. Versuchen wir, in einer halben Stunde fertig zu sein, abgemacht?« Vehmanen blickte auf seine Uhr und räusperte sich trocken.

»Ist mir recht.«

»Also. Viel Zeit, Trübsal zu blasen, bleibt uns nicht. Unserem Konzern haben sich gerade, wie Sie sicher schon aus den Zeitungen wissen, die Kanäle zum deutschen und österreichischen Markt geöffnet ...«, begann Vehmanen. »Und das erfordert natürlich vollen Einsatz, ohne dass man die Stunden zählt.«

Vares nickte und nahm nebenbei eine braun gebrannte Blondine in Augenschein, die gerade ihr Geländerad auf die Fähre schob. Jetzt würde also wieder derselbe Vortrag beginnen. Vares seufzte leise in sich hinein. Na egal, dafür wurde er ja bezahlt ...

»Nun. Um uns auf diesem schwierigen Absatzgebiet zu etablieren, sind wir gezwungen, einige taktische Firmenaufkäufe zu tätigen. Ich war ja von Anfang an der Meinung, dass die auf einem schrittweisen Organisationsaufbau beruhende Strategie des langsamen Voranschreitens in dieser Situation genau die falsche Vorgehensweise ist. Wenn man bestimmte Faktoren der Unternehmenskultur und auch andere regionale Besonderheiten mit berücksichtigt ...«

Vares schweifte mit seinen Gedanken ab und versuchte, sich den Arbeitstag des Fährmanns der Flussfähre *Föri* vorzustellen. Wie viele Male überquerte er wohl innerhalb von acht Stunden den Aurajoki? Wie neugierig beobachtete der Mann seine Passagiere? Ob er sich, nur zum Zeitvertreib, über die von ihm beförderten Menschen seine eigenen Geschichten ausdachte: Wer mag das wohl sein, womit verdient er seinen Lebensunterhalt, woher kommt er gerade, wohin ist er unterwegs?

»... Die schwere und uneigennützige Arbeit, die die Exportabteilung unseres Konzerns – die übrigens mir gegenüber direkt berichtspflichtig ist – in all den Jahren vor allem in Schweden, Holland und Frankreich geleistet hat, beginnt jetzt endlich in größerem Umfang Früchte zu tragen. Ich halte es durchaus nicht für unmöglich, dass als Nächstes – also nach Deutschland, Österreich und der Schweiz – das südliche Europa an der Reihe ist. Besonders an Norditalien sind wir interessiert. Morgen fliege ich übrigens für drei Tage nach Mailand zur Messe ...«

»OHNE LAND IST DER MANN ... UND KEIN WURM FRISST IHN AN ...«

Das Gegröle eines am Tresen lehnenden Morgentrinkers unterbrach für einen flüchtigen Augenblick den in Erkki Vehmanens Kopf wie immer so geradlinig fortschreitenden Gedankengang. Wie eine Gewitterwolke trat ein Ausdruck der Verärgerung in sein Gesicht. Bald aber setzte die Wortflut umso heftiger wieder ein.

»Die Zielorientiertheit ist in unserem Business auf so hohem Niveau angesiedelt, dass sie einem ganz gewöhnlichen Klinkenputzer natürlich unverständlich bleibt, der morgens den Laderaum seines Kombis mit Plastikenten voll lädt und abends im Vorraum zur Sauna des Hotels *Cumulus* zusammenzählt, wie viel Badewannenspielzeug er im Laufe des Tage verkauft hat.«

Vares blickte sehnsüchtig in Richtung des schattigen Bartresens.

»So wie zum Beispiel jetzt diese Messe in Mailand! Wir haben dafür seit Beginn dieses Jahres gearbeitet. Wir – hoch bezahlte Berufsmenschen – haben zusammen geplant, haben uns untereinander beraten, haben gerechnet und wieder geplant. Wir – wahre Spitzenkönner auf unserem Gebiet! Und wir haben wirklich unser Bestes gegeben! Verdammt! Ohne uns um die Wochenenden, Skiferien und Überstunden zu kümmern!«

Erkki Vehmanens Stimme bekam einen immer seltsameren Klang. Die strenge Selbstbeherrschung des Mannes begann sich sichtlich aufzulösen.

»Ehrgeiz, wahnsinniger Unternehmungsgeist und echter Berufsstolz ...« Vehmanen krächzte wie ein Sportreporter in einem alten Röhrenradio. »Und in so einer Situation muss ich, der Leiter des ganzen Projektes, auch noch abends spät meine verdammte S c h w i e g e r m u t t e r anrufen!«

Das große und schwere Rad, das sich in Erkki Vehmanens Kopf drehte, war jetzt voll in Schwung gekommen. Es knarrte und knirschte. Die runden Augen des Mannes glänzten vor Begeisterung.

»UND ICH HAB DIESER ALTEN FOTZE GERADEHERAUS GESAGT, SIE HÄTTE IHRE HURENTOCHTER JA GUT ANGELERNT. DIESE DÄMLICHE KUH!« Vahmanens Stimme erhob sich wie das Klagen eines Nebelhorns.

An den Tischen des Restaurantboots wurde es still. Man hörte Vehmanens Litanei mit sichtlichem Interesse zu. Auch der mit schlaffen Knien am Bartresen hockende morgendliche Störenfried verstummte.

Jussi Vares wäre in diesem Augenblick lieber ganz woanders gewesen. Die Situation drohte immer mehr außer Kontrolle zu geraten. Jussi blickte verstohlen in die Runde und fasste einen schnellen Entschluss. Er griff Erkki Vehmanen fest am Arm und führte ihn auf trockenes Land. An den Plastiktischen war es mucksmäuschenstill. Nur noch das Klatschen der leichten Wellen, die gegen den Schiffsrumpf schlugen, war zu hören.

Vares und Vehmanen überquerten die Straße und stiegen in den Volvo ein. Erkki Vehmanen atmete schwer und wischte sich über die Stirn, als würde er aus einem schrecklichen Albtraum erwachen.

»Puh. Hab mich wohl grad ein wenig zu sehr ereifert.« Vehmanens Stimme klang matt.

Vares nahm einen Stoß Papierkopien aus der Brusttasche: der Observierungsbericht der letzten Tage. In einem gesonderten Briefumschlag steckte die Rechnung für die bisher von ihm geleisteten Dienste.

»Geht klar. Ich werde den Betrag noch vor meiner Abreise nach Mailand überweisen.« Vehmanen klappte mit zittrigen Händen die schwarze Aktentasche auf. »Und ich möchte natürlich, dass Sie Ihre Arbeit wie bisher fortsetzen. Also, alles okay?«

Vares nickte stumm und griff zum Türhebel. Er wollte möglichst weit weg von diesem Mann sein.

Plötzlich packte Vehmanen Vares an der Schulter.

»Hat dieses verdammte Schwein Kaarina gebumst?«

»Hmm. Dafür habe ich keine direkten Beweise.«

Vehmanens Griff war unangenehm fest.

»Dann klären Sie die Sache!«

»Dafür bezahlen Sie mich ja. Und das auch noch gut.«

»Na also.« Vehmanen seufzte tief und trommelte nervös mit den Fingern auf dem Lenkrad herum.

»Ich habe beschlossen, das Tennisspielen einzuschränken. Es haben sich all die kleinen Überlastungsbeschwerden eingestellt. Ich werde die Sportart wechseln.«

Erkki Vehmanen öffnete seine schwarze Aktentasche und präsentierte Vares den Inhalt.

Außer einem Handy, einem Taschenrechner, einer Schachtel Pastillen, einer dünnen Dokumentenmappe, einem Time Manager und dem Bündel Papiere, das Vares ihm gerade übergeben hatte, lag in der Tasche noch eine matt glänzende, gefährlich aussehende Automatikpistole. Und eine braune Patronenschachtel.

»Hey! Machen Sie doch nicht so ein Gesicht, mein Guter. Ich bin Rotarier, ein anständiger Reserveoffizier und der Schatzmeister in unserem Pionierverein«, lachte Erkki Vehmanen heiser und freudlos. »Ich bin ein rechtschaffener und anständiger Mann. Und Pistolenschießen ist doch eine faszinierende Freizeitbeschäftigung!«

Jussi Vares hatte ein kleines paniertes Schnitzel gegessen und wurde im Moment von Sodbrennen geplagt. Rennies hatte er natürlich nicht dabei. Es wäre wohl besser gewesen, wenn er in diesem chinesischen Schnellimbiss etwas Leichteres zu sich genommen hätte. Und auf keinen Fall hätte er diesen Kaffee trinken sollen, den dieser Autohändler ihm angeboten hatte.

Das breite Gesicht von Kaarlo A. Hauser, Geschäftsführer eines Autohandels, war braun gebrannt. Der Mann war tags zuvor erst von einer Südostasien-Rundreise zurückgekehrt, die der Importeur einer japanischen Automarke veranstaltet hatte. Die Anstrengungen der langen Reise waren ihm jedoch nicht anzusehen: Kaarlo A. Hauser wirkte so verkatert, vollgefressen und angeschlagen wie immer.

Zwischen Hausers dicken Fingern qualmte eine übel riechende, vermutlich recht teure Zigarre. Vor sich, auf dem Mahagonitisch, der so breit war wie das Doppelbett einer Kurtisane, hatte er einen Stapel Schwarzweißbilder ausgebreitet.

In kurzen Abständen zog Hauser mit zusammengekniffenen Augen an seiner großen Zigarre und nahm dabei immer ein neues Bild in die Hand. Er betrachtete die Aufnahmen mit eher mäßigem Interesse, wie den Grundrissentwurf einer in Planung stehenden Servicehalle.

Hauser hustete trocken und nahm das nächste Schwarzweißbild vom Tisch. Auf dem Bild war seine Frau zu sehen, Anna-Liisa Hauser, eine vierzigjährige, elegante Blondine, die gerade durch den Seiteneingang eines gewissen Turkuer Fremdenheims schlüpfte. Auf dem grauen Türglas stand in großen weißen Klebebuchstaben:

FREMDENHEIM MÄRCHENLAND.

Auf dem nächsten Foto posierte ein pockennarbiger, dünner Kerl mit einer ausgeprägten Nase und einer gekräuselten, bläulich schwarzen Nackenmatte. Kaarlo A. Hauser schnaubte verächtlich.

Die unteren Fotos hatte Vares auf dem Hinterhof des *Märchenlandes* geschossen. Auf einer der Aufnahmen waren deutlich zwei Personen zu erkennen, die in einem kleinen Zimmer standen und einander umschlungen hielten. Auf dem anderen Bild schien die Frau bereits mit der Gürtelschnalle des Mannes beschäftigt zu sein.

»Wer ist dieser Luigi dort?« Kaarlo A. Hauser leckte sich die Lippen; er tat dies mit einer unbewussten Geste, die Vares auf unangenehme Weise vertraut war. Genau solche Fotos waren es, die diese wandelnde Cholesterinbombe so liebte. Sie brachten dem Fotografen die Butter auf das Brot.

»Youssef bin Mahmoud …« Vares hustete in seine Faust und korrigierte seine Sitzhaltung. »Ein Jordanier. Lebt seit vier Jahren in Finnland. Gibt an, von Beruf Seekapitän zu sein. Wohnt draußen in Lauste, in einer Zweizimmerwohnung. Vor einem Jahr geschieden von einer gewissen Annukka Pöntinen. Ein gemeinsames Kind, das bei der Mutter lebt.«

»Ach was. Ein Seekapitän dieses Mal. Anna-Liisa ist nämlich spezialisiert auf solche hoch qualifizierten Ausländer. Einer war, soweit ich mich erinnere, ein armenischer Kernphysiker – der in Wahrheit nicht einmal einen Taschenrechner bedienen konnte. Und dann waren da noch …« Kaarlo A. Hauser begann mit den Fingern zu zählen. »Ja. Genau. Dieser Grieche, der angeblich kurz vor seiner Approbation zum Herzchirurgen stand. Und dann der Stubengenosse des Burschen, dieser kleine Affenarsch, stammte der nicht aus Rumänien, oder so? War der Typ nicht auch so'n Forscher von der Universität, ein Chemiker? Oder hatte er gesagt, er würde irgendwelche Bananenfliegen oder anderes Ungeziefer untersuchen?«

Vares sagte nichts.

»Hmm. Wie läuft übrigens Ihr Mondeo? Doch wohl gut? Na, warten Sie nicht allzu lange damit, ihn in Zahlung zu geben. Noch kriegen Sie 'n guten Preis dafür.« Hauser stapelte die Fotos in einem sauberen Haufen vor sich auf.

»Na, mal sehen, im nächsten Jahr vielleicht. Was ist übrigens mit der Provision?«

»Schicken Sie mir ruhig die Rechnung zu. Ihre Arbeit ist fürs Erste beendet. Ich werde mich wieder melden, wenn's nötig ist.« Kaarlo A. Hauser stand vom Tisch auf und hielt Vares sein wurstiges Händchen hin.

Vares ergriff die sich feucht anfühlende Hand, auf der die Haut nach der starken Sonnenbräunung bereits abschuppte.

»Ach ja. Wie geht es eigentlich mit dem Fall Erkki Vehmanen voran? Erkki meinte gestern im Klub, nur ganz im Vorübergehen, er wäre wirklich glücklich darüber gewesen, dass ich Sie beide einander vorgestellt und Sie ihm empfohlen hätte.«

»Mussten wir dieses Thema ansprechen?« Vares war verärgert. »An sich sollte man ja über die Sache nicht so viel reden, aber da Sie Vehmanens Situation mindestens genauso gut kennen wie ich und sozusagen der Pate der ganzen Geschichte sind, muss ich jetzt doch den Mund aufmachen. Ich mache mir nämlich ein wenig Sorgen.«

»Vielleicht nicht ganz unberechtigt. Die Jungs im Klub haben auch davon gesprochen. Erkki nimmt sich seine Situation zu sehr zu Herzen. Wenn er's doch etwas lockerer nehmen und zu 'ner Nutte gehen würde, wie's die anderen Brüder tun. Aber nein! Er brütet alle möglichen trübseligen Gedanken in seinem Schädel aus. Richtig gesund ist das nicht.«

»Vehmanen hat sich 'ne Waffe besorgt. Meines Erachtens wirkt er ein wenig unausgeglichen.«

»Für die Waffe gibt's eine Erklärung. Wir versuchen nämlich schon seit Jahren, Erkki dazu zu überreden, mit unserer Jagdtruppe zur Elchjagd mitzukommen ...«

»Ach was?! Werden Elche heutzutage etwa mit 'ner *Ruger*-Automatikpistole gejagt?«

An der hinteren Wand des Vorraums zum *Olkku* hing ein in Druckbuchstaben geschriebenes Schild, auf dem zu lesen war:

*WILLKOMMEN UND VIEL VERGNÜGEN IM OLKKU!*

*Dein gemütlichstes Wohnzimmer, deine kühlste Sommerveranda – und manchmal auch deine dunkelste Abstellkammer!*

An dem langen Spieltisch im Hinterraum der Kneipe saß die altbekannte Stammtruppe und kloppte Karten: Jabi, Tohe, Jokke, Vaakku und Hobo. Am Tresen lehnten Viborgs letzter Gigolo mit seinem Fernet Mint und Lätty mit einem großen Hellen und leisteten dem Langen Juuso, dem Wirt des Lokals, Gesellschaft.

Jussi Vares bekam am Pokerautomaten ein Full House – und das mit einem Einsatz von fünf Finnmark.

Vares wechselte erwartungsvoll das Bein, zögerte einen Augenblick und verdoppelte seinen Einsatz. Noch einmal überlegte er ein paar Sekunden und wählte schließlich ein hohes Blatt. Der Automat brummte zufrieden über die Gier des Spielers – und natürlich auch über dessen Dummheit. Der Dealer mit dem Elektrogehirn surrte noch einen Moment und machte dem schwachen Menschen dann eindeutig klar, was Sache war: Der Automat zeigte Herz vier und sog den Gewinn in seinen bodenlosen Schlund hinab.

Jussi Vares fluchte verärgert, ging zum Tresen und sagte zu Juuso:

»Schütt mir mal 'n Hausmeister-hat-frei ein – wenn du nichts anderes zu tun hast!«

»Du meinst 'ne Goldi-Cola ohne Cola?«

»Jep!«

Der Lange Juuso tat wie befohlen. Beim Einschütten fiel ihm plötzlich etwas ein:

»Du, Vares. Jaska Teikari hat kurz reingeschaut und nach dir gefragt, muss knapp 'ne Stunde her sein. Schien irgendwas auf dem Herzen gehabt zu haben.«

»Wo kann ich ihn finden?«, fragte Vares.

»Nirgendwo. Er musste ganz schnell wieder gehen, war wohl in eigener Sache unterwegs. Bat mich nur, dir mitzuteilen, dass er versuchen würde, dich gegen Abend anzurufen.«

»Die Nichtigkeit unseres Lebens zeigt sich uns vielleicht am besten, wenn wir dieses ewige Wettrüsten betrachten und vor allem dieses etwas größere Verteidigungsprojekt mit dem Namen Chinesische Mauer ...« Kurzprosaist Luusalmi blickte ganz tief in sein halb leeres *Guinness*-Glas, ganz so, als würde er versuchen, in die unendliche schwarze Weite des Weltraums zu schauen.

Der Abend war schon so weit fortgeschritten, dass in die *Neue Apotheke*, eine in der steilen Straßenschlucht der Kaskenkatu gelegene Kneipe, allmählich mehr Volk zu strömen begann – ein Teil von oben, ein Teil von unten, im wörtlichen wie auch im bildlichen Sinne.

»Hey, Otto. Haste zufällig Teikari gesehen?«, fragte Vares den schnurrbärtigen Wirt und deutete gleichzeitig mit dem Zeigefinger auf das leere Glas.

Otto zapfte einen halben Liter *Karhu* ab und sagte nach kurzem Überlegen:

»Er ist kurz hier gewesen. Irgendwann so gegen zwei. Hat ordentlich Wind gemacht, sich 'n bisschen in den Räumen umgeschaut und gleich wieder das Weite gesucht, ohne etwas zu sagen. Was wohl mit ihm los war? Auf jeden Fall hatte er es eilig gehabt, der Herr ...«

»Hat er jemanden gesucht, oder was?«

»Sah ein wenig so aus.«

»Also, um noch mal auf die Chinesische Mauer zurückzukommen …«, setzte Luusalmi, seinem Stil getreu, also zäh wie ein Zuchtbulle, sein Gefasel fort. »Das ist wirklich eine ewige Ikone, die für all die vergeblichen Bemühungen des kleinen Menschen steht, dieses Mauerstück.«

»Ja, ganz sicher«, bestätigte Jussi Vares, in Gedanken versunken.

»Denk mal. An dieser Mauer wurde wohl ganze tausend Jahre gebaut. Und was war, als dieser elende Schutzzaun endlich fertig wurde? Diese Mongolenteufel aus der Wüste Gobi hatten schon längst die Leiter erfunden. Also, nichts ist so überflüssig wie dieses ewige Wettrüsten.«

Im Lokal erschien wie aus dem Nichts ein bekanntes Zweiergespann. Markku »Untsu« Into in Begleitung von Redakteur Ruuhio. Aus irgendwelchen Gründen entbrannte plötzlich ein Disput und Streit darüber, wie viele Jahre der Dichter J. J. Wecksell wohl noch in der Nervenheilanstalt verbracht hatte, bevor er von den Plagen dieser jämmerlichen Welt erlöst wurde. Es wurden Wetten abgeschlossen, und Jussi Vares setzte seine Münzen auf fünfunddreißig Jahre.

»Verflucht! Vierzig Jahre waren's bestimmt, die dieser JayJay den grauen Haferschleim futtern durfte, der ihm vom Vater Staat vorgesetzt wurde!«, verkündete Luusalmi mit sicherer Stimme und begann ebenfalls, aus seiner Tasche Wettgeld hervorzukramen.

Ruuhio versprach, die Sache gleich am nächsten Morgen in einem Nachschlagewerk zu überprüfen. Schließlich kam jemand auf die Idee, dass eine klassische, erhellende Schnapsrunde doch allen ganz gut tun könnte. Niemand hatte etwas dagegen einzuwenden.

Die Spätfrühlingsnacht war so warm wie die Umarmung einer Witwe. Die bergab führende Straße gab auch etwas wackeligeren Schritten ordentlich Geschwindigkeit. Es war ein Gefühl wie ein kräftiger Rausch, so präsent wie ein zuverlässiger Jugendfreund.

Aus Richtung Uudenmaankatu war das klagende Heulen eines Krankenwagens oder Polizeiautos zu hören. Auf dem obersten

Balkon eines großen Wohnblocks war ein heftiger Streit im Gange. Gallige Flüche prasselten in die Straßenschlucht hinunter wie Splittergranaten und Streubomben. Klatschende Backpfeifen und die schrillen Zornesschreie einer Frau belebten das nächtliche Straßenmilieu.

Als Jussi Vares endlich sicher von den vertrauten Steinwänden seiner Wohnung umgeben war, fühlte er sich so müde wie ein 50-km-Geher.

Vares trat sich die Boots von den Beinen, pfefferte die Jacke auf die Lehne eines Stuhls und kämpfte eine Zeit lang mit dem Reißverschluss seiner Jeans. Schließlich stürzte er noch zum Kühlschrank und trank eine halbe Flasche mehr oder weniger frische Orangenbrause. Dann ließ er sich schlaff auf die vertraute Matratze fallen. Nach einer halben Minute wurde Vares von tiefem Schlaf übermannt.

Das rote Auge des Anrufbeantworters, das stumm und unendlich im Dunkeln vor sich hin blinkte, hatte Vares nicht bemerkt.

## 6

Am Morgen erwachte Vares durch ein vertrautes Gefühl: ein süßlicher Geschmack am Gaumen, ein hohles Pochen an den Schläfen. Der Magen stieß einen bittersauren Rülpser aus, und hinter dem Brustbein wütete ein kleiner Teufel mit seiner gnadenlosen Brennlampe. Vares tastete sich zur Toilette vor, suchte fluchend seine Zahnbürste, bis er sie schließlich auf dem angedunkelten Fliesenboden neben der WC-Schüssel fand. Im Halbschlaf erledigte Jussi seine Morgentoilette und schlurfte dann in die Küche, um sich die Mundwinkel mit Klopapier abzuwischen.

Er öffnete die Kühlschranktür, führte eine schnelle Hausdurchsuchung in seinem *Miele* durch und trank den Rest abgestandener Orangenbrause. Als dieses nicht half, schüttete er ein Pulver gegen Sodbrennen in ein hohes Glas Wasser und gab ein Eigelb dazu. Dann kippte er die Mischung mit einer schnellen

Bewegung aus dem Handgelenk hinunter. Aus Jussis Augen flossen Tränen, und er holte mehrere Male hastig und unregelmäßig Luft. Es gelang ihm aber, die Ladung bei sich zu behalten. Das war die Hauptsache.

Oder eigentlich war die Hauptsache, dass der Kopf nicht aus Glas war – oder aus etwas anderem leicht Zerbrechlichen.

Vares tapste, sich an der Seite kratzend, in den Korridor, um sich die Morgenzeitung zu holen. Sein schmerzhafter Blick heftete sich auf das rote Signallicht des Anrufbeantworters, das die ganze Nacht hindurch treu und hartnäckig geblinkt hatte.

Verflucht! Vares rieb sich die Schläfen. Er hatte den Apparat tatsächlich nicht beachtet, als er des Nachts nach Hause gekommen war.

Vares warf die Zeitung auf das zerwühlte Bett, setzte sich auf die Bettkante und drückte mit einem tiefen Gähnen den grauen Knopf des Anrufbeantworters. Während er seinen Nacken streckte und sich die Kopfhaut kratzte, wartete er auf die Nachricht.

Das Band knackte mehrere Male. Schließlich war Teikaris Stimme zu hören:

»Jussi. Es ist ganz wichtig. Das, was du jetzt hören wirst, ist kein Scherz. Und ich bin auch nicht verrückt geworden!«

Es folgte Jaska Teikaris Mitteilung, klar und gegliedert, als sei sie im Voraus einstudiert. Vares war wie erstarrt, als er die Worte des Mannes hörte, er atmete kaum noch. Die morgendliche Niedergeschlagenheit war plötzlich wie fortgewischt.

Das Band war zu Ende. Ein Knacken. Jussi Vares blieb sitzen, schaute auf den Anrufbeantworter wie auf eine ohne Vorwarnung durch die Wand materialisierte fliegende Untertasse, aus der jeden Augenblick radiergummigroße grüne Männchen herausmarschieren konnten, die gnatzig um ein Morgenbier und Wunderpulver bettelten. Verflixt und zugenäht! Irgendetwas stimmte hier nicht!

Vares drückte den grauen Knopf und hörte sich die Nachricht noch einmal an. Er fühlte einen pochenden Schmerz in den Schläfen.

»… und ich bin auch nicht verrückt geworden«, versicherte Teikaris tiefe Stimme auf dem leicht verzerrten Band. »Alles das, was ich dir, Jussi, in der Bar des *Märchenlandes* erzählt habe, war nur ein kleines Intro zu dem, was du jetzt hören wirst.« Ein leichter und angespannter Atemzug. »In der letzten Zeit, also seitdem ich aus Budapest zurückgekehrt bin, habe ich mich nur mit ein und derselben Sache beschäftigt. Ich bin dem wichtigsten Mord der finnischen Kriminalgeschichte auf der Spur! Und mittlerweile bin ich damit so weit vorangekommen, dass ICH WEISS, WER DER MÖRDER VON HARRY KOIVIKKO IST – dank unseres guten alten Kumpels Arto ›Nuokko‹ Kielo …«

Kopfschüttelnd starrte Vares den Anrufbeantworter an, als ob er einen mit Gewalt seine Gesellschaft suchenden pathologischen Lügner vertreiben wollte.

»Jussi! Meine Theorie beginnt sich allmählich zu bestätigen. Um jedoch konkrete Beweise hervorbringen zu können, bin ich auf die Hilfe eines Mannes vom Fach angewiesen. Also auf deine Fähigkeiten. Was den Lohn für die Bemühungen betrifft, so wird es sich, wie du dir sicher vorstellen kannst, um Summen in einer Größenordnung handeln, von denen wir uns bisher nicht einmal hätten träumen lassen. SEHEN WIR UNS ALSO MORGEN UM ELF IN DER APOTHEKE! Süße Träume.«

Jussi Vares hielt sich um die Mittagszeit herum – also von elf bis ein Uhr – am Tresen der *Apotheke* auf. Er schlürfte einen Kaffee nach dem anderen und blätterte immer wieder ein und dieselbe Zeitung durch. Aber Jaska Teikari erschien nicht.

Vares erkundigte sich auch bei einigen Bekannten, die sich eingefunden hatten. Rolle hatte Jaska zuletzt vor ein paar Tagen gesehen, als er mit seinem Bernhardiner ganz in der Nähe, am Hang des Vartiovuori-Parks, Gassi ging. Jaska hatte es angeblich sehr eilig gehabt und war, ohne zur Seite zu schauen, zur Kaskenkatu hinuntergelaufen.

Olli Koivunen erzählte, dass er Jaska am Morgen zuvor an der Ampel gegrüßt hätte, als er von der Nachtschicht in der geschlossenen Abteilung des Krankenhauses in Kupittaa zurückkam.

Jaska hätte ihn angeblich nicht einmal bemerkt. Nach Ollis Worten hätte Jaska verrückter gewirkt als viele seiner Patienten, hätte nur starr auf einen kleinen Punkt geschaut. Jussi Vares verließ beunruhigt das Lokal. Ein unangenehmes Gefühl keimte in ihm auf, eine Ahnung, die er sich nicht einmal selbst erklären konnte.

Aber Jaska Teikari war doch ein erwachsener Mann, ein erfahrener Kerl, der daran gewöhnt war, in welcher Situation auch immer auf sich selbst aufzupassen.

Plötzlich ging Vares ein Licht auf.

Vielleicht hatte Jaska in seiner Nachricht elf Uhr abends gemeint?

»Hey, darf ich mal was fragen? Was machste eigentlich beruflich?« Die linke Brust der großen, dunkelhaarigen Frau, die sich an Vares' Seite schmiegte, drückte sich eng an seinen Arm. Es war schon weit nach elf Uhr abends, und am Tresen der *Neuen Apotheke* kam allmählich Stimmung auf.

»Hmm, nun ja. Ich bin Astrologe«, antwortete Vares.

»Aha. Du erforschst also Kometen und Meteoriten?«

»Ääh ... nee, also eher, welchen Einfluss die Sterne auf den Menschen haben ...«

»Oh, wie aufregend. Was ist übrigens dein Sternzeichen?«

»Sibirischer Tiger.«

»Häh? Was redest du da? Ich bin Zwilling. Das meinste doch wohl nicht im Ernst.«

»Doch. Ich meine es immer ernst, wenn ich über Horoskope rede. Ich bin nämlich Fachmann auf diesem Gebiet. Chinesische Horoskope sind mein Spezialgebiet. Auf diese abendländischen kann man sich doch nicht verlassen.«

»Du meine Güte! Und was bin ich?«

»Wann bist du denn geboren? Also, in welchem Jahr?«

»Neuzehnhundertsiebenundsechzig.«

»Super. Dann bist du ja eine Eintagsfliege. Wie toll ...«

»Na prima. Aber was ist denn daran so toll ...«

»Bestimmte chinesische Sternzeichen haben ihre ganz eigenen Verbindungen. Und weißt du was? Gerade der Sibirische Tiger und die Eintagsfliege gehören im Drachenkalender zum selben Zyklus.«

»Das hab ich nicht gewusst. Wirklich nicht.«

»Jetzt weißt du's.« Vares sah die Frau lange an. Diese zwinkerte vor Begeisterung mit ihren großen Augen.

Plötzlich ging die Tür auf, und Pastor Alanen trat seitlich, mit schief sitzender Baskenmütze, über die Schwelle.

»Grüß dich, Pastor! Lange nicht gesehen! Wie war der Urlaub?« Vares drehte sich um.

»Ein beschissener Urlaub ist etwa dasselbe wie die Hochzeitsnacht eines Eunuchen. Viel Lärm um nichts. Ganz angenehm, wieder in heimischen Gefilden zu sein.«

»Also Johannes, diese reizende Dame hier ist Rauna«, stellte Vares die Frau neben ihm vor. »Rauna – das ist Johannes, war mal ein Kirchenmann, ob du's glaubst oder nicht ...«

»Aha. Ich muss nur mal kurz auf Toilette.« Die Brünette zwinkerte, nahm ihre Handtasche vom Tresen und verschwand in der Menge.

»Nette Schnecke, die Kleine. Und ein ziemlich sicherer Fall, wenn ich das mal so sagen darf.« Vares blickte der Frau hinterher. »Aber warum ist sie so erschrocken gewesen?«

»Nun ja ...« Der Pastor hüstelte. »Ich habe von dieser Person vor ein paar Sommern eine ziemlich hartnäckige Feigwarze bekommen. Oder es kann auch umgekehrt gewesen sein.«

»Ach so ...« Vares hob rasch das Glas an die Lippen. »Ehm, Johannes, bist du übrigens in der letzten Zeit Jaska Teikari begegnet?«

»Nein. Der ist doch verschwunden ...«

»Was!? Wo hast du denn das gehört?«

»Olga kommt hin und wieder bei mir im Antiquariat vorbei und holt sich was zum Lesen. Heute Nachmittag war sie auch da. Das Mädel war total hysterisch. Sie weinte und sprach Finnisch und Russisch durcheinander. Hatte auch ganz schön einen genommen. Zumindest hab ich verstanden, dass Jaska schon seit längerer Zeit verschwunden ist. Und dass Olga befürchtet, ihm sei etwas Schreckliches zugestoßen.«

## 7

Der Mai bewegte sich wieder einmal so seinem Ende und dem Sommer zu, wie man es in Finnland gewohnt war. Die Sonne schien, und die langen Tage waren seltsam warm. Die Sinne öffneten sich, eine merkwürdige Unruhe stellte sich ein, und in den ausschlagenden Laubbäumen nahm das Zwitschern der Singvögel ständig zu ...

Der Mai, der den Sommer einleitete, hatte für Jussi Vares immer ein beträchtliches Mehr an Arbeit bedeutet. Die aufkeimende Unruhe der Menschen und die durch die Wärme und das Licht erwachenden unterbewussten Instinkte bedeuteten für den Privatdetektiv totalen Hochbetrieb. Darüber hinaus hatte Vares jetzt noch ganz andere Sorgen.

Der Freelance-Journalist Jaska Teikari, ein langjähriger guter Freund von Vares, war tatsächlich verschwunden. Auf mysteriöse Weise, ohne eine Spur zu hinterlassen. Ganz so, als ob ihn eine große Hand mit sich gerissen hätte, weit fort von dieser Welt.

Dieser Umstand wollte Jussi Vares keine Ruhe lassen, weder des Nachts noch tagsüber.

Die Klärung des Schicksals von Jaska Teikari wurde auch noch dadurch erschwert, dass Olga Primalova, Teikaris Freundin, wieder auf Dienstreise war.

Wie Taisto Mononen berichtete, war Olga für eine kürzere Promotion-Tour eingeteilt gewesen, irgendwo im nördlichen Finnland, in den Warenhäusern und Parfümerien der Provinz Oulu und Lapplands. Mononen erwähnte, dass Olga nach Jaskas Verschwinden sehr deprimiert und nervös gewirkt hatte, fast hysterisch.

Nachdem ihr von einem entfernt bekannten Arzt Beruhigungsmittel verschrieben worden waren, hatte sie ihre Dienstreise dann doch nicht absagen müssen – einen geschulten Ersatz hätte man in der Eile auch nirgendwo finden können.

Das Verhalten der Frau bestätigte Jussi Vares' schlimmste Befürchtungen. Olgas starke Reaktion auf das Verschwinden des als ziemlicher Luftikus bekannten Freundes kam Jussi unheimlich und unheilverkündend vor. Es musste sich um etwas Schwerwiegenderes handeln als nur um eine kleine Verirrung.

Mononen hatte versprochen, Jussi sofort zu benachrichtigen, wenn Olga von ihrer Dienstreise in ihr Quartier im Fremdenheim *Märchenland* zurückkehren würde.

Vares verfolgte in seinem roten Mondeo den großen Amischlitten des Geschäftsmannes Aaro Vartio, einen bläulichen Pontiac, auf dessen Büffellederrückbank ein nur allzu bekanntes Pärchen saß – einer von Jussi Vares' langwierigsten Aufträgen in diesem Jahr.

Der ehemalige Drainageexperte und jetzige Tangoprediger Risto Rautanen hatte, als ein höflicher Gentleman, seine neueste Eroberung, Frau Kaarina Vehmanen, zu einem romantischen Lunch in ein gutes Restaurant im nahe gelegenen Küstenstädtchen Naantali ausgeführt. Das Pärchen wurde von Aaro Vartio in seinem klimatisierten Wagen nach Turku zurückchauffiert.

Vartio fuhr mit seinem großen Ami-Schlitten gemächlich durch die Innenstadt. Jussi Vares blieb wohlweislich ein wenig zurück. Es gab keinen Grund, sich allzu dicht an den Pontiac heranzuhängen, glaubte Jussi doch zu wissen, wohin man unterwegs war: Vartio hatte eine im Vorort Itäharju, direkt hinter der Bahnstrecke nach Helsinki gelegene alte Industrieimmobilie angemietet, von der aus er seine vielfältigen und undurchschaubaren Firmen leitete. Er wohnte auch in dem Ziegelhaus, mit dem Schwindelprediger Risto Rautanen als Untermieter.

Vartios Pontiac und Vares' Mondeo überquerten nacheinander den tiefen, staubigen und narbigen Cañon, den man am Rande der Stadt gegraben hatte: die sich im Bau befindliche Fernstraße. Dann ging es an einer Kreuzung nach rechts ab, in ein langsam verödendes Industriegebiet. Nach ein- bis zweiminütigem Herumkurven war man schon am Ziel. Vares stellte seinen Mondeo außer Sichtweite ab und nahm mit seinem Fernglas eine geeignete Beobachtungsposition ein.

Vartio hatte sich in seinem Büro im Erdgeschoss des alten Steingebäudes häuslich niedergelassen. Jussi Vares rückte sein Fernglas zurecht, schob sich ein Kaugummi hinter die Backen und wartete. Er wurde für seine Beschattungsaktion schon bald belohnt.

Na also, alles klar! Risto Rautanens breites und immer so ernstes Gesicht war kurz in dem Spalt zwischen den Vorhängen eines Fensters des zweiten Stockwerks zu sehen. Er hatte Frau Vehmanen also direkt in sein Quartier geführt.

Jussi Vares kaute nachdenklich auf seinem Pfefferminzkaugummi. Heiß! Heißer! Die Situation schien wirklich interessant zu werden. Das schrie nur so nach einem Ehebruch. Erkki Vehmanen hatte ihm für konkrete Beweise, zum Beispiel für Fotos, eine ansehnliche Bonusvergütung versprochen.

Ein verwegener Gedanke stieg in Vares auf. Er schätzte eine Weile die Lage ab und beschloss schließlich, den Stier bei den Hörnern zu packen.

In dem mannshohen Maschendrahtzaun, der den Hinterhof des alten Industriegebäudes umgab, fand sich eine geeignete Öffnung, die anscheinend von irgendwelchen minderjährigen Bengeln hineingeschnitten worden war. Vares kroch durch das Loch auf den Hof und rannte schnell zu einer Ecke des Hauses, in deren Schatten er unbemerkt verharrte.

Auf der Giebelseite des dreigeschossigen Gebäudes befand sich eine rostige Feuerleiter. Zufällig führte diese Leiter an dem Fenster vorbei, in dem soeben Risto Rautanens breites Gesicht zu sehen gewesen war.

Vares betastete nachdenklich die Kamera, die an seinem Hals hing, kniff die Augen zusammen und kratzte sich am Haaransatz. Diese verfluchte Leiter war viel zu nah an den Fenstern des im unteren Geschoss gelegenen Büroraums von Aaro Vartio angebracht. Das Risiko war hoch, doch man sollte es eingehen. Vares schlich auf die Leiter zu.

Er presste die Kiefer fest zusammen und steckte die an seinem Hals hängende Kamera unter den Pullover. Dann zog er den Reißverschluss des Pullovers hoch, rieb sich entschlossen die Handflächen, griff zur untersten Sprosse der verrosteten Stahlleiter und kletterte leise und behutsam nach oben.

Zwanzig Sekunden später atmete Vares tief ein und blieb auf Höhe des zweiten Stockwerks stehen. In einer Entfernung von nur einem halben Meter sah er ein angelehntes schmales Lüftungsfenster, gerade die richtige Luke. Bisher war alles bestens verlaufen. Aber was kam jetzt?

Vares wurde Zeuge eines ziemlich heftigen Gesprächs. Der Prediger Risto Rautanen und Frau Kaarina Vehmanen schienen sich gerade auszusprechen; noch dazu in einigermaßen deutlichem Tonfall.

Oder eigentlich hörte es sich eher so an, als ob die Verhandlung schon dem Ende zuging. Frau Kaarina Vehmanen versuchte gerade in kaltem und selbstbewusstem Tonfall ihrem Kavalier klarzumachen, dass er sich ganz schön täuschte, wenn er glaubte, sich Freiheiten herausnehmen zu dürfen, die ursprünglich nicht zwischen ihnen beiden abgemacht waren.

Jussi Vares klammerte sich mit zwei Händen an der eisernen Leiter fest und lauschte verwundert den Worten, die aus dem Inneren des Hauses drangen. Moment! Irgendein Detail passte da nicht ins Bild!

»Es wird das Beste sein, lieber Risto, dass wir ganz nach dem ursprünglichen Schema vorgehen. Das heißt, dass ich die Grenzen setze und du alle überflüssigen Sperenzchen vermeidest! Also, wir sind weder miteinander liiert, noch betätscheln wir uns gegenseitig!« Frau Kaarina Vehmanens Stimme knallte wie der Hieb einer eisigen Reitgerte. »Eine Sache hast du anscheinend vergessen, mein Lieber. Ich bin nicht eines dieser dummen Hühnchen, die du dir normalerweise köderst!«

Risto Rautanen war endlich zum Schweigen gebracht. Schließlich machte Kaarina Vehmanen in geschäftsmännischer Manier mit dem Prediger den Zeitpunkt ihres nächsten Treffens aus: am Nachmittag des folgenden Tages an der Kaffeebude auf dem Markt. Und dann forderte sie Rautanen noch auf, rechtzeitig zu erscheinen.

Rautanen räusperte sich und bat mit gedämpfter Stimme um ein wenig Vorschuss.

Vorschuss! Was sollte das heißen? Jussi Vares, der draußen an der Leiter hing, runzelte verwundert die Stirn.

Kaarina Vehmanen schien eine Weile nachzudenken, öffnete dann ihre Brieftasche und zahlte eine Summe aus. Schließlich entfernte sie sich aus dem Zimmer des Tangopredigers, und das Klappern ihrer Stöckelschuhe verhallte im Treppenhaus. Das Letzte, was man von ihr hörte, war der dumpfe Widerhall der zuschlagenden Zwischentür.

Jussi Vares spuckte das Kaugummi aus und befand, dass er genug gesehen und gehört hatte. Er blickte schräg nach unten auf den schmuddeligen Hofplatz des Fabrikgebäudes, atmete tief ein und begann sich auf eine möglichst erfolgreiche Rückzugsphase vorzubereiten.

Vares stieg eine Sprosse tiefer und ließ sich langsam und vorsichtig die Leiter hinab.

Als er das Fenster zu Aaro Vartios Büro erreichte, war Vares einen Moment lang unentschlossen: Sollte er das Risiko eingehen oder nicht? Doch Jussi konnte der Versuchung nicht widerstehen. Seine Neugier siegte. Womit mochte sich der alte Widersacher im Dunkel seines Arbeitszimmers gerade beschäftigen?

Der Geschäftsmann Aaro Vartio war wirklich an seinem Schreibtisch beschäftigt – allerdings nicht mit eigentlicher einträglicher Arbeit. Vielmehr saß er, den Nacken angespannt zurückgebeugt, auf seinem Bürostuhl und hatte seine teuren Hosen bis zu den Knöcheln hinuntergelassen. Schimmernde Schweißtropfen standen ihm auf der Stirn. Vor ihm auf dem Tisch lagen ein paar zerlesene Bildmagazine, und seine rechte Hand vollzog eine ununterbrochene Hin- und Herbewegung aus dem Handgelenk – eben genau dieselbe Verrichtung, vor deren Gefahren die weisen und besorgten Erzieher die jüngere Generation immer wieder so eifrig warnen.

Jussi Vares wäre beinahe von der Stahlleiter gefallen.

In seinem Unterleib begann es hysterisch zu kribbeln. Nur mit Mühe und Not konnte er das plötzliche und unbändige Verlangen unterdrücken, freundlich ans Fenster zu klopfen und dem Multi-Unternehmer Hallo zu sagen. Stattdessen öffnete Vares den Reißverschluss seines Pullovers und holte vorsichtig die Kamera hervor. Er richtete das lange Objektiv direkt auf sein nichts ahnendes Opfer, schloss das eine Auge, hielt die Luft an und machte schnell hintereinander einige Schnappschüsse.

Jussi Vares stieg wie ein Einbrecherkönig zum Erdboden hinab, schlich mit gekrümmtem Nacken über den Hof und kroch durch die enge Öffnung zu seinem Auto zurück. Kein schlechter Nachmittag.

Jussi hatte die Tür zu seiner Bude gerade hinter sich geschlossen, als es klingelte. Er eilte zum Telefon und nahm den Hörer ab.

»Vares!«

»Hier ist Taisto Mononen, grüß dich. Was bist du so aus der Puste? Ich stör doch nicht gerade beim Vögeln?«

»Nee, bestimmt nicht. Obwohl doch eine gewisse erotische Stimmung heute in der Luft liegt, oder etwas in der Richtung. Aber worum geht's, Taisto …«

»Olga hat heute Morgen aus Oulu angerufen. Sie sagte, dass sie morgen nach Turku zurückkommt. Mit dem Abendzug. Nur zu deiner Information.«

»Gut, dass du mir Bescheid sagst. Pass auf, dass das Mädchen nicht wieder davonläuft, bevor ich sie nicht ausgefragt habe.«

»Da brauchst du dir keine Sorgen zu machen. Olga teilte mir nämlich sofort mit, dass sie dich unbedingt treffen will. Es geht wohl um Jaska Teikari.«

# 8

Der letzte Samstagabend im Mai war sonnig, aber ziemlich windig.

Überall im Straßenbild waren die neuen Abiturienten des Frühjahrs zu sehen, mit unheimlich zuversichtlichem Lächeln, frischen, vor Erwartung (und vielleicht auch aus einem anderen Grund) glühenden Wangenknochen und – vorläufig noch – unschuldig weißen Studentenmützen. Die Mädchen trugen schwindelerregend kurze Röcke oder dünne Hosenanzüge und Seidenblusen, frühlingshafte pastellfarbene Blazer und teure Markenhalstücher, die sie zum bestandenen Abitur bekommen hatten. Überall in der Stadt war auf dem Asphalt das fröhliche Klackern nagelneuer Stöckelschuhe zu hören. Die Jungen wirkten am frühen Abend meist noch ein wenig schüchtern und ungelenk, wie steife Schaufensterpuppen. Die Jünglinge, mit einer engen Krawatte ausgestattet, wanden sich unbehaglich in ihren schlichten Frühlingsanzügen und blütenweißen Kragenhemden, die die stolzen Mütter so sorgsam ausgewählt hatten. Prickelnde Erwartung lag in der Luft.

Jussi Vares überquerte im Laufschritt die Straße. Die Außentür zu der an der Giebelseite gelegenen Bar des Fremdenheims *Märchenland* stand sperrangelweit offen. Eine Gruppe von fünf frisch gebackenen Abiturientinnen war gerade dabei, ihre Rosen an der trostlosen Mauer des baufälligen Fremdenheims niederzulegen, die bereits von einigen anderen solcher schönen Buketts geschmückt wurde.

Jussi Vares sann leise darüber nach, wie sich die Zeiten doch änderten. In seiner Jugend war es Tradition gewesen, die Abiturientenblumen zu den Heldengräbern der Heimatgemeinde zu tragen.

Taisto Mononen nickte Vares vom Tresen aus zu. In der Bar waren außer Olga Primalova keine weiteren Gäste. Olga saß mit abwesendem Blick vor einem kleinen Bier und rauchte eine Zigarette. Jussi Vares nahm auf dem ihr gegenüber stehenden Hocker Platz.

»Nimmste auch was, Vares?«, brummte Mononen.

»Schütt mal 'n Großes ein.« Vares wandte seinen Blick nicht von den großen, dunklen Augen der Frau ab. »Na, Olga. Nett, dich nach so langer Zeit mal wieder zu sehen. Was steht denn als Nächstes auf dem Programm?«

»Nichts Besonderes, Jussi.« Die Frau lächelte leicht, aber die Augen blieben ernst. »Die Arbeit ist erledigt – für dieses Mal.«

Jussi Vares bekam ein großes *Karhu* vorgesetzt und bezahlte mit einigen Münzen, die er aus der Tasche gefischt hatte.

»Jetzt können wir endlich in aller Ruhe über Jaska reden, nicht wahr?«

»Mein Jaska ist nicht mehr. Die Sache ist so sicher, wie der Himmel blau ist. Mein Jaska ist ermordet worden.« Olga Primalova stieß die bitteren Worte wie eine zornige Verwünschung zum Himmel empor.

»Was ... was meinst du damit?« Vares spürte, wie sich sein Magen unangenehm zusammenkrampfte.

»Das habe ich dir gerade gesagt.« Olgas Stimme klang plötzlich schwach, wie bei einem kleinen Mädchen. »Mein geliebter kleiner Jaska liegt irgendwo unter der Erde verborgen. In undurchdringlicher Dunkelheit. Die Augen geöffnet. Leere Augen. Ich habe alles im Traum gesehen. Viele, viele Male. Und jetzt möchte ich unbedingt wissen, was mein guter Jaska denn so Böses getan hat, dass er ein solches Ende verdiente.«

»Ich habe bestimmt fünf Mal die Polizei angerufen, bevor ich auf Dienstreise ging.« Olga schluchzte. In ihre Augen trat ein feuchter Schimmer.

»Und die Polizei sagte bestimmt, dass sie im Moment nichts weiter tun könne, als eine Vermisstenmeldung aufzunehmen. Also, dass dir nichts anderes übrig bliebe, als darauf zu warten, bis Jaska die Reue packt. Dass er seine Sauftour abbricht oder sonst das Rumreisen leid wird«, stellte Vares leise fest.

»Genau. So eine ähnliche Antwort habe ich von ihnen bekommen. Der Polizeibeamte erklärte mir, dass sie, wenn keine Hinweise auf ein Verbrechen vorlägen, auch keine Ressourcen für irgendwelche größeren Nachforschungen hätten ...«

»Auch ich habe bei der Polizei angerufen – ein einziges Mal«, sagte Vares. »Genau dieselbe Geschichte. Sie können keine breiter angelegte Aktion einleiten, wenn keine unmittelbaren Hinweise auf ein Gewaltverbrechen vorliegen. Der diensthabende Beamte bemerkte nur kurz, dass der Frühling überhaupt eine unruhige Zeit sei. Zu Beginn des Sommers würden bestimmte Menschen viel leichter abhauen als im frostigen Winter.«

»Aber wir beide wissen doch, dass mein Jaska nicht einfach abgehauen ist!«, murmelte die Frau. »Wir wissen, dass ihm etwas ganz Böses angetan wurde!«

»Ja, sicher doch«, seufzte Vares. »Ich hatte keine Lust, der Polizei zu erklären, dass Jaska kurz davor war, den Mord an dem Tangokönig Harry Koivikko aufzuklären. Der Hörer wäre im Nu auf die Gabel geknallt worden. Und die Diagnose wäre klar gewesen: wieder so ein Dorftrottel. Die finnischen Klapsmühlen sollen zur Hälfte voll sein mit zwei Arten von Verrückten: die Mörder von Koivikko und solch kluge Köpfe, die den Mord aufgeklärt zu haben glauben.«

»Aber Jaska ist doch kein Verrückter. Jaska hat wirklich etwas gewusst! Da bin ich ganz sicher! Er sprach fast jede Nacht mit mir darüber, dass er auf eine heiße Spur gestoßen sei. Und tönte herum, dass er wohl der gefragteste Journalist in Finnland sein werde, wenn er die Sache aufklären würde. Das hat mir mein Jaska im Dunkel der Nacht ins Ohr geflüstert ...«

An dem kleinen Tisch herrschte eine Weile Stille. Die Frau schaute mit bebenden Lippen vor sich hin. Das sorgfältig aufgelegte Make-up konnte die Blässe auf ihren Wangen nicht verbergen.

»Ihr zwei scheint euch ziemlich nahe gestanden zu haben«, sagte Jussi Vares und räusperte sich.

Olga Primalova nickte leise.

»Stimmt. Das haben wir. Ich bin hier eine Fremde – noch immer – auch nach sechs Jahren. Nach der Scheidung hatte ich einige Männer. Aber das waren schlimme Erfahrungen. Jaska war für mich der einzige Mensch in der Welt, der einzige, der mich verstand und sich um mich kümmerte.« Olga schluchzte und biss sich auf die Unterlippe. »Jaska war kein Engel, und er hat auch schon mal einen Schnaps zu viel getrunken. Ein Luftikus war er, ein sorgloser Mann. Und mit Geld konnte er überhaupt nicht umgehen. Ich bin in der Beziehung besser. Doch ... Jaska war immer gut zu mir.«

»Sag mal, Olga, hatten seine seltsamen Andeutungen über Koivikkos Mord gleich nach seiner Rückkehr aus Budapest begonnen?«

»Ja. Genau. Eines Abends erschien Jaska bei mir. Er hatte einen weinroten Aktenkoffer bei sich, in dem sich viele blaue Schreibhefte befanden. Und an der Seite der Tasche war irgendein goldenes Wagenrad abgebildet. Jaska schien ganz interessiert zu sein an diesen Heften und fing sofort an, sie zu lesen. Ich bin dann einkaufen gegangen, und als ich zurückkam, saß Jaska immer noch am Tisch. Und war ganz aufgeregt. Richtig verärgert ...«

»Weshalb?«

»Weil etwas fehlte. Ja. Jetzt erinnere ich mich! Er sagte es immer wieder: dass etwas fehlte ...«

»Wo sind die Hefte jetzt?«

»Jaska stopfte sie wieder in die Tasche hinein und verschwand.«

»Du hast keine Ahnung wohin?«

»Nein. Hab ich nicht.«

»Der weinrote Aktenkoffer und die Hefte sind sicher enorm wichtig«, sann Jussi Vares nach. »Hat Jaska später noch einmal davon gesprochen?«

»Ich fragte ihn, was es mit dem Koffer auf sich habe. Jaska lächelte nur und antwortete, dass es ein Erbkoffer sei.«

»Ein Erbkoffer?«

»Ja. Mehr sagte er nicht.« Olga Primalova schüttelte müde den Kopf.

»Und du hast keine Ahnung, wo sich der Koffer befindet?«

»Nein. Tut mir Leid.«

Olga Primalova blickte schweigend in die Ferne und schluchzte. Dann öffnete sie entschlossen ihre große schwarze Handtasche, nahm einen braunen Briefumschlag heraus und legte ihn feierlich vor Vares auf den Tisch.

Vares hob fragend die Augenbrauen.

»Nimm nur. Nimm nur, Jussi, und versuche herauszufinden, was meinem Jaska zugestoßen ist!«, bat die Frau.

»Was meinst du damit?«

»Es ist Geld drin, zehntausend. Hunderter und Fünfhunderter. Es ist alles meins. Mit ehrlicher Arbeit verdient. Und ich habe auch brav meine Steuern bezahlt. Mein Geld, Jussi Vares.« Die Frau strich über den Briefumschlag. »Das ist das Honorar dafür, dass du meinen Jaska findest. So ein guter Mann muss begraben werden und friedlich schlafen können. Und auch ich muss in dieser Sache meinen Frieden finden.«

»Du, Olga. Ich kann mich natürlich umhören und umschauen – neben all meiner anderen Arbeit –, aber nur so als Nebenjob, ohne dein Geld. Jaska war doch auch mein Freund.« Vares rührte den Brief nicht an.

»Das ist kein Nebenjob, Jussi. Dienst ist Dienst. Und gute Arbeit muss gut bezahlt werden.« Die Frau sah Jussi Vares eindringlich an. »Lehn bitte nicht ab.«

»Hmm, Olga, das ist natürlich 'ne harte Nuss. Jaska ist jetzt schon fast seit zwei Wochen verschwunden. Die Spuren sind nicht mehr ganz frisch. So traurig es ist. Und ich bin nur ein ganz gewöhnlicher Privatdetektiv und nicht jemand, der Wunder vollbringt.«

»Ein gewöhnlicher Mann bist du bestimmt nicht! Du bist doch ein guter Freund von meinem Jaska!«

»Ich meine nur, dass ich keine unnötigen und unberechtigten Hoffnungen wecken will.«

»Du brauchst dich nicht zu rechtfertigen. Mir reicht es schon, wenn du dein Bestes gibst, Jussi Vares.«

Vares seufzte schwer. Er blickte die Frau lange an. Schließlich breitete er die Hände aus, nahm den Briefumschlag und steckte ihn in seine Brusttasche.

»Okay. Du hast gerade einen Gehilfen gefunden, Olga. Ich verspreche, dass ich wirklich mein Bestes gebe.«

»Danke, Jussi.« Ein Anflug von traurigem Lächeln umspielte ihren Mund. Doch ihre Augen blieben ernst.

»Na gut. Im Moment haben wir zwei zentrale Untersuchungsrichtungen«, murmelte Jussi Vares mit gerunzelter Stirn. »Die eine betrifft die weinrote Aktentasche, die du bei Jaska gesehen hast. Ein noch viel wichtigerer Ausgangspunkt ist für mich jedoch dieser Bursche dort drüben.«

Jussi Vares deutete mit dem Zeigefinger auf das eingerahmte Tourneeposter, das neben der Tür der Bar hing. Auf dem ausgeblichenen Farbfoto des Posters posierte der Tangokönig Harry Koivikko in seinem weißen Bühnendress – wie der leibhaftige Olavi Virta, der Grandseigneur des finnischen Tangos. Koivikko stand mit einem breiten Lächeln hinter einem großen, altmodischen Bühnenmikrofon. Im Hintergrund zeichnete sich, leicht unterbelichtet, die Kapelle ab, mit einer Besetzung von fünf Mann, die mit roten Jacken ausgestattet waren.

Taisto Mononen hatte Jussi Vares einmal die Geschichte erzählt, die sich hinter dem Poster verbarg.

Es handelte sich um das allerletzte PR-Foto, das man von Harry Koivikko hatte aufnehmen können. Wie Mononen berichtete, war der Fototermin am zweiten Freitag im Mai gewesen, zwei Wochen vor der schicksalhaften Tragödie, die das ganze Land erschüttern sollte.

Die mit abblätternder Farbe bedeckte Tür des Zimmers Nummer 15 im Fremdenheim *Märchenland* war geöffnet. Auf der abgetretenen Schwelle standen Olga Primalova und Taisto Mononen, der einen Schlüsselbund in der Hand hielt. Jussi Vares stand in der Mitte des Zimmers.

Vares war jetzt zum ersten Mal in dem sicherlich berühmtesten und meistfotografierten Beherbergungszimmer Finnlands. Der Harry-Koivikko-Kult, der bereits mythische Ausmaße angenommen hatte – das zweifellos erschütternde und bewegende Schicksal des Mannes –, hatte Vares nie besonders interessiert.

Jetzt aber hatte sich die Situation wesentlich verändert.

Vares schaute sich in dem anspruchslos eingerichteten kleinen Zimmer um. Es kroch ihm seltsam den Nacken hinauf. Ein sonderbares und unerklärliches Gefühl.

»Die Leiche lag auf dem Rücken. Sie wurde genau an der Stelle gefunden, wo du gerade stehst«, sagte Mononen wie ein routinierter Touristenführer.

Jussi Vares blickte nachdenklich auf den mit einem neueren PVC-Belag ausgelegten Fußboden. Dann trat er zum Fenster und schaute auf den Hofplatz. Vor dem Fenster stand eine alte Linde in all ihrer vorsommerlichen Pracht.

Jussi konnte die hohe Wand seines Wohnblocks erkennen: eine dunkle Fläche, die sich wie eine undeutliche Masse irgendwo hinter dem dichten Laubwerk verbarg. Die alte Linde wirkte wie ein schützender Vorhang.

»Erinnerst du dich vielleicht an eine Kleinigkeit: Waren die Gardinen dort vor dem Fenster am Tag des Mordes zugezogen?«, wollte Vares wissen.

»Ich erinnere mich genau. Sie waren es nicht.«

»Alles klar. Und der Mörder ist dort am anderen Ende des Flurs verschwunden, durch die zweite Außentür?«

»Es gab kaum eine andere Möglichkeit. Ich kriege wirklich ziemlich viel mit, dort hinter meiner Theke.«

»Und diese Außentür wird auch sonst ganz fleißig benutzt?«

»Ja, in der Tat. Durch diese Tür schleichen sie sich oft – mit hoch gestelltem Kragen und verstohlenem Blick.« Taisto Mononen lachte trocken.

»Also. Es gibt nur zwei Grundalternativen ...«, murmelte Jussi Vares mit kaum hörbarer Stimme. »Am zweiten Freitag im Mai, vor sechs Jahren, wird am frühen Nachmittag an die Tür dieses Zimmers geklopft. Harry Koivikko geht zur Tür und öffnet sie vertrauensselig, weil er jemanden erwartet. Und jetzt die Alternativen: Die Tür wird geöffnet, und er ist völlig überrascht. Oder er ist es eben nicht …«

Jussi Vares wandte seinen Blick Olga und Mononen zu und setzte mit Nachdruck fort:

»Also. Entweder stand dort auf dem düsteren Flur genau die Person, die Harry Koivikko hier in dem kleinen Zimmer den ganzen Nachmittag ungeduldig erwartet hatte – oder jemand ganz anderes. Irgendein ungebetener Gast …«

Taisto Mononen holte unter dem Tresen eine dekorative Flasche hervor, die laut Etikett *Larsens Cognac* enthielt, und schüttete jeweils zwei Fingerbreit in drei gewöhnliche, flache Trinkgläser.

»Lass uns auf Olga warten«, brummte Mononen.

Im gleichen Moment hörte man im Flur schon das leichte Klackern von Olgas Stöckelschuhen. Schließlich waren sie alle beisammen und erhoben die Gläser.

»Auf Jaska Teikari«, verkündete Mononen mit tiefer Stimme.

»Ja … auf Jaska«, sagte Jussi Vares.

»Auf meinen Jaska …«, sagte Olga Primalova leise.

Sie kippten ihre Getränke mit einem Zug hinunter und knallten die Gläser auf den Tisch.

Olga steckte eine Hand in ihre Seitentasche, fischte einen Schlüsselbund hervor und legte ihn vor Vares auf den Tisch.

»Das sind Jaskas Schlüssel. Jaska hat sie auf meinem Nachttisch zurückgelassen an dem Morgen, an dem ich ihn zuletzt gesehen habe.«

Die Unterlippe der Frau bebte. In ihre großen Augen trat ein feuchter Schimmer. Sie wischte sich übers Gesicht, als würde sie versuchen, eine Fliege zu verscheuchen, und sagte schließlich mit fester Stimme:

»Es ist nichts. Nur dieser Cognac – der ist ein wenig zu stark für mich.«

# 9

»Hey! Was würde der Herr Kellner dem zukünftigen Studenten empfehlen?«, hörte man am Tresen der *Neuen Apotheke* einen hochroten, pausbäckigen Hoffnungsstern des Vaterlandes herumtönen, dem es bereits gelungen war, seine nagelneue weiße Abiturientenmütze mit irgendeinem, der Farbe nach zu urteilen colahaltigen Getränk zu beflecken.

»Die Fähre nach Schweden«, entgegnete Otto, ohne in die Richtung des Typen zu schauen, und wartete auf Vares' Bestellung.

»Mach noch mal 'n großes *Karhu* fertig – und meinetwegen noch 'n Goldi pur dazu.« Es war bereits ein Uhr nachts, und Jussi Vares war in ein bierseliges Gespräch mit dem Kurzprosaisten Luusalmi vertieft. Und was konnte den Mund mehr austrocknen als das.

»Du meinst also, ein Mann sei nicht dazu geschaffen, so ein Leben zu führen wie wir, oder was?«, wollte Vares eine von Luusalmi aufgestellte Behauptung noch einmal bestätigt wissen.

»Der Mensch, und besonders die männliche Spezies, ist eine seltsame Laune der Natur. Der Mann ist ein unnützes Relikt, das heutzutage in der völlig falschen Zeit und am völlig falschen Ort lebt.« Luusalmi sprach mit Pathos und wild gestikulierend, wie immer. »Ursprünglich wurde der Mann geschaffen, um ein kurzes, aber umso aufregenderes Leben in dieser elenden Welt zu führen. Er entwickelte sich vom Affen zum Menschen, indem er sich mit den anderen Mannsbildern von morgens bis abends um das Wild prügelte, das in der Grassavanne herumlief, und natürlich um die allzeit bereiten Ärsche der sich unterm Affenbrotbaum tummelnden Weibchen seiner Art. Punkt, aus ...«

»Das ist alles?«, vergewisserte sich Vares.

»Jawoll. Und jetzt kommen wir erst zur Sache!« Luusalmi sprach jetzt noch lauter. »Der Mann sollte immer noch wild und frei leben – die kurze Zeit, die ihm zur Verfügung steht. Und schließlich sollte er Hals über Kopf in eine Schlucht fallen, einem Löwen zur Nahrung gereichen, von einer heimtückischen Klapperschlange gebissen werden oder an einem plötzlichen Herzanfall sterben – am besten beim Bumsen, und zwar gerade dann, wenn er in Schwung ist. Aber pass auf! Das ist jetzt wichtig! Also, spätestens im Alter von 25 Jahren. Genau das ist die Rolle, zu der wir, die elenden Männchen, genetisch bestimmt sind. Ganz vergebens, etwas anderes zu behaupten!«

»Du meinst also, wir sind nur irgendwelche in die mittleren Jahre kommenden Scheißer, die viel zu alt geworden sind?«, hakte Jussi Vares nach und kratzte sich am Nackenhaar wie ein von plötzlicher Unsicherheit überraschter Buschpavian.

»Ganz genau. Wir Männer sind doch nicht dazu bestimmt, alternde Furze, Schmarotzer der Gesellschaft oder impotente Käuze zu werden, denen nichts anderes einfällt, als brav an der Fleischtheke des Supersparmarkts zu stehen, ohne sich vorzudrängeln. Oder stell dir eine noch viel schlimmere Situation vor! Du befindest dich im miefigen Windfang einer Bank, vor einem dieser beschissenen Zahlautomaten, stehst ganz artig in der Schlange wie vorm Kompaniefeldwebel beim Anschiss. Die Mietüberweisung in der schweißigen Hand. Nee, verdammt!«

»Ach? Auch ich benutze heutzutage diese Zahlautomaten. Lässt sich kaum vermeiden, da die Filiale um die Ecke dicht gemacht hat!«, brach es aus Vares heraus.

Luusalmi ging auf Vares' Kommentar nicht ein. Er war mittlerweile zu ganz großer Form aufgelaufen, bestellte sich einen doppelten Goldi mit einem Eiswürfel und begann, über ein neues Thema zu schwadronieren. Der Kurzprosaist verkündete, dass er der Literatur vorläufig den Rücken kehren wolle, weil man »in anderen Kunstgattungen viel leichter Geld verdient.«

»Und, hast du schon irgendein Projekt in Planung?«, fragte Vares neugierig.

»Klar hab ich das. Ich werde mir den Künstler Christo zum Vorbild nehmen. Also, du kennst doch diesen schweinereichen Bulgarenbart, der vor einiger Zeit auf den Titelblättern aller Zeitungen zu sehen war, als er den ganzen Reichstag in Berlin mit irgendeinem Samt verhüllte.«

Vares nickte.

»Nun. Ich hab vor, ein entsprechendes Kunstwerk in Kuopio zu verwirklichen – natürlich mit der Absicht, es etwas besser hinzukriegen ...«

»In Kuopio?«, fragte Vares mit erhobenen Brauen und versuchte gleichzeitig Blickkontakt zu Otto zu bekommen, um eine neue Bestellung aufzugeben.

»Jawoll. Mein Plan ist, das dortige Hotel *Puijonsarvi* mit bestem Nappaleder zu umhüllen ...« Luusalmi schnupperte tief an seinem Goldbrandglas, das Otto vor ihm aufgestellt hatte. »Aber bei meinem Projekt käme noch, quasi als Bonus, eine aufregende motorbetriebene Vorrichtung hinzu, die diese verdammt große lederne Zelthaut auf und ab bewegen würde, beispielsweise zu jeder vollen Stunde. Also, nach dem Motto: Haut vor, Haut zurück, Haut vor, Haut ...«

»Ja, danke, es reicht. Ich glaube, wir haben alle verstanden, was der Herr Künstlerstipendiat mit seiner Arbeit verfolgt.«

Etwa gegen halb zwei tauchte Jonski Skarppi in den dichten Zigarettenqualm der *Apotheke* ein. Er schien mit ein paar anderen, ebenfalls wie Musiker aussehenden Kameraden unterwegs zu sein.

Jussi Vares lebte sofort auf. Jonski Skarppi war ein guter Bekannter von Jaska Teikari. Hinzu kam, dass er vor einigen Jahren des Öfteren auch mit Arto »Nuokku« Kielo zusammen gespielt hatte. Aufgrund dieser Tatsachen hatte Jussi Vares bereits versucht, Jonski zu erreichen.

Jussi begrüßte Jonski über das dichte Gedränge hinweg und zog ihn gleich zur Seite. Jonski und seine Kumpane waren am Flussufer gewesen und hatten beobachtet, wie die Taucher der Feuerwehr die erste Leiche des Jahres aus dem Wasser gefischt hatten. Angeblich war die Gymnastikhose des Typen bis zu den Kniekehlen hinuntergezogen gewesen.

»Ist wohl beim Scheißen in den Jordan gefallen. Wirklich kein heldenhafter Abgang ...«

Die Sache wurde eine Weile beklagt und bedauert. Dann teilte Vares Jonski die letzten Neuigkeiten über den alten Bandkollegen mit.

»Ach, ist Artos Story damit finis? Dann sollten wir doch gleich mal einen heben, auf unseren alten Spielmann«, brummte Skarppi mit gerunzelter Stirn.

»Das war doch schon immer klar, dass Nuokku niemals in einem Altersheim enden würde«, stellte Jussi Vares fest. »Aber dass der Mann in irgendeinem Budapester Park in einem stinkenden Lumpenhaufen verreckt, das war schon eine böse Überraschung ...«

»Tja. Eine Überraschung schon. Aber wenigstens schien er verdammt viel Geld bei sich gehabt zu haben, als er auf seine letzte Reise ging.«

»Ach, Nuokku hatte Geld dabei?« Vares war sichtlich überrascht.

»Frag nicht, wie viel«, lachte Skarppi. »Nuokku stürmte in der Linnankatu auf mich zu, ganz überraschend – es war'n wohl ein paar Tage, bevor er endgültig das Land verließ. Ob du's glaubst oder nicht, aber er wollte mir unbedingt jeden einzelnen Penni zurückzahlen, den er sich von mir gepumpt hatte. Und da war im Laufe der Jahre schon einiges an Marshall-Hilfe zusammengekommen, all diese günstigen Kleinkredite und so. Nuokku wollte den genauen Betrag wissen und drückte mir auf der Stelle dreieinhalbtausend in die Hand, in sauberen Scheinen. Die verschlissene schwarze Schultertasche des Herrn war mindestens halb voll davon.«

»Ziemlich seltsam. Wo man doch über Nuokkus legendären chronischen Geldmangel schon so manchen Witz gerissen hat.« Vares zog die Augenbrauen an.

»Ach, was du nicht sagst. Die Scheine jedenfalls, die ich bekommen habe, sind gültige Zahlungsmittel.«

»Hat Nuokku dir auch das Geheimnis seines neuen und überraschenden Wohlstands anvertraut? Hat er etwas von einem Erbe erzählt?«

»In dem Moment hab ich den Burschen gar nicht groß ausfragen wollen. War ich doch mehr als zufrieden über den unerwarteten Geldsegen. Kam mir ziemlich gelegen.«

»Was hat dir Nuokku sonst erzählt? Erinnerst du dich noch?«

»Er sagte, dass er sich in Richtung Mitteleuropa aufmachen wolle. Und dass er noch nicht wisse, wann er zurückkehren würde oder ob er überhaupt zurückkehre. Er wirkte irgendwie nervös. Aber so war Nuokku doch immer, ein wandelndes Nervenbündel.«

»So ist es dann auch gekommen. Ich meine, dass er nicht zurückgekehrt ist.«

»Tja, aber warte mal! Ein merkwürdiger Satz von ihm ist mir im Gedächtnis geblieben. Da er ihn mit so einer seltsamen Betonung ausgesprochen hatte ...«

»Und? Was sagte er?«

»Nun, als ich ihn fragte, was ihn zu einer solchen Reise veranlassen würde, sagte er nur, dass ...« Jonski Skarppi runzelte nachdenklich die Stirn. »... dass er nicht hier in dieser verschissenen Stadt bleiben wolle, um Lebende und Tote zu richten ...«

»Das hat dir Nuokku gesagt?«, wunderte sich Vares. »Völlig mysteriös, die Sache ...«

»Und noch was. Arto wirkte damals irgendwie schrecklich traurig. Wie ein Mann, der all seinen Grund und Boden verkauft hatte. Was umso seltsamer war, wenn man bedenkt, dass der Bursche eine Schultertasche bei sich hatte, die voll mit rappeltrockenen Scheinen war.«

»Noch eine Frage. Weißt du was von Jaska Teikari?«

»Nicht viel mehr, als dass er wohl gerade so ein komisches Spurlos-verschwunden-Spiel treibt ...«

»Wann hast du Jaska zuletzt gesehen?«

»Das ist schon eine Weile her. Mindestens drei oder vier Wochen. Wir haben uns ab und zu getroffen, um den Gummiball gegen die Wand zu schlagen.«

»Mehr Fragen hab ich nicht. Mach's gut.«

»Wird nicht allzu schwierig sein. Nachdem wir zwei verfickte Wochen lang einen Gig nach dem anderen hatten!«

## 10

Die schwere Stahltür des Gefängnisses polterte und knirschte wie in einem Hollywood-Streifen.

Dieser Vergleich kam Veikko Hopea in den Sinn, weil er gerade vor zwei Wochen einen amerikanischen Gefängnisfilm gesehen hatte: ein Video, in dem ein junger Mann (ein pfirsichhäutiger Filmstar, der im wahren Leben sicher den größten Teil seiner langen Haftzeit auf allen vieren als Wanderpokal herumgereicht worden wäre) endlich aus dem Gefängnis entlassen wurde und gleich darauf wegen seiner zu Unrecht verbüßten Strafe entschlossen nach Gerechtigkeit suchte.

Viel Ähnlichkeit zwischen sich und dem gestriegelten Typen im Film konnte Veikko nicht gerade feststellen. Veikko war nicht mehr besonders jung und auf keinen Fall pfirsichhäutig. Veikko war nicht unschuldig, nicht einmal etwas in der Richtung. Und Veikko Hopea wollte auch keine Gerechtigkeit einfordern für die fast sieben langen Jahre, die er im Knast gesessen hatte – nein –, Veikko Hopea glaubte nicht an Gerechtigkeit.

Das Einzige, an das Veikko Hopea glaubte, war Rache. Und diese wollte er suchen, dazu war er entschlossen.

Der wachhabende Gummiknüppel an der Pforte, Läski-Kokkonen, entließ Veikko Hopea und den mit der Lederweste seines Harley-Klubs bekleideten, hundert Kilo schweren Pferdeschwanzträger Stenu Högfors in die vorübergehende Freiheit. Der Gummiknüppel, der im Laufe seiner langen Dienstzeit schon alles Mögliche gesehen hatte, musterte die Hafturlauber mit vielsagendem Blick vom Scheitel bis zur Sohle. Läski-Kokkonens Blick war skeptisch.

Veikko Hopea blickte durch den Mann hindurch. Veikko erinnerte sich an die kleinen Spötteleien und heftigeren Anschisse, die er im Laufe der Jahre hatte erdulden müssen, und träumte in den verborgenen Winkeln seines Geistes vor sich hin. Veikko Hopea stellte sich unter anderem das knackende Geräusch vor, das entstehen würde, wenn man diesem auf zwei Beine gestellten Schwein mit einem überraschenden Ruck das Genick bräche. Aber so war das Leben. Man konnte nicht immer alles bekommen.

»Und die Regeln kennt ihr.« Läski schaute an den Männern vorbei. »Es empfiehlt sich, den Zeitpunkt für die Rückkehr so zu wahlen, dass man wirklich rechtzeitig wieder da ist. Wir sind hier nicht bei der Armee, wo man für einen Tag zum Kartoffelschälen verdammt wird, wenn man vom abendlichen Ausgang zu spät zurückkommt.«

»Hab ich nie kennen gelernt, diese Ausgänge, Kokkonen. Ich hab's beim Militär nicht ein einziges Mal geschafft, am Wochenende rauszukommen.« Hopea lächelte fast verlegen über seine Erinnerungen. »Es kam nämlich so, dass irgendein fieser Unteroffizier schon in der ersten Woche eine schwere Gehirnerschütterung erlitt. Und so'n anderer Schwanz, auch 'n kleiner Offizier, ins Zivilleben zurückgeschickt wurde und mit dem Strohhalm Haferschleim schlürfen durfte. Ich kam dann nach Oulu, in 'n Knast, und hab Striche anne Wand gemalt.«

»Mann, ist das krank. Solche Typen bekommen Hafturlaub!«, sprach Aufseher Kokkonen zu der braunen Ziegelwand, als er das Schloss der äußeren Pforte auffummelte.

Die Scharniere der großen Tür kreischten wie in die Walze eines Mähdreschers geratene Wühlmäuse. Veikko Hopea machte einen langen Schritt und war auf der Straße, im Zivilleben. Und das für immer. Weil Veikko Hopea es so beschlossen hatte. Nie wieder Mauern und Gummiknüppel und diesen grauen Haferschleim.

Stenu Högfors stellte sich mit einem breiten Lächeln neben ihn. Der schnauzbärtige Harley-Mann mit dem Pferdeschwanz ließ ein dunkles Lachen ertönen und schlug Veikko kameradschaftlich auf die Schulter.

»Na also, Hopea. Wir sind draußen. Geile Sache, was?«

»Nicht gerade das beste Wetter heute. Wird bald regnen …«

»Bestes Motorradwetter. Mensch, es ist doch Sommer. Schau mal, Veikko! Die Jungs aus'm Klub ha'm mein Bike dort abgestellt, wie verabredet!« Stenu deutete mit der Hand auf ein Motorrad, das in einiger Entfernung glänzend und kraftstrotzend am Straßenrand stand. Eine Harley-Davidson der höchsten Kubikklasse.

»Jetzt aber los, oder was? Es sind wer weiß wie viel Geschäfte zu erledigen, und wir ha'm nur wenig Zeit.«

»Der eine hat, der andere nicht …«, sann Veikko Hopea halblaut nach und folgte der Lederweste.

Aus einer in der kargsten Gegend des Helsinkier Stadtteils Kallio gelegenen Eckkneipe traten vier hochgewachsene Männer: Stenu Högfors, Veikko Hopea, ein Halbzigeuner namens Taisto Messing und dessen guter Komplize, ein bärtiger Reservechristus mit Pferdeschwanz, der auf den Namen Riku Pakkala hörte und von Stenu scherzhaft Alpakala genannt wurde.

Taisto Messing und Riku Alpakala setzen sich zuerst in Bewegung. Der alte und völlig verrostete Toyota Hiace der Männer ruckte hustend an, und die Burschen fuhren in den anderen Teil der Stadt, in irgendeine Gegend, die hinter Pitäjämäki lag. Stenu ging noch einmal kurz zu einem Zeitungskiosk, um Zigaretten zu holen, und brachte dann ebenfalls seine Karre in Gang. Veikko Hopea setzte sich hinten drauf.

Stenu fuhr schnell voran und genoss es in vollen Zügen, auf dem Motorrad zu sitzen. Hopea kniff im Luftstrom seine Augen zusammen, wog verschiedene Alternativen ab und überlegte sich langsam, aber sicher, was als Nächstes zu tun war.

Die bis zum Äußersten getunte Harley war ein bedeutend schnelleres Fortbewegungsmittel als Messings klappriger Kleintransporter. Die Männer erreichten den Hinterhof der flachen Industriehalle reichlich vor der vereinbarten Zeit.

»Der Riku ist Probemitglied in unserm Klub. Tomppa, sein Vetterherz, war unser erster Waffensergeant, 'n richtig guter Typ.

Wurde aber im letzten Sommer erschossen, verdammt, als wir von Malmi nach Herttoniemi unterwegs waren«, erklärte Stenu Veikko Hopea. »Messing könn' wir nicht richtig dazurechnen, nur so als Hang-Around, mehr nicht, is nun mal 'n halber Zigeuner. Aber sonst ganz okay, der Bursche …«

»Aha.« Veikko Hopea hatte keine Ahnung, wovon Stenu eigentlich sprach. Probemitglieder und Waffensergeanten? Er verstand gar nichts mehr. Was sollte das bedeuten?

Von der Kreuzung her hörte man ein Auto kommen. Das Knattern des altersschwachen Motors verriet, dass es sich um den von Messing gesteuerten Hiace handelte. Schon bald sah man den ziemlich übel qualmenden Kleintransporter hinter der Werkstatt um die Ecke biegen.

Messing hatte die Schlüssel zu der Immobilie. Die Männer gingen durch eine Seitentür in eine düstere Halle, in der drei Benz standen und mehrere hohe Stapel Fabrikkartons lagerten. Laut Aufdruck enthielten die Kartons alle möglichen Elektronikgeräte, vor allem Videos und Mikrowellenherde, die sicher den Sachbearbeitern einer Versicherungsgesellschaft bereits Kopfschmerzen bereiteten.

Stenu und die zwei Typen, die sie in der Kneipe in Kallio aufgegabelt hatten, begannen ihre Geschäftsverhandlungen, von denen Veikko Hopea kein einziges Wort verstand. Und die ihn auch gar nicht interessierten. Die Typen sprachen in dem verschlüsselten Code der Männer vom Fach, vermutlich über komplizierte Schuldverhältnisse, misslungene Einbrüche, geglückte Trickdiebstähle und solche wirren Dinge, von deren Existenz Veikko Hopea gar nichts gewusst hatte. Veikko begriff, dass die sieben Jahre hinter Gittern in beruflicher Hinsicht offenbar ein Wissensdefizit hinterlassen hatten. Das unaufhörliche Gequatsche der Männer begann Hopea ziemlich schnell auf die Nerven zu gehen.

»Kann mir jemand sagen, wie ich an 'ne Knarre rankomme?«, platzte Veikko endlich dazwischen.

Stenu und die beiden Gefährten aus der Kneipe verstummten.

»Was meinst du damit? Ist doch ziemlich dumm und riskant, überhaupt nur an 'ne Wumme zu denken, wenn man in Hafturlaub ist. Stell dir mal vor, die von der Soko würden dich damit erwischen.«

»Stenu, ich hab dich nicht nach der Soko gefragt, sondern nach 'ner Knarre«, betonte Hopea.

»Scheiße, ich zumindest habe keine Knarre dabei.« Stenu breitete die Hände aus.

»Wir auch nicht. Das nächste Versteck ist in Vuosaari«, sagte Taisto Messing.

»Aha.« Veikko Hopea war etwas enttäuscht. Ein ordentliches Eisen wäre immerhin eine Art Anfang gewesen.

Das Trio setzte mit dem langatmigen Gequassel fort. Hopea hatte das Gefühl, dass es zu keinem Ende und Resultat führte.

Veikko gähnte und ging, um sich die Zeit zu vertreiben, in der Halle umher und inspizierte das Hab und Gut, das dort gestapelt war. Auf einer Palette lagerten zwanzig Nähmaschinen, noch fabrikverpackt, von *Singer.* Plötzlich entdeckte Veikko Hopea in einer Ecke der Halle etwas Interessantes. Er bückte sich, hob einen schweren Gegenstand auf und wog ihn eine Weile nachdenklich in der Hand.

Endlich schienen Stenu und die zwei Burschen aus Kallio zu einem konkreten Ergebnis zu kommen. Riku Alpakala zog – Taisto Messing als Zeuge neben ihm – aus der Brusttasche einen dickeren braunen Briefumschlag hervor und zählte einige Scheine in Stenus Pranke. Veikko Hopea zeigte sofort Interesse am Geschehen und schlich herbei, die Arme wohlweislich hinter dem Rücken verschränkt.

»Das war's. Wie vereinbart.« Alpakala legte den letzten Schein auf den stattlichen Stapel.

»Okay. Alles klar.« Stenu Högfors faltete den Packen mit zufriedener Miene zusammen.

»Wie viel ist es denn?«, fragte Veikko Hopea ganz nebenbei.

»Zwölftausend.«

»Aha.«

Veikko Hopeas abschätzende kleine Augen wanderten von einem Mann zum anderen. Plötzlich traf er einen schnellen Entschluss, der gleichzeitig, wie es meist bei Veikko der Fall war, eine rasche Aktion auslöste.

Hopea wechselte seinen Schwerpunkt vom rechten auf das linke Bein, nahm etwas Schwung, indem er eine heftige halbe Drehung machte, und schlug mit dem hinter seinem Rücken verborgenen Wagenheber dem Harley-Mann Stenu Högfors direkt ins Zwerchfell. Stenu gab ein hohles und ungläubiges Husten von sich, ging langsam in die Knie, fiel seitwärts auf den mit Motorenöl und anderem Dreck verschmierten groben Zementboden und blieb in einer seltsam verdrehten Position liegen.

»Ääähhh ... was willst du, verdammt ...«

Stenus heiserer Schrei riss ab, als Veikko Hopea erneut seine Waffe schwang und mit dem wuchtigen Eisenteil die linke Kniescheibe des Motorradfahrers traf. Man hörte das knackende Geräusch eines brechenden Knochens, gleich einem frostigen Ast, der vom Stiefel eines Jägers zertreten wird. Das dicke Bündel Geldscheine flog aus Högfors' Hand und verteilte sich über den Boden. Der Mann blieb wimmernd liegen, biss seine Zähne zusammen und hielt sich mit beiden Händen das Knie. Schließlich verwandelte sich das Wimmern in ein Schluchzen.

»Ist wohl besser, ihr verschwindet, was?« Veikko wandte sich mit einer großen und drohenden Geste den beiden Jungs aus Kallio zu.

Taisto Messing brauchte nicht länger als eine Sekunde nachzudenken. Auch er erwies sich als flink und wendig in seinen Bewegungen. Er fluchte wie ein Kastrierer und setzte sich wütend wie ein Stier in Bewegung. Aus voller Kehle schreiend lief Messing um einen aufgebockten weißen Luxus-Mercedes und einen älteren Audi herum und stürzte, während er die glänzende Klinge seines Stiletts in seiner Hand aufblitzen ließ, auf Veikko Hopea zu.

»Du mieser Wichser!«, schrie Messing. »Jetzt mach ich Hackfleisch aus dir, verdammt.«

Hopea stufte die Fähigkeiten des Angreifers doch immerhin so hoch ein, dass er kein besonderes Risiko eingehen wollte. Er schwang die Hand in einem weiten Bogen und schleuderte den Wagenheber durch die Luft. Das Werkzeug traf auf Messings Knöchel und mähte, wie eine Sense den Wiesenkerbel, den Mann um. Veikko Hopea rannte in gutem Glauben seinem Wurfgerät hinterher und trat das tückische Stilett unters Auto. Dann schöpfte er tief Luft, blickte vorsichtig in die Runde und brachte Taisto Messings Stirnlampe mit einem einzigen dumpfen Tritt zum Erlöschen.

Veikko Hopea sammelte das über den Boden verteilte Geld zu einem sauberen Bündel zusammen und steckte es in seine Brusttasche, ohne sich um Alpakala zu kümmern, der blass wie ein Seekranker mit ängstlich zitternden Schultern zehn Meter entfernt von ihm stand.

»Du hast bestimmt nichts mehr hinzuzufügen?«, herrschte Veikko ihn an. »Oder was?«

»Nein, nein. Wirklich nicht.« Alpakala schüttelte so eifrig den Kopf, dass sein Wangenfleisch wie weiche Sülze wabbelte.

»Gut.«

Hopea beugte sich zu Stenu Högfors hinunter, nahm aus der Seitentasche der Jeans des vor Schmerzen in Ohnmacht gefallenen Mannes die Motorradschlüssel und verließ die Industriehalle, ohne sich noch einmal umzusehen.

Dann stieg Hopea auf den Ledersattel der Harley-Davidson und ließ die brummende Maschine an. Er lauschte eine Weile mit gespitzten Ohren. Ein ziemlich beeindruckendes Geräusch. Es lag eine Sehnsucht nach Freiheit darin, oder etwas in der Art.

Schließlich bog Veikko vom Hof auf die Straße ein. Ein paar Rotznasen, die an der Bushaltestelle standen, drehten sich um und schauten ihm bewundernd hinterher. Veikko gab Gas und kramte in seiner Erinnerung. Die Ringstraße 3 konnte nicht weit entfernt sein. Von dort aus würde er ohne Probleme auf die Fernstraße 1 gelangen. Dann nur noch in Richtung Westen. Nach Turku.

# 11

Hautavainio räusperte sich trocken und zündete sich mit einem zitternden Streichholz eine grüne *North State* an. Der nachdenkliche Blick des ehemaligen Polizeibeamten streifte über sein schmal gewordenes Revier: der vernachlässigte, wild wuchernde Rasen (Brennnessel, Wiesenkerbel, Weidenröschen, verschieden große Grasbüschel), verkrüppelte alte Apfelbäume, die sich am Giebel entlang wanden, ein kürzerer Kartoffelbeetabschnitt und eine unbeschnittene Weißdornhecke, deren Blätter verdorrt und ausgefasert waren.

Der pensionierte Kriminalkommissar nahm einen langen, knisternden Zug von seiner qualmenden Zigarette, blickte mit seinen kleinen, aber scharf beobachtenden, funkelnden Augen über den Gartentisch hinweg in Jussi Vares' Augen, schniefte und begann mit langsamer, gedehnter Stimme zu sprechen.

»Nun. Die Wagenstreife der Schupo war es, die zuerst vor Ort war. Soweit ich mich erinnere, irgendwann gegen vier Uhr. Wir Jungs vom Gewaltdezernat kamen, sagen wir mal, eine halbe Stunde später. Es hatten sich mittlerweile auch einige Schaulustige eingefunden. Die ersten Gerüchte gingen schon herum – wer weiß, wie die Informationen so schnell durchsickern konnten. Und es lag auch schon der erste Reporter auf der Lauer.«

Hautavainio paffte einige nachdenkliche Züge, schaute eine Weile in die Ferne, kniff die Augen zusammen, schniefte erneut und setzte fort:

»Koivikko lag in einer getrockneten Blutlache, quer auf dem Boden, genau in der Mitte des Zimmers. Er lag auf dem Rücken, die Hände ausgebreitet, wie ein auf dem Wasser treibender Schwimmer. Der Mann war nackt, oder wenigstens fast ...« Hautavainio runzelte die Stirn. »Er trug lediglich schwarze Anzugsocken und dann noch so 'n strammes Höschen, war es 'n Tanga oder 'ne Bermudas? Ja genau, 'n Tanga war's. Blütenweiß. Natürlich mit einigen Blutflecken besprenkelt ...«

Hautavainio sog an der Zigarette und dachte einen Augenblick lang still und versunken über den Jahre zurückliegenden Fall nach.

»In den Untersuchungsprotokollen wurde wohl erwähnt, dass es sich um Björn-Borg-Unterhosen handelte. Ich hab nie etwas von solchen Hosen gehört. Ob dieser langhaarige Schlägerschwinger auch ganze Garnituren anbietet? Na, meines Erachtens sahen diese kleinen Eierschützer bei so einem vierzigjährigen Mannsbild irgendwie zu gewagt aus. Wo der Kerl doch immerhin schon ein wenig Bauch hatte.« Hautavainio runzelte missbilligend die Brauen.

»Nun. Der erste Stich, der tötende Stoß, war für das Opfer anscheinend völlig überraschend gekommen. Die Klinge drang mit Leichtigkeit in die rechte Hälfte des Brustkorbs ein. Sie hatte sofort die Lunge durchstochen und gleichzeitig eine größere Ader durchtrennt. Üble Wunde ...« Hautavainio schüttelte den Kopf. »Durch die Stichwunde war Blut in die Lungen gelangt, und überall im Zimmer war Blut verspritzt, wie aus einem Gartenschlauch. Dabei ist dem Burschen dann ziemlich schnell die Luft ausgegangen – obwohl es auch kein Treffer war, bei dem der Tod in einer Sekunde eintritt ...«

»Was haben die Docs gesagt?«, fragte Vares. »Also, zu der Wunde?«

»Der Gerichtsmediziner vermutete, dass dieser Koivikko, den Spuren am Tatort nach zu urteilen, sofort einen Schock bekommen hatte, also sofort in sich zusammengesunken war, obwohl er theoretisch noch einige Minuten effektive Spielzeit hätte haben können ...«

»Im Zimmer hat also kein Kampf stattgefunden?«

»Nein. Kein Kampf, eher ein Abschlachten«, brummte Hautavainio. »Jeder andere Typ hätte sich doch widersetzt und wäre wie wild in der ganzen Bude herumgelaufen, solange der Atem noch strömt ...«

Hautavainio klopfte in Ruhe die Zigarettenasche in die auf dem Gartentisch stehende Bierdose ab.

»Ja, ja. Aber doch nicht unser Tangokönig – ganz bestimmt nicht. Ich hab oft im Nachhinein über die Sache nachgedacht und mir den Kopf darüber zerbrochen, warum der Mann so leicht aufgegeben hat.«

In dem wild wuchernden Gartenhof wurde es still. Eine einsame Wespe brummte hitzig um die Köpfe der Männer herum, als sei sie auf der Suche nach etwas. Irgendwo in der Nachbarschaft, auf der anderen Seite des Weges, bellte ein Jagdhund, ganz heiser vom vielen Gekläffe. Die Schwalben schienen es mit dem Nestbau eilig zu haben.

Der pensionierte Kriminalkommissar Hautavainio beugte sich mit nachdenklicher Miene vor, um erneut die Asche von seiner *North State* abzuklopfen, und war für einen Augenblick wieder in seine eigenen Gedanken versunken. Vares erhob sein Glas und probierte einen Schluck. Er atmete das Grün des Frühsommers ein und ließ seinen Blick über die Landschaft schweifen, die sich um ihn herum ausbreitete.

Die Insel Hirvensalo stand schon in voller Sommerblüte. Das junge Birkenwäldchen, das sich hinter einem Feldstück erhob, schimmerte in hellem Grün, wie in einem Malbuch für Kinder. Vor der Unendlichkeit des strahlend blauen Himmels zeichnete sich eine lautlose weiße Spur ab: ein Flugzeug, das gen Westen flog. Auf dem Sandweg, der direkt hinter dem Haus verlief, fuhr ein Mopedfahrer, dessen Fahrt von dem kaputten Auspuffrohr nicht allzu sehr beeinträchtigt zu werden schien. Ein geflügelter Nestbauer stimmte in dem dunklen Fichtengehölz, das sich in einiger Entfernung erhob, ein ängstliches Lied an. Irgendein Tier, vielleicht eine Katze auf Beutefang, mochte seine Ruhe gestört haben. Es war fast windstill. Die Sonne schien heiß und klebrigzäh vom Himmel herab. Die Luft in den Gipfeln der alten Apfelbäume war schwül, fast drückend.

»War in vielerlei Hinsicht seltsam – der Fall des Tangokönigs.« Hautavainio verfolgte mit zusammengekniffenen Augen den Kondensstreifen der Düsenmaschine. »Ich habe während meiner fünfunddreißig Dienstjahre schon so einiges gesehen. Aber dieser

Fall ist wirklich einer der merkwürdigsten, die mir je vorgekommen sind. Der Mann schien verdammt schnell aufgegeben zu haben. Häufig ist es doch so, dass der Erstochene oder Erdolchte all seine Kräfte zusammennimmt und wie ein verwundeter Wolf bis zum allerletzten Blutstropfen kämpft, ganz buchstäblich. Ich muss sagen, dass mir bei diesem Fall zunächst der verrückte Gedanke kam, dass Koivikko die Stiche fast wie ein Opferlamm entgegengenommen hat, freiwillig, sich seinem Schicksal fügend.«

»Die Menschen verhalten sich in überraschenden Gefahrensituationen völlig unterschiedlich.« Jussi Vares kniff im grellen Gegenlicht der Sonne die Augen zusammen. »Der eine beginnt zu kämpfen wie ein wildes Tier, der andere wiederum erlahmt völlig.«

»Das stimmt. So isses.« Hautavainio drückte den Zigarettenstummel aus. »Wir Ermittler hatten die Sache von verschiedenen Standpunkten aus durchdacht und gingen im weiteren Verlauf unserer Ermittlungen immer mehr von der Annahme aus, dass der Mörder jemand sein musste, den Koivikko bereits gekannt hatte. Möglicherweise war es ein Besucher, den er erwartete. Koivikko ließ ihn herein, ohne etwas Böses zu ahnen. Das Messer war ein totaler Schock für ihn, eine lähmende Überraschung.«

»Koivikko hatte also möglicherweise ein heimliches Treffen mit seinem eigenen Mörder arrangiert.«

»Genau. Das war damals unsere Haupttheorie, der Ausgangspunkt für unsere Ermittlungen. Aber es kann natürlich sein, dass wir damit völlig falsch lagen.« Hautavainio stieß einen etwas bitteren Lacher aus. »Seit dem Mord sind schon über sechs lange Jahre vergangen, und der Mörder ist immer noch auf freiem Fuß. Unsere Bemühungen hatten also keinen Erfolg. Vielleicht ein Zeichen dafür, dass wir von einer völlig falschen Grundannahme ausgingen. Ähnlich wie damals die Sonderermittler im Fall Olof Palme, dort drüben, in Schweden …«

»Der Mörder könnte doch auch eine Frau gewesen sein?«

»Ja natürlich. Das liegt durchaus im Rahmen des Möglichen. Koivikko war schließlich fast nackt. Ein unerwarteter, plötzlicher

Stoß mit einem spitzen Gegenstand erfordert wirklich nicht besonders viel Kraft, also keinen trainierten männlichen Bizeps.«

»Nicht zu vergessen, dass Harry Koivikko damals, als er ermordet wurde, einer der prominentesten Männer in Finnland war. Absolut. So ein Gesicht kann neben Autogrammjägern auch alle möglichen Wirrköpfe anlocken«, sann Jussi Vares nach. »Es wäre auch möglich, dass irgendein komischer Kauz von allen guten Geistern verlassen wurde. In den Staaten passiert so was hin und wieder. John Lennon ist nicht der einzige Star, der den Fluch der Berühmtheit am eigenen Leibe erfahren durfte.«

»Auch Koivikko hatte diese ewigen Quälgeister, die ihm nachstellten. Es fanden sich sogar Informationen über sie im Register. Nun, wir hatten uns damals die verrücktesten unter ihnen herausgesucht und die Hieb- und Stichfestigkeit ihrer Alibis überprüft. Die rund zehn Personen, die wir genauer unter die Lupe nahmen, erwiesen sich als unschuldig …« Ein Anflug von Lächeln huschte über Hautavainios zerfurchtes Gesicht. »Bei einer Frau fanden wir eine im Sex-Shop gekaufte Gummipuppe, der ein Maskenbildner in ihrem Auftrag eine neue Visage verpasst hatte, die Harry Koivikko ganz ähnlich sah. Und irgend so'n anderer Irrer hatte sich in einem Tanzschuppen in der Provinz Koivikkos Autogramm aufs Handgelenk schreiben lassen, das er auch ein halbes Jahr später noch mit einem Plastikbeutel schonte. Wirklich wahr.«

»Vielleicht versteckt er sich ja immer noch, der größte Fan von allen, der Harry ganz für sich allein haben wollte«, überlegte Vares.

»Durchaus möglich. Eine unserer Ermittlungsrichtungen hing natürlich mit Koivikkos Ruf als Frauenheld zusammen.« Hautavainio schüttete sich aus einer grünen Flasche mehr von dem hausgemachten Apfelwein ein. »Die Frauen waren natürlich ganz verrückt nach ihm, wie immer in solchen Fällen. Und der Herr schämte sich auch nicht, von der Gelegenheit Gebrauch zu machen – ein verheirateter Mann eben. Gerüchten zufolge hatte Koivikko überall, wo er auftrat, seine Stammfotze – dazu kamen noch die gelegentlichen Einzelnummern.«

»Hmm. Koivikko hätte wohl kaum an jenem Freitag für hundert Mark ein verwanztes Zimmer im Fremdenheim *Märchenland* reserviert, um sich selbst einen von der Palme zu wedeln.«

»Wohl kaum. So ein Leben ist ein gefundenes Fressen für potenzielle Neider und Feinde ...« Hautavainio begann an den Fingern abzuzählen: »Eifersüchtige Ehemänner, von ihren Girlfriends betrogene Boyfriends und aufgebrachte Fans. Und Fräuleins, die für eine Nacht ihren Arsch hingehalten hatten und total hochgingen, als sie auf die nackte Wahrheit gestoßen wurden, dass das nächtliche Gesäusel des Tangocharmeurs über die ewige Liebe nicht länger als bis zum Licht des nächsten Morgens anhielt.«

»Ich brauch wohl nicht zu fragen, wie genau das Alibi von Koivikkos Ehefrau überprüft wurde«, sann Vares nach.

»Satu Koivikkos Alibi ist hieb- und stichfest. Die Sache wurde von allen Seiten beleuchtet, und zwar gründlich. Genau so sah es auch mit dem engsten Bekanntenkreis des Mannes aus. Nichts ...« Hautavainio seufzte angestrengt und zerdrückte die leere Schachtel *North State* in seiner großen Hand.

»Verdammt, war das ein Rummel, besonders die ersten Wochen gleich nach dem Mord. Aber ziemlich bald wurde so einem alten Fuchs wie mir klar, dass es ein unentwirrbareres Knäuel von Widersprüchen kaum geben konnte, bei dem sich alle Glücksgöttinnen auf die Seite des Mörders zu stellen schienen ...«

»Und dann auch noch der Druck der Medien.«

»Das kannste wohl sagen. Die schlimmsten Hyänen der finnischen Regenbogenpresse saßen einem im Nacken. Ich sehne mich wirklich nicht nach jenem Sommer zurück, nach diesen schweißtreibenden langen Monaten.« Der ehemalige Kriminalkommissar schüttelte mit starrer Miene den Kopf. »Tja, sechs Jahre ist das schon her ...«

»Klar, ich erinnere mich noch daran, wie du dich gefühlt hast«, gestand Jussi Vares. »Soweit ich mich entsinne, haben wir damals mehrere Male am selben Tisch gesessen, und ich muss sagen, dass der Mann zusehends älter zu werden schien.«

»Ja. Bei mir begann sich zu dieser Zeit die Kranzschlagader schon langsam bemerkbar zu machen. Bin gleich im Jahr darauf, im Frühsommer, vorzeitig in Rente gegangen.« Hautavainios äderige, große Hand tastete flüchtig über sein Brustbein. »Wer weiß, wäre dieser Rummel um Harry Koivikko nicht gewesen, hätte ich vielleicht bis zum gesetzlichen Rentenalter durchgehalten. Manchmal aber, in düsteren Momenten, ist mir der Gedanke gekommen, dass nicht viel gefehlt hätte, und derselbe verfluchte Mörder hätte auch mich auf dem Gewissen gehabt. So stark war der Druck, der in jenem Sommer auf mir lastete. Aber ganz unter uns. Ich muss gestehen, dass immer noch ein kleiner Fluch über diese Entlausungssauna in meinem Hinterkopf kreist.«

»Du hast sicher oft darüber nachgedacht, was bei den Ermittlungen in diesem Fall letztlich schief gelaufen ist. Wie konnte es dem Mörder gelingen, am helllichten Tage ins *Märchenland* hineinzuschlüpfen und unbemerkt wieder aus dem Haus herauszuschleichen?«

»Das sind Dinge, die in die Geisterwelt gehören. Solche Geschichten passieren immer wieder. Premierminister Olof Palme wurde im Stadtkern einer großen Stadt erschossen, gegen Mitternacht, zu belebtester Stunde. Der Schütze konnte jedoch verschwinden, als hätte er sich in Rauch aufgelöst.« Hautavainio fuchtelte ungeduldig mit der Hand.

»Harry Koivikkos Mörder hatte an jenem Nachmittag einfach Glück. Er kam durch die weniger benutzte, an der Giebelseite gelegene Tür, die zur Toreinfahrt an der Kupittaankatu führt. Es gelang ihm, ins Gebäude hineinzuschleichen, ohne dass es jemandem in der näheren Umgebung aufgefallen wäre. Auch der Flur war zufällig leer, wie auf Bestellung. Und als er sich nach vollbrachter Tat aus dem Staube machte, blieb ihm das Glück auch weiterhin hold. Wieder keine Seele auf dem Flur. Der Mörder verschwand schließlich, wie jeder andere harmlose Fußgänger, in Richtung Kupittaankatu oder Itäinen Pitkäkatu. Und er ist immer noch auf freiem Fuß, verdammt.«

»Das Messer hat er mitgenommen, nicht wahr?«

»Ja. Die Mordwaffe ist nie gefunden worden.«

»Und was ist mit den Fußspuren des Mörders. Sind in der Blutlache auf dem Boden welche zurückgeblieben? Oder Fingerabdrücke?«

»Wir haben weder das eine noch das andere gefunden. Bedauerlicherweise. Er hat sich nicht schmutzig gemacht. Völlig stubenrein, der Typ.«

»Kaltblütig und überlegt, oder was?«

»Na. Oder er hat einfach nur instinktiv richtig reagiert. Wer weiß? Nur ein einziger Mensch in dieser Welt weiß es.«

Hautavainios großer, dicker Kater schlich, seine Glieder streckend, unter dem Johannisbeerstrauch hervor. Der Kater blieb stehen, blickte Vares misstrauisch und abschätzend an und hüpfte, für seine Größe überraschend behände, seinem Besitzer auf den Schoß.

»Na, Harri, mein Junge, wie war's denn im Wald heute? Hast du dir diesmal 'ne Ratte gekrallt, 'n Maulwurf oder nur 'n unschuldigen kleinen Vogel?« Hautavainio kraulte seinen Kater unterm Kinn, und wie auf Knopfdruck setzte ein an ein brummendes Küchengerät erinnerndes Schnurren ein.

»Harry, oder wie?« Vares schmunzelte und hob fragend die Augenbrauen. »Ist das der Name des Katers?«

»Harri! Mit I und nicht mit Ypsilon! Jussi, verdammt noch mal, hältste mich für blöd! Ich werde meinem Kater doch nicht den Namen eines ermordeten Tangokönigs geben!«

»Bei dir weiß man nie«, lachte Vares und prostete seinem Gastgeber mit seinem Glas zu. »Übrigens. Du hast noch gar nicht gefragt, weshalb ich mich für einen sechs Jahre zurückliegenden Mord interessiere.«

»Ich werde dich auch nicht danach fragen!«, knurrte Hautavainio und hob ablehnend seine große Hand. »Beinahe zwölf Monate hat mich dieser verflixte Fall beschäftigt, Tag und Nacht. Ich habe damals einen Vierzehnstundentag gehabt – manchmal wurde es auch länger. Ich habe Hunderte von Menschen verhört und nebenbei noch einige tausend Seiten klein gedrucktes Ermittlungsmaterial und das eine oder andere Vernehmungsprotokoll gelesen. Ich habe ohne zu murren die härtesten Beschimpfungen der Presseleute, der hysterischen Fans und manchmal auch meiner ungeduldigen Vorgesetzten einstecken müssen.

Sogar eine geheime Telefonnummer musste ich mir geben lassen. Ich bekam bei dem ganzen Theater ein blutendes Magengeschwür. Und Herzrhythmusstörungen. Und einmal waren die Hämorrhoiden so saftig wie kanarische Fleischtomaten. Ich musste Schlafmittel und Laxativa einnehmen, und schließlich konnte ich nur noch ganz kurze Schritte machen, mit einem Herzmittel in der Tasche wie ein alter Ringfuchs. Also, nein danke, Jussi Vares! Ich helfe dir gern, aber in deine Gedanken will ich mich nicht einmischen. Ich bin jetzt in Rente. Ich baue hier Äpfel an, vermiete meinen Saunaraum an Vogelbeobachter aus der Schweiz, stelle gelegentlich Wein her und versuche, meinen fiesen Kater zu erziehen. Das reicht mir wirklich.«

»Und mir auch. Danke für dieses Gespräch, Hautavainio. Ach, eine Sache noch. Du siehst wirklich viel frischer und gesünder aus als damals im Mord-Sommer. Die sorgenfreien Tage des Seniorendaseins haben dem alten Herrn anscheinend ganz gut getan.« Jussi Vares stürzte den letzten Rest des selbst gemachten Weins hinunter und stand vom Tisch auf.

Hautavainio ließ den Kater von seinem Schoß auf den Rasen hinab und stand mit ausgestreckter Hand auf. Harri the Cat gab ein mürrisches Miau von sich und verzog sich zur Treppe des Hausvorbaus. Seine gelben Augen taxierten Vares wie einen Ostseehering vom Vortag.

»Aber du kannst ruhig mal öfter vorbeikommen. Zeitweise mangelt es ein wenig an Gesprächspartnern. Besonders jetzt, wo die Kuckucksuhrenmacher abgesagt haben. Die Saunakammer bleibt leer.« Hautavainio reichte Vares die Hand. »Ach, noch eine Kleinigkeit: Auch wenn ich mich nicht weiter in die Sache einmischen möchte, kannst du mich doch immer anrufen – falls dir irgendein Detail in den Sinn kommt, das einer eingehenderen Überprüfung bedarf.«

»Ich werde das Versprechen im Hinterkopf behalten. Vielleicht komme ich eher darauf zurück, als du glaubst. War übrigens gar nicht schlecht – dein Apfelwein.«

Hautavainio gab Vares einen Klaps auf die Schulter und schniefte laut.

»Übrigens, Jussi. Nur zu deiner Information – und als Ermutigung. Falls es jemandem, also zum Beispiel auch dir, jemals gelingen sollte, den Mord an Harry Koivikko aufzuklären, stehen für ihn im Keller dieser Bruchbude hier einige Flaschen von der Spezialität des Hauses bereit. Und das ist wirklich ein ganz edler Tropfen.«

## 12

Veikko Hopea gewöhnte sich schnell an die Steuerung des großen Motorrads und genoss das durch die Spitzentechnologie ermöglichte Gefühl des Fliegens in vollen Zügen. Auf der Schnellstraße von Helsinki nach Westen drehte er den Hahn voll auf. Er fuhr mit einer gleichmäßigen Geschwindigkeit von 125 Stundenkilometern. Mögliche Radarbullen würden bei diesem Tempo noch einmal ein Auge zudrücken. Der schwarze Asphalt flitzte einladend und bereitwillig unter dem Motorrad hinweg. Der warme sommerliche Luftwirbel, der das Gesicht liebkoste, war nach all den langen Gefängnisjahren der beste Balsam für Veikkos verrußte und staubige Seele.

Ach ja. Veikko lächelte fast schon ein bisschen. Sieht gar nicht mal so beschissen aus, das Leben. Ganz und gar nicht.

Kurz hinter der Kreuzung bei Lohja bemerkte Hopea, dass das Benzin bis Turku sicher nicht reichen würde. Auch sonst begann er die Tauglichkeit seines Gefährts allmählich ein wenig in Zweifel zu ziehen. Na, so ein Typ wie Stenu Högfors würde ihn bestimmt nicht bei der Polizei verpfeifen, aber trotzdem sollte man vorsichtig sein. Eine einsame große Harley war zweifellos ein auffälliges Fortbewegungsmittel. Nicht gerade die bestmögliche Alternative für einen Mann, der auf der Flucht war.

Direkt hinter einer Brücke lag eine große Tankstelle am Wegesrand. Prächtige sommerliche Seen breiteten sich auf beiden Seiten der Straße aus. Das Firmament strahlte im schönsten Türkis.

Hopea stellte sein Motorrad neben einen größeren BMW und nahm Stenus viel zu engen Helm ab. Dieser verdammte Kerl hatte wirklich einen kleinen Kopf.

Auf der Fahrerseite des BMWs stieg ein rotgesichtiger, fleischiger Gentleman aus, der sich ein teures Jackett überzog und sein Handy in die Gürteltasche steckte. Plötzlich bemerkte der Mann Veikko Hopea mit seinem Motorrad. Ein breites Lächeln zog sich über sein teigiges, großes Gesicht.

»Tach auch! Richtig geile Karre. Hat sicher weit über tausend Kubik, was?«, staunte der Mann.

»Aber immer«, sagte Veikko gelassen.

»So muss es sein. Eine präzise Antwort. Ihr Harley-Burschen seid schon so'n Volk. Muss man wirklich sagen ...«

Veikko erwiderte nichts darauf.

»Also, ich musste dich einfach ansprechen. Weißte, auch ich hab mein ganzes Leben lang solche Räder gefahren. Hab aber noch kein einziges Mal die Ehre gehabt, ein solches Königsvehikel zu besitzen. Im August jedoch werde ich auf meiner eigenen Harley sitzen. Dann werd' ich nämlich fuffzig, und ich hab den Verwandten und Geschäftspartnern schon rechtzeitig Bescheid gesagt, dass ich nur einen einzigen Wunsch habe, falls sie den Hut herumreichen sollten. Alles andere, was ich brauche, hab ich mir schon anschaffen können ...«

Hopea nickte, schwieg aber weiterhin. Er musterte das Auto des Kerls. Die Aufkleber am Seitenfenster verrieten, dass der Wagen eine neuzeitliche Diebstahlsicherung hatte. Scheiße.

»Wie viel hat die Karre schon runter?«, wollte der Mann wissen.

Veikko hatte keine Ahnung. Dennoch wäre es wohl eine falsche Politik gewesen, die Sache auf dem Kilometerzähler zu überprüfen.

»Neunundvierzigtausend ...«

»Und was ist der Preis für so 'ne Karre heutzutage, bei dem Kilometerstand?«

»Ist nicht zu verkaufen.«

»Nein, natürlich nicht.« Der Mann lachte süßlich. »Woher kommste gerade?«

»Aus Helsinki.«

»Aha, auf Urlaubsreise, oder was? Ist übrigens gutes Fahrwetter angesagt ...«

»Bin eher auf Dienstreise.« Veikko Hopea schoss ganz blitzartig in den Sinn, dass in Turku ein alter Bekannter auf ihn wartete, der allerdings nicht gerade ein Freund von ihm war.

»Aha, auf Dienstreise. Ich hab mit Hygienekunststoffprodukten zu tun. Haste auch 'ne eigene Firma?«

»Ja. Ich bin Privatunternehmer, sozusagen ...«

»Prima! In welchem Bereich denn?«

»Im Ziegelgewerbe ...«

»Ach was. Wie interessant. Ich hab mit meiner Alten im Prinzip alles, was wir besitzen, aus einheimischen Kalksandsteinziegeln gebaut, iss'n schönes und beständiges Material, das sich optimal der finnischen Landschaft anpasst und ...«

»Was ist das eigentlich für ein Hygienekunststoff, mit dem du zu tun hast?« Veikko Hopea unterbrach den Redefluss des Mannes. »Etwa diese WC-Enten?«

»Bist ja 'n richtiger Spaßvogel«, lachte der Mann und schwenkte seine dicke Hand. »Ihr Harley-Jungs seid immer gut drauf, so locker und lustig, und habt immer 'n Witz auf Lager. Du! Ich bin übrigens fest der Meinung, dass ihr in den Medien heutzutage ganz unfair behandelt werdet. Die meisten der Motorradfahrer sind doch genau wie du: Typen, die richtig anpacken, fleißige und rechtschaffene Bürger, viele sogar Privatunternehmer!«

»Ja. Da hast du wohl Recht.« Der Typ begann Hopea mehr und mehr auf den Geist zu gehen.

»Mit Sicherheit! Aber ... mach's gut, Kumpel. Und Hals und Beinbruch!«

»Danke. Du mich auch.«

Das Dickerchen zog das Jackett aus und ließ mit der Fernbedienung die Zentralverriegelung zuschnappen. Im gleichen Moment erstarb in Veikko Hopea auch die letzte Hoffnung, die er in Bezug auf diesen spitzenmäßigen Wagen gehegt hatte. Er hatte sich für eine Weile vorgestellt, dass der Bursche vor lauter Begeisterung die Verriegelung vergessen hätte.

Veikko Hopea schirmte mit der Hand die Augen ab und ließ seinen forschenden Blick wie eine ausgehungerte Hyäne über den ausgedehnten Parkplatz der Tankstelle schweifen.

Über die Brücke, die über den See führte, sauste ein nagelneuer, feuerroter Toyota Celica, an dessen Seite in großen, weißen Buchstaben zu lesen war: AUTOTALO KAARLO A. HAUSER.

Am Steuer des Autos saß eine elegante, etwa vierzigjährige Frau in einem Minirock, der haargenau auf die Farbe des Autos abgestimmt war. Außerdem trug sie eine extravagant gemusterte französische Designerjacke, unter der eine Seidenbluse von *Lene Sand* hervorschaute. Der elegante Gesamteindruck wurde noch durch ein *Hermes-Tuch* mit Blumenmuster und zierliche *Charles-Jourdan-Pumps* abgerundet.

Frau Anna-Liisa Hauser pfiff zu der Opernmusik, die vom CD-Spieler kam, und tippte mit dem roten Nagel ihres Zeigefingers rhythmisch auf das weiche Leder des Lenkrads. Sie war richtig guter Laune, jetzt konnte sie lachen und singen wie sonst nie.

Frau Hauser kam gerade von einem heimlichen kleinen Nachmittagsrendezvous mit Anders Quist, einem jungen Helsinkier Staranwalt, und war auf dem Weg nach Hause, Richtung Turku. Das eineinhalbstündige Stelldichein in einem Hotel in Espoo hätte wirklich nicht ergiebiger sein können. Anders hatte ihr wieder einmal eine Spezialbehandlung zukommen lassen – hatte es ihr besorgt, dass ihr die Knie weich wurden.

Einzig getrübt wurde das Ganze dadurch, dass der Mann später am Nachmittag noch eine wichtige Besprechung mit einem Kunden hatte, einem Immobilienschwindler, der auch in der überregionalen Presse einen zweifelhaften Ruf genoss. Mit der Pflege der Freikörperkultur sollte es also für dieses Mal genug sein.

Als sie die Brücke zur Hälfte passiert hatte, bemerkte Anna-Liisa Hauser, dass sie Durst hatte. Die bunten Fahnen der Tankstelle flatterten einladend am Rande eines blauen Sees, und so beschloss die Frau, kurz in die Cafeteria hineinzuschauen, um eine Flasche kaltes Mineralwasser zu kaufen.

Hoffentlich hatten diese Bauerntrampel hier mitten im Wald auch *Evian* anzubieten!

Anna-Liisa Hauser parkte ihren roten Sportwagen am Rande des Asphaltplatzes zwischen zwei älteren Schrottkisten. Sie stieg aus, zog ihren Rock gerade und bemerkte mit einem Seitenblick, wie ein an sein Motorrad lehnender Schrank von Mann sie mit starrem Blick verfolgte.

Nun, bitte schön der Herr, schauen Sie ruhig, bis Ihnen die Augen ausfallen!

Frau Anna-Liisa Hauser war natürlich daran gewöhnt, dass ihr die Männer hinterherschauten. Funkelnde Männeraugen und ein abschätzendes Lächeln waren für sie ebenso unentbehrlich wie der Sauerstoff, den sie atmete.

Anna-Liisa Hauser ging so vornehm über den heißen Asphalt wie ein Königin. Erst auf der Schwelle zur Cafeteria der Tankstelle fiel ihr ein, dass sie den Wagenschlüssel im Zündschloss stecken gelassen hatte. Sie hielt es jedoch nicht für nötig, wieder umzudrehen. Ach was! Sie würde doch kaum länger als eine lächerliche Minute in der Cafeteria bleiben.

Anna-Liisa Hauser bahnte sich mit dem Ellenbogen den Weg durch eine Gruppe von Rentnern frei, die vor der Kasse laut mit ihren Münzen klimperten, und ging direkt auf die Kühlvitrine zu.

»Oh, shit! Natürlich kein *Evian*. Bleibt einem nichts anderes übrig, als sich mit finnischem Wasser zufrieden zu geben …«

Veikko Hopea saß auf dem bequemen, sportlich designten Ledersitz des Toyota Celica. Er nahm etwas Gas weg und stellte den Sitz in einem für seine langen Beine geeigneten Abstand zum Lenkrad ein.

Er überprüfte noch einmal die Anzeigeinstrumente, die Gangschaltung und den Rückspiegel, setzte den Blinker nach links, begann zu beschleunigen und wechselte schließlich mit quietschenden Reifen auf die Überholspur. Ein Konvoi von drei brummenden Sattelschleppern, zwei qualmende Kleintransporter und einige Japaner, die langsamer als der Celica waren, blieben weit hinter ihm zurück, als wären sie stehen geblieben.

Richtig flott war das stolze Gefährt dieser kurzberockten Frau! Veikko Hopea hockte vergnügt auf dem Fahrersitz und öffnete mit dem elektrischen Fensterheber das Seitenfenster. Wirklich nicht schlecht. Eigentlich sehnte er sich nach der auf dem Parkplatz der Tankstelle zurückgelassenen Harley gar nicht mehr zurück.

Die Welt veränderte sich heutzutage wirklich unheimlich schnell. Auch die Entwicklung der Personenwagen war – wie vermutlich viele andere Dinge auch – in den sieben langen Jahren in großen Schritten vorangegangen. Veikko atmete tief durch die Nase ein. Im Wagen roch es nach dem Parfüm der Frau.

Als er am *Motel Syvälampi* vorbeikam, stand Veikko Hopea plötzlich der Sinn nach einem guten Fick. Der Gedanke war so erregend, dass er erst wieder in die Gegend hinausschaute, als er die Kleinstadt Salo erreichte.

## 13

Um halb zehn klingelte das Telefon. Jussi Vares räkelte sich im Halbschlaf auf seiner ausgebeulten Matratze und beschloss, den Hörer unberührt zu lassen.

Nach dem Signalton war auf dem Anrufbeantworter die gespannte, ein wenig nasale Stimme von Erkki Vehmanen zu hören. Jussi Vares seufzte und nahm ab.

»Ich hab da ’nen Bekannten, der Bankdirektor ist. Er heißt Esko-Pekka und ist ’n guter Armeekamerad von mir, wir sind in der Reserveoffiziersschule Stubenkameraden gewesen«, legte Vehmanen nach einer kurzen Begrüßung los. »Er kennt meine Situation gut und hat mir versprochen, mich im Rahmen seiner Möglichkeiten zu unterstützen. Esko-Pekka hat gestern Abend nach der Arbeit angerufen und erzählt, dass Kaarina von ihrem persönlichen Konto 20 000 Finnmark abgehoben hat. Jetzt ist die Sache klar, Vares! Dieser verfluchte Schwindler hat also endlich diese blöde Planschkuh zu melken begonnen!«

»Wie viel eigenes Vermögen hat Kaarina denn alles in allem? Also, wie viel flüssiges Geld?« Jussi Vares verbarg hinter vorgehaltener Hand ein Gähnen.

»Die Summe, über die sie frei verfügen kann, beläuft sich nach dieser Abhebung auf höchstens fuffzehntausend. Aber dann hat sie natürlich noch ihr eigenes Aktienpaket. Es ist in Esko-Pekkas Bank deponiert. Wie viel das Paket im Moment wert ist? Keine Ahnung! Es sind wohl ein paar *Nokia* dabei, aber in der Hauptsache *Cultor* und *Finnlines* …«

»Alles klar. Aber wie hoch könnte der Wert dieses Pakets ungefähr sein? Unter hunderttausend? Eine halbe Million? Was glauben Sie?« Vares presste, die Augen geschlossen, den Hörer an sein Ohr.

»Unter hunderttausend. Vielleicht eher fünfzigtausend. Nicht besonders viel. Für das Vermögen unserer Familie und die Schulden bin ich immer zuständig gewesen.« Vehmanens Stimme klang ungeduldig.

»Sich eine größere Summe vom eigenen Konto abzuheben ist natürlich kein Verbrechen«, bemerkte Jussi Vares. »Wir müssen einfach abwarten, wie sich die Dinge entwickeln.«

»Ist das der einzige Rat, den Sie mir geben können?« Vehmanens Stimme kratzte im Hörer, der Zorn stieg in ihm auf. Es schien, als ob er Atembeschwerden hätte.

Jussi Vares schloss die Augen und sah im Geiste wieder die dunkle Handfeuerwaffe vor sich, die in dem feinen Lederaktenkoffer zwischen den Berichten, Notizen und Terminkalendern gelegen hatte.

»Warten wir lieber ab, was passiert ...«, versuchte Vares zu besänftigen. »Tut mir Leid, aber es kommt gerade ein Klient, der sich bei mir angemeldet hat. Er scheint schon vor der Tür zu stehen. Einen schönen Tag noch – wir werden auf die Sache zurückkommen, Herr Vehmanen.«

Jaska Teikaris herrenlos gewordene kleine Einzimmer-Mietwohnung lag direkt hinter dem Universitätshügel, an der Giebelseite eines heruntergekommenen, irgendwann im 19. Jahrhundert erbauten Holzhauses. Teikaris Vermieterin war, wie Vares sich erinnerte, eine betagte Witwe, die im nahe gelegenen St. Karins wohnte. Es würde sicher noch ein wenig dauern, bevor es der alten Dame überhaupt auffiel, dass keine Mietzahlungen mehr auf ihrem Konto eingingen. Vares hoffte also, die Wohnung unberührt vorzufinden.

Zu Beginn des Nachmittags stand Jussi Vares vor Teikaris Wohnungstür. Er holte den klirrenden Schlüsselbund, den Olga Primalova ihm anvertraut hatte, aus seiner Tasche hervor, suchte den glänzenden Haustürschlüssel heraus und probierte ihn aus.

Das Schloss knackte, und die Tür begann sich langsam mit einem Knarren zu öffnen. Zuerst kam Jussi Vares ein widerlicher und muffiger Geruch entgegen. Und schon auf den ersten Blick musste Vares feststellen, dass er sich in seiner Hoffnung getäuscht hatte, Jaska Teikaris Wohnung in unberührtem Zustand vorzufinden.

Vares rümpfte die Nase und stiefelte über die Post hinweg, die sich auf dem Boden angesammelt hatte. Gespannt schritt er ins Haus hinein, ganz so, als ob er jeden Augenblick mit dem Angriff eines unbekannten Feindes rechnete.

Gleich an der Tür zum Wohnzimmer bot sich Jussi ein grotesker Anblick: eine zerstochene Matratze. Die Innereien der ausgedienten, braun-weiß gestreiften Bettstatt quollen hervor wie bei einem auf grausame Weise abgeschlachteten Streitross, das schon viel zu lange in der Sonne auf dem Schlachtfeld gelegen hatte. Jussi Vares' Nerven waren jetzt noch angespannter.

Er schritt über den von grauen Flocken bedeckten Boden wie über ein Minenfeld und blieb vorm Fensterbrett stehen. Das Wasser in Jaska Teikaris kleinem Aquarium wies eine bräunliche Färbung auf und stank wie Jauche. Also Moment mal! Vares runzelte die Brauen. Wonach roch dieses Wasser?

Drei kleine Goldfische und ein größeres, gestreiftes Flossentier trieben, unförmig aufgebläht und mit offenem roten Mund, in dem trüben, stinkenden Nass herum. Aber woher kam nur dieser stechende Geruch?

Vares zog seine Brauen hoch, beugte sich vorsichtig näher und sog die Luft tief durch die Nase ein. Ja, er hatte ganz richtig vermutet. Der wilde Messermann, der es sich erlaubt hatte, in Teikaris Wohnung einzudringen, hatte großen Humor bewiesen und in das kleine Aquarium mit den unschuldigen Zierfischen gepinkelt.

Jussi Vares stieß angestrengt die Luft aus seinen Lungen aus, wandte sich wieder um und warf einen Blick über das im Zimmer herrschende Gräuel der Verwüstung. Jaska Teikaris Laptop, ein älterer Toshiba, lag arg ramponiert und in seine Grundbestandteile zerlegt neben dem Heizkörper an der Wand. Bei etwas genauerem Hinsehen konnte man erkennen, dass von dem Computer nur noch das zerschmetterte Kunststoffgehäuse übrig war. Na so was! Der Eindringling hatte das Innenleben des Computers mitgehen lassen. Er hatte also befürchtet, dass es unliebsame Informationen enthielt, oder was? War das die Erklärung für diese außergewöhnlich gewaltsame Stubenkontrolle?

Oder hatte der Einbrecher eine gewisse weinrote Aktentasche gesucht?

Als Nächstes warf Jussi Vares einen Blick in den kleinen Toilettenraum von Jaskas Einzimmerwohnung. Es war völlig vergebens, das Licht anzuschalten, da sowohl die graue Lampenkugel als auch der billige Spiegelschrank in tausend Splittern auf dem Klinkerboden verstreut lagen. Der Klodeckel war heruntergeklappt, und über der Schüssel schlug ihm, wie ein warmer Monsun, ein entsetzlicher Gestank entgegen. Vares verspürte nicht das geringste Bedürfnis, unter den Kunststoffdeckel zu schauen. In diesem Stadium schien es keine besonders sinnvolle Aufgabe zu sein, die Hinterlassenschaften des Messermannes näher zu inspizieren.

Vares' Aufmerksamkeit richtete sich aus irgendeinem Grunde auf eine vor der Schwelle zur Toilette liegende große und bunte Streichholzschachtel. Jussi bückte sich und hob die rot-weiß-grüne Schachtel auf. Anscheinend hatte sie Jaska Teikari aus Ungarn mitgebracht.

Auf der Oberseite der Schachtel stand in großen Buchstaben KORONA und in etwas kleineren Buchstaben »gázgyújtó«. Vares kratzte sich schmunzelnd am Kopf. Wenn dieses Wort auf Finnisch »tulitikkuja« bedeutete, dann musste man sich doch wieder einmal über die enge Verwandtschaft der beiden Sprachen wundern.

Voller Hoffnung öffnete Vares die Streichholzschachtel. Vergebens. Natürlich enthielt sie keine wesentlich wichtigen Hinweise und Beweisstücke, die Arto »Nuokku« Kielo seinem alten Kameraden in dem Budapester Park hätte anvertraut haben können – sondern einfach nur Zündhölzer, die etwas länger als normal waren. Vares warf die Schachtel wieder zu dem übrigen Müll, der über den Boden verteilt war.

Jussi Vares kehrte in den Wohnraum zurück. Der Kühlschrank in der engen Kochnische war auf die Seite gekippt. Eine zähe, rote Lache breitete sich auf dem Vinylfußboden aus. Vares trat näher. Keine Panik. Es waren nur die scharfen Splitter einer zerschlagenen Ketchupflasche, die in dem Licht der durch das Fenster hereinstrahlenden Sonne glitzerten.

Vares drehte der Küche den Rücken zu und widmete sich wieder der Inspektion des Wohnraumes. Die dicke gläserne Platte des Sofatisches hatte der Einbrecher in Hunderte von scharfen Splittern zerschlagen, die jetzt unter Vares' Sohlen hässlich knartschten. Plötzlich blieb Jussi mitten im Raum stehen und begann über etwas nachzudenken: Das Schloss der Wohnungstür war anscheinend gar nicht aufgebrochen worden. Zumindest hatte er an dem Schloss keinerlei Zeichen von Gewalt erkennen können. War der arge Wüterich etwa mit einem eigenen Schlüssel in die Wohnung hineingekommen?

Der Luftstrom wehte den vorm Lüftungsfenster hängenden Baumwollvorhang zur Seite, sodass das grünliche Fliegengitter zum Vorschein kam. Jussi Vares kam ein Gedanke. Er trat näher an das Fenster heran, um nachzuschauen. Bingo! Gleich auf den ersten Blick glaubte er das gefunden zu haben, was er gesucht hatte.

Vares schaute nach draußen. Jaskas Wohnung lag an einem abschüssigen Hang im Erdgeschoss. Die untere Fensterkante befand sich in einer Höhe von gerade mal eineinhalb Metern.

Im selben Augenblick richtete sich Jussi Vares' Aufmerksamkeit auf eine klebrige Lache am Boden. Eine in kleine Splitter zerschlagene Weinflasche deutete sofort auf den Ursprung des Fleckens hin. Bedeutend interessanter aber war die Fußspur, die direkt vor dem Fenster in der getrockneten Rotweinlache hinterlassen worden war.

Vares bückte sich, um die Spur genauer zu betrachten. Sie war überraschend deutlich zu erkennen und erstaunlich groß; von einer ganz anderen Größenordnung als das Schuhwerk von Jaska Teikari, der von relativ kleinem Wuchs war.

Der Bursche, der in die frische Weinlache getreten war, musste ungewöhnlich große Füße haben. Außerdem schien der Schuh des Mannes ein auffallend massives Modell zu sein. Das Muster zeichnete sich so deutlich ab wie das Profil eines Traktorreifens. Vielleicht war es ja ein Springerstiefel oder etwas in der Art gewesen.

Vares kratzte sich am Nacken und ließ seinen Blick über das Chaos schweifen, das sich um ihn herum ausbreitete. Es sah ganz danach aus, als ob der Eindringling seine blinde Wut an dem stummen und leblosen Mobiliar der Wohnung ausgelassen hätte. Gleichzeitig hatte er aber auch so etwas wie ein Charakterbild von sich hinterlassen.

Jussi Vares' Blick fiel auf den Haufen Post, der sich auf dem Korridorboden ausbreitete: jede Menge kostenloser Anzeigenblätter, Rechnungen, Werbeprospekte, einige braune Briefumschläge, die wie Mahnungen aussahen.

Ganz zuunterst fand Vares eine in großen Druckbuchstaben auf Rechenpapier geschriebene kurze Nachricht, die nur auf ein paar Tage nach Jaskas Verschwinden datiert worden war:

JASKA, DU VERDAMMTER SACK, WESHALB GEHST DU NICHT MEHR ANS TELEFON! GIB DEN SCHLÜSSEL ZURÜCK UND HOL DEN KOFFER AB! MAIJU UND ICH BRAUCHEN DAS FACH SELBST.

GRUSS SKARPPI

Ach so. Jonski hatte Jaska diese kleine Nachricht in den Briefschlitz geworfen. Das war ja interessant. Jussi Vares faltete den Zettel zusammen, steckte ihn nachdenklich in seine Brusttasche, kehrte ins Wohnzimmer zurück und setzte sich schwerfällig auf den Rand des Sofas.

Hinter dem Zettel, den Jonski Skarppi geschrieben hatte, konnte sich eine spannende neue Möglichkeit verbergen. Wieder der Koffer! Olga hatte von einem Koffer gesprochen, einem roten Kunstlederkoffer. Wirklich schade, dass der Gitarrist wieder mit KooVee Lehtoruusus Tanzband auf Tournee war. Es würde sicher eine Zeit lang dauern, ehe es sich überhaupt lohnte, zu versuchen, ihn zu erreichen.

Jussi starrte versunken auf Jaska Teikaris Schlüsselbund, der in seiner Hand baumelte. An dem Bund hing ein kleiner Metallschlüssel, in den eine Zahl gestanzt war, die Nummer acht. Es schien sich um den Schlüssel eines Schließfachs oder etwas Ähnlichem zu handeln. War etwa dieser Schlüssel gemeint?

Jussi Vares wog eine Zeit lang den Schlüsselbund in der Hand und steckte ihn schließlich ärgerlich in die Tasche seiner Jeans. Dann ging er zurück in das von der Mittagssonne erwärmte Wohnzimmer, wischte sich ein paar Schweißtropfen von der Stirn und schaute sich zum wer-weiß-wievielten Mal um.

Jussis umherschweifender Blick verharrte auf einem in einer hinteren Ecke des Zimmers stehenden *Lundia*-Regal, das der wildgewordene Einbrecher in Dutzende Teile zertreten hatte.

Jaska Teikaris gehegte und gepflegte Büchersammlung lag kreuz und quer auf dem Boden. Auch das war ein trauriger Anblick. Vares kam es so vor, als würde er im Krieg misshandelte und ausgeplünderte Zivilisten vor sich liegen sehen.

Jaska war schon immer eine richtige Leseratte gewesen. Wenn er Geld hatte, konnte er sich Tüten voller Bücher kaufen, die er dann in schlechteren Tagen mit blutendem Herzen ins nächstgelegene Antiquariat brachte. Einige Bücher jedoch, die Jaska besaß, waren solche, von denen er sich nicht einmal getrennt hätte, wenn er dem Hungertod nahe gewesen wäre.

Jussi entdeckte auf dem Boden zahlreiche Bände, die sich auch in seinem eigenen Bücherregal fanden. Charles Bukowski zum Beispiel, für den Jussi Vares und Teikari eine gemeinsame Begeisterung teilten, und dessen Werk ein Impuls für viele angeregte Kneipengespräche gewesen war.

Jussi hob einige Bände auf und legte den Bücherstapel auf das Sofa. Dann setzte er sich daneben und blätterte zerstreut die Bücher durch. Plötzlich blieb sein Blick an einer Widmung hängen, die mit zittriger Handschrift auf das Vorsatzblatt eines Buches geschrieben war.

*Meinem Neffen Arto zum Geburtstag.*

*Viele Grüße von deinem Onkel Tauno, der übrigens ein Doppelgänger des auf dem Einband abgebildeten Schriftstellers ist.*

*PS: Den kleinen Witz, der sich hinter dem Buchtitel verbirgt, wirst du verstehen, wenn ich das Zeitliche gesegnet habe.*

Jussi Vares wog verwundert das Buch in seiner Hand.

Welch ein seltsamer Zufall. Der Verfasser der Widmung war doch dieser dahingeschiedene Quälgeist, der das Haus, in dem Vares wohnte, ständig terrorisiert hatte, Tauno Kielo. Seltsam, dass ihm dieses Buch gerade hier in die Hände fiel, in Jaska Teikaris verwüsteter Einzimmerwohnung. Wirklich interessant.

Vares drehte nachdenklich das Buch in seiner Hand. Es war eine englischsprachige Taschenbuchausgabe eines Romans von Bukowski mit dem Titel »Notes of a Dirty Old Man«.

Der Schriftsteller posierte auf dem Einband ganz ungekünstelt, so hässlich und pockennarbig wie er war. Er saß dort auf dem Rand eines versifften Sofas und versuchte, einen schwarzen Seidenstrumpf über sein linkes Bein zu ziehen. Vares lächelte in sich hinein. Das grobkörnige Titelbild war vom dokumentarischen Wert her absolut brillant. Es vermittelte Authentizität pur: der Geruch des Schriftstellers nach altem Schnaps und ungewaschenen Achseln. Und dann der Gestank der zerlumpten und aufgescheuerten schwarzen Strümpfe. Der schien ja geradezu aus dem Foto herauszuströmen.

Vares besah sich das Buch näher und konzentrierte sich auf Bukowskis Gesichtszüge, die zweifellos von unbeschreiblicher Hässlichkeit waren. Jussi hielt den Atem an. Plötzlich glaubte er, Tauno Kielos Gedankengang folgen zu können. Klar, es war wirklich so: Dieser unnachgiebige böse Geist des Haus- und Hofbereichs war Charles Bukowski wirklich wie aus dem Gesicht geschnitten!

Beide Männer hatten grau meliertes, an der Stirn bereits zurückweichendes Haar. Auch der wild wuchernde, ungepflegte Bart war derselbe, Jussi konnte sich gut daran erinnern. Aber am meisten Ähnlichkeit wiesen die von einer groben Hand gezeichneten, verhärmten Gesichtszüge der beiden Männer auf.

»Notes of a Dirty Old Man« – also die »Aufzeichnungen eines schmutzigen alten Mannes« oder etwas in der Richtung.

Und was hatte Tauno Kielo noch auf das Vorsatzblatt geschrieben? Der Alte hatte dort hineingekritzelt, dass Nuokku den Witz, der sich hinter dem Titel des Buches verbarg, schon noch verstehen werde, wenn er einmal das Zeitliche gesegnet hätte.

Jussi Vares runzelte nachdenklich die Stirn.

Mehreren Aussagen zufolge war Arto Nuokkus unstetes Leben dann ganz aus der Bahn geraten, nachdem er die Hinterlassenschaft seines Onkels Tauno geerbt hatte. Er war zu einem kleinen Vermögen gekommen. Man hatte sogar gesehen, dass er gepumptes Geld zurückzahlte, mal hier, mal dort. Arto Nuokku Kielo hatte an den Kneipentheken bereitwillig sein Geld verteilt.

Aber trotz all des Geldes, das ihm zur Verfügung stand, soll Nuokku ziemlich traurig und nervös gewirkt haben, vielleicht auch ängstlich. Doch warum, um Himmels willen?

Jussi fing an, laut über die Dinge nachzudenken, und nahm die Finger zur Hilfe:

»Zuerst erbt Nuokku von seinem alten Onkel Tauno ein bescheidenes Vermögen und setzt sich kurzerhand nach Europa ab. Dann diese ziemlich überraschende Begegnung in Budapest, bei der er Jaska etwas anvertraut, was mit dem Mord an Harry Koivikko zusammenhängt. Teikari beginnt daraufhin, der Sache nachzugehen. Plötzlich teilt er meinem Anrufbeantworter mit, dass er weiß, wer der Mörder von Harry Koivikko ist. Und gleich darauf verschwindet Jaska ...«

Vares biss sich nachdenklich auf die Unterlippe. Was hatten der alte Tauno und seine Hinterlassenschaft mit der ganzen Sache zu tun?

Jussi Vares schloss die Augen und sah im Geiste die grauen Umrisse des am schattigen Straßenrand hockenden Fremdenheims. Ein kalter Schauer lief ihm über den Rücken.

Tauno Kielo hatte die letzten Jahre seines Lebens direkt hinter dem Gebäude gelebt und gewohnt, in dem eines Freitags im Mai in einem der Gästezimmer das Schicksal von Harry Koivikko mit gnadenlosen Messerstichen besiegelt wurde.

War der verstorbene Tauno Kielo, dieser hässliche Mensch, der Charles Bukowski so ähnlich sah und sich auch selbst als Dirty Old Man bezeichnete, die Lösung dieses Rätsels?

Was hatte Tauno Kielo eigentlich gewusst?

Und was für ein Erbe hatte Tauno Kielo seinem Neffen Arto Nuokku Kielo hinterlassen?

## 14

Kurz nach elf kam der »Sommerjunge« Auvo Pulkkinen, um Pastor Alanen in dessen Antiquariat zu vertreten. Der Pastor selbst war schon um neun Uhr gekommen, um den Laden zu öffnen – obwohl er den letzten Sommerurlaubstag hatte.

Ein Junge war Pulkkinen eigentlich nicht mehr, sondern ein schon an die vierzig Jahre alter, ziemlich kleiner 120-Kilo-Mann, dem seine gute Mutter sicher schon von Kindheit an die Hosenbeine gekürzt und immer mal wieder ein paar Gürtellöcher extra gestanzt hatte.

Nur fünf Minuten nach dem Eintreffen des Sommerjungen betrat Jussi Vares das Antiquariat. Im gleichen Augenblick schlüpfte ein Dozent der Universität Turku mit zwei prallen Plastiktüten aus dem Laden. Der Pastor hatte, als cleverer Fachmann, den Kunden einer schnellen Bedarfsanalyse unterzogen und dabei wieder einmal voll ins Schwarze getroffen. Die dicken Spezialwörterbücher und die kostbaren mehrbändigen Lexika waren im Nu gegen einen dicken Stapel stimulierender Videokassetten eingetauscht worden, auf denen ein vielversprechendes junges Filmsternchen namens Sarah Young im buchstäblichen Sinne ihr Bestes gab.

Jussi Vares grüßte den Pastor und den Sommerjungen und setzte sich auf einen Küchenhocker, der vor dem sich bis zur Decke erstreckenden Regal stand.

»Was seh ich denn da. Du trägst ja Shorts, Jussi. Und dann noch so nette mit Blumen, Palmen und Brummern drauf und mit, hmm ... wohl irgendwelchen Surfbrettern.« Pastor Alanen musterte Vares mit zusammengekniffenen Augen.

»Na, ist schließlich Sommer. Draußen sind es fast fünfundzwanzig Grad. Und wir beide sollten eigentlich mal ein paar

Bierterrassen aufsuchen, zur Feier von Hochwürdens letztem Urlaubstag.« Vares rümpfte die Nase. Auf eine Verarschung reagierte er empfindlicher als die Schäferhunde des finnischen Zolls auf illegale Souvenirs aus Tallinn.

»Ich hab solche Bermudas im letzten Sommer auf 'm Markt verkauft. Und auch Socken – weiße Tennissocken aus Baumwolle in Universalgröße«, bemerkte der Sommerjunge, der träge hinterm Verkaufstresen stand, mit einem Gähnen. »Irgend so'n Landei, aus Pöytyä oder so, kam an den Stand, befühlte die Sockenpacks und war so dreist, mich zu fragen, ob das wirklich finnische Produkte seien. Ich darauf zu ihm: Willste dir die Socken anziehen oder suchste jemanden zum Plaudern ...«

»Und? Was verkauft?«

»Weiß nicht mehr.«

»Also, das waren die Wirtschaftsnachrichten«, warf Alanen ein, um es kurz zu halten.

»Übrigens, Jussi. Bevor du gekommen bist, hat der Pastor zufällig erwähnt, dass du versucht hast, dem verstorbenen Teikari nachzuspüren«, setzte der Sommerjunge unbeirrt fort.

»Nun, ich hab mich natürlich ein bisschen nach ihm erkundigt, neben all meinen anderen Jobs. Weißt du vielleicht was über die Angelegenheit?«

»Nein, eigentlich nicht. Man hat nur in der vorigen Woche im *Hummpub* davon gesprochen, dass Teikari an einer Story über diese Nazis aus Naantali dran war. Und dass er dann abgemurkst und mit Ketten beschwert in irgendeinen Teich hinter Luonnonmaa gestoßen wurde ...« Die kleinen Augen des Sommerjungen verschmälerten sich so, dass sie in seinem teigigen Gesicht fast verschwanden.

»All right. Ich werd's mir hinter die Ohren schreiben.« Jussi Vares warf dem Pastor einen vielsagenden Blick zu. Auvo Pulkkinens Informationsbüro war dafür bekannt, dass es seine Informationen zwar aus der Erdumlaufbahn, jedoch nicht von einem Nachrichtensatelliten bezog.

»Hey.« Der Pastor räusperte sich. »Wisst ihr, was die wertvollste Auszeichnung ist, die diese Veganer-Terroristen – also all diese Tierbefreier und Milchwagenabfackler – einmal im Jahr dem erfolgreichsten Übeltäter aus ihren Reihen verleihen?«

»Na, doch wohl irgend so'n Papageienabzeichen ...«

»Nein, sondern Pro Nutria.«

Im selben Augenblick ging die Ladentür auf. Drei Schülerinnen traten ein und blieben ein wenig verlegen hinter der Schwelle stehen.

»Hamse was von Enid Blyton?«

»Also, Kirsi meint diese Fünfer-Bande, die ...«

»Dort hinten iss 'n großer Stapel Kinder- und Jugendbücher.« Der Pastor wies mit der Hand in eine hintere Ecke. »Von der Blyton ist nicht so viel dabei. Aber wir ha'm da 'ne ganz gute Auswahl an hochwertiger Literatur: Tuija Lehtinen, Jukka Parkkinen, Schäferhund Roi. Schaut mal in aller Ruhe durch ...«

Die Mädchen gingen in die ihnen angewiesene Richtung.

»Na haut schon ab, ihr beiden!«, brummte der Sommerjunge Vares und den Pastor an. »Ich komm schon allein klar mit diesem Kundenansturm.«

Vares und der Pastor beschlossen, als Auftakt zu ihrer Bierterrassenrunde erst einmal in Mononens Bar vorbeizuschauen und ein schnelles Mittagsbierchen zu zischen.

»Du hast doch einmal erwähnt, dass Arto nach dem Tod seines Onkels 'n dicken Stapel Bücher in dein Antiquariat gebracht hat, den der Alte ihm hinterlassen hatte.«

»Ja. Du erinnerst dich richtig.« Der Pastor kratzte sich am Haaransatz. »Nuokku hat mir den ganzen umfangreichen Buchbestand überlassen, den er von seinem Onkel geerbt hatte. Und er wollte überhaupt nichts dafür haben – obwohl ich wer weiß wie versuchte, ihm eine kleine Summe dafür aufzudrängen. Es war natürlich alles Mögliche darunter, viel Gutes, aber auch totale Scheiße: alle möglichen Vorschriften für den Postverkehr und so. Deine Landplage, wie du ihn nanntest, war nämlich mal irgendein kleiner Boss bei der Post gewesen ...«

»Nuokku wollte also von dem Geld nichts wissen?«

»Nein.«

»Ziemlich seltsam, wenn man bedenkt, wie die finanzielle Situation des Burschen normalerweise aussah.«

»Nuokku behauptete, dass er gut bei Kasse sei, reich, aber unglücklich. Er wirkte irgendwie so, als ob er all seinen Grund und Boden verkauft hätte. Und dann verschwand er von der Bildfläche.«

»Hattest du den Eindruck, dass er vielleicht ein dunkles Geheimnis mit sich herumtrug?«

»Kann schon sein«, gab Pastor Alanen zu. »Wie ein Glücksclown kam er mir jedenfalls nicht vor.«

Jussi Vares und Pastor Alanen bemerkten schon von Ferne, dass vor der Wand des Fremdenheims *Märchenland* ein Dutzend Frauen standen, in sommerlichem Kretonne und Stöckelschuhen. Am Sockel des Hauses hatte man frische, blutrote Rosen und eine in schöner Druckschrift verfasste Gedenkkarte niedergelegt. Die Stimmung in der Gruppe schien unbeschwert, sogar ausgelassen zu sein. Die Frauen lächelten und kicherten so vergnügt, als seien sie auf Klassenfahrt. Und der gläserne Flachmann wurde mutig von einer Hand in die andere gereicht.

»Richtig coole Shorts«, bestätigte eine hakennasige Blondine in einem besonders offenherzigen gelblichen Kleid, als sie die sich nähernden Männer sah. »Ich erkenne zwar die Palmenbäume, aber was sind denn das für farbige Brummer?«

»Ich weiß nicht, aber ich fürchte das Schlimmste. Werde gleich mal nach Hause gehen und in einem Gesundheitsbuch nachschauen.« Jussi Vares versuchte, keine Miene zu verziehen, und setzte erhobenen Hauptes seinen Weg fort.

»Verflixt! Sind meine Sommershorts denn wirklich so entsetzlich? Sag mir die Wahrheit«, fragte Vares den Pastor um modischen Rat, als sie sich in die sicheren Gefilde von Mononens Bar zurückgezogen hatten.

»An deinen Sommershorts ist gar nichts auszusetzen, lieber Jussi«, tröstete der Pastor. »Aber diese weißen Winterbeine sind wirklich ganz schön peinlich.«

Mononen brachte in weniger als einer Minute zwei große Biere und erkundigte sich nebenbei, ob sich draußen noch die Kongressbesucherinnen aufhielten.

»Was für Kongressbesucherinnen sind denn das, diese Fräuleins?«, wunderte sich Vares.

»In der Stadt finden gerade die Sommertage des Gewerkschaftsverbandes statt«, erklärte Taisto Mononen eifrig. »Das bedeutet ziemlichen Jubel und Trubel in den Restaurationsbetrieben. Alle Hotels in Turku sollen ausgebucht sein. Und stellt euch mal vor, Jungs: In unserer Stadt halten sich mehrere tausend überzählige Frauen auf!«

»Das trifft sich gut. Besonders, weil ich noch einen ganzen Urlaubstag zur Verfügung habe!« Der Pastor lächelte schief.

»Na, dann passt mal gut auf euch auf, Jungs!«

»Aha, Sommertage des Gewerkschaftsverbandes ...«, sann der Pastor nach. »Da kommt mir sofort ein Gedanke. Ich hab in der Studienzeit ein paar Sommer lang in Hämeenlinna als Aushilfe in der Eisenwarenabteilung des Konsums gearbeitet.«

»Stopp mal, Johannes Alanen. Hast du da was ausgeheckt?«

»Lass uns die Abgesandten des Verbandes von der Sektion Süd-Häme sein und uns ein wenig umschauen, wie es um die Solidarität innerhalb der Dienstleistungsgewerkschaft bestellt ist!«

»Keine schlechte Idee.« Vares erwärmte sich schnell für die Sache. »Nee, wirklich nicht. Ich müsste dann nur mal eben los und mir 'ne lange Hose überziehen ...«

»Mononen. Hast du 'ne Ahnung, wo sich diese Gewerkschaftler in erster Linie aufhalten?«, erkundigte sich der Pastor.

»Sicher im Festsaal der Freiwilligen Feuerwehr. Dort ist der eigentliche Tagungsort. Die werten Damen, die hier gerade vorbeigeschaut haben und wohl irgendwo aus Südost-Finnland kamen, wussten zu berichten, dass um zwei Uhr im *Thrinax* der vom Verband veranstaltete Nachmittagstanz beginnt. Gute Laune und Stimmung sollen garantiert sein. Auf der Bühne steht Micke Pinola persönlich.«

»Okay, die Sache ist abgemacht. Ich bin dann der *Homelite*-Händler aus Häme, eine echte Verkaufskanone!«, krakeelte Pastor Alanen mit funkelnden Augen.

»Ist das wirklich dein erstes Bier heute, armer Johannes?«, fragte Jussi Vares skeptisch. »Oder hat dir der Sommerjunge einen Kanister Hausgebrannten mitgebracht?«

## 15

Veikko Hopea fühlte sich glücklich wie schon lange nicht mehr.

Er hatte jetzt seinen ersten Abend im zivilen Leben vor sich, den ersten seit sieben langen Jahren. Veikko Hopea strich zärtlich über das auf die kleinste Bewegung reagierende Lederlenkrad des Sportwagens und überlegte, was zu tun sei. Er beschloss, seinen ersten Nachmittag und Abend, den er in Freiheit verbringen sollte, brüderlich zu teilen – zuerst das Geschäft und dann das Vergnügen.

Zuerst musste der Wagen ein neues Outfit bekommen. Veikko kurvte eine Weile auf den Straßen des Turkuer Stadtteils Martti herum und machte sich schließlich in der Nähe des Aurajoki, am Rande der Tiilitekijänkatu, an die Arbeit. Zunächst schraubte er von einem schwarzen Citroën, der vor einer Buchdruckerei stand, die Nummernschilder ab.

Auf einem nah gelegenen Grundstück brachte Veikko Hopea dann die neuen Schilder an seinem Celica an. Die alten Schilder versenkte er im trüben Wasser des Flusses. In einem Autozubehörladen besorgte er schwarz-weiß gestreifte Rallyestreifen. Die Streifen sahen an der Seite des roten Sportwagens zwar recht plump aus, aber sie deckten doch immerhin die Aufschrift ab, die ursprünglich auf der Tür zu lesen war: AUTOHANDEL KAARLO A. HAUSER OY.

Hopea war mit seinem Tun und Handeln zufrieden. Als Nächstes würde er sich dann eine Unterkunft besorgen.

Veikko Hopea trug sich an der Rezeption des am Aurajoki-Ufer gelegenen Hotels *Marina Palace* mit dem Namen Aimo Tiili ein – auf Urlaubsreise. Der bumsbare Empfangschef fragte, ob er ein Raucher- oder Nichtraucherzimmer wolle. Hopea verlangte ein Raucherzimmer – möglichst mit Flussblick. Der Bumsbare übergab die Schlüssel und lächelte so honigsüß, dass sich Veikko Hopea der Magen umdrehte.

Als er im Zimmer war, öffnete Veikko sofort die Minibar. Der Anblick, der sich ihm bot, war so erhaben, dass ihm der Atem stockte.

Veikko Hopea hielt die Luft an und stieß einen leisen Seufzer aus. Schließlich kniete er sich mit zusammengekniffenen Augen auf dem Boden nieder und hockte voll stiller Andacht vor dem offenen Spirituosenschrank.

Wie in Trance versunken starrte der Strafgefangene Veikko Hopea auf die glänzende Reihe der kleinen Flaschen. Innerlich bewegt wie ein russisch-orthodoxer Mönch, der sich darauf vorbereitet, eine heilige Ikone zu küssen, bewunderte er die schmucken Schnapsetiketten.

Hopea gab einen Laut von sich, der wie ein Schluchzen klang. Verfluchte Scheiße! Beinahe sieben lange Jahre am Stück hinter Gittern. Diese langen, grauen Tage. Das end- und trostlose Totschlagen von Minuten und Stunden. Und gelegentliche, flüchtige Rauschmomente. Dieses elende Scheißbier – ein Gesöff, das lediglich in den Kopf stieg, aber nicht das prickelnde und triumphierende Glücksgefühl eines richtigen, euphorischen Rauschzustandes hervorrief.

Doch Veikko Hopea zügelte sich. Bevor er sich irgendwelchen Freizeitvergnügungen widmen konnte, waren noch diverse Jobs zu erledigen. Und die wichtigste Sache, die geregelt werden musste, war ohne Zweifel das Auto. Der fast neue, gut gepflegte Sportflitzer war gar keine so schlechte Ausbeute zum Einstieg ins Zivilleben. Man musste ihn nur so bald wie möglich zu barer Münze machen.

Hopea holte das dicke Turkuer Telefonverzeichnis hervor, setzte sich und begann, in den Schubladen seines Gedächtnisses zu wühlen. Er suchte nach bekannten Namen: Personen, an die er schon seit Jahren nicht mehr gedacht hatte. Eine anstrengende Aufgabe. In sieben Jahren hatten sich viele Dinge verändert und waren komplizierter geworden.

Ein Name kam Hopea jedoch als Erstes in den Sinn: Paavo »Schweinchen« Kurittu. Dass er die Adresse und Telefonnummer des Mannes im Telefonbuch fand, kam ihm fast wie ein Lottogewinn vor. Donnerwetter – der gute alte Kurittu lebte also immer noch!

Veikko Hopea hatte Schweinchen schon beim ersten Versuch an der Strippe. Dieser machte keine großen Umstände, obwohl es doch eine ziemliche Überraschung sein musste, einen Anruf von einem Kameraden zu bekommen, dem man vor sieben Jahren lebenslänglich hinter Schloss und Riegel aufgebrummt hatte. Es war einfach Schweinchen Kurittus sachliche Art, ohne alle Umschweife sofort zum Kern der Sache zu kommen.

Der Toyota *Celica,* ein Sportwagen, der noch wie neu und in einem Top-Zustand war, schien Hopeas alten Kameraden sehr zu interessieren. Die Männer vereinbarten ein Treffen für den folgenden Nachmittag. Die Hörer wurden in brüderlichem Einvernehmen aufgelegt.

Veikko Hopea atmete zufrieden ein, rieb seine Hände aneinander und beschloss, seine neue Unabhängigkeit richtig stilvoll mit dem allerreinsten und klarsten aller Schnäpse, einem *Finlandia*-Wodka, zu feiern. Veikko knackste den Flaschenverschluss auf und schüttete den Inhalt der kleinen Flasche in ein flaches, rau strukturiertes Glas. Er schluckte wie ein Teenager beim ersten Besäufnis, schnüffelte und sog wie ein hungriges, beutewitterndes Raubtier die Luft durch die Nasenlöcher ein. Das reine Aroma des erlesensten Tropfens der Welt trieb einen feuchten Schimmer in die Augen des hart gesottenen Mörders und Knastausbrechers.

Einige Stunden später trat Veikko Hopea zufrieden und entschlossen aus dem Aufzug des Hotels und begab sich geradewegs zum Taxistand.

Eine Fahrgelegenheit brauchte er jetzt jedoch nicht. Veikko Hopea glaubte, dass es wirklich nicht der richtige Abend sei, um sich die Stadt anzuschauen, die sich mit den Jahren vielleicht sehr verändert hatte. Das wäre gefährlich und dumm gewesen, ein völlig unnötiges Risiko.

Das, was Veikko jetzt brauchte, wusste er ganz genau: eine Frau.

Nach kurzem Verhandeln kratzte sich Veikko an der Leiste, gab dem Fahrer des weißen Volvo-Taxis einen Fünfhunderter im Voraus und teilte ihm die Nummer seines Hotelzimmers mit.

Hopea zeigte dem Mann den Daumen, zwinkerte und versprach, ihm einen weiteren Schein zu geben, wenn die ersehnte Beute über die Schwelle des besagten Zimmers treten würde. Der Fahrer hob höflich die Hand an die Mütze und bat den Herrn, einige Zeit geduldig zu warten, es würde höchstens eine Dreiviertelstunde dauern.

In weniger als einer halben Stunde kam die Professionelle aufs Zimmer. Ein ganz passables Exemplar. Wohlbeleibt und das Haar so blond gefärbt, dass es fast blendete.

»Wie viel?«, fragte Hopea.

»Hängt ganz davon ab, waste willst.«

»Erst mal 'n bisschen anblasen und dann das ganze Programm.« Hopea spürte, wie es sich in der Gegend des Unterleibs zusammenzuziehen begann. Es brannte und juckte. Sieben Jahre lang keine Frau. Sieben endlose, verfluchte Jahre! Auch dafür vielen Dank, Jussi Vares. Das kommt mit auf die Rechnung …

»Macht 'n Tausi, Honey.«

Veikko Hopea zog seine Schultern an und drückte der Frau artig zwei Fünfhunderter in die Hand. Warum jetzt unnötig knausern. Das von Stenu Högfors beschlagnahmte Geldbündel war noch dick genug.

Obwohl schon einiges an Geld draufgegangen war, dachte Veikko. Aber was machte das schon. Heiligabend ist nur viermal im Jahr. Und überhaupt! Immerhin würde Kurittu für den feuerroten Celica einen ordentlichen Batzen hinblättern müssen.

»Womit fangen wir an?« Die Frau blickte sich um, nahm ein Kaugummi aus dem Mund und öffnete langsam die Knöpfe ihrer Bluse.

»Na. Vielleicht mit'm kleinen Lippenfick – zum Auftakt. Ach ja. Hol dir mal vorher am Automaten im Flur 'n kleinen Becher Eis …«

Hopea entließ seine Hure erst am nächsten Morgen gegen zehn Uhr.

Das Treffen mit Paavo »Schweinchen« Kurittu würde erst am späten Nachmittag sein. Veikko Hopea kratzte sich am Hintern und ging nackt zum Fenster. Der schrankgroße, knorrige Körper war so weiß wie bei einem gehäuteten Walrossmännchen. Die dicken, blaugrünen Tätowierungen schlängelten sich über den breiten Rücken und den fassartigen Brustkorb des Mannes wie ein Gerank von Giftefeu.

Es war zwar ein verlockender Gedanke, jetzt mit dem Biertrinken zu beginnen, in Anbetracht der Tatsache jedoch, dass draußen auf dem Hof der Sportwagen stand, war es natürlich völlig ausgeschlossen. Ausbrecher, die man mit einer Schnapsfahne am Steuer eines gestohlenen Wagens erwischt hatte, waren bei ihrer Rückkehr in die vertrauten Geschosse von ihren Knastbrüdern noch nie wie große Helden oder Intelligenzbolzen empfangen worden.

Veikko Hopea holte zum Zeitvertreib noch einmal das Telefonbuch hervor und blätterte mit gerunzelter Stirn darin herum.

Und sofort ein Treffer! Die Götter waren ihm heute gewogener als sonst. Veikko Hopeas dicker Zeigefinger tastete sich begeistert zu der Zeile vor, in der zu lesen war: Vares, Jussi, Privatdetektiv.

Dort stand es, wie auf dem Präsentierteller – Name, Adresse und Telefonnummer –, die ganze Chose! Ein spärliches Lächeln stahl sich in Hopeas Gesicht. Er schüttelte seinen kanisterförmigen Kopf von der einen Seite zur anderen.

Also Alter, keep cool now! Verdammt, mit diesem Vares hatte es doch gar keine Eile. Dieses Arschloch musste mit Plan um die Ecke gebracht werden, und mit Stil.

Aber man könnte ja schon mal, nur so zum Zeitvertreib, ein wenig das Feld erkunden.

Hopea parkte seinen Celica auf dem Hinterhof des heruntergekommenen Fremdenheims im Schatten einer dichtbelaubten, alten Linde, stellte das Radio an und nahm auf dem weichen Sitz eine bequemere Haltung ein.

Als sich die Treppenhaustür öffnete, fuhr Hopea aus seinen Gedanken auf und fokussierte seinen Blick. Auf den Hinterhof trat ein blonder Mann, der mehrere prall gefüllte Plastiktüten mit sich schleppte. Der Typ ging direkt auf den Müllcontainer zu. Das war nicht Jussi Vares, nein. Nur so ein Kerl von ungefähr derselben Größe.

Veikko Hopea betrachtete im Rückspiegel des Celica seine breite, vom fahlen Licht des Gefängnisses gezeichnete Visage. Er runzelte die Stirn. Die vertraute, schräg verlaufende weiße Narbe an der linken Schläfe glänzte wie zum Gedenken an sein erstes Zusammentreffen mit Jussi Vares.

Diese Begegnung hatte sich irgendwann vor sieben Jahren an einem schneematschigen grauen Wintertag in einer dreckigen Vorortspelunke in Pori zugetragen. Bei dem Kuddelmuddel, in das sie verwickelt gewesen waren, war das eine oder andere vorgefallen, Hopea erinnerte sich nur noch ganz dunkel daran.

Jedoch Fakt war, dass Veikko Hopea bei dieser Auseinandersetzung den Splitter eines Bierglases ins Gesicht bekommen hatte. Und dieser verfluchte Jussi Vares war bei der ganzen Geschichte mit heiler Haut davongekommen. Dieses verdammte Arschloch hatte an jenem schweißtreibenden Nachmittag einfach sagenhaftes Schwein gehabt und war aus der Sache glimpflich herausgekommen. Wie auch etwas später bei einem wiederholten Zusammentreffen – das Hopea in den Knast gebracht hatte.

Nein – die dunkle Winternacht am eisigen Anlegesteg im Porier Hafen Mäntyluoto würde niemals aus Veikko Hopeas Erinnerung verschwinden. Jussi Vares war wieder einmal von allen Engeln beschützt worden. Durch irgendeinen rätselhaften Glücksfall war der Mann am Leben geblieben – er selbst kam in die Intensivstation und schließlich hinter Gitter, wo er auf unendliche Gerichtsverhandlungen warten musste.

Hopea ballte seine große Hand zu einer Faust. Er fühlte mit den Fingern über die vernarbte Haut seiner Handflächen. Die schmerzlichen Erinnerungen an das Geschehene waren immer noch lebendig. In jener kalten Winternacht hatte Veikko Hopea so unsägliche Schmerzen erlitten, wie er sie sich – als vollblütiger Profi-Gewalttäter – nie hätte vorstellen können: die heftigen Peitschenhiebe eines garstigen Meereswindes, die durch die durchweichte Kleidung schnitten – und das gefrorene, gnadenlose Eisen, das sich wie ein Leichenwurm in die schutzlose Haut seines Handgelenks fraß.

Veikko Hopea hatte schon fast eine Stunde auf der Lauer gelegen. Er blickte auf seine Uhr, zupfte seine Ärmel zurecht und stellte fest, dass es bald Zeit war, zu dem mit Kurittu vereinbarten Treff zu fahren. Die Sache mit Vares hatte wirklich keine Eile. Veikko würde diesem Ärgernis irgendwann später, wenn die Zeit gekommen war, in aller Ruhe ein Ende bereiten.

Veikko Hopea hatte schon nach dem Zündschlüssel gegriffen, als seine Augen auf zwei an einer Ecke des Fremdenheims stehende Typen trafen. Er fokussierte seinen Blick. Moment! Der eine der beiden Burschen, der mit den bloßen Beinen und diesen lächerlichen Sommershorts, war Jussi Vares, wie er leibt und lebt!

Vares schien seinem Kumpel gerade etwas zu erklären und kam dann schnurstracks auf den neben der Linde parkenden Celica zu. Veikko Hopea hob schnell die Hand zur Wange, klappte sein Kinn herunter und tat so, als ob er ein Schläfchen hielte. Er war froh, dass der Wagen dunkel getönte Scheiben hatte. Jussi Vares würde ihn auf keinen Fall erkennen.

Aber verdammt, was hatte dieses Arschgesicht vor!

Jussi Vares blieb stehen, kramte seinen Schlüsselbund aus der Tasche und öffnete die Tür des benachbarten Wagens. Dann bückte er sich, um etwas im Handschuhfach zu suchen.

Veikko Hopea beobachtete Vares mit einem Seitenblick. Diesem Scheißtyp schien es ganz gut zu gehen, fiel Hopea auf. Und auch sein Wagen war nicht schlecht, fast nagelneu und ziemlich stilvoll. Mondeo? Sicher ein Modell, das zu der Zeit auf den Markt gekommen war, als er selbst hinter Schloss und Riegel saß. Mondeo? Vermutlich eines dieser Vehikel von Ford ...

Jussi Vares schlug die Tür seines Wagens zu, drehte sich um und marschierte forschen Schrittes über den asphaltierten Hof ins Treppenhaus hinein. Vares' schmächtiger und langaufgeschossener Kamerad blieb, verstohlen um sich blickend, an der Ecke des Fremdenheims zurück.

Veikko Hopea presste seine breiten Kiefer zusammen und nahm entschlossen eine bessere Sitzposition ein.

Nett zu sehen, dass es immer noch gut um dich steht, Jussi Vares. In absehbarer Zeit darfst du jedoch darauf gefasst sein, dass die Faust des Schicksals auch dich packen wird – und zwar ziemlich hart!

Veikko Hopea startete seinen Wagen, legte den Gang ein und bog mit ausdrucksloser Miene auf die Straße ab.

## 16

Um das weite Parkett des Tanzrestaurants *Thrinax* herum herrschte ein Gewimmel wie in einem von der Frühlingssonne erwärmten Ameisenhaufen.

Gewerkschaftler aus dem ganzen Lande gaben sich mit urfinnischer Begeisterung und Entschlossenheit dem Vergnügen hin.

Überall im Tanzsaal drängelten sich bunte Sommerkleider, geblümte Blusen, gewagte Sommertops und leichte Blazer in allen Stilarten. Gebräunte Gesichter, Rot auf Lippen und Wangen und mutige Perlmutt-Effekte um die Augen. Man hörte Lachen und Gekicher.

Die Musik am Nachmittag war nach den speziellen Wünschen des frauenlastigen Publikums ausgewählt worden. Als Künstler waren zwei der im Moment angesagtesten Stars des örtlichen Konzertveranstalters *Aquarius Music* engagiert worden: Namen, die in Finnland ihresgleichen suchten.

Diejenigen Damen, die etwas traditionellere Musik bevorzugten, kamen mit Sicherheit auf ihre Kosten, als sich der große Junge von Tampere – KooVee Lehtoruusu – auf die Bühne schwang und hinters Mikrofon stellte. Mit dem Tangokönig wetteiferte im stündlichen Wechsel der stolze Prinz des finnischen Schlagers um die Gunst des Publikums: der samtäugige und softstimmige, sich schon seit drei Jahren an oberster Spitze der Hitlisten herumtummelnde Micke Pinola, der Dreamboy aller Mädels und auch des einen oder anderen älteren Fräuleins.

Jussi Vares und Pastor Alanen erschienen gegen halb drei. Sie verzichteten nur allzu gern auf einen Besuch der engen und stickigen Tanzhölle in der oberen Etage und begnügten sich mit der Bar im Erdgeschoss, in der eine viel ausgelassenere Stimmung herrschte.

Auch unten war es gedrängt voll. Die beiden Kameraden durften sich mit den Ellenbogen den Weg frei machen.

Plötzlich zuckte Vares zusammen, als hätte er einen Stromschlag bekommen. Er schnappte überrascht nach Luft. Was um Himmels willen war das? Im gleichen Augenblick fühlte er ein weiteres Mal ein festes Zwicken in seiner rechten Pobacke.

Jussi Vares blickte verwundert über seine Schulter und kniff die Augen zusammen. Direkt hinter ihm stand eine blonde Frauensperson, die ein gelbliches Kleid trug. Es war das Mädel mit den Blumen, das sie am Fremdenheim *Märchenland* gesehen hatten!

»Du armer Junge, hast du etwa deine reizende Kniehose verloren?«, fragte sie mit einem Kichern.

»Das war eine Bermudashorts – keine Kniehose!«, berichtigte Vares.

»Ihr Jungs seid also auch vom Gewerkschaftsverband, oder?«, setzte die Frau kameradschaftlich fort.

»So isses. Auf der Lohnliste der Handelsgenossenschaft Hämeenlinna«, griff der Pastor flink ins Gespräch ein. »Ich bin Jorma Kvist und hab vor allem mit *Homelite* und *Stiga* zu tun – diesen Rasenmähern und Motorsägen. Und mein Kumpel hier, Panu Lehtovaara, ist im Lebensmittelbereich tätig. Panu ist der flinkfingerigste Virtuose an der berühmten Fleischtheke unserer Genossenschaft. Ein geborener Meister im Aufschneiden. Und auch im Klopfen von schmackhaften Steaks. Die fleischlichen Genüsse sind Panus zweite Natur, sozusagen …«

»Nett, euch kennen zu lernen. Ich bin Maikku, und das ist Lissu.« Die in Gelb gekleidete Frau setzte ein breites Lächeln auf und betätschelte die neben ihr stehende Freundin, die eine blaue Matrosenbluse trug. »Aber hört mal, Jungs. Seid doch so nett und bringt uns zwei kalte Getränke dort an den Seitentisch, ja? Ich könnte eigentlich einen Cidre nehmen, und Lissu trinkt meistens einen Gin Tonic. Beide mit ein wenig Eis …«

Jussi Vares und der Pastor taten wie befohlen. Nach einigen Minuten erschienen sie mit zwei großen Bieren und den gewünschten Getränken an dem Tisch der Frauen.

Die Gläser wurden fröhlich aneinandergeklirrt, und schon begann ein lockeres Geplauder. Die Mädels aus der Provinz Kymenlaakso waren wirklich nicht schüchtern und erst recht keine stillen Mäuschen.

Maikku und Lissu waren aus dem südfinnischen Städtchen Kouvula und arbeiteten als Kleiderverkäuferinnen in der Herrenabteilung eines Warenhauses. Die Frauen erzählten, dass sie das erste Mal an den Sommertagen des Gewerkschaftsverbands teilgenommen hätten. Und dass die Reise richtig angenehm und bereichernd gewesen sei.

»Den Eindruck habe ich auch ein wenig bekommen. Wie Trauerklöße seht ihr wirklich nicht aus, auch wenn ihr heute Morgen vorm Fremdenheim Blumenkränze niedergelegt habt«, stellte der Pastor fest.

»Na, das ist natürlich nicht bloß ein Witz gewesen. Wir sind aus einem ganz bestimmten Grund mit der Gruppe dort gewesen. Das war so ’n Plan, über den wir im Kreise der Mädels bei uns in Kouvola schon viele Jahre gesprochen hatten. Wir hatten beschlossen, dass wir, falls wir mal in Turku zu tun haben sollten, Blumen an dem Ort niederlegen, an dem Harry gestorben ist«, erklärte Lissu.

»Dann seid ihr also alle große Tangofans, oder was?«, fragte Vares.

»Na, das auch ...« Lissu lachte leicht auf und warf ihrer Freundin einen vielsagenden Blick zu. »Aber wir hatten eigentlich noch einen viel wichtigeren Grund. Ob ihr’s glaubt oder nicht, aber Harry Koivikko und die kleine Maikku hier waren irgendwie miteinander bekannt, sozusagen.«

»Schhhh, Lissu ... du erzählst nichts!« Maikku stieß Lissu leicht in die Seite.

»Na, erzählt nur. In unserem Verband setzt man auf Offenheit und Vertrauen«, heuchelte der Pastor.

»Nun. Ihr werdet es sicher nicht glauben, aber unsere kleine Maikku hat eine Nacht mit Harry Koivikko verbracht!«

»Ähhhh! Musstest du das jetzt ...! Du bist wirklich eine hoffnungslose Plaudertasche!«

»Ist doch seltsam, diese Welt«, seufzte Vares. »Ich hab immer gedacht, dass für Frauen die Erfüllung der Träume ein mindestens wie Alain Delon aussehender italienischer Formel-1-Millionär sei, dessen alter Vater in Rom eine mittelgroße Fabrik für Damenschuhe besitzt. Aber dass der heimliche Tagtraum ein in den mittleren Jahren stehender Tangosänger mit leichtem Bauchansatz und lüsternem Lächeln sein kann, das geht mir wirklich nicht in die Birne!«

»Du bist nur neidisch! So seid ihr Männer immer!«

Plötzlich wurde das Gespräch abrupt unterbrochen. Ganz in der Nähe hörte man lautes Geschrei, aufgeregte Warnrufe und das Klirren zerspringender Gläser. Eine Frauensperson beschimpfte, von heiligem Zorn ergriffen, eine andere Frau als Hure. Die Gegenspielerin schrie so hysterisch zurück, als ob man ihr die Kehle durchgeschnitten hätte.

»Oh heilige Mutter! Dass man das auch noch sehen darf!« Maikku und Lissu lachten mit Tränen in den Augen und umarmten einander. »Dann ist diese Reise ja nicht ganz umsonst gewesen. Wenn man sich vorstellt, dass wir Annette Tala gesehen haben, wie sie einer anderen die Augen auskratzt! Das wird man uns in Kouvula nie glauben.«

Der Lärm in dem rappelvollen Erdgeschoss des Tanzrestaurants *Thrinax* ließ bereits ein wenig nach. Den Türstehern war es gelungen, die eine Beteiligte des Streits, eine in Schwarz gekleidete Frau mit rötlichen Haaren, aus dem Restaurant zu befördern. Der eigentliche Star des Katzenkampfes, die Miss-Schönheit Annette Tala, hatte sich bereits in die für die auftretenden Künstler vorgesehenen Sozialräume zurückgezogen – fort aus den Augen des neugierigen Volkes.

Die Gerüchte über das Geschehen verbreiteten sich in dem Vergnügungslokal wie ein Lauffeuer in trockenem Gras, und schon nach kurzer Zeit waren alle Anwesenden bis ins letzte Detail über den genauen Verlauf der Auseinandersetzung informiert.

Annette Tala war, mit den Allüren eines Weltstars, auf der engen Frauentoilette im Erdgeschoss erschienen. Sie hatte sich mit den Ellenbogen zum Spiegel vorgekämpft, um ihr Haar in Ordnung zu bringen. Alle anwesenden Frauen hatten sie sofort erkannt: die zweitplatzierte Miss Finnland von vor vier Jahren, die heutzutage ihre prominente Stellung zu festigen versuchte, indem sie die Freundin des Gesangsstars Micke Pinola mimte – eines der knisterndsten Lieblingsthemen in den überregionalen Klatschzeitschriften.

Über die Beziehung des Paares hatte man sich schon einige Jahre in der Regenbogenpresse ausgelassen. Und so waren dem finnischen Volk, das fleißig den Klatsch in sich aufsog, die heftigen

Temperamentsausbrüche der Dame und diese wilde Wut, mit der sie wie ein eifersüchtiges Tigerweibchen ihren großen und braunäugigen, so überaus beliebten Sängerknaben bewachte, gut im Gedächtnis geblieben.

Zuletzt im Winter hatten die Illustrierten große Schlagzeilen über das schreckliche Ende der Weihnachtsfeier von *Aquarius Music* liefern können, bei der Annette kurz davor gewesen war, der großen Donna – einer Artistin, die bereits mehrere Male bei verschiedenen Volksabstimmungen den Titel der sexiesten Sängerin des Landes errungen hatte – die Augen auszukratzen. Donna hatte unabsichtlich den Fehler begangen, mit Annettes Micke, als sie vor der Bowle anstand, ein wenig zu lange zu plaudern. Die Rache kam schnell und war grausam.

Auf der engen Damentoilette des Tanzrestaurants *Thrinax* hatte dann ein kleiner Funke das Pulverfass zum Entzünden gebracht, als irgendein Rotschopf die Unverfrorenheit besaß, zu der sich schamlos vordrängelnden Miss Annette einen giftigen kleinen Kommentar abzulassen, an dessen Wortlaut sich dann niemand mehr erinnerte.

Annette Tala hatte, ohne einen Moment zu zögern, der Rothaarigen ihren Haarlack ins Gesicht gesprüht. Danach hatte sie ihre Gegnerin an den Haaren aus der Damentoilette herausgezogen und sie direkt ins Foyer des Restaurants befördert.

Die mit Kratzen und Beißen verbundene Auseinandersetzung hätte auch noch schwerwiegendere Folgen haben können, wenn nicht die Türsteher des Lokals beherzt eingegriffen hätten.

Obwohl seit dem Zwischenfall bereits rund zwanzig Minuten vergangen waren, kochte das Publikum immer noch, begeistert und blutrünstig wie auf der Tribüne einer Stierkampfarena.

»Ich hab in der letzten Woche gelesen, dass Annette Tala am sympathischsten ist, wenn sie mit der bloßen Hand zuschlägt«, entsann sich der Pastor.

»Stellt euch vor, was für ein Skandal! Wie ist es möglich, dass es Micke, so ein süßer und sensibler Junge, mit solch einer Furie aushält?« Maikku riss entsetzt die Augen auf.

»Mein lieber Scholli. Sollte man da nicht sofort Redakteur Ruuhio anrufen!« Vares schwankte unentschlossen. »Stellt euch mal vor, was für ein Aufmacher diese Episode morgen im *Abendblatt* abgeben würde?«

»Wie kommt es eigentlich, dass der Herr Fleischermeister aus Hämeenlinna einen hiesigen Redakteur des Abendblatts kennt?«, wunderte sich Maikku und zwinkerte Vares vielsagend zu.

»Hmm. Wir waren zur gleichen Zeit in der Armee. Ich möchte aber nicht darüber reden. Wir sind mit solchen geheimen Aufgaben betraut gewesen, ihr wisst schon.«

»Ja, sicher. Habt einen von Stalins Kanälen beobachtet, oder was?«

»Nee, das nun wirklich nicht. Wir haben den ganzen Sommer im Unterstand am Onegasee gelegen und dem Oberkommando einmal in der Woche per Funk darüber Bericht erstattet, wie sich die Kartoffelernte in Petrosawodsk entwickelt ...«

»Ich war übrigens als drittes Rad am Wagen mit dabei auf dieser Spähtour«, versicherte der Pastor schnell. »Und nachdem wir endlich den Soldatenpass zurückbekommen hatten, hab ich keine einzige Kartoffel mehr gegessen.«

»Richtig nette Jungs, nicht wahr.« Lissu blinzelte Maikku grienend zu.

»Die beiden sind so erfrischend anders als all die Quatschköpfe, die wir bisher getroffen haben ...«

Das Gespräch schlug allmählich eine andere Richtung ein. Die neugierige kleine Hand der blonden Maikku befummelte Vares' Krawatte und schob sich mutig zu seinen Beinen hinab. Die Frau sah Vares herausfordernd und unverwandt in die Augen.

»Was denkt ihr übrigens über uns, Jungs?«

»Ich für meinen Teil bin der festen Überzeugung, dass das Beste bei uns im Gewerkschaftsverband dieser warme und kameradschaftliche Gemeinschaftsgeist ist«, seufzte Jussi Vares mit öliger Stimme.

Durch die Wand des Hotelzimmers hörte man es drei Mal klopfen. Jussi Vares streckte sein rechtes Bein aus und trat als Antwort drei Mal rhythmisch zurück.

»Was für einen Unsinn machst du da?«, fragte die verschlafene Stimme von Maikku aus Kouvula, die tief unter der Decke vergraben war.

»Das ist nur wieder mein Kumpel. Dieser Pappkopf, der gerade mit deiner Freundin Lissu dort hinter der Wand übernachtet …«, erklärte Jussi Vares mit etwas dumpfer und belegter Stimme. »Falls du dich noch an diesen Typen erinnerst …«

»Natürlich erinnere ich mich, du Blödi!« Die kleine Hand der Frau strich leicht und zärtlich über Vares' Eier und zog sich wieder zurück. »Komischer Heini. Holt einen aus den süßesten Träumen heraus!«

»Übrigens. Jetzt, wo wir schon wach sind, könnte ich dich eigentlich eine Sache fragen.«

»Mmmmm … na mach schon.«

»Ich frage wirklich nur aus reiner Neugier. Aber erzähl mir mal, wie Harry Koivikko eigentlich war!«

»Was meinst du damit, wie er war?«

»Na, im Bett natürlich, du Dummerchen. Was sollte ich denn sonst meinen …«

»Ganz normal …«

»Ach, hör auf, Maikku! Du bist mit dem Tangokönig Harry Koivikko im Bett gewesen und sagst, dass er ganz normal war …«

»Okay! Zugegeben, er war kein … also, kein besonders aufregender Fall. Eher still …«

»Still!«, wunderte sich Vares. »Ein Tangokönig, der im Bett still ist …«

»Tja. Also ich meine, dass es seine Zeit brauchte, bis die Leidenschaft in dem Herrn aufflammte.«

»Aha. Vielleicht war es schon spät. Vielleicht war er müde. Oder zu betrunken …«

»Ist doch egal. Ich möchte mir jetzt nicht den Kopf über Vergangenes zerbrechen. Nicht heute Nacht.«

»Nun, ich war nur ein wenig neugierig.« Jussi Vares kraulte der Frau zärtlich den Nacken.

»Warte mal! Noch eine Sache. Jetzt werde ich aber auch ein wenig neugierig. Warum hat dein verrückter Kumpel eigentlich drei Mal an die Wand geklopft?«

»Na ja, das ist nur so ’n geheimer Code«, murmelte Vares ausweichend.

»Aha. Und was hat dieser Code zu bedeuten?« Die Stimme der Frau wurde schärfer.

»Also. Johannes musste mir unbedingt mitteilen, dass es das dritte Mal gewesen sei ...«

»Ach so. Und daraufhin hast du dann drei Mal zurückgeklopft, nicht wahr?«

»Hmm ... ja, hab ich wohl.«

»Weißt du, was das bedeutet?« Die Hand der Frau begab sich auf eine neue Entdeckungsreise. »Das bedeutet nach meiner Rechnung, dass der Herr noch eine Runde im Rückstand ist ...«

»Eine Runde im Rückstand?«

»Ja, am liebsten so«, schnurrte die Frau. »Dann ist die Sache sicher für beide Seiten leichter und angenehmer.«

## 17

Jussi Vares holte tief Luft und kippte sich etwas gegen Sodbrennen in den Schlund. Dann begann er eine Telefonnummer zu wählen.

»Hautavainio!«, antwortete der ehemalige Kriminalkommissar mit robuster Stimme am anderen Ende der Leitung.

»Vares nur, grüß dich. Wie geht’s dir so auf deiner schönen Insel?«

»Vermutlich viel besser als dir gerade. Was muss ein Mann tun, um solch eine Stimme zu bekommen? Oder rufst du gerade mit deinem Handy aus dem Absetzbecken eines Zuchtschweinestalls an?«

»Besser, wenn ich's nicht erzähle. Du wirst es eh nicht glauben. Aber sagen wir's mal so: Eine Motorsäge der Marke *Homelite* sowie ein Metzgerbeil haben bei der Sache eine ganz wesentliche Rolle gespielt. Glauben wirst du's doch nicht. Aber hör mal, Hautavainio, ich rufe aus einem ganz anderen Grund an: Ist damals, als in dem Mord an Koivikko ermittelt wurde, auch mal der Name Tauno Kielo gefallen?«

»Kielo, Kielo ...«

»Das ist so ein alter Knopf, der dort im Nachbarhaus gewohnt hat.«

»Hmm ... Tauno Kielo. Moment. War das nicht so ein pensionierter Dreckskerl, der wie ein geborener Schnüffler aussah, so ein Typ, der's mit der Achselreinigung nicht so genau nahm?«

»Genau. Wir sprechen von ein und derselben Landplage!« Vares' Stimme begann ein wenig munterer zu werden.

Hautavainio druckste eine Weile herum und sagte schließlich, dass er sich noch sehr gut an den pensionierten Postvorsteher erinnere.

Hautavainio erzählte, dass die Ermittler im Mordfall Harry Koivikko gewöhnlicherweise gleich zu Beginn der Operation alle Bewohner der umliegenden Häuser befragt hatten, einige von ihnen auch mehrere Male. Tauno Kielo war unter den Befragten damals ein wirklicher Sonderfall gewesen. Und gerade deshalb war der Kerl den Männern vom Dezernat für Gewaltverbrechen auch gut in Erinnerung geblieben.

Hautavainio suchte nach Worten und begann schließlich, den Rentner Tauno Kielo auf seine eigene, unverblümte Art zu beschreiben. Hautavainio zufolge war Tauno Kielo ein unverfälschter urfinnischer Dickschädel und ein ewiger Querulant der schlimmsten Sorte.

Hautavainio erinnerte sich, dass Kielo nicht ein einziges Mal die Polizisten, die ihn befragen wollten, weiter als bis in den dunklen Flur seiner muffigen Wohnung gelassen hatte. In keinem einzigen Stadium der Mordermittlungen. Der Kerl hatte nur immer wieder betont, dass er schon ein alter Mann sei und sich hoch und heilig geschworen hätte, nie wieder mehr in seinem Leben eine Aussage vor einem scheißwichtigen Polypen abzugeben. Und dass er auch zum Fall Koivikko nichts beizusteuern hätte.

Durch das seltsame Verhalten des alten Dickschädels war dann natürlich auch das Interesse der Polizei geweckt worden. Man hatte Kielos Vergangenheit ein wenig genauer unter die Lupe genommen und war dabei auch wirklich auf etwas Erwähnenswertes gestoßen, was allerdings schon über fünfzehn Jahre zurücklag. Damals war im Postamt im benachbarten Raisio ganz überraschend eine umfangreichere Unterschlagungssache aufgeflogen, wegen der man den Postvorstehenden Tauno Kielo mehrere Tage lang eingelocht und verhört hatte.

Später hatte sich die Sache zu Kielos Gunsten geklärt. Den wahren Schuldigen hatte man schnell gefasst und hinter Gitter gebracht, und Tauno Kielo war, nachdem man sich entschuldigt und sein Bedauern ausgedrückt hatte, von allen Anschuldigungen freigesprochen worden. Seit dieser Erfahrung aber hegte Kielo – seiner radikalen Natur entsprechend – einen tiefen und unversöhnlichen Groll gegenüber der Polizei und der übrigen Amtsgewalt.

Schließlich hatten die Mordermittler beschlossen, den alten Dickschädel ganz in Ruhe zu lassen. Insbesondere auch, weil sich bei den weiteren Ermittlungen herausstellte, dass Kielo vermutlich niemals etwas mit Harry Koivikko zu tun gehabt hatte.

»Ach was. Wie interessant. Genau das wollte ich hören. Vielen Dank für die Hilfe!« Jussi Vares wollte das Gespräch zu Ende bringen.

»Aber was hat das alte Arschloch denn jetzt wieder angestellt?«, wunderte sich Hautavainio.

»Nichts. Nur, dass er kürzlich ins Gras gebissen hat, vor ungefähr einem halben Jahr.«

Vares stand mitten auf dem verlassenen Asphalt. Er starrte konzentriert, den Mund zu einem festen Strich zusammengepresst, auf die zwei nebeneinander liegenden Fenster im zweiten Stock der hässlichen braunen Wohnmauer. Jetzt waren die Fenster von kitschigen sommergrünen Blumenvorhängen bedeckt.

In die besagte Wohnung war nach Tauno Kielos Tod eine etwa fünfzigjährige, wie eine Gemeindeschwester aussehende Frau eingezogen.

Jussi Vares drehte sich langsam um 180 Grad. Vor ihm breitete sich die längliche, eine neue Holzverkleidung benötigende Außenwand des Fremdenheims *Märchenland* aus. Ungefähr in der Mitte der Gebäudefront erhob sich die vertraute alte Linde.

Vares betrachtete die Wand und den großen, verkrüppelten Laubbaum, der einen dunklen Schatten auf die Mauer warf. Schließlich schüttelte er gelangweilt den Kopf, schritt gebeugten Hauptes zu seinem Wagen, setzte sich nachdenklich hinters Steuer und drehte den Zündschlüssel. Der Motor sprang weich an. Vares gestand sich ehrlich ein, dass er im Moment ein wenig aufgeregt war. Aber welches männliche Wesen wäre das nicht gewesen in einer solchen Situation.

Jussi Vares war nämlich unterwegs, um eine Frau zu treffen, die im ganzen Lande unter dem Künstlernamen Donna bekannt war. Schönheitsköniginnen standen ja meistens nur ein einziges Jahr in Blüte, sie waren Blümchen, die schnell vergilbten. Donna aber war von einem ganz anderen Format! Jussi Vares fühlte sich ein wenig so, als ob er ins Küstenstädtchen Naantali unterwegs wäre, um dort dem in seiner Sommerresidenz verweilenden finnischen Präsidentenehepaar Guten Tag zu sagen.

Donna wohnte im Moment direkt am Marktplatz, im Hotel *Hamburger Börs*. Der Grund für die von ihr gewählte Wohnform war ein nächtlicher Brand, der vor ein paar Wochen aus bisher ungeklärter Ursache ausgebrochen war und ihr neues, auf der Insel Satava gelegenes Eigenheim – eine schon des Öfteren auch in Wohnmagazinen präsentierte Prachtvilla – in einer halben Stunde dem Erdboden gleichgemacht hatte. Jussi Vares hatte diesen Unglücksfall verfolgt, allerdings nur in den Zeitungen.

Donna hatte im Moment Auftrittspause und war im Prinzip für die Öffentlichkeit nicht erreichbar. Diese Tatsache hatte Vares unnötige Probleme bereitet.

Anfangs hatte er versucht, über die Plattenfirma und den Manager, also über *Aquarius Music*, Kontakt zu der Sängerin aufzunehmen. Die Versuche waren jedes Mal auf die gleiche undurchdringliche Mauer gestoßen: die konsequente Linie der höflichen, aber teilnahmslosen Sekretärin der Agentur.

»Es tut uns wirklich Leid, aber Donna ist jetzt für niemanden zu sprechen.«

Schließlich war es Jussi Vares gelungen, einem ihm flüchtig bekannten Portier des *Hamburger Börs* die Telefonnummer von Donnas Hotelzimmer abzuluchsen. Nach einigen vergeblichen Versuchen hatte er die Frau dann endlich an die Strippe bekommen. Der Beginn des Gesprächs war nicht besonders vielversprechend gewesen.

Aber Donnas kühle und ablehnende Haltung hatte sich schließlich gewandelt, als Jussi den Namen Harry Koivikko fallen ließ – und dann noch Jaska Teikari erwähnte, der erst vor einigen Wochen eine Reportage über ihre und Nils Kuusalos gemeinsame Flitterwochenreise nach Budapest gemacht hatte.

Und so hatten sie schließlich dieses Treffen vereinbart. Das quälende Ziehen in Jussis Magengegend wollte einfach nicht nachlassen.

»Tja, so ist das, mein Guter.« Donna wedelte ungeduldig mit der Hand und seufzte auf. »In den Illustrierten des Landes wird so viel Scheiße geschrieben. Da behauptet man doch zum Beispiel, dass ich mit den Nerven durch bin. Aber dass ich im Moment krankgeschrieben bin, liegt doch einzig und allein daran, dass meine Stimmbänder nicht in Ordnung sind. Ich weiß nicht. Die Ärzte sagen, es sind die Polypen oder etwas in der Art. Wahrscheinlich muss ich sie irgendwann herausoperieren lassen.«

Donna saß in einem großen Sessel in ihrer Suite im Hotel *Hamburger Börs*. Sie war in einen Bademantel eingewickelt, hatte die Beine unter sich verschränkt und rauchte ununterbrochen, während auf der Armlehne ein Glas Selters sprudelte. Es war schon ein Uhr Mittag, aber Donna wirkte so, als ob sie gerade aufgestanden sei. Die schwarze, prächtige Haarmähne, Donnas Markenzeichen, hätte vielleicht ein wenig durchgebürstet werden müssen. Ihre Augen sahen immer noch verschlafen aus.

»Mein guter Freund und Manager Eero Vesimies ...« Donna lachte kühl und boshaft und räkelte sich wie eine elegante, aus einem Tagtraum erwachende Rassenkatze. »Also. Eero ist der Meinung, man sollte auf diese kleinen Polypen im Rachen scheißen. Er findet, dass ich die zwanzig für den Spätsommer vereinbarten Gigs ohne weiteres auch mit Play-back durchziehen könnte ...«

»Aha. Ist das nicht ein wenig so, als würde man das Publikum betrügen?«, fragte Vares.

»Der Herr Geschäftsführer schleuderte mir kürzlich ins Gesicht, dass mein Stammpublikum, diese am Bühnenrand herumgeifernden Landeier, für ihre Eintrittskarten doch gar nicht mehr verlangten, als dass ich in einem weit ausgeschnittenen Schlitzkleid mit meinem kleinen Hintern wackle ...«

Donna nahm einen Schluck Selters und drückte ihre Zigarette aus.

»Wissen Sie, Vares, was ich diesem geldgeilen Schleimer erwidert habe?«

»Na, weiß ich nicht.« Jussi Vares schüttelte den Kopf.

»Ich hab dem Kerl gesagt, dass er sich ins Knie ficken soll!«

Vares schmunzelte und warf einen musternden Blick auf die superprominente finnische Künstlerin, die sich besonders durch Boulevardschlagzeilen, farbensatte Titelseiten und sicher Hunderte von reißerischen Sensationsstorys einen Namen gemacht hatte. Ganz zwangsläufig kam in Jussi Vares ein widersprüchlicher und zweifelnder Gedanke auf. Wie sah eigentlich das Leben eines solchen Menschen aus? Gab es noch einen Sinn in diesem Leben? Wie hoch mochte der Preis sein, den all die Donnas und ihre Kumpane für ihre Stellung und ihren Erfolg auf dem Markt zahlen mussten?

»Sie sind also ein richtiger Privatdetektiv? Wie aufregend. Und für Geld tun Sie alles, Dienstleistungen jeder Art, oder?« Donna starrte Vares aus ihren braunen Katzenaugen prüfend an.

»Na, alles nun wirklich nicht ...« Vares rührte sich mit leicht gequältem Blick auf seinem Stuhl.

»Nein, natürlich nicht ...« Donna verdrehte die Augen. »Ich bin in meinem Leben nur einem einzigen Mann von eurer Zunft begegnet. Vor drei Jahren in Helsinki. Und ich weiß bis heute nicht, wer diesen Fiesling hinter mir hergehetzt hat ...«

»Es gibt so'ne und solche.«

Donna griff erneut zum Seltersglas und trank es in einem Schluck aus.

»Ich hatte damals das eine oder andere Techtelmechtel mit Markku Rausku, diesem Olympiaboxer aus Pori ...« Donna verdrehte wieder ihre Augen. »Nun, und dann kam es so, dass dieser Privatschnüffler – aus reiner Tollpatschigkeit – über einen Fahrradständer stolperte. Was für ein Pech für den Mann! War übel zugerichtet, der Arme. Außerdem ging bei dem ganzen Kuddelmuddel auch noch die teure Kamera entzwei. Markku zog sich mit einer größeren Geldstrafe aus der Affäre – die ich natürlich bezahlt habe.«

»Ich war wirklich überrascht, dass Sie mich empfangen haben.« Ein trockenes Schmunzeln huschte über Vares' Lippen.

»Sie haben Ihr Anliegen ja ganz überzeugend vorgebracht. Harry – Ruhe seiner Seele – stand mir nämlich auf verschiedene Weise ziemlich nah. Und Ihr Freund, der Redakteur, also dieser Jaska, war auch ein ganz angenehmer Typ. Wir haben dort in Budapest einige Abende ziemlich lange zusammengesessen und viel Spaß miteinander gehabt, ganz ohne Hintergedanken ...« Donna lachte müde. »Es ist übrigens selten, dass ich mit einem Journalisten so gute Gespräche habe ...«

»War Ihr Kavalier Nils Kuusala mit dabei?«, erkundigte sich Vares.

»Nein, natürlich nicht.« Donna hob die Hand. »Nils war, wo er war. Wir sind nicht häufiger zusammen gewesen, als es die

Pressefototermine erforderten. Zu unserer Abmachung gehörte, dass wir zumindest über die Abende völlig frei verfügen konnten.«

»Zu Ihrer Abmachung?«

»Ja. Natürlich.« Donna entwich ein sprudelndes Lachen. »Die ganze Romanze war doch nur ein gemeinsam eingefädeltes kleines Projekt von Eero, meinem Manager, und Eerik Lainekari, dem Manager von Nils. An sich ein prima PR-Streich. Und die beiden Herren haben dann auch leicht die Presse für die Sache begeistern können, wie immer. Man stand richtig Schlange. Und nach der Ausschreibung wurden die alleinigen Verwertungsrechte dem Blatt übertragen, für das Ihr Freund damals geschrieben hat.«

»Was ist der springende Punkt bei der ganzen Sache?«

»Im Herbst soll eine neue Scheibe von mir auf den Markt kommen. Das heißt, wenn ich die Polypen raus und meine Kehle in Ordnung bekomme. Mein Name und mein Gesicht sollen wieder mal ein wenig in den Illustrierten zu sehen sein. Die Kehrseite der Medaille war natürlich, dass es mit der Karriere des armen Micke in der letzten Zeit ein wenig bergab gegangen ist. Der heiße Flitterurlaub mit mir war genau das, was sein Bild in der Öffentlichkeit nötig hatte.«

»Also zwei Fliegen mit einer Klappe.«

»Genau. Etwas in der Art hatten die Herren Vesimies und Lainekari in ihren schrägen kleinen Köpfen ausgeheckt. Die beiden wären sogar bereit, ihre linke Hode für eine Titelseite und eine farbige Doppelseite zu opfern.« Donna nahm eine bessere Sitzposition auf ihrem Stuhl ein. »Wer hat Sie eigentlich damit beauftragt, dem Mord an Harry und dem Verschwinden dieses Journalisten, also Teikari, nachzugehen? Nennen Sie mir einen Namen!«

»Das gehört zu diesen Berufsgeheimnissen, die man niemandem anvertraut.« Vares breitete entschuldigend die Hände aus. »Haben Sie Jaska Teikari noch einmal getroffen, nachdem Sie aus Budapest zurückgekommen waren?«

»Nein. Leider nicht. Der Gute hat mich zwar Anfang Mai noch mehrere Male angerufen. Aber ich hatte damals einen Gig nach dem anderen und so viel um die Ohren, dass ich kaum mit irgendjemandem sprechen konnte.«

»Was wollte Jaska von Ihnen?«

»Genau dasselbe wie Sie. Er kam immer wieder auf den Mord an Harry zu sprechen. Ihr Freund schien fast unter Zwangsvorstellungen zu leiden wegen dieser Geschichte.«

»Auch auf die Gefahr hin, dass ich Sie langweile, aber kommen wir noch einmal auf die Sache zwischen Harry Koivikko und Ihnen zurück. Ich möchte Sie etwas Persönliches fragen ...« Jussi Vares faltete die Hände und sah der Frau gerade in die Augen. »In welchem Stadium befand sich Ihr Verhältnis damals, um es genauer zu sagen, zu der Zeit, als Harry ermordet wurde?«

»Die Sache war schon vorbei ...«, sagte Donna. »Schnee von gestern. Schon seit mehreren Monaten.«

»Wer von Ihnen hat Schluss gemacht?«

»Jeder von uns beiden hatte sich wohl von sich aus zu dieser Lösung entschlossen. Aber ich habe die Sache letztendlich zur Sprache gebracht.«

»Was war der Grund für diesen Entschluss?« Vares blickte die Frau ohne mit der Wimper zu zucken an.

»Harry war ja ein äußerst attraktiver Mann. Und auch im Bett versuchte er wirklich, wie nach Lehrbuch zu handeln: zärtlich und aufmerksam und alles. Dennoch muss ich sagen, dass mir Harry Koivikko leider nicht das bieten konnte, was ich von einer Beziehung erwartete.«

»Das geht jetzt vielleicht zu sehr in den privaten Bereich, aber was stimmte denn nicht mit Harry?«

»Harry war einfach von Zeit zu Zeit ein recht schwieriger Fall. Irgendwie abwesend und verschlossen.« Donna zuckte die Schultern.

»Wusste eigentlich Harrys Ehefrau, Satu Koivikko, von Ihrem Verhältnis?«, setzte Harry fort.

»Satu wusste mit Sicherheit von der Sache mit mir, wie wohl auch von den meisten anderen längeren Abenteuern, auf die sich Harry eingelassen hatte. Aber Satu kümmerte sich nicht darum. Sie gehört zu den seltenen Frauen, die sich richtig auf die Dinge einstellen können.«

»Aber kommen wir zu einer anderen Sache.« Vares rieb sich die Schläfen. »Also, ich hab's natürlich schon mal irgendwo gelesen – aber wie war noch Ihr richtiger Name?«

»Mein richtiger Name ist Ainokaisa Huttunen. Und ich stamme aus dem Kirchensprengel Merimasku.« Ein Anflug von Lächeln huschte über das Gesicht der Frau. »Sie werden verstehen, dass in meinem Fall ein dringender Bedarf bestand, einen schwungvollen und einprägsamen Künstlernamen zu finden.«

»Ainokaisa ...« Vares ließ sich den Namen auf der Zunge zergehen. »Ist doch gar kein so schlechter Name.«

»Nee, das nicht. Passen würde er ja. Wenn man für seine Lebenslaufbahn zum Beispiel den Beruf einer Landwirtschaftsredakteurin gewählt hätte. Meiner Meinung nach wäre Ainokaisa auch ein ausgezeichneter Name für die beste Melkerin im Dorf. Na ja. Im engsten Bekanntenkreis werde ich nur Aino genannt ...«

»Geschmackssache ...«

»Wirklich? Wie ist übrigens Ihr zweiter Name?«

»Meiner? Ich bin Jussi Valtteri Vares ...«

Im selben Augenblick klingelte das Telefon. Donna nahm ab.

»Ach hallo, du bist's! Hab ich. Ja genau, na klar, prima! Wann bist du in die Stadt gekommen? Wirklich? Ach, essen gehen? Du meinst heute? Jetzt gleich, oder? Prima! Na klar, ist okay! Ja, hört sich gut an! Einen Moment mal, Darling. Warte mal eben, dauert nur 'ne Sekunde ...«

Donna nahm den Hörer vom Ohr, bedeckte ihn mit der Hand und wandte sich mit einer entschuldigenden Geste Jussi Vares zu.

Vares schritt bereits zur Tür der Suite. Er hob lächelnd die Hand und griff zur Klinke.

»Ich komme auf die Sache zurück – wenn's nötig ist ...«, sagte Vares mit einem Augenzwinkern.

»Machen Sie das, tschüss dann!« Donna bedeckte mit der Hand den Hörer und zwinkerte zurück. »Und hör'n Sie! Wehe, Sie verschwinden, ohne Ihre Visitenkarte zu hinterlassen. Husch husch, das Kärtchen auf den Tisch!«

## 18

Das alte, verfallene Lagerhaus hatte seine ganz eigene Geschichte. Die bröckelnden roten Ziegelwände hatten sowohl Aufschwünge als auch Niedergänge erlebt.

An der zur Straße hin gelegenen Giebelwand konnte man immer noch die Spuren der Einschüsse sehen. Sie erzählten in ihrer schlichten Sprache von der blutigen Schlussbilanz des Bürgerkriegs. Die Sieger, die in die Stadt eingezogen waren, hatten sich bei der Bemessung der Strafe lieber an die Höhe des Bleiverbrauchs als an Jahre und Monate gehalten.

Das Gebäude hatte im Laufe der Jahre unter anderem eine Fliegenpapierfabrik, eine Tischlerei, eine Polsterei, eine Wursterei und eine Kleinschlachterei beherbergt. So mancher Großvatersessel hatte hier eine neue Polsterung bekommen und so manches Schwein innerhalb der tristen Ziegelmauern sein Leben verloren. Heutzutage war die eine Hälfte des lang gestreckten Ziegelgemäuers Schauplatz für Paavo »Schweinchen« Kurittus vielfältige Geschäftstätigkeiten. Das einen halben Meter breite, verrostete Metallschild neben der Pforte machte auf »Kurittus Reparatur- und Service-Werkstatt« aufmerksam.

Die andere Hälfte des Gebäudes hatten einige pferdeschwänzige, karierte Hemden tragende junge Humanisten angemietet, deren tiefe Sorge dem Zustand unserer elenden Welt galt. In dem von ihnen betriebenen universalen Dritte-Welt-Verein »Mondo« wurde an alten Fahrrädern herumgebastelt – vermutlich für Briefträger in Nepal bestimmt –, soweit man es neben dem Schlürfen von billigem Rotwein oder dem Rauchen von Cannabisprodukten noch schaffte.

Einige mit einem Overall bekleidete, schweigende Arbeitsmänner lungerten lässig um einen Toyota Celica herum. Das Resultat ihrer Arbeit ließ sich schon erahnen. Der ursprünglich rote Sportwagen war in Tiefblaumetallic umgespritzt worden. Und irgendwo anders in der Stadt wurden gerade die neuen Wagenpapiere gefälscht, die genau mit der Seriennummer einer auf dem Schrottplatz liegenden Rostlaube übereinstimmten. So war allmählich ein völlig neues Gefährt entstanden.

Veikko Hopea saß Paavo »Schweinchen« Kurittu in der gläsernen Bürokabine im hinteren Teil der Werkstatt gegenüber. Auf dem Boden der Kabine lagen eine ausgebeulte Matratze und eine graue Wolldecke. Veikko hatte hier in der vergangenen Nacht provisorisch Unterkunft gefunden.

Geld hatte Veikko genug, und es sollte durch den gerade ausgehandelten Autodeal auch noch mehr hinzukommen, für eine bessere Unterkunft reichte es also allemal. Eines der Hotels der Stadt zu betreten wagte er jedoch nicht mehr. Hotels konnten wer weiß wie üble Fallen für ausgebüxte Streifenhemdenaktivisten sein. Dort gab es geschulte und neugierige Augen an allen Ecken und Enden, und auch die Polizei war nur einen Telefonanruf entfernt.

»Sehr geschickt, die Jungs dort ...«, brummte Veikko, während er das fleißige Treiben der Overallmänner beobachtete.

»Die sind jede Mark wert«, brummte Paavo »Schweinchen« Kurittu zufrieden zurück. Kurittu war von rundlicher Gestalt und hatte eine rosarote Haut. Die kleine Nase, die unter seinen wässrigen Augen hervortrat, war exakt das Stöpselmodell, das man häufig im finnischen Binnenland vorfand. Die Entstehungsgeschichte des Spitznamens war also nicht schwer zu erahnen.

»Ist das 'n größerer Autoschieber, dieser Hauser?«, fragte Veikko Hopea.

»Na, und ob. Er ist einer der größten Abzocker in der Stadt. Hauser hat mit seinen Autodeals so viele Leute übers Ohr gehauen, dass ich im Vergleich zu ihm nur ein harmloser Heilsarmeebruder bin …« Paavo »Schweinchen« Kurittu breitete langsam das Abendblatt vor sich auf dem Tisch aus. Er befeuchtete mit der Zunge den Zeigefinger und begann die Zeitung von der hinteren Doppelseite aus, auf der ein nackter Frauenhintern zu sehen war, durchzublättern.

»Wo willste eigentlich diesen Schlitten loswerden?«, wollte Hopea wissen.

»Das gute Stück geht nach Estland, nach Narva. Ich hab dort schon 'ne Bestellung laufen. Ilja kommt und wird ihn Anfang nächster Woche über die Grenze bringen. Ich würd' mich doch nicht auf solche Deals einlassen, wenn ich nicht schon eine Lieferadresse parat hätte. Logistikkontrolle nennt man das, das ist so 'ne neue Denkweise.« Schweinchen blätterte mit einem selbstgefälligen Lächeln um.

»Klingt ganz vernünftig.« Veikko füllte seine Tasse zur Hälfte mit Schweinchens Kaffee, der wie von Rohöl verschmutzter Strandschlamm vom Kaspischen Meer aussah … und auch nicht viel besser schmeckte.

»Hast du Milch da?«

»Die ist so sauer, dass man sie mit dem Löffel abstechen kann. Aber hör mal, Hopea, was hast du eigentlich für die nächste Zeit geplant? Erzähl dem Onkel mal 'n bisschen.« Schweinchen Kurittus kleine, blasse Augen musterten Veikko abschätzend.

»Anfangs werde ich mich hier in Turku aufhalten. Muss aber noch 'ne bessere Bleibe finden.«

»Schweinchen wird sich drum kümmern. Keine Sorge.«

»Und dann muss noch 'n Eisen her …«

»Mit solchen Sachen will Schweinchen nichts zu tun haben, damit das klar ist, aber mit sicheren Namen kann Schweinchen immer dienen.«

»Und dann werd' ich auch 'n paar Dinger drehen. Aber nur gelegentlich, um mich geistig fit zu halten – damit noch Zeit bleibt, ein wenig über größere Pläne nachzudenken. Ganz in Ruhe.« Veikko Hopea strich sich über sein Stoppelkinn.

»Wenn du in der Autobranche bleiben willst, weiß ich schon, in wem du einen verlässlichen Dealer findest. Ein Mann, der dir den Zaster innerhalb einer Zahlfrist von einer Woche in die Hand drückt.« Schweinchen Kurittu blinzelte verschmitzt und nickte überzeugend mit seinem runden Kopf.

»Klingt ganz gut. Mir schweben da auch noch einige Bankgeschichten vor. Und Postämter.«

»Vergiss das Ganze, guter Mann. Die ha'm heut' mehr Kameras in ihren Schalterräumen als der Finnische Rundfunk in seinem Helsinkier Studio, verdammt. Und dann diese Kassen mit Zeitsperre, die sich erst nach tierisch langer Verzögerung öffnen. Oder die Geldkassetten, in die sie solche Farbbomben stecken, dass einem die ganze Soße ins Gesicht klatscht und die Scheine bunter werden als Dagobert Ducks Goldtaler. Und wenn's gut geht, hat man danach 'ne ganze Farbanalyse durchgemacht. Maukka zum Beispiel – klar, du kennst doch Maukka Niemi –, der musste sich fast den ganzen letzten Juli in diesen beschissenen Schären versteckt halten, bis sein Gesicht wieder 'ne normale Blässe hatte. Also, besser du vergisst die Banken und Postämter, lass dir das von einem Freund gesagt sein. Mensch, da merkt man wirklich, dass du sieben Jahre im Bau gewesen bist, wie kannste so was überhaupt in Erwägung ziehen ...«

»Scheiße. Da hab ich wohl den Anschluss verpasst. Viel zu schnell verändert sich die heutige Welt ...«, stellte Veikko Hopea fest und runzelte die Stirn.

»Hey, warte mal.« Schweinchen Kurittus Stimme hob sich begeistert. »Hier im *Abendblatt* ist zu lesen, dass sich der Herr dünne gemacht hat. Ganze zwei Spalten bringen sie darüber!«

»Nicht möglich!« Hopea wurde munter. »Ist auch 'n Foto dabei?«

»'n ziemlich schlechtes. Guck mal!«

»Zeig her. Aha. Das Bild ist über drei Jahre alt. Hab grad 'n Kater gehabt, ist nicht besonders gut geworden. Wir hatten vor dem Posieren mehrere Tage lang Lintsis Achtzehnten gefeiert. In die Bowle war ’n bisschen Sprit und ’was zum Aufputschen gemischt ...«

»Den achtzehnten Geburtstag, oder was? Gibt’s dort im Sörkkä-Knast solche Youngster?«

»Natürlich nicht. Lintsi hat insgesamt achtzehn Jahre für verschiedene Dinger abgesessen ...«

»Aha ...« Schweinchen raschelte mit der Zeitung. Er widmete sich wieder dem unscharfen Foto, auf dem Veikko Hopea zu sehen war. »Hast du dir schon mal überlegt, dein Aussehen ein wenig zu verändern, ich meine, sicherheitshalber. Schau mal, es kann doch immer mal so ein Arsch auftauchen, der dich erkennt, und wenn es nur zufällig ist. Jemand, der von Natur aus ’n mieser Denunziant und Schnüffler ist.«

»Darüber hab ich noch gar nicht nachgedacht. Was willst du damit sagen?«

»Nur das Haar könnte schon viel helfen. Ein neuer Schnitt. Und vielleicht noch ’ne neue Haarfarbe. Was hältste davon?«

»Ja, keine schlechte Idee. Kennste irgend ’n verlässlichen Friseur?«

»Ich kenn da so ’ne Alte, Wilma heißt sie. Die ist okay. War selbst ’n paar Jahre im Knast. So’n kleiner Unfall am früheren Arbeitsplatz. Hat irgend so ’m Klinkenputzer ’n Messer in den Rücken gestoßen, als dieser Reisefuzzi auf dem Friseurhocker saß und ihr vorhielt, dass er sie nicht darum gebeten hatte, die Haare hinten auf eine Länge zu schneiden. Doch doch. Wilma hält garantiert dicht.«

»Klingt ganz interessant ...«

»Okay. Lass Schweinchen nur machen.« Kurittu schwenkte mit einer großzügigen Geste die Hand.

»Hmm, hör mal, Schweinchen. Um noch mal auf diese Autogeschichten zurückzukommen.« Veikko Hopea legte eine nachdenkliche Miene auf und schweifte mit gerunzelter Stirn gedankenversunken in die Ferne. Genauer gesagt, auf den Hinterhof eines gewissen Turkuer Fremdenheims.

»Na dann, frag nur.«

»Was glaubst du. Ob sich wohl jemand findet, der an einem neueren Mondeo interessiert ist? Hellrot, Alufelgen. Gut in Schuss ...«

»Mondeo. Mondeo ... Hmm, warum nicht. Ist 'n ganz gutes Modell, der Mondeo. Ganz ausgeschlossen ist das nicht. Wann wollteste ihn denn liefern?«

»Eilt nicht so sehr, die Sache. Erst mal abwarten und Tee trinken. Aber hör dich ruhig schon mal nach 'nem Käufer um. Ich werde die Karre dann irgendwann abliefern ... also, wenn der jetzige Besitzer keine Verwendung mehr dafür hat.«

## 19

Der dunkelblaue Volvo stand oben auf dem Juhannus Hügel, nur einen Steinwurf vom Turkuer Rangierbahnhof entfernt.

Die Luft in dem Wagen war heiß und stickig. Was aber nur einer der Gründe dafür war, dass Vares ein feuchtes und unangenehmes Gefühl hatte. Erkki Vehmanens hektische Erklärungen strömten durch Vares' Kopf wie durch einen Abwasserkanal.

»Ich hab nur noch einen lächerlichen Monat bis zu meinen Sommerferien. Wenn die Franzosen im August in die Ferien fahren, heißt es wieder mal, dass sich der Beginn unseres Projektes in Bordeaux um mindestens zwei Monate verzögert, es können auch drei sein. Stell'n Sie sich vor!« Erkki Vehmanen griff Jussi Vares am Arm, wie um sich zu vergewissern, dass seine Botschaft angekommen war.

»Ich habe der Konzernleitung mitgeteilt, dass ich bereit wäre, dieses Jahr ganz auf den Sommerurlaub zu verzichten, damit wir den ursprünglichen Zeitplan einhalten können.« Vehmanen unterstrich ganz entschieden das Wort *ich* und stupste sich mit dem Zeigefinger gegen die Brust. »Sie können sich sicher vorstellen, wie die Herren Projektingenieure und diese kleinen Exportkaufleute der Sache gegenüberstehen. Die fangen schon Anfang Winter an, ihre Urlaubszeiten festzulegen. Völlig vergebens, eine radikale und neue Problemlösung vorzuschlagen in einer Organisation, die nicht genügend an ein gemeinsames Ziel gebunden ist. Diese jungen Bengel begreifen nicht, dass eine multinationale Firma kein Sandkasten ist, in dem man nur Spaß haben kann. Wir müssen doch jedes verdammte Vierteljahr unseren Aktionären gegenüber Rechenschaft über unser Tun und Lassen ablegen. Und die großen Geldsäcke da draußen in der weiten Welt lassen sich doch nicht mit irgendwelchen fadenscheinigen Erklärungen abspeisen – Herrgott noch mal! Die interessieren nur zwei Dinge: Gewinn und Dividende – und nicht, ob die Belegschaft der Firma möglicherweise einen gelungenen und erholsamen Urlaub gehabt hat. Zum Teufel noch mal!«

»Genau ...« Jussi Vares spürte in der Nase den Geruch des Mannes: ein leichter Schweißgeruch, der sich mit irgendeinem teuren Parfüm vermischte. Jussi Vares probierte den in der Wagentür befindlichen dunklen Knopf aus. Er hatte richtig gedrückt. Das verdunkelte Seitenfenster begann sich mit einem tiefen Surren in eine untere Position zu bewegen.

»Hier ist es ziemlich heiß ...«

Aber Erkki Vehmanen redete pausenlos weiter. Er knirschte mit den Zähnen, erhob zwischendurch seine Stimme und stieß in seinem Eifer Jussi Vares immer wieder mit dem Ellenbogen an. Vehmanen predigte über Vertragsbrüche, Subunternehmer, Verzugsstrafen, Multiplikatoreffekte, Goodwill-Verluste, Koordinationsprobleme bei zukünftigen Projekten. Über Exportbürgschaften und die ständig wachsende Gefahr des Protektionismus.

Vares ließ seine Gedanken umherschweifen. Er nahm die Sätze nur noch bruchstückhaft wahr.

Kam diese lange Wagenschlange womöglich aus Helsinki oder Tampere? Und wie mochte das Wetter in diesen Städten gerade sein? Wann würde es hier in Turku endlich wieder regnen?

Erkki Vehmanen redete und redete. Doch die speziellen Probleme eines multinationalen Konzerns interessierten den neben ihm sitzenden Privatdetektiv nicht die Bohne. Vares schnaufte nur leise vor sich hin und zählte geduldig die Minuten.

»Kaarina hat die Sache jetzt endlich zur Sprache gebracht.« Aus Erkki Vehmanens Mund entwich ein kleiner, gequälter Atemzug.

»Ach so. Aha.« Jussi wurde in die Gegenwart zurückgestoßen. Er warf seinem Kunden einen kurzen Seitenblick zu. »Was hat sie Ihnen gesagt?«

»Dieses Miststück will die Scheidung.«

»Verstehe. War vielleicht auch zu erwarten? Wie verhalten Sie sich dazu?«

»Dieses Flittchen sagte, dass sie eine ordentliche Scheidung will.« Vehmanen sprach das Wort »ordentlich« mit einem spöttischen Unterton aus. »Sie kündigte an, dass sie ein Drittel des Gesamtwerts unseres Wohnhauses, unseres Sommerhauses und unseres Autos haben will ...«

»Ein Drittel. Das klingt doch noch recht bescheiden, oder nicht?«, stellte Vares verwundert fest.

»Hör'n Sie, wir haben einen Ehevertrag ...« Erkki Vehmanens Kehle entwich ein triumphierendes Lachen. »Laut diesem Papier darf diese Frau, wenn sie mich verlassen will, nur die paar Sachen mitnehmen, die sie damals unterm Arm trug, als sie als jung verheiratet in unser kleines Nest zog. Was glauben Sie, Vares, um wie viel der Wert einer elektrisch betriebenen Singer-Nähmaschine in zwei Jahrzehnten wohl gesunken sein wird ...«

»Sie wollen also nicht versuchen, sich mit ihr zu einigen?« Vares gelang es mit bewusster Anstrengung, einen tiefen Seufzer zu unterdrücken.

»Nein! Diese Frau ist und bleibt meine Ehefrau, ihr ganzes Leben lang. Ich kenne Kaarina viel zu gut, um nicht zu wissen, dass sie niemals auf Kosten der Sozialhilfe mit irgendeinem dahergelaufenen Reservechristus in dessen muffiger Bude leben würde!«

»Die Sache geht mich natürlich nichts an. Aber wäre es nicht für zwei erwachsene Menschen das Beste, solche Geschichten vernünftig zu regeln? Herumzudrucksen und zu streiten würde doch für beide Beteiligten nur Ärger bringen.«

»Ich werde mich niemals mit dieser Frau über etwas einigen.«

Im Wagen wurde es still. Vehmanen probierte im Radio verschiedene Sender durch und schaltete schließlich mit einem verächtlichen Schnaufen den Kasten aus. Er trommelte eine Weile nervös mit den Fingern auf der Lenkradmitte herum und sah so aus, als ob er angestrengt über etwas nachdachte.

Schließlich fasste Vehmanen einen Entschluss. Er drehte sich langsam zur Seite und sah Jussi Vares abschätzend an.

Vares wand sich gequält auf seinem Sitz.

»Hör'n Sie mal, Vares!« Erkki Vehmanens Stimme wurde weicher. »Mit Ihnen ... also mit dir kann man doch sicher reden wie von Mann zu Mann. Aufrichtig und im Vertrauen.«

»Ja, natürlich ...« Jussi nahm eine bequemere Sitzhaltung ein. »Was haben Sie denn auf dem Herzen?«

»Das, was ich jetzt sage, bleibt also wirklich unter uns? Sie verstehen? Off-the-record, sozusagen ...«

»Das haben wir doch die ganze Zeit schon getan, im Vertrauen miteinander geredet.« Vares lachte kurz auf. Die Situation war jedoch alles andere als lustig.

»Ja, genau. Aber kommen wir mal zu einem anderen, etwas ernsthafteren Thema.« Erkki Vehmanen schniefte. »Ich habe Ihnen nämlich ... also dir ... einen interessanten Vorschlag zu machen ...«

»Hier sitze ich und bin ganz Ohr.« Vares spürte, dass er mit seiner Geduld allmählich am Ende war.

»Okay. Wir sind beide Männer vom Fach, jeder in seinem Bereich, und auch Geschäftsmänner, nicht wahr. Wir verstehen also etwas von vertraglichen und kaufmännischen Dingen.« Erkki Vehmanen rieb seine Hände aneinander und holte Luft. Er war sichtlich bemüht, die rechten Worte zu finden.

»Ganz im Vertrauen, Vares. Du wirst sicher bereit sein, über das Angebot nachzudenken – wenn wir uns nur über einen angemessenen Preis einig werden?«

»Jetzt komme ich aber nicht mehr ganz mit, Tschuldigung.« Ein kleines Warnglöckchen klingelte in Jussis Kopf.

Erkki Vehmanen leckte sich kurz die Lippen, holte Luft und zog seine braune Aktentasche aus dem Fußbereich hervor. Er öffnete die Tasche mit einem lauten Schnappen, griff zu der vertrauten dunklen Pistole, wog die Waffe wie auf einem Tablett in der Hand und sah Vares fragend in die Augen.

»Ich bin Ende nächster Woche auf Reisen. Auch das ganze lange Wochenende über. Muss geschäftlich ein paar Adressen in Deutschland abklappern, in erster Linie bin ich in Bonn und Köln. Kaarina ist hier in der Stadt. Ich werde also, gerade zur passenden Zeit und nachweislich, von der Bildfläche verschwunden sein ...«

»Was in aller Welt haben Sie vor?«

»Na gut, Vares. Nimm diese Waffe und nenn mir deinen Preis ...«

Jussi Vares schüttelte ungläubig den Kopf. Das konnte doch nicht wahr sein.

»Verdammt, das ist doch nicht Ihr Ernst?«

»Name your price, man. Jeder und alles hat seinen Preis. Nenn mir deinen!« Erkki Vehmanen spornte Vares mit funkelnden Augen an.

»Moment mal, du verdammter Idiot! Jetzt bringst du da irgendwas durcheinander.« Jussi Vares langte mit der Hand zum Türgriff.

»Du schlägst also mein Angebot aus – ohne mich überhaupt angehört zu haben?« Erkki Vehmanen wirkte sichtlich überrascht.

Jussi Vares entgegnete nichts. Er öffnete die Tür und stieg, ohne ein Wort zu sagen, aus dem Wagen.

»Guter Mann! Nehmen Sie das nicht zu ernst. War doch nur Spaß. Ich hab eben einen ziemlich seltsamen Humor, der nicht immer von allen verstanden wird.« Vehmanen beugte sich zur Seite und schaute aus dem Seitenfenster. Wie seine Miene verriet, schien er zu begreifen, dass er Vares falsch eingeschätzt hatte.

»Hau dir eine Sache in deinen rauchenden Schädel! Falls deiner Frau etwas Schlimmes zustoßen sollte, ganz egal was, also, wenn sie zum Beispiel in einen Verkehrsunfall gerät, dann rate mal, was passiert? Dann kannst du sicher sein, dass ich mich sofort mit der Polizei über dich unterhalte. Denk daran!« Jussi Vares richtete seinen starren Zeigefinger auf den Mann.

»Hey, come on! War doch nur ’n harmloser Scherz. Nimm’s nicht so ernst. So ’n cleverer und erwachsener Mann …« Erkki Vehmanen versuchte ein Lachen hervorzupressen, was kläglich misslang.

»Steig jetzt ein, ich bring dich ins Zentrum, egal wohin du willst. Dann können wir beide noch mal ein wenig miteinander reden und dieses bedauerliche Missverständnis in Ruhe klären.«

»Ich laufe! Nach diesem Scheißgeruch ist frische Luft viel mehr wert als alles Gold im Vatikan.«

Vares ging über die eiserne Fußgängerbrücke, die über die Gleise hinweg zum Bahnhof führte. Wirre Gedanken kreisten ihm im Schädel herum. Niemals in seiner ereignisreichen Laufbahn war ihm ein solches Angebot gemacht worden.

Für diese Sache gab es nur eine Erklärung. Erkki Vehmanen war gerade dabei durchzudrehen und seinen Verstand zu verlieren.

Ein Zeichen dafür war auch sein ständiges, nervöses und ausschweifendes Gerede über die Schwierigkeiten des Konzerns, die angeblich daher rührten, dass niemand mehr seine Bestrebungen, seine Arbeitsweisen oder hehren Ziele verstand. Die wesentlichen Symptome von Verfolgungswahn waren an Vehmanen so deutlich zu erkennen wie die schwarzen Tupfen an einem Dalmatiner.

Welcher Mann, der noch einigermaßen im vollen Besitz seiner geistigen Kräfte ist, schlägt einem völlig fremden Typen einfach einen Auftragsmord vor, als sei es die selbstverständlichste Angelegenheit der Welt?

Bist du schon mit dem *Pendolino* gefahren? Was hältst du von den neuen Spielereinkäufen des *TPS*? Ach, und welchen Preis würdest du verlangen, wenn ich dich bitten würde, nächstes Wochenende meine Frau umzubringen?

Vehmanen war einfach krank. Das war unbestreitbar. Diese Tatsache machte ihn aber noch lange nicht ungefährlich, im Gegenteil. Jussi Vares fluchte über sein Pech. Das war eine üble Situation. Er war gezwungen, viele Faktoren abzuwägen. Jetzt musste er die Dinge auf die Waagschale legen.

Als er auf dem Bahnhofsvorplatz in ein Taxi stieg, hatte Jussi seinen Entschluss gefasst. Es gab einfach keine andere Alternative, als selbst in die Situation einzugreifen.

Sich der Verantwortung zu entziehen, wäre die größte Feigheit gewesen. So musste man die Sache sehen.

Sobald Vares nach Hause gekommen war, nahm er Verbindung zur Polizei auf. Nach ein paar Minuten Warten hörte Jussi eine vertraute Stimme in der Leitung – Kriminalhauptwachtmeister Jorma Siltanen –, ein begeisterter Eishockeyfan und begnadeter Wettfuchs, der häufig auch im *Olkku* zu sehen war.

Vares hatte sich genau überlegt, was er sagen wollte. Er erzählte Jorma Siltanen nichts von dem Angebot, das ihm Erkki Vehmanen so unverblümt unterbreitet hatte. Jussi wollte wirklich nicht vor Gericht geladen werden, um unter Eid gegen seinen eigenen Kunden auszusagen. Stattdessen erwähnte Vares Vehmanens Waffe und teilte seinen Verdacht mit, dass sie nicht registriert sei. Außerdem berichtete er von den Schwierigkeiten des Mannes an der Ehefront – und von dessen geistiger Unausgeglichenheit.

»Wir werden uns gleich morgen darum kümmern. Ein eifersüchtiger Esel mit einer nicht registrierten Waffe, das ist so eine Sache, gegen die man immer hart angehen muss. Danke für den Tipp«, sagte Jorma Siltanen.

»Keine Ursache. Ein bisschen seltsam ist es schon, einfach die eigenen Kunden anzuschwärzen«, brummte Vares.

»Du hast so gehandelt, wie es richtig ist, Jussi. Aber da kommt gerade ein neuer Anruf.« Siltanens Stimme klang gespannt. »Ich halte dich auf dem Laufenden.«

Lange fühlte sich Vares nicht in seiner Wohnung wohl.

Der Kühlschrank war fast leer, und der Hunger machte sich bemerkbar. Vares beschloss also, in der Bar des Fremdenheims *Märchenland* vorbeizuschauen, um eine ordentliche Portion von Taisto Mononens Spezialomelett zu verspeisen; Salzgurken, frische Zwiebeln und natürlich Fleischwurst, alles in ganz dicke Scheiben geschnitten.

Jussi schaufelte mit gutem Appetit seine Portion in sich hinein und bestellte noch ein zweites Bier. Angenehm gesättigt lehnte er sich auf seinem Stuhl zurück und starrte versunken auf den von der Wand lächelnden Harry Koivikko. Der Gesangsstar stand mit einem rätselhaften Lächeln auf den Lippen im Lichtkegel eines einsamen Lampenschirms. In seinem Schlagschatten verbarg sich, wie ein Requisit, das fünfköpfige Orchester.

Harry Koivikko war auf dem Poster fachmännisch geschminkt und gekämmt. Sowohl das Licht als auch der Kamerafilter waren so vorteilhaft gewählt, dass der zweiundvierzigjährige Sänger gerade so aussah, wie es die Frauen in ihren Tagträumen von ihm erwarteten: verführerisch und jungenhaft. Am meisten jedoch faszinierte Vares das sonderbare Lächeln des Sängers, hinter dem sich, wie ein kleines Geheimnis, ein seltsamer Schatten verbarg.

»Übrigens Taisto …« Vares wandte seinen Blick Mononen zu, der gerade die *Turkuer Nachrichten* durchblätterte. »Du kanntest doch sicher diesen Tauno Kielo, der hier in der Nachbarschaft gewohnt hat?«

»Klar, kannte ich diesen Sack – nur allzu gut.« Taisto Mononen rümpfte die Nase. »Eine unangenehme Hämorrhoide war das, der ganze Mann. Ich brauche wohl nicht zu sagen, dass ich keine einzige Träne vergossen habe, als ich hörte, dass der Schnüffler über den Jordan gegangen ist.«

»Der Kerl hat also auch dich angekläfft?«, fragte Jussi Vares.

»Das kannste wohl sagen! Ständig und an allem hatte er etwas auszusetzen. Immer war irgendetwas nicht in Ordnung. Das eine Mal fand er im Hof ein Kondom – was natürlich von einem unserer Gäste stammte –, das andere Mal wurde in irgendeinem

Zimmer zu viel Lärm gemacht. An den Autos gab es immer etwas herumzumäkeln, weil unsere Stundengäste ihre Mühlen am liebsten dort im Hof abstellen, damit sie nicht von ihren Verwandten und Bekannten entdeckt werden. Der Kerl war wirklich eine Landplage von der übelsten Sorte!«

»Hast du 'ne Ahnung, was Tauno Kielo mit dem Fall Harry Koivikko zu tun haben könnte?«, setzte Vares fort.

»Was fragst du mich?« Taisto Mononen schaute Vares sichtlich verwundert an. »Überhaupt nichts, so weit ich weiß.«

»Das war genau die Antwort, die ich erwartet habe«, seufzte Jussi Vares. »Wusstest du übrigens, dass dieser Tauno ein Onkel von Arto Kielo, also von Nuokku war?«

»Ach, ein Onkel!«, lachte Mononen. »Aus dem gleichen Holz waren sie ja nicht geschnitzt, die beiden.«

»Nein, wirklich nicht.« Vares tippte nachdenklich mit den Fingern auf die Tischplatte. »Übrigens, du hast nicht zufällig etwas von Skarppi gehört? In welcher Gegend Finnlands mag der Herr Gitarrist wohl gerade sein?«

»Nicht besonders weit entfernt von hier, sie treten heute Abend draußen in Uittamo im Tanzpavillon auf.« Taisto Mononen schwenkte die Zeitung in der Hand. »Hier ist 'ne ziemlich große Anzeige. Nostalgischer Tango am Strand von Uittamo!«

## 20

Der Tangostar KooVee Lehtoruusu war ausgesprochen schlechter Laune. Er rannte im Ruheraum des Tanzpavillons umher, schmiss sein Mikrofon gegen die Wand und forderte die Veranstalter mit lauter Stimme auf, vor dem nächsten Set ein Mikrofon auf die Bühne zu zaubern, das nicht die Stimme verzerrte.

»Unnötiges Theater. Er hat heute wieder mal einen schlechten Tag. Der Bursche singt so falsch wie der Heilsarmee-Chor bei der Weihnachtssammlung«, stellte Skarppi halblaut fest und hob eine Flasche Orangensprudel an die Lippen.

Skarppi, der Tangogitarrist, schien erhitzt zu sein. Die lange Tournee zehrte bei allen bereits an den Nerven. Skarppi hob mit dem Daumen den verschwitzten Hemdkragen an, strich sich immer wieder mit einer nervösen Geste über den Pferdeschwanz und schnüffelte abwesend an den nassen Achseln seines Hemdes.

Das Set der Tanzkapelle war gerade zu Ende. Jonski Skarppi hatte Vares versprochen, sich einen Moment Zeit für ihn zu nehmen.

»Scheint ein ziemlich frustrierender Job zu sein für einen ehemaligen Rock-Gitarristen«, sagte Jussi Vares mitleidig.

Jonski Skarppi lachte kurz, wischte sich ein paar Tropfen vom Mund und schüttelte den Kopf. Er warf einen vielsagenden Blick über seinen Bühnendress. Skarppi trug einen zartvioletten leichten Blazer wie alle anderen Kollegen in der Kapelle. Ein weißes Oberhemd und eine weinrote Baumwollkrawatte vervollständigten das Outfit. Das pikante Detail war eine vergoldete Krawattennadel, auf der man die stilisierten Initialen von KooVee Lehtoruusu erkennen konnte. Außerdem trug Jonski eine weiße Bügelfaltenhose und, als Krönung des Ganzen, schneeweiße Sommermokassins.

»Was glaubst du? Guck sie dir an«, zischte Skarppi. »Diese weißen Sommermokassins. Hör mal. Ich hab wirklich nicht darauf bestanden, schneeweiße Bügelfaltenhosen und Sommermokassins in derselben Farbe zu tragen.« Jonski schlürfte die letzten Tropfen aus der Sprudelflasche.

»Heutzutage ist es in jedem Bereich schwierig, sein Brot zu verdienen«, stellte Vares fest.

»Ja, natürlich. Auf gewisse Weise muss jeder selbst für seine Verköstigung aufkommen.«

»Ach, übrigens ... Kennst du Enska Multavieru? Der hat doch jahrelang für zwei Gören abdrücken müssen ...«, erinnerte sich Vares. »Und beide wurden auch noch an ein und demselben Mittsommerfest gezeugt. Ein ziemlich hoher Preis für ein paar Wodka. Aber das zum Thema Verköstigung.«

Jussi Vares holte aus seiner Seitentasche einen klirrenden Schlüsselbund hervor. »Dieser glänzende kleine Schlüssel dürfte wohl genau der sein, den du vergeblich in Jaska Teikaris Hinterlassenschaft gesucht hast.«

»Woher weißt du das?«

»Ich hab den Zettel gelesen, den du Jaska geschrieben hast. Hab ihn in seinem Korridor auf dem Boden gefunden. Zufällig bin ich im Besitz der Schlüssel zu Jaskas Bude«, erklärte Vares. »Ich würde gern einen Blick in diesen Schrank werfen. Unter Umständen befindet sich dort etwas, das Aufschlüsse über das Schicksal des Burschen geben könnte.«

»No problem. Wird sich gleich morgen einrichten lassen. Ich werde aber sicher erst in der zweiten Tageshälfte auf den Beinen sein. Wann treffen wir uns, um das Loch auszuheben?«

»Passt es dir um zwei?«

»Drei Uhr würde ganz ausgezeichnet passen. Wie wär's, wenn wir uns im Olkku treffen. Ich muss sowieso dorthin, um mit Vaakku so'n kleinen Gitarren-Deal abzuschließen.«

»Also, um drei Uhr im Olkku. Ich hol dich ab.«

Als Vares vom Tanzpavillon Uittamo in die Stadt zurückfuhr, schaute er kurz bei sich zu Hause vorbei und sprach auf den Anrufbeantworter, dass er den Rest des Abends entweder im Olkku oder in der Apotheke sei. Vor allem für den Fall, dass der Pastor anrufen würde.

Vares zögerte einen Augenblick, beschloss dann aber, doch mit dem Mondeo zu fahren. Er konnte den Wagen ja später stehen lassen.

Vares betrat die Neue Apotheke, begab sich zum Tresen, bestellte bei Otto ein Sandels – und nach kurzem Überlegen auch einen Goldbrand mit ein wenig Cola. Dann ging er noch mal kurz aufs Klo. An der Pissrinne lehnte ein seltsamer Vogel, der schon reichlich betrunken war. Der Typ verschränkte beide Hände hinterm Nacken: »Wassermusik! Schau mal, Mama, ohne Händel!«

Am Tresen traf Vares den Kurzprosaisten Luusalmi, der erzählte, dass es ihm am gestrigen Abend geglückt sei, an der

Theke eine Frau abzuschleppen, die in starkem karelischen Dialekt gesprochen habe.

»Und wie ist es dir mit dieser karelischen Pirogge ergangen?«, fragte Leichenfahrer Moilanen interessiert von der Seite.

»Anfangs war die Oberfläche noch ein wenig kross. Aber ein Profi kennt seine Tricks.« Luusalmi zwinkerte frivol. »Die Eibutter kam schließlich zum Vorschein, als ich ihr eine Zeit lang schmeichelnde Worte zugeflüstert hatte ...«

»Du hast also deine niederen Absichten verwirklichen können?«

»Na, aber hallo«, prahlte Luusalmi. »Was glaubst du denn.«

Vares blätterte nachdenklich in seinem schwarz eingebundenen Notizkalender. Als er Kaarina Vehmanens Handy-Nummer entdeckte (die er irgendwann vor ein paar Wochen aus einer Laune heraus aufgeschrieben hatte), legte sich seine Stirn in Falten. Seit einiger Zeit schon hatte ihn ein bestimmter Gedanke gequält. Auch diese Sache musste erledigt werden. Vares sann nicht lange nach, sondern schritt geradewegs zum Telefonautomaten.

Die Frau nahm erst ab, als Vares bereits seinen Namen und den Grund seines Anrufs auf die Mail-Box sprechen wollte. Vares kam direkt zur Sache.

»Ich bin Ihnen so dankbar, dass Sie angerufen haben.« Die Stimme der Frau am anderen Ende klang ernst, aber beherrscht.

Vares dachte, dass jemand anderes sicher viel empfindlicher darauf reagieren würde, wenn ein bisher völlig unbekannter Typ, und noch dazu ein Privatdetektiv, ihm am Telefon mitgeteilt hätte, dass ihn sein Ehepartner durch einen angeheuerten Killer umzubringen gedachte.

»Das kann auch alles nur der krankhafte Selbstzerstörungswille und das Geltungsbedürfnis eines verzweifelten Mannes sein«, erklärte Vares. »Ich dachte jedenfalls, dass es klüger wäre, Kontakt zu Ihnen aufzunehmen.«

»Ich weiß Ihre Geste zu schätzen. Ihre Sorge ist nicht ganz unberechtigt«, sagte Kaarina.

»Das befürchte ich auch ein wenig.«

»Ich kenne meinen Erkki zufällig ganz gut«, setzte die Frau mit gelassener Stimme fort. »Und ich kann sagen, dass er nie ein besonders ausgeglichener Mensch gewesen ist. Aber während des letzten Monats hat er sich wirklich verändert. Offen gesagt: Der Mann hat völlig die Beherrschung verloren. Zwar traurig, das sagen zu müssen, aber ich glaube, dass er wirklich zu allem fähig ist.«

»Darf ich fragen, wie der Spielstand im Moment ist?«

»Unentschieden. Null zu null.«

»Sie sind also von zu Hause ausgezogen?«

»Ja«, antwortete sie entschlossen. »Ich werde nie wieder anders Kontakt zu diesem Mann aufnehmen als übers Telefon – oder durch Vermittlung der Richter!«

»Das wird das Beste sein. Na ja. Mehr hatte ich eigentlich nicht auf dem Herzen.«

»Wäre es zu viel verlangt, wenn Sie mir noch Ihre Telefonnummer geben?«

Jussi Vares zögerte ein paar Sekunden und gab der Frau schließlich die Ziffern an.

»Vielen Dank«, sagte Kaarina Vehmanen. »Und alles Gute.«

Gerade als Vares das Gespräch beendete, rief ihm Otto etwas zu und fuchtelte hinter der Theke herum. Er hatte einen anderen Hörer in der Hand. Jussi ging um den Tresen, setzte sich auf einen Hocker, nahm den Hörer und sagte seinen Namen.

»Gott sei Dank, Vares! Zum Glück haben Sie eine Nachricht auf Ihrem Anrufbeantworter hinterlassen …«, sprach eine hektische, atemlose Frauenstimme in der Leitung. »Gut, dass ich Sie erreiche …«

»Mit wem spreche ich denn?«, fragte Vares verwundert.

»Kennen Sie mich nicht? Hier ist Ainokaisa …«

»Ainokaisa …« Vares runzelte die Augenbrauen. »Donna! Was ist denn los?«

»Das weiß ich eigentlich selbst nicht. Außer, dass hier jemand ist. Also, irgendwo ganz in der Nähe.« Die Frau schniefte.

Aus ihrer Stimme war ein angsterfülltes Zittern herauszuhören. »Vares, hör'n Sie, können Sie mit dem Wagen fahren? Oder könnten Sie ein Taxi nehmen?«

»Na klar, kann ich fahren, hab nur 'n Bier und 'n kleines Schnäpschen getrunken. Aber was ist denn los?«

»Ich ... ich habe Angst. Ich glaube, ich bin in Gefahr, in Todesgefahr. Können Sie kommen, jetzt sofort?«

»Wohin kommen? Wohin um Himmels willen!«, drängte Vares wieder.

»Ach ja, Entschuldigung. Also, in die Itäinen Rantakatu. Kurz hinter der Föri. Ein blau gestrichener ehemaliger Trawler. Rimito II.«

»Okay. Ich bin gleich da.«

»Und seien Sie vorsichtig, wenn Sie jemanden sehen. Hier auf dem Boot sollte außer mir niemand anderes sein!«

## 21

Donnas angsterfüllte Stimme klang immer noch in Jussi Vares' Ohren nach, als er mit seinem Mondeo die Itäinen Rantakatu entlang fuhr und sich dem unteren Flusslauf des Aurajoki näherte. Jussi war gespannt. Am Telefon hatte das Gesangssternchen nicht im Geringsten betrunken gewirkt, nein, aus ihrer Stimme war Angst und Bedrängnis herauszuhören gewesen.

Aber was in aller Welt hatte diese Frau mitten in der Nacht auf einem alten, am Ufer des Aurajoki liegenden Trawler zu suchen?

Nachdem er am Segelschiff Suomen Joutsen vorbeigekommen war, ging Vares rasch mit der Geschwindigkeit herunter und versuchte angestrengt, etwas auszumachen. Der Wagen fuhr an dem mit grünlich-grauer Tarnfarbe gestrichenen Minenschiff Keihässalmi vorbei. Am Ufer lagen, dicht an dicht, die unterschiedlichsten Seefahrzeuge: kleinere ausrangierte Frachtkähne, ein paar aus dem Verkehr gezogene alte Bugsierer, Freizeitboote aus Holz und Metall aus verschiedenen Jahrzehnten – und unzählige, zu schwimmenden Sommerhäusern umfunktionierte Fischerboote.

Donna hatte Vares am Telefon die genaue Fahrtroute angegeben, ihm sogar beschrieben, wie der Kahn aussah. So entdeckte er die Rimito II schon von weitem: ein zehn Meter langer, hellblau gestrichener und scheinbar recht betagter Holzkahn, an dessen Heck sich ein weißes Steuerhaus befand.

Die Rimito II lag eingezwängt zwischen einem vom Rost zerfressenen Schrottschlepper und einem anderen alten Trawler vor Anker. Jussi Vares ging auf Schrittgeschwindigkeit herunter. Er betrachtete das unbeleuchtete, kleine Schiff, das sich gegen den dunklen Fluss abhob. Aus dem langsam dahinströmenden Wasser stieg ein dünner Nebelschleier auf, der den blauen Trawler wie ein Dornröschenschloss einhüllte.

Plötzlich bemerkte Jussi Vares, dass sich direkt am Schiff etwas bewegte. Er wischte sich mit dem Daumen übers Auge und versuchte angestrengt, dieses Etwas auszumachen. An der dem Ufer zugewandten Seite des Trawlers lehnte an der Reling eine einsame und unbewegliche Gestalt. Jussi Vares holte tief Luft. Inmitten des Nebels stand ein dunkles Schattenbild.

War das Donna oder jemand anderes? Vares trat vorsichtig auf die Bremse und verfolgte mit seinem Blick den Trawler.

Er beschloss, an dem Boot vorbeizufahren, nur der Sicherheit halber. Die dort auf dem Deck des alten Kahns stehende, unbewegliche Gestalt kam ihm irgendwie seltsam vor.

Ein gespanntes, unangenehmes Gefühl machte sich in Vares breit. Er fluchte darüber, dass er nicht einmal eine Gaspistole bei sich hatte.

Jussi Vares parkte seinen Mondeo in der Nähe der Rampe der Flussfähre Föri. Er versuchte möglichst lautlos die Wagentür zu schließen und zog die vom Meer heranwehende, nach rohem Fisch riechende Nachtluft in seine Lungen ein. Vares schob die zweifelnden Gedanken schnell beiseite. Jetzt war es zu spät, einen Rückzieher zu machen.

In knapp einer Minute schaffte es Jussi Vares, das Ufer entlang zur Rimito II zu schleichen. Der Annäherungswinkel war günstig gewählt, da das Steuerhaus den größten Teil des Decks und auch die an der Reling lehnende dunkle Menschengestalt hinter sich versteckte.

Jetzt begann die entscheidende Phase.

Jussi Vares atmete vorsichtig ein und presste die Kiefer zusammen. Er tat einige dumpfe Schritte und kletterte flink über die flache Reling des Trawlers. Etwas weiter entfernt knarrte kaum hörbar eine Planke. Vares blieb eine Weile auf der Stelle stehen und zog die Nachtluft in seine Nase ein. Der Wind kam gerade aus der richtigen Richtung. Vares kroch der Geruch von Tabak in die Nase. Der Schnüffler hatte sich eine Zigarette angezündet! Wenigstens schöpfte er keinen Verdacht ...

Im selben Moment klang vom anderen Ufer des Flusses das schrille Sirenengeräusch eines Krankenwagens herüber. Es vergingen nur einige Sekunden, und es blinkte in der Linnankatu ein helles Blaulicht auf. Der Krankenwagen kam mit hoher Geschwindigkeit vom Hafengebiet und fuhr weiter in Richtung Universitätsklinik.

Die Störung kam wie auf Bestellung, sie übertönte die überflüssigen Geräusche. Mit pochendem Herzen ging Vares um das weiße Steuerhaus herum. Der Krankenwagen raste vorbei, und über die schwarzen, plätschernden Wellen des Aurajoki wurde ein markerschütterndes Geheul getragen.

Da passierte es! Der rechte Fuß trat auf einen Gegenstand, der polternd übers Deck rollte. Scheiße, verdammt! Eine leere Bierdose!

»Keinen Schritt weiter oder ich schieße!« Eine schrille Stille brachte das Blut in Vares' Adern zum Stocken.

Jussi erstarrte auf der Stelle. Das konnte nur ... Donna sein!

»Nicht schießen! Ich bin's, Vares!«

»Vares. Ach Sie sind's! Gott sei Dank!« Die schlanke Gestalt stürzte hinter dem Steuerhaus hervor und fiel Jussi Vares in die Arme.

Donna zitterte und schluchzte erleichtert. Vares ergriff die Frau an den Schultern und schaute sie überrascht an. Das jungenhaft kurz geschnittene, strohblonde Haar hatte Donnas Erscheinung völlig verwandelt. Das Markenzeichen der Frau, eine dunkle Lockenwolke, war gänzlich verschwunden.

»Verdammt noch mal! Sie sind das!«

»Ja, ja. Und Sie! Glücklicherweise haben Sie nicht auf mich geschossen ...«

»Womit hätte ich denn schießen sollen«, lachte Donna heiser. »Ich habe niemals in meinem Leben eine Waffe in der Hand gehabt.«

Jussi Vares holte aus dem mit Flüssiggas betriebenen Kühlschrank der Kajüte zwei Flaschen kühles Bier, gab eine davon Donna und schritt zu dem ihr gegenüber stehenden Stuhl.

Der Unterschied zwischen dem Schlagerstar Donna und ihrem zivilen Ich war frappierend. Auch die Augenfarbe der Frau hatte sich verändert. Ihre verführerischen, allen Finnen so bekannt gewordenen braunen und matten Augen wiesen jetzt die urfinnische blaue Farbe auf. Und überraschenderweise wirkten jetzt sogar Donnas Gesichtszüge irgendwie weicher und runder – fast kindlich.

»Na, Vares, sagen Sie nur ganz offen Ihre Meinung.« Donna blickte Vares herausfordernd an. »Ist Ainokaisa für Sie eine Enttäuschung?«

»Aber nein. Sie ist eine wirklich schöne Frau«, antwortete Vares mit einem Schmunzeln. »Aber wessen Idee ist denn diese Zweiteilung der Persönlichkeit?«

»Dahinter verbirgt sich kein anderer als der Goldfinger der finnischen Bühnenunterhaltung, Eero Vesimies. Aber auch ich habe ein wenig zur Produktentwicklung beigetragen.« Donna strich mit den Fingern durch ihr kurzes blondes Haar.

»Ist das nicht schrecklich anstrengend, so ein Doppelleben zu führen?«

»Nun, ganz wie man's nimmt. Eigentlich eher im Gegenteil«,

lachte Donna. »Das Maskenspiel gibt mir ein Stück Freiheit und Raum zum Atmen. Immer dann, wenn ich mich meiner Perücke und meiner braunen Kontaktlinsen entledigt und mir das schwere Donna-Make-up vom Gesicht gewaschen habe, ziehe ich meine zerfransten Lieblingsjeans und ein lockeres Sweatshirt an und setze mir noch ein Baseball-Käppi und eine große, dunkle Sonnenbrille auf – und dann kann mich niemand mehr als Donna identifizieren. Dann kann ich wirklich ich selbst sein und in aller Ruhe zum Beispiel auf dem Marktplatz Kartoffeln kaufen. Oder im Biergarten des Hamburger Börs einen Cidre trinken, ohne dass gleich irgend so'n Suffkopp ankommt und mich vollsülzt ...«

»Ich glaube, ich verstehe, was Sie meinen«, stellte Vares fest. »Aber was hat Ainokaisa Huttunen auf diesem alten Trawler zu suchen – also, weshalb liegt Donna heute Nacht nicht in ihrem Bett in der Suite des Hamburger Börs?«

»Dieses Boot ist mein Refugium, mein kleines heimliches Nest. Oder eigentlich gehört dieser Kahn ja nicht mir, sondern einem guten Freund von mir. Aber ich habe einen eigenen Schlüssel.«

»Wer ist denn der Besitzer dieses Kahns?«, fragte Jussi Vares mit erhobenen Brauen.

»Markus Tuusula, ein ausgezeichneter Komponist und gleichzeitig einer meiner besten Freunde. Wenn nicht sogar der beste.«

»Tuusula komponiert also auch für Sie?«

»Nein, das nicht. Donnas Songs sind nicht gerade das, was zu Markus' Bereich gehört. Unsere Freundschaft ist überhaupt nicht geschäftlicher Natur.«

»Ich verstehe.« Vares nahm einen Schluck aus seiner Flasche.

»Sie verstehen gar nichts. Wir sind nicht zusammen, wir kennen uns nur schon seit ewigen Zeiten. Markus hat übrigens alle von Harrys unsterblichen Stücken komponiert. Er ist in seinem Bereich bereits so etwas wie eine Legende. Und jetzt hat er auch die Musik für Micke Pinolas neue CD gemacht. Die Scheibe wird in Kürze herauskommen. Markus ist gerade für einige Wochen im Ausland gewesen, um nach der langen Arbeitsphase Energie zu tanken. Er hat mir die Schlüssel für die Rimito überlassen, sie stand in den letzten Wochen also nur mir zur Verfügung. Dieser Kahn ist eine Kraftquelle für mich.« Donna nahm eine angenehmere Sitzposition ein und schloss die Augen. »Ich liebe diesen Fluss und das Knarren der hölzernen Reling, den Geruch dieses alten Schiffes.«

»So eine Wohnform ist sicher eine ganz nette Abwechslung zu einem Zimmer im Hotel.«

»Verdammt! Ich würde dort in der Suite sicher durchdrehen, wenn ich nicht zwischendurch hierher kommen könnte, um ein wenig auf dem Wasser zu schaukeln.«

»Ich verstehe. Aber könnten Sie mir jetzt freundlicherweise erzählen, was heute Abend passiert ist, in aller Ruhe. Was ist geschehen?«

»Ich bin ziemlich mit den Nerven durch, nachdem mein Haus abgebrannt ist. Die Polizei ermittelt immer noch wegen des Verdachts auf Brandstiftung, aber sie hat noch keine Spur von einem Täter.« Donna holte ihre Zigaretten hervor, dann aber fiel ihr ein, dass es in der Kajüte keine Möglichkeit zum Abaschen gab.

»Ich habe im Moment eine panische Angst davor, dass irgendein kranker oder böser Mensch mir Schaden zufügen will. Ich fühle es so stark, dass ich von seltsamen Angstzuständen geplagt werde und mitten in der Nacht aufwache. Mit pochendem Herzen und dem Gefühl, keine Luft mehr zu kriegen ...«

»Scheint irgendeine Art von Störung zu sein«, schätzte Jussi Vares ein.

»Das hat auch dieser wie ein Neurotiker aussehende Onkel Doktor gesagt. Manchmal bekomme ich dann irgendwelche seltsamen Anrufe, nehme den Hörer ab, aber in der Leitung ist kein Ton zu hören.« Donna hielt nachdenklich die Flasche in der Hand. »Und heute Abend hatte ich mich kaum hier niedergelassen, als bereits mein Handy klingelte.«

»Moment. Wie vielen Leuten haben Sie denn Ihre Telefonnummer gegeben?«

»Vor etwa einem Monat habe ich mir eine neue Nummer besorgt.« Die Frau biss sich auf die Unterlippe. »Also, auch als ich mich heute Abend am Telefon gemeldet hatte, hat niemand geantwortet. Da war mir natürlich ein wenig mulmig zumute. Ein paar Stunden vergingen, ich habe nichts Besonderes gemacht, nur Musik gehört und etwas gelesen. Es begann allmählich zu dämmern. Plötzlich überkam mich so ein merkwürdiges, beklemmendes Gefühl. Wie eine Vorahnung. Ich beschloss, an Deck zu gehen, um eine Zigarette zu rauchen.« Donna schluckte angestrengt. »Da habe ich ihn gesehen.«

»Wen haben Sie gesehen?«

»Den Mann. Einen stämmigen, hochgewachsenen Mann.« Donna nahm einen tiefen Zug von ihrer Zigarette und starrte mit großen Augen an die Kajütendecke. »Er stand direkt dort drüben am gegenüberliegenden Ufer. Unbeweglich wie eine Statue, oder wie ein Wachsoldat. Er stand dort, die Hände tief in den Taschen, und schaute genau hier herüber, ganz ruhig, ohne sich zu regen.«

»Wie gut konnten Sie ihn erkennen?«, fragte Jussi Vares.

»Nicht besonders gut, der Nebel stieg schon auf. Ich bin dann sofort hierher in die Kajüte zurückgekehrt und habe die Tür verschlossen. Und ziemlich bald, etwa nach zwanzig Minuten, habe ich diese Schritte gehört.«

»Schritte?«

»Dumpfe Schritte. Die schweren Schuhe eines großen Mannes, dort oben, auf dem Deck. Der Mann ging von einem Ende des Bootes bis zum anderen. Drei Mal. Oder vier. Ich weiß nicht mehr. Das war schlimmer als irgendeine Drohung.« Donna biss sich auf die Unterlippe. »Und dann beschloss ich, Sie anzurufen, glücklicherweise hatten Sie auf Ihrem Anrufbeantworter die Mitteilung hinterlassen, dass man in der Apotheke nach Ihnen fragen könne …«

»Moment mal. Weshalb haben Sie gerade mich angerufen?«

»Hmm. Ich weiß nicht. Bin irgendwie in Panik geraten. Ich hatte nur solche Angst. Und dann fiel mir ein, dass Sie Privatdetektiv sind. Das ist doch fast so etwas wie ein Leibwächter? Oder hab ich Ihrer Meinung nach völlig dumm gehandelt? Sagen Sie's nur frei heraus!«

»Ein Leibwächter bin ich wirklich nicht. Aber was soll's ...«, lächelte Vares beruhigend. »Wollen Sie's nicht einfach mal mit'm Schlückchen Cognac versuchen? Das ist gut für die Nerven. Dort im Regal scheint eine ganz anständige Marke zu sein.«

»Erzählen Sie mir noch ein wenig über Koivikko«, bat Jussi Vares. »Was für ein Mann war er?«

»Harry war im Grunde ein ganz, ganz trauriger Mensch.« Donna saß, in eine Wolldecke gehüllt, auf dem Sofa der Kajüte und umklammerte ein Cognacglas.

»Traurig? Wirklich?«, wunderte sich Jussi Vares. »Dieser Gentleman, der mit lachenden Augen auf den Titelbildern zu sehen gewesen war? Ein Mann, der an der Spitze seiner Karriere stand? Der König? Der vergötterte Harry Koivikko?«

»Die Titelbilder und Interviews erzählen über Harry genau so viel, wie die Titelbilder und Interviews über Donna erzählen. Harry verbarg in seinem Inneren noch etwas ganz anderes.« Donna runzelte die Brauen. »Er war oft abwesend und unbeteiligt. Aber solche Dinge bemerkt man erst, wenn man einem Menschen nahe genug kommt. Und ich war diesem Mann wirklich ganz nahe. Für einen kurzen Moment. Vor allem ist mir der Eindruck geblieben, dass sein Leben von einer seltsamen Melancholie und von Wehmut bestimmt wurde ...«

»Melancholie, Wehmut, Weltschmerz. Sicher ganz notwendige Bausteine, um eine erfolgreiche Karriere als Tangosänger aufzubauen«, lachte Jussi Vares.

»Sie haben mich gefragt, welchen Eindruck Harry auf mich als Mensch gemacht hat, und Sie haben eine Antwort bekommen.«

»Wie standen eigentlich Eero Vesimies und Harry zueinander?«

»Eine Gans, die goldene Eier legt, und ein sorgsamer Bauer. Wenn jemand etwas von Geld versteht, dann Eero Vesimies. Die Gewinnsucht dieses Mannes kennt keine Grenzen. Nun, natürlich trug er Harry auf Händen. Aber das hatte überhaupt nichts mit echtem Interesse und wahrer Freundschaft zu tun.«

»Eero Vesimies hat also den Tangokönig Harry Koivikko entdeckt und geschaffen. Oder?«

»Nicht ganz. Derjenige, der Harry ursprünglich entdeckt hat, sein allererster Manager, war ein ziemlich windiger Typ.« Donna runzelte die Stirn. »Ein unverbesserlicher und widerlicher Kleinbetrüger, von dem Harry sich dann aber schon in der Anfangsphase seiner Karriere trennte.«

»Wer mag wohl dieser Schwindler gewesen sein?«

»Aaro Vartio, ein typischer Multi-Unternehmer, ein Nichtsnutz und Tagedieb. Vielleicht wissen Sie, wen ich meine. Es war klar, dass der Bursche aus dem Erfolg seiner ehemaligen Bekanntschaft Kapital zu schlagen versuchte.«

»Ich kenne diesen Typen ziemlich gut«, brummte Jussi Vares. »Mit der Erfüllung besonderer Vertrauensdienste würde ich ihn allerdings nicht beauftragen. Nicht einmal damit, meine Weihnachtskarten bei der Post aufzugeben. Er würde die Marken einfach unter Dampf ablösen und sie weiterverkaufen. Das zum Thema Vartio. Erzählen Sie mir mal etwas über Harrys Frau, Satu Koivikko. Eine feine Dame, die ihren Schmerz mit Würde erträgt, oder?«

»Ja. Genau diesen Satz haben die Weibergazetten im ganzen Lande bis zum Überdruss verwendet. Genau diese Frau ist im Moment die feste Bettbekanntschaft von Eero Vesimies.«

»Ach was! Die Sache ist wohl nicht besonders publik geworden?«

»Nein, natürlich nicht! Satu Koivikko will nicht, dass ihr Bild in der Öffentlichkeit als trauernde, ihre schwere Bürde mit bewundernswertem Stolz tragende Witwe einen Kratzer abbekommt.« Donna schmunzelte vielsagend. »Meines Erachtens ist Satu Koivikko nur eine elende Schmarotzerin.«

»Haben Sie irgendeine Ahnung, wie es zu dem Mord an Harry Koivikko hatte kommen können? Wer hat Harry Koivikko umgebracht?«

Donna nahm einen nachdenklichen Schluck von ihrem Cognac, schüttelte langsam den Kopf und begann plötzlich auf eine Weise zu lächeln, dass es Jussi Vares seltsam den Rücken hinunterlief. In der Kajüte kehrte eine Stille ein, die so drückend war wie der unanständige Traum eines Teenyboys. Vares spürte, wie sich in seinem warmen Unterleib etwas zu spannen begann.

»Keine Ahnung, Honey«, sagte Donna schließlich.

Sie schob mit einer langsamen Bewegung ihren Hintern zur Seite, um neben sich Platz zu machen.

Jussi stand auf und setzte sich in Bewegung.

Jussi Vares lag, die Augen fest geschlossen, auf dem weichen Sofa der Kajüte, es war ihm ganz wirr im Kopf.

Nur ein Gedanke beschäftigte ihn: Verflixt, wenn ich doch im Moment ganz woanders wäre.

Wie um Himmels willen konnte das geschehen? Früher war Vares so etwas nur in betrunkenem Zustand passiert. Aber nun das hier! UND AUSGERECHNET JETZT!

Über Donnas Lippen kam ein undefinierbarer Laut. Sie rekelte sich auf dem Sofa und ließ Vares' schlaffes Glied los, trennte sich nur unwillig davon, wie eine Krankenschwester von einem auf der Trage liegenden hoffnungslosen Fall. Donna sagte keinen Ton. Und gerade dieses Schweigen dröhnte in Vares' Ohren viel stärker als ein bloßer Schrei.

»So spielt das Leben. Es wird wohl das Beste sein, den Vorhang zu schließen, ich meine, den Reißverschluss ...« Jussi Vares öffnete die Augen und starrte vor sich hin.

»Du musst es wissen«, sagte Donna gelassen.

Tausend Gedanken, einer düsterer als der andere, kreisten in Jussi Vares' Kopf herum. Aber er presste die Kiefer zusammen und schwor sich, keine großen Entschuldigungen oder Erklärungen abzugeben.

Das hätte die Lage nicht verbessert. Vergeigt ist vergeigt.

»Würde es dir irgendwie helfen, wenn ich Donnas schwarze und sündige Perücke aufsetze?« Donna holte ihre Zigaretten hervor und knöpfte sich gleichzeitig mit der anderen Hand die Bluse zu.

»Nein, das hilft nicht. Und auch nicht dieses Herumwitzeln.« Vares schloss mit einer raschen Bewegung seinen Reißverschluss. Er wusste nicht, auf wen er eigentlich ärgerlich sein sollte: auf sich selbst, auf die Frau, die neben ihm saß, oder auf die Glücksgöttin, die ihn hinter ihrer weiß gekalkten Clownsmaske höhnisch angrinste. »Nächstens solltest du dir deinen Leibwächter besser unter einer anderen Nummer suchen.« Jussi Vares stellte sich auf die Beine und zog seine Jacke über. Die Frau schritt zur Hausbar und holte sich einen neuen Cognac.

»Du könntest trotzdem über Nacht bleiben.«

»Nein, es ist besser, wenn ich jetzt von der Bühne verschwinde.« Vares schütelte den Kopf. »Gute Nacht, Donna.«

Jussi Vares öffnete die Tür und spürte einen kühlen Luftstrom im Gesicht. Er stieg mit langsamen und schwerfälligen Schritten auf das Deck des Trawlers. Hinter seinem Rücken schlug die Tür zu, über seine Lippen kam ein böser Fluch.

Jussi Vares zog die frische Luft in seine Lungen ein und ließ seinen Blick über die ruhige, nächtliche Uferlandschaft des Aurajoki schweifen. Von der See her wehte immer noch ein beruhigender, böiger Wind heran. Vares tat ein paar Schritte. Seine Gedanken schlichen zurück in die warme Kajüte des Trawlers.

Mit einem Mal geschah etwas Merkwürdiges. Quasi mit Verzögerung wurde es Vares ganz heiß. Er bekam einen so kräftigen Ständer, dass es fast wehtat. Yeees. Jesus, was für ein wahnsinniges Gefühl.

Vares blieb stehen, drehte sich um, tat zwei Schritte und wollte schon an das glänzend glatte Geländer der zur Kajüte führenden Treppe greifen. Dann aber gelang es ihm, die Situation unter Kontrolle zu bekommen.

Vares zügelte sich, mit bewusster Willensanstrengung. Er wollte ihm widerstehen, dem Sirenenruf, der in seinen Ohren klang, dem lockenden Chor der Testosterone, und marschierte entschlossen über den Steg an Land. Auf dem Weg zu seinem Wagen begann Jussi Vares in falschem Ton ein fröhliches Lied zu pfeifen, das mit Sicherheit kein Tango war.

# 22

Mitten im Zentrum des Turkuer Vororts Varissuo stand neben einem bunkerartigen Einkaufszentrum ein großes, helles Hochhaus.

Die Lage des Hauses hatte ihre guten und schlechten Seiten. Alle Dienstleistungen befanden sich in nächster Nähe, in unmittelbarer Nachbarschaft aber lagen auch einige zu trauriger Berühmtheit gelangte Mietskasernen, durch die der ganze ausgedehnte Vorort, Heimstatt von zehntausenden anständigen Menschen, in einem viel schlechteren Ruf stand, als er es verdiente – und das sogar in der überregionalen Presse.

Die Mordrate in den verrufenen, an der Pihkalankatu gelegenen Mietshäusern hatte vor zwei Jahren im Herbst fast einen finnischen Rekord erreicht: ganze vier Mordfälle in knapp zwei Monaten. Über kleinere Delikte hatten die Polizeibeamten des Stadtteils nicht einmal mehr Buch geführt.

Im dritten Stockwerk der hellen Mietskaserne befand sich eine Dreizimmerwohnung, in der der Friseursalon von Wilma Salonen untergebracht war. An der Wohnungstür war mit Reißzwecken ein braunes Pappschild angebracht, auf dem mit rotem Filzstift in Blockstift geschrieben stand: »Salon Wilma«.

Den größten Raum ihrer Dreizimmerwohnung benutzte Wilma Salonen, dem eigentlichen Plan des Architekten entsprechend, als Wohnzimmer. Im nächsten Raum nahm sie diejenigen Kunden in Empfang, die einen Haarschnitt nötig hatten. Im kleinsten Zimmer stand ein Messingdoppelbett, auf dessen dicker Federmatratze Wilma auch noch andere Bedürfnisse ihrer Stammkunden erfüllte. An dem Esstisch der kleinen Küche wurde beiden Kundengruppen Kaffee gereicht, bei Bedarf auch etwas Stärkeres.

Possu Kurittu hatte für Veikko Hopea um acht Uhr abends einen Termin bei Wilma reserviert. Jetzt ging es bereits auf Viertel vor neun zu. Hopea saß immer noch auf dem unbequemen Kunstlederstuhl vor dem großen Spiegel. Dass er sich wohl fühlte, konnte er nicht gerade sagen. Die Kopfhaut spannte, in seine Augen floss immer wieder irgendeine Tinktur, und dann hatte er noch diesen schmucken, engen und schweißtreibenden Plastikumhang um.

Wilma Salonen, eine vierschrötige Blondine, war dafür, dass sie Friseuse war, mit einem viel zu freizügigen Arbeitsdress bekleidet: ein kurzes, schwarzes Minikleid und eine eng anliegende Polobluse (ohne BH). Sie saß, die schon wer weiß wievielte North State rauchend, mit angezogenen Knien auf einem niedrigen Plastikhocker in einer Ecke des Raums und blätterte in einer alten Ausgabe des Skandalblatts Alibi.

Endlich gab die Schaltuhr auf der Tischecke einen schrillen Klingelton von sich. Wilma sprang auf, nachdem sie den Zigarettenstummel in eine leere, auf dem Boden stehende Kräuterlikörflasche gesteckt hatte, trat forsch hinter Veikko Hopeas Stuhl, nahm ihm den straffen Plastikumhang ab und begann die Lockenwickler auszudrehen.

»Hast ziemlich sprödes Haar, fast wie Stacheldraht.« Die Frau erledigte mit flinken Fingern ihre Arbeit. »Und die schrecklichen Wirbel hier hinten – und dort, an der linken Seite. Ich musste diese Wickler total stramm eindrehen und das härteste Zeug reinschmieren, das in den Flaschen zu finden war.«

Veikko Hopea sagte kein Wort. Er konnte sich nicht daran erinnern, wann er schon einmal ärgerlicher gewesen war als jetzt. Verdammte Scheiße, warum hatte er sich auf dieses beschissene Verwandlungsspiel eingelassen.

»Aha. Schau an. Ist ziemlich lockig geworden. Eigentlich schon ein wenig kraus. Das sind diese kleinen Rollen, die das machen«, murmelte die Frau vor sich hin, als ob sie von ihrer eigenen Leistung überrascht war. In ihrem Mund steckten einige Kunststoffhaarnadeln.

»Die Kopfhaut brennt ein wenig.«

»Das sind die Gifte, die da jucken. Ich habe dir der Sicherheit halber eine Ladung reingehauen, bei der sich sogar rostfreier Bürstendraht wie Spaghetti verbiegt. Richtig schön lockig.«

Veikko Hopea schaute verwirrt in den großen Wandspiegel. Konnte das wahr sein! Sogar die Somalijungs, mit denen er im

Ostflügel des Sörkkä-Knasts hatte ausharren müssen, wären neidisch gewesen. Verdammt, diese Nigger waren mit seinem Outfit verglichen bloß Stoppelköpfe.

»Ja, ist wirklich lockig«, seufzte Wilma, als ob sie eine selbstverständliche Sache noch einmal unterstreichen wolle. »Aber wegen der Polypen mussten wir deinen Stil völlig verändern, dir sozusagen ein neues Gewand geben. Jetzt wird dich mit Sicherheit kein einziger Turkuer Bulle mehr erkennen, auch wenn du dich in einem überfüllten Bus aus Versehen auf seinen Schoß setzt.«

Veikko Hopea schluckte möglichst unauffällig und starrte mit wachsendem Schrecken in den Spiegel. Nein, verflucht! Mit welchem Teufel hatte er sich da eingelassen. Ein besonders schöner Junge war er ja nie gewesen. Aber dieser Lockenkopf war eine totale Katastrophe, wirklich Scheiße.

Veikko hielt es jedoch für klug, seinen Ärger im Zaum zu halten, da man auf diesem Hocker mit seinen Kommentaren recht vorsichtig sein musste. Er erinnerte sich nämlich, dass die Frau, die so geschäftig hinter seinem Rücken herumhantierte, zwei Jahre lang hinter Gittern gesessen hatte. Der Grund, weshalb sie verknackt worden war, war ein Handelsreisender gewesen, der mit allzu unvorsichtiger Wortwahl seine Unzufriedenheit über die Behandlung ausgedrückt hatte. Der redselige Krawattenheini hatte seine Bestrafung sofort bekommen: Er hatte feststellen müssen, dass aus seinem Schulterblatt eine echte finnische Markenschere herausstak. Verflixt und zugenäht!

Eine halbe Stunde später waren Veikko Hopeas Haare endlich ausfrisiert und getrocknet. Wilma Salonen nahm ihm das gestreifte Handtuch von der Schulter und wischte die herabgefallenen Haare vom Boden auf.

»Biddeschöön, der Herr.«

Veikko Hopea stand vom Stuhl auf und wusste nicht, wo ihm der Kopf stand. Er hatte schon seit einer Weile den Verdacht gehegt, dass die aus den Fläschchen und Tübchen geflossenen Dauerwellengifte ihren Weg durch die Kopfhaut in sein Gehirn gefunden hatten. Veikko vergewisserte sich mit einem schnellen Blick, dass Wilma nicht etwas Härteres als eine Haarbürste in der Hand hielt, und sagte schließlich mit monotoner Stimme:

»Scheiße, das darf doch nicht wahr sein. Ich sehe ja aus wie irgend so'n Kulturreferent. Oder ein Albinoneger.«

»Wieso?«, entgegnete die Frau gelassen. »Es war doch abgemacht, dass du nicht mehr aussehen solltest wie du selbst.«

»Ja. Das hätte wirklich nicht besser gelingen können.« Hopea betätschelte vorsichtig das seinen Schädel bedeckende dichte und gekräuselte Haar. Es war spröde und ziemlich stachelig.

»Würde es die Stimmung des jungen Mannes vielleicht heben, wenn ihm jemand erzählte, dass er sich gerade an einem Ort befindet, wo er den besten Arschfick von Varissuo im Angebot bekommt. Für Friseurkunden zum halben Preis.« Wilma spitzte verführerisch ihre Lippen und strich ein paar Haare von Veikkos Kragen.

Als Vares nach Hause gekommen war, genehmigte er sich einen starken Goldbrand und steckte gleich darauf seinen Kopf ins Kissen. Sein Bewusstsein entschwand sofort, und glücklicherweise spukten die peinlichen Augenblicke, die er zusammen mit Donna in der engen Kajüte erlebt hatte, nicht in seinen Träumen herum.

Als er jedoch am Morgen erwachte, erinnerte sich Jussi Vares wieder an die traurige Vorstellung, die er bei der großen Sexbombe der finnischen Unterhaltungsmusik abgeliefert hatte. Und dann kehrte auch noch dieser ewige nächtliche Albtraum in sein Gedächtnis zurück: Wieder einmal war er splitternackt über den Turkuer Marktplatz spaziert – und genau an dem Tag, an dem die ersten Erdbeeren angeboten wurden und mindestens zweitausend Menschen mit ihren Einkaufskörben um die Marktstände herumstanden.

Immer, wenn er aus diesen Träumen erwachte, fühlte Vares, wie seine Wangen so glühend rot waren wie die Außenseite eines Blechkamins. Und so auch jetzt.

Jussi Vares schleppte sich unverzüglich unter die kalte Dusche. Während das Wasser lieblich auf seinen Schädel trommelte, kam ihm eine Sache in den Sinn, die er noch erledigen musste. Bei dem peinlichen nächtlichen Ausflug zu Donna auf den Trawler hatte er auch einen neuen Hinweis bekommen. Es war der Name Aaro Vartio gefallen. Ach ja! Und die Fotos waren noch nicht entwickelt.

Zunächst brachte Vares die Filme zur Sofortentwicklung ins Fotostudio. Bis die Bilder fertig waren, wollte Jussi im chinesischen Schnellrestaurant im Einkaufszentrum Hansaviertel zu Mittag essen.

Das wie immer so freundliche chinesische Ehepaar zauberte dem hungrigen Mann im Handumdrehen eine schmackhafte Portion frittierte Hühnchen und geschnetzeltes Rindfleisch mit Chili, Zwiebeln und Bambussprossen. Vares trug seinen Teller selbst auf die Terrasse, an seinen Stammbeobachtungsplatz – und griff zur Gabel.

Auf den zahlreichen Bänken im überdachten Innenhof des Hansa-Viertels saßen vor allem Rentner, die ihre Zeit totschlugen und sich über einige örtliche Punks aufregten. Als es bereits auf Mittag zu ging, schlichen aus verschiedenen Richtungen gähnende und schläfrig aussehende Araber herbei.

Die Fotos waren pünktlich fertig.

Vares ließ sich an einem Tisch eines nahe gelegenen Cafés nieder, um die Aufnahmen durchzusehen. Die Fotos zeigten Aaro Vartio – den ehemaligen Manager von Harry Koivikko und heutigen Vollzeitschwindler – in einem äußert peinlichen Blickwinkel. Jussi Vares schmunzelte leise und schaute die Bilder immer wieder und wieder durch.

Vares ließ Jonski Skarppi zur vereinbarten Zeit vor dem Olkku in seinen Mondeo einsteigen. Nach Skarppis Fahranweisung fuhren sie zuerst über die Hämeenkatu zur Uudenmaankatu, auf der sie eine Zeit lang blieben, bis sie sich in den fließenden Verkehr der Fernstraße 1 einordneten.

Das Ziel der Fahrt war eine im Vorort Piispanristi gelegene Ballsporthalle, in der Jonski zwei Mal in der Woche Badminton oder Squash spielte. Auch Jaska Teikari hatte gelegentlich mit Jonski gespielt – das heißt, immer dann, wenn Jaskas unregelmäßiger Lebensstil es erlaubte.

Als Stammkunde der Ballsporthalle hatte Jonski Skarppi auch schon seit langem seinen eigenen Schrank im Umkleideraum. Jaska Teikari war vor einigen Wochen zu einer verabredeten Spielrunde mit einem rötlichen Plastikköfferchen erschienen. Nach dem Spiel hatte er Jonski gefragt, ob er ihm den Umkleideschrank leihweise zur Verfügung stellen würde, quasi als Schließfach, nur für eine oder zwei Wochen.

Jonski erzählte, dass er damit einverstanden gewesen war, da er gerade eine über einwöchige Tournee ins östlichere Finnland vor sich hatte.

»Ich würde den Schrank ja gar nicht so dringend brauchen, wenn ich nicht auch meinen eigenen Kram drin hätte«, erklärte Jonski Vares.

»Woll'n wir nicht mal die Tür öffnen?« Jussi Vares nickte in Richtung des grün gestrichenen, hohen und schmalen Metallschranks.

»Ja, ja, klar. The key please!« Jonski reichte seine Hand.

Vares fummelte den kleinen, glänzenden Schlüssel von Jaskas Bund ab und ließ ihn in Jonskis Hand fallen. Das Schloss zeigte sich anfangs ein wenig widerspenstig, ließ sich aber dann doch öffnen. Es knackte und Jonski zog die Tür des Schranks auf.

Der muffige Geruch, der den Männern entgegenschlug, rührte wohl von dem ausgeblichenen hellblauen Sweatshirt her, das über zwei Squash-Schlägern an einem Nagel hing. Das Wäschestück schien schon fast anzuschimmeln. Auf dem Boden des Schranks lagen zwei halb volle Plastiktüten, ein durchgelaufenes Paar Sportschuhe, eine Sportflasche, eine ungeöffnete Packung Idealbinden und einige schmutzige Sportsocken der Marke Karhu.

Hinter den Sportschuhen schimmerte der rötliche Aktenkoffer hervor, auf dem in einer oberen Ecke das Logo einer Bank glänzte, ein goldenes Wagenrad.

# 23

Auf Jussi Vares' Schreibtisch lag ein ungeordneter Stapel blauer Rechenhefte, der einem das markdurchdringende Knirschen der Kreide des Mathelehrers ins Gedächtnis zurückrief und an den Geruch der Jacken und Mäntel erinnerte, die nach einer matschigen Schulhofpause am Garderobenhaken trockneten.

Die Hefte, in denen Jussi Vares konzentriert blätterte, enthielten jedoch weder saubere Schönschreibübungen oder Bruchrechnungen noch irgendwelche Aufzeichnungen über die schwedisch-finnische Geschichte oder die Taten der Apostel. Die Hefte waren an den Ecken eingerollt, mehr oder weniger vergilbt und exakt in chronologischer Folge nummeriert. Alle Hefte waren vollgeschrieben, in einer kleinen und sorgfältigen Druckschrift.

In der Handschrift eines kleinen Beamten.

Vares sah von dem vor ihm aufgeschlagenen Heft auf, reckte seine erstarrten Glieder und blickte selbstvergessen auf den von der Junisonne aufgewärmten Asphalthof. Er sah einige parkende Wagen, einen herumstreunenden, herrenlosen Hund und natürlich die traurig-braune, mit abblätternder Farbe überzogene Wand des Fremdenheims *Märchenland*.

Die krumme, alte Linde, die vor der Wand stand, hätte sicher etwas über das größte Mordmysterium der jüngeren Geschichte des Landes erzählen können, wenn sie fähig gewesen wäre zu sprechen.

Vares dachte wieder über Tauno Kielo nach.

Nach seiner Pensionierung vor knapp zwölf Jahren hatte sich Kielo – der kleine Vorgesetzte im Postverteilerzentrum, ein ewiger Junggeselle und Staatsbeamter, der sich sein ganzes Mannesalter lang der Arbeit gewidmet hatte – in diesem Steinhaus niedergelassen. Die erste Anschaffung des sich auf seinen Lebensabend vorbereitenden Zeitgenossen war ein leistungsfähiges und teures Fernglas gewesen, das beste, was auf dem Markt zu haben war. Außerdem schaffte er sich das erste dieser Hefte an, die jetzt vor

Jussi Vares auf dem Schreibtisch lagen, und nummerierte es mit der römischen Ziffer I.

Der alte Idiot hatte auf die erste Doppelseite des mit einer Eins nummerierten Heftes eine Art Motto oder Erklärung dafür aufgestellt, was er zu seinem Zeitvertreib in Zukunft zu tun gedachte. Die kleine und pedantische Handschrift erzählte dem Leser, dass sich der Mann bewusst war, endlich die letzte Heimstatt seines Lebens erreicht zu haben, ein Haus, von dem er niemals mehr aus freien Stücken fortziehen würde. Er hatte also nur noch eine Zeit geduldigen Wartens vor sich. Wie lang diese Zeit dauern würde, das wusste (nach Kielos eigenen Worten) »nur der Teufel selbst – und vielleicht noch nicht einmal der«.

Tauno Kielo schrieb in seinem kleinen Vorwort, dass er beschlossen hätte, »zum Zeitvertreib und um die Zeit bis zum Lebensende auszufüllen, eine Art Tagebuch zu führen«. Er hätte jedoch keineswegs vor, sein eigenes Leben niederzuschreiben, weil sich in diesem »nie etwas ereignet hat und auch niemals ereignen wird, was der Erinnerung oder Erwähnung wert sein könnte.«

»Jetzt werde ich mich der Aufgabe widmen, die Geschichte des Alltags dieses von Menschen bewohnten, aus Beton gebauten Ameisenhaufens niederzuschreiben. Und meine Absicht ist, das graue und beschissene Leben in diesem Haus lückenlos und völlig ungeschönt zu dokumentieren.«

So also hatte der ehemalige Postbeamte, ein einsamer, alter Mann, der nichts anderes mehr mit seinem Leben anzufangen wusste, am ersten Tag seines Ruhestandes, irgendwann zur Hälfte der achtziger Jahre, mit seinem umfangreichen Bespitzelungs- und Schreibprojekt begonnen. Und die Früchte dieser Arbeit lagen jetzt vor Jussi Vares auf dem Tisch.

Es waren insgesamt neunzehn solcher blauen Hefte.

»Bist ja ’n richtiger Teufel gewesen, Tauno Kielo«, murmelte Vares halblaut vor sich hin und blätterte zur nächsten Seite des vor ihm liegenden Heftes um.

Der sorgfältige und saubere Gesamteindruck wurde lediglich durch einen bräunlich-grauen Flecken am oberen Seitenrand getrübt. Was mochte das sein? Kaffee, vom Löffel gekleckerte Fleischbrühe oder etwa Schnodder?

Vares' Gedanke wurde von dem hartnäckigen Klingeln des Telefons unterbrochen. Er beschloss, den Anrufer zuerst auf den Anrufbeantworter sprechen zu lassen.

»VERDAMMT, NIMM DEN HÖRER AB!« In der Stimme des stellvertretenden Geschäftsführers Erkki Vehmanen lag ein seltsamer Unterton.

»Vares hier. Was liegt an!«

»Mein Anliegen kann ich kurz und klar darlegen.« Der Klang in Vehmanens Stimme ließ sich eindeutig interpretieren: Der Mann war dem alltäglichen Lauf der Dinge entrückt.

»Sprechen Sie!«

»In unserem Land wird es bald einen rückgratlosen Wurm weniger geben. UND ZWAR MEINE ICH DICH, JUSSI VARES! Und danach wird es Zeit, auch diese sündige Hure von ihren Qualen zu befreien.«

»Vehmanen. Sie täten besser daran, sich möglichst schnell in Behandlung zu begeben.« Vares versuchte, so ruhig wie möglich zu sprechen.

»Ich brauche keine Behandlung. ICH BIN HIER DERJENIGE, DER BEHANDELT! Du, Vares, hast bei der Polizei über mich ausgeplaudert. Die sind bei mir zu Hause gewesen wie der KGB. Diese Handlanger der Russen! Haben die heilige Privatsphäre eines Sprengoffiziers verletzt. Haben meine Waffe eingezogen, diese Mistkäfer. Wie einen Übeltäter haben sie mich verhört. Und alles nur deinetwegen. Bist du nun zufrieden, du Arschgesicht?«

»Ich breche dieses Gespräch jetzt ab«, sagte Vares entschlossen.

»Brich ruhig ab. Aber erzähl' mir vorher noch eine Sache! Bumst du auch unsere Kaarina? Ist es gut mit ihr? Flüstert sie dir im Bett versaute Sachen zu – oder will sie, dass du sprichst?«

Vares legte entschlossen den Hörer auf. Vehmanen rief nicht noch einmal an. Vares holte sein Notizbuch hervor und wählte die Nummer von Kaarina Vehmanens Handy.

Die Frau antwortete sofort, und Vares berichtete, dass ihr Ehemann angerufen und wirres Zeug geredet hätte. Vares sagte, dass er mit ihr einige Worte unter vier Augen wechseln wollte. Sie verabredeten sich für sieben Uhr abends im Wanha Portti.

Das verrückte Telefongespräch mit Vehmanen hatte Vares ganz aus dem Konzept gebracht. Er öffnete also erst einmal eine Konservenbüchse von *Jalostaja* und kochte sich schnell eine Erbsensuppe.

Nach etwa einer Stunde setzte sich Jussi Vares an seinen Schreibtisch zurück. Die Zeit wollte nicht vergehen. Die Stunden zogen sich wie ein Gummiband in die Länge. Vares blätterte, wie erstarrt auf dem Stuhl sitzend, die blauen Hefte durch und war in Tauno Kielos sonderbare Welt vertieft. Das in den Heften aufgezeichnete Leben hatte etwas seltsam Faszinierendes. Der Leser schlüpfte unfreiwillig in die Rolle eines pathologischen Voyeurs und wurde verzaubert von dieser auf fast schon perverse Weise pedantischen Historie.

Tauno Kielo hatte die nötige Geduld gehabt, eine gute Beobachtungsgabe und vor allem Zeit. Die spitze Feder des Mannes hatte streckenweise in richtig spannenden Lesehappen das Leben der Menschen in einem finnischen Wohnblock dokumentiert.

Die meisten der Namen, die in den Heften erwähnt würden, waren Vares völlig unbekannt. Dennoch brachten die bissigen Kommentare in ihrer lakonischen Direktheit den Leser zum Schmunzeln.

*27. 5.:* Es wird wieder Sommer. Die Zeichen liegen schon in der Luft. Vuononlahti kam mit dem Fahrrad aus Treppenhaus G, er hatte eine Decke auf dem Gepäckträger. Die Eerola vom Treppenhaus B fuhr gleich hinterher. Den beiden Tunichtguten fällt nichts anderes ein, als am Hügel eine Nummer zu schieben, sobald sich das Wetter aufklärt, während ihre Angetrauten bei der Arbeit sind: in der Wurstfabrik und bei Jalostaja.

*10. 8.:* Lindsten kam um drei Uhr früh nach Hause. Die alte Hure begleitete ihn in den Waschkeller. Haben sicher gebumst. Um fünf hat Lindsten dann seine Alte mit Teppichklopfer und Fäusten traktiert. Hat eine schrille Stimme, das Weib.

*15. 10.:* Apo Huhtanens Schritte werden allmählich so kurz wie ein Kinderlineal. Wird Weihnachten nicht mehr erleben. Kann nur froh sein, dass es vorbei ist. Wenn man so eine fiese Alte hat, mit einem Arsch, der so breit ist wie ein Misthaufen.

*17. 2.:* Kukkamaas Bengel war es, der die Rückspiegel verdreht und die Antennen abknickt hat von dem Datsun, der Henrikson aus Treppenhaus C gehört. Aber ich mische mich nicht in die Sache ein. Weil ich der Polizei nie im Leben mehr etwas sagen werde. Das habe ich mir hoch und heilig geschworen.

*4. 4.:* Der ältere Sohn von Vitikainen, dieser halbstarke Lümmel, onaniert wieder im Fahrradkeller. Hat die Jallu- und Kalle-Hefte zwischen der Heizung versteckt. Und sein Vater ist Pfingstler! Beides Wichser.

*29. 8.:* Dieser Krawattenhengst mit der karierten Jacke ist wieder in Zimmer 4 des Hurenhotels. Wartet dort auf die dunkelhaarige Apothekerfrau mit den großen Titten. Fummelt gerade an seinem Teil herum und schaut wie ein arroganter Gockel in den Spiegel. Scheiße, die ziehen immer die Vorhänge zu, sobald diese wackelarschige Alte erschienen ist.

Natürlich fand Jussi Vares unter Taunos Aufzeichnungen auch Notizen über sich selbst. In Heft Nummer 17 der Tagebücher des Kerls trat eine neue Figur auf, ein »nach Bier stinkender Nichtsnutz und Tagedieb, dieser Vares aus dem zweiten Stock«.

Tauno Kielo war ziemlich begabt darin, seine Empfindungen schriftlich auszudrücken, und Vares' Person schien den Alten inspiriert zu haben. Mit angehaltenem Atem zählte Vares die

Bezeichnungen auf, die der Kerl für ihn verwendet hatte – und derer gab es reichlich: Hurensohn, Möchtegern-Bulle, Pleitegeier, Schleimer und Nassauer, Arschloch, Saufaus, Schlappschwanz …

Vares konnte sich ein Schmunzeln nicht verkneifen. Er musste zugeben, dass die Gefühle gegenseitig gewesen waren …

Vares beschloss, zwischendurch seine steif gewordenen Glieder auszustrecken, ging zum Kühlschrank und öffnete eine Flasche Karhu. Mit dem kühlen Bier in der Hand kehrte er an den Tisch zurück und begann, die wie Kraut und Rüben herumliegenden Hefte zu sortieren. Plötzlich bemerkte er, dass eines der Hefte fehlte, das Heft mit der römischen Ziffer X.

Also, Moment mal! Wie eine neugierige Eidechse huschte Jussi Vares ein Gedanke durch den Kopf. Er warf einen schnellen Blick in die Hefte neun und elf. Das Heft neun endete Anfang Dezember, der erste Tagebucheintrag in Heft elf war auf den Mittsommertag des folgenden Jahres datiert. Von der ansonsten ganz vollständigen Serie fehlte also genau das Heft, das den Winter und das Frühjahr des Jahres abdeckte, in dem …

Jussi Vares hob seinen Blick und hielt den Atem an.

… in dem Harry Koivikko am zweiten Freitag im Mai ermordet worden war.

Jussi Vares fuhr hoch. VERDAMMT, DAS WAR'S!

Was hatte Olga noch über Jaska erzählt? Sie sagte, dass Jaska mit den Heften verärgert am Tisch gesessen und darüber geflucht hätte, dass etwas fehlte. Natürlich, es war das Heft Nummer zehn!

Nun denn. Als Nächstes wanderten Vares' Gedanken zu jenem schicksalsvollen, sechs Jahre zurückliegenden Frühling.

Wie mag dieser Frühling vom Wetter her gewesen sein? Wenn es frischer gewesen war als normal, also wenn der Frühling später eingetroffen war als sonst, dann hätte die dort gegen die Wand des gegenüber gelegenen Hauses lehnende Linde an jenem schicksalhaften Freitag keine Blätter getragen. Sie wäre nicht mit dichtem Grün bewachsen gewesen wie im Moment.

Im Gegenteil, sie wäre völlig nackt gewesen, man hätte durch sie hindurchschauen können.

Jussi Vares holte tief Luft. Ein kleines Lächeln stieg in sein Gesicht.

Aha. War der an jenem Freitag im Mai mit dem Fernglas an seinem Stammplatz im Fenster lauernde geduldige Beobachter, Tauno Kielo, ganz plötzlich Zeuge des erschütterndsten Schauspiels seines Lebens geworden?

Vares vertiefte sich mit neuem Eifer in die Tagebücher. Eine Stunde später stieß er auf einen neuen wichtigen Hinweis: ein kleines, in allen späteren Heften zu findendes Detail, das ihn auffahren und die Stirn runzeln ließ. Dieses neue Rätsel war Jussi beim Durchblättern des Heftes Nummer fünfzehn ins Auge gesprungen.

An den Rand der mittleren Doppelseite des betreffenden Heftes hatte Tauno mit rotem Filzstift ein einziges schroffes Wort geschrieben: BLUTGELD.

Und darunter nur die Geldsumme: 5000 mk.

Nach kurzer Zeit fiel Vares eine gewisse Regelmäßigkeit auf: Ab Heft Nummer fünfzehn bis zum letzten Heft hatte Tauno Kielo am zweiten Freitag jedes einzelnen Monats mit roter Tusche den kleinen Eintrag vermerkt: 5000 mk.

Fünftausend Finnmark.

Fünf Riesen. Fünf Riesen. Das sah wie eine gegen Quittung erhaltene Zahlung aus.

Vares schloss die Augen und verschränkte die Hände hinterm Nacken. Eine ruhige Gewissheit erfüllte ihn. Jetzt hatte er zum ersten Mal ein Indiz, auf das er seine Nachforschungen aufbauen konnte: eine eigene Theorie. Jussi Vares schmunzelte leise.

Tauno Kielo, der alte Spanner, hatte von seinem Logenplatz aus den brutalen Mord an Harry Koivikko mitverfolgt. Er war der einzige Zeuge, der einzige Augenzeuge des vielleicht spektakulärsten Mordes der finnischen Kriminalgeschichte. Aber er hatte auch beschlossen – aus lauter Bosheit –, die ganze Geschichte für sich zu behalten.

»Der Polizei werde ich nie im Leben etwas sagen.« Das war Tauno Kielos heiliges Motto gewesen. Er glaubte, von den Polizeibehörden die schiere Willkür erfahren zu haben, als er seinerzeit tagelang in der Verhörzelle gesessen hatte. Und Tauno Kielo gehörte wirklich nicht zu den Männern, die sich wieder aussöhnten und ihren Übeltätern vergaben.

Vares richtete sich entschlossen auf. Bis hierhin war alles so klar. Doch gab es noch vieles, was über den Verstand hinausging.

Ab einem etwa drei Jahre zurückliegenden, in der Mitte des Heftes Nummer fünfzehn stehenden Datum schien sich irgendetwas radikal verändert zu haben. Und gerade das konnte Vares nicht verstehen. Es war ein Datum, von dem aus gerechnet seit dem Mord an Koivikko schon drei Jahre verstrichen waren!

Vermutlich hatte Tauno damals angefangen, irgendjemandem BLUTGELD abzuverlangen. Er hatte also – nach Vares' Theorie – damit begonnen, den Mörder von Harry Koivikko zu erpressen. Aber warum in aller Welt hatte er gerade zu diesem Zeitpunkt mit dem Abkassieren begonnen, mit drei Jahren Verspätung?

Die Geldleistungen, die der alte Geizkragen während der letzten drei Jahre angesammelt hatte, waren vermutlich auch die Erklärung dafür, dass Nuokku Kielo, als sein einziger Erbe, so plötzlich zu Reichtum gelangt war. Eben genau mit diesem Blutgeld war Nuokku nach Europa geflüchtet, um zwischen den Kiffern und schmutzigen Spritzen freiwillig den Tod zu suchen.

Auch dieses Puzzleteil passte genau ins Bild. Vares atmete zufrieden auf. Aber wo um Himmels willen befand sich das Heft Nummer zehn?

# 24

Einige Minuten vor sieben schlüpfte Vares durch die Tür des Wanha Portti. Kaarina Vehmanen war noch nicht da.

Vares bestellte bei Mikko, der hinterm Tresen stand, ein großes Bier und setzte sich in eine ruhige Ecke hinterm Pokerautomaten. Aus der Jukebox johlte der jüngste Hit von Micke Pinola, den Vares im Laufe des Frühjahrs bereits bis zum Abwinken gehört hatte.

An den Tischen wurde geknobelt, Schach oder Backgammon gespielt. Jemand versuchte, eine Gruppe zum Bridgespiel zusammenzutrommeln, aber alle schienen viel zu sehr mit ihren eigenen Spielen beschäftigt zu sein. Dart wurde noch nicht gespielt.

Ville und Edu traten durch die Türöffnung. Die Herren hatten anscheinend den lieben langen Tag in der Sonne verbracht. Auf ihren Wangen schimmerte eine gesunde Röte.

»Hei, Vares! Wie geht's?«, grüßte Edu.

Die beiden Burschen holten sich ein Bier und setzten sich zu Vares an den Tisch. Ville lachte und erzählte, dass sie am Hang des Samppalinna-Hügels die Landschaft und die Nachmittagssonne genossen hätten. Die Jungs hatten ein wenig Weißwein getrunken, über den Lauf der Welt diskutiert und zum Zeitvertreib das bunte, sich auf den am Fluss liegenden Restaurantbooten tummelnde Volk beobachtet.

»Ich hab Edu gerade gesagt, dass ich heute zum ersten Mal in diesem Sommer Freiluft tanke ...«, lachte Ville. »Und weißte was, Vares?«

»Ich wage es kaum zu vermuten.«

»Also – als wir da am Hang saßen, kam etwas weiter über uns so'n Sakko-Clown mit weißen Hosen aus dem Gebüsch. Der Typ zog nur lässig den Reißverschluss zu und stieg rasch, mit ganz grünen Knien, den Hang hinunter. Und als er an uns vorbeistolperte, nuschelte er uns zu, dass – biddeschön – dort im Gebüsch die erste Freiluft-Anke des Sommers wartete ...«

Vares blieb keine Zeit, auf die heiße Story der beiden Herren einzugehen, da im selben Augenblick Kaarina Vehmanen – im hellen Sommerdress mit Krempenhut und Sonnenbrille – in die sanfte Düsternis der Kneipe trat. Die Frau schaute zögernd von Tisch zu Tisch, ganz so, als wäre sie versehentlich an einen völlig falschen Ort geraten.

»Sorry, Jungs, Kundschaft.« Vares stand vom Tisch auf und ging mit ausgestreckter Hand der Frau entgegen.

Kaarina Vehmanen nahm nur einen Kaffee. Jussi Vares geleitete sie in eine ruhigere Ecke.

»Ihr Erkki hat mich heute angerufen. Der Mann beginnt allmählich richtig gefährlich zu werden«, sagte Vares zum Auftakt.

»Ich weiß.« Kaarina Vehmanen blieb gelassen. Sie schien eine Frau mit außergewöhnlich guten Nerven zu sein, wie Vares bereits zuvor bemerkt hatte. »Ich habe gestern noch mit seinen Kollegen am Arbeitsplatz gesprochen. Er ist krankgeschrieben. Vorläufig. Und das wird Erkkis Zustand nur noch verschlimmern. Der Mann hat doch nichts anderes in seinem Leben als seine Arbeit. Ich weiß, dass ich wirklich in Gefahr bin. Und deshalb muss ich aus der Stadt verschwinden, zumindest für einige Zeit. Ich fliege gleich morgen früh nach Stockholm, von wo aus ich einen Anschlussflug habe.«

»Eine Sache beschäftigt mich.« Vares blickte die Frau nachdenklich an. »Was für eine Szenerie haben Sie da eigentlich aufgebaut? Ich habe Rautanen und Sie von morgens bis abends verfolgt, aber nichts entsprach auch nur annähernd dem, was Sie zu verstehen gegeben haben. Wenigstens nicht, was Sie betrifft. Sie sind in keiner Phase des ganzen Spiels das blauäugige dumme Hühnchen gewesen, das auf die Tricks eines üblen Schwindelpredigers und Tangoschleichers hereinfällt. Ganz im Gegenteil: Sie sind die ganz Zeit über diejenige gewesen, die den Takt angegeben hat. Sie hielten die Zügel fest im Griff und hatten die Kontrolle über den Verlauf der Dinge.«

»Das stimmt«, bestätigte die Frau gelassen. »Als ich auf die Kontaktanzeige antwortete, die Risto Rautanen in ›Glaube und Heimat‹ aufgegeben hatte, tat ich dieses natürlich bewusst und wohl überlegt. Meine einzige Absicht war, diesen Schwindler für meine eigenen Zwecke zu benutzen. Am liebsten so, dass es der Typ nicht bemerkte. Nun, ich musste ihm dann aber doch ein bisschen entgegenkommen. Denn Rautanen ist ja kein Dummkopf.« Die Frau seufzte leise. »Für mich jedenfalls war das Maß voll, schließlich und endlich, nach über zweiundzwanzig Ehejahren. Ich wollte mich scheiden lassen von diesem Mann, der lediglich ein wandelnder Taschenrechner, ein kühler Kalkulierer ist. Erkki ist mehr mit seinem Time Manager und seinen unendlichen Verkaufsprojekten verheiratet als mit mir, seiner eigenen Ehefrau. Aber ich wollte auch eine faire Scheidung, die mir die Möglichkeit zu einem guten neuen Leben bieten würde ...«

»Sie spielen auf die Gütertrennung an?«

»Ganz genau. Dieser Zitterrochen hat in seinem Tresor Dokumente aufbewahrt, aus denen hervorgeht, dass er mir gar nichts zu überlassen braucht. Als junges Mädchen passiert es schon mal, dass man seinen Namen unter solche zweifelhaften Kontrakte setzt. Ich habe damals den größten Fehler meines Lebens begangen.« Kaarina Vehmanen breitete die Hände aus. »Und ich kann Ihnen versichern, Jussi Vares, dass derzeit auf dem Arbeitsmarkt keine besonders hohe Nachfrage nach 42-jährigen Frauen besteht, die ihre letzte Lohntüte irgendwann zur Zeit des Präsidenten Urho Kaleva Kekkonen gesehen haben.«

Kaarina Vehmanen nahm einen kleinen Schluck von ihrem Kaffee. »Sehen Sie. Erkki liebt mich ja gar nicht, aber seine Stellung und die makellose Fassade der Familie verehrt er so abgöttisch wie ein goldenes Kalb. Das Schlimmste, was dieser Mann sich vorstellen kann, ist ein Gesichtsverlust, eine Blamage in jenen Kreisen, die für ihn Kraft und Lebenselixier sind: in der Politik, im Geschäftsleben, bei den Rotariern und unter den Reserveoffizieren! Und deshalb hatte ich vor, mit Rautanen einen Verhandlungstrumpf auszuspielen, durch den ich Erkki dazu hätte bringen können, mit mir über vernünftige Bedingungen zu reden.«

»Wie weit wären Sie bereit gewesen, Ihr Theaterspiel zu treiben?«

»Bis ganz zu Ende. Für jemanden von Erkkis Gemütsart wäre es die größtmögliche Schande, wenn sich seine eigene Frau in aller Öffentlichkeit mit einem zwielichtigen religiösen Schwindler zeigen würde. Das wäre für ihn der schlimmste Albtraum. Und so nahm ich an, dass er vernünftig mit sich reden ließe, seinen Stolz hinunterschlucken und mich wenigstens ein einziges Mal als gleichberechtigten Verhandlungspartner betrachten würde. Ich habe von diesem Idioten nicht einmal die Hälfte, sondern lediglich ein Drittel von dem Vermögen verlangt, das sich in unserem gemeinsamen Haushalt im Laufe langer Jahre angesammelt hatte. Aber ich muss zugeben, dass ich mich geirrt habe.«

»Sie haben also nicht mit einkalkuliert, dass Ihr Mann durchdrehen könnte, dass er den Verstand verliert?«, bemerkte Vares.

»Nein, das hab ich nicht.« Kaarina Vehmanen richtete ihren Blick ihren wohlgepflegten Fingernägeln zu. »Aber es ist nun mal so geschehen. Und mir bleibt keine andere Wahl, als zu verschwinden, einzig und allein zu meiner Sicherheit.«

»Ich habe mich darum gekümmert, dass die Polizei seine illegale Waffe beschlagnahmt hat«, sagte Jussi Vares. »Aber das mag nur ein kleiner Trost sein.«

»Erkki bekommt ohne weiteres eine neue. Er pflegt doch immer zu betonen, dass er Reserveoffizier ist. Ein Pionieroffizier und ein Gentleman.« Kaarina Vehmanen schmunzelte verhalten.

»Ich bin in einer äußerst schwierigen Lage«, seufzte Vares.

»Das sind Sie, ohne Frage.« Kaarina Vehmanen erhob sich und reichte Vares die Hand. »Ich rate Ihnen, sehr vorsichtig zu sein. Ich kenne meinen Erkki.«

Die Frau drehte sich um, und der helle Sommerhut tänzelte durch die Türöffnung auf die von der warmen Abendsonne beschienene Hämeenkatu hinaus. Jussi Vares blieb im verrauchten Dunkel des Wanha Portti zurück und spürte plötzlich eine eisige Kälte.

Possu Kurittus gelber Morris Marina bog in den Hinterhof des Fremdenheims *Märchenland* ein. Der Wagen fuhr mit qualmendem Auspuff rückwärts unter die alte Linde. Auf der andere Seite des krummen Baums stand Jussi Vares' roter Ford Mondeo.

»Na, was hältste von dem?«, fragte Veikko Hopea, der auf dem Beifahrersitz saß.

Hopea trug eine helle amerikanische Baseballmütze, auf der in aufgestickten Buchstaben zu lesen war: Chicago Bulls.

»Scheint gut erhalten zu sein ...« Possu musterte mit seinen kleinen Augen Jussi Vares' Fahrzeug. »Du weißt nicht zufällig, wie viel der runter hat?«

»Was mag der runter haben. So knapp fuffzigtausend. Und 'ne saubere Karosserie. ABS-Bremsen. Blaupunkt-Radio. Anhängerkupplung. Zu einem solchen Modell gehört sicher ein Airbag. Muss ja. Bestimmt auf beiden Seiten.«

»Hmm. Macht keinen schlechten Eindruck. Für mich ist die Sache eigentlich klar. Ich hab schon mal Kontakt zu den Jungs in Helsinki aufgenommen. Und auch in den Osten. Für so 'ne Karre findet sich immer 'n Käufer.«

»Na prima. Ich werd' die Sache erledigen.«

»Wie eilig hast du's denn?«

»Ist nicht so wahnsinnig dringend.« Veikko Hopea richtete seinen Blick auf die beiden mittleren Fenster im zweiten Stock des gegenüberliegenden Hauses. Die Miene des Mannes wurde weicher, dann gähnte er herzlich, wie eine auf Aas sitzende Hyäne.

»Zuerst muss ich mir noch 'n verdammtes Schießeisen besorgen.«

## 25

Der Nachrichtensprecher und die Nachrichtensprecherin der Zehn-Uhr-Nachrichten rangen sich gerade ihr betretenes Lächeln über den mit aller Gewalt hervorgezauberten, das Ende der Sendung signalisierenden lockeren Kommentar ab, als das Telefon klingelte. Vares schnappte sich den Hörer und war gehörig überrascht, als er Donnas Stimme hörte.

Donna spielte mit keinem Wort auf das peinliche nächtliche Stell-dich-nicht-ein an, das auf dem alten Trawler am Aurajoki-Ufer stattgefunden hatte. Jussi war ihr deswegen richtig dankbar.

Donna kam gleich zur Sache. Sie sagte, dass sie ihm weiterhin bei den Ermittlungen im Fall Harry Koivikko behilflich sein wolle. Donna machte auch gleich noch einen Vorschlag. Sie erzählte, dass sie sich am nächsten Vormittag mit dem Komponisten Markus Tuusula zu einem kleinen Brunch in der Cafeteria des Hotels Hamburger Börs verabredet hätte. Wenn Vares Lust hätte, wäre er ihnen am Tisch willkommen.

»Das könnte äußerst nützlich für dich sein. Markus kannte Harry sicher besser als jede andere männliche Person«, erklärte Donna. »Die beiden Freunde haben Dutzende von netten Erfolgsschlagern zusammen gemacht, richtige Evergreens. Sie waren ein glänzendes Gespann. Du solltest unbedingt ein paar Worte mit Markus wechseln. Um eine neue Perspektive für deine Ermittlungen zu bekommen.«

»Danke für den Tipp, Donna. Nett zu hören, dass du dich so um die Sache kümmerst«, sagte Vares.

»Nun, Vares ...« Donna zögerte. »Kommen wir noch mal auf das zurück, was auf der Rimito passiert ist. Hoffentlich hat sich in deinem Gehirnkasten in dieser einen Nacht nicht einer der folgenden Irrtümer eingenistet: a), dass ich eine kleine Hysterikerin bin, die Gespenster sieht beziehungsweise hört – oder b), dass ich mir die ganze Geschichte mit dem Schleicher ausgedacht und dich nur deshalb herbeigerufen habe, weil ich einen Mann brauchte.«

»Hör mal zu. So eingebildet bin ich nun wirklich nicht, dass ich die Alternative b) vermutet hätte«, knurrte Jussi Vares mit möglichst beherrschter Stimme. »Und was die Alternative a) betrifft, so wird einen Menschen wie dich, der in der Öffentlichkeit steht, das Leben doch fast schon zwangsläufig gelehrt haben, Vorsicht walten zu lassen.«

»Noch mal zu Alternative a).« Donnas Stimme wurde tiefer. »In den letzten Tagen habe ich bemerkt – und das kann keine bloße Einbildung sein –, dass irgendein seltsamer Typ meinen Wagen verfolgt. So ein großer, langhaariger Kauz. Er fährt einen rostigen Pritschenwagen.«

»So, so. Versuch mal, bei passender Gelegenheit die Autonummer des Wagens aufzuschreiben«, forderte Vares sie auf. »Und teil sie mir dann mit.«

»Gute Nacht. Bis morgen früh im Börs.«

Markus Tuusula war ein langer, dünner Mann, den Vares schon von den Fotos in den Zeitungen her kannte. Sein dunkelbraunes Bürstenhaar dünnte schon ein wenig aus, und seine Schläfen waren bereits angegraut. An den Furchen im Gesicht war zu erkennen, dass die durchlebten Jahre den Mann nicht gerade liebevoll behandelt hatten.

Tuusula kam mit einer Viertelstunde Verspätung und setzte sich neben Donna, Vares direkt gegenüber. Er probierte die angebotenen Speisen nur unwillig und erzählte die ganze Zeit von seiner vierwöchigen Ferienreise. Tuusula hatte seinen deutschen Bekannten in seiner Finca auf Ibiza besucht und war hinterher noch in Wien und Budapest gewesen.

Dann hatte er jedoch wieder nach Finnland zurückkehren müssen, weil die neue Scheibe von Micke Pinola veröffentlicht werden sollte. Markus starrte gedankenverloren auf die hellen Brotkrümel, die auf den Tisch gefallen waren, und gab zu, dass er nach all dem Trubel ziemlich müde war. Man konnte es auch seinem Gesicht ablesen. Der Mann war erschreckend blass.

»Markus. War die Reise nach Ibiza nicht eine Art Gedenkfeier?«, mischte sich Donna vorsichtig in das Gespräch ein.

»Jürgens Krankheit ist schon ziemlich weit vorangeschritten, er wird den Herbst nicht mehr erleben. Deshalb lud er alle alten Freunde zu sich ein, die er im Laufe der Jahre gewonnen hatte. Er wollte seine Beerdigung feiern, solange er noch selbst etwas davon hatte ...« Markus Tuusula schwieg für einen Moment. »So viele sind schon von uns gegangen. Aber das Raubtier fordert mehr und mehr.«

»Mein Beileid.« Vares räusperte sich. »Hmm, ich sitze hier eigentlich deshalb, weil ich Nachforschungen über den Tod von Harry Koivikko anstelle ... also über den Mord. Sie kannten ihn doch ziemlich gut. Ich dachte, dass Sie ... also, dass Sie mir etwas über seinen letzten Frühling erzählen können.«

Die letzten Tage von Harry Koivikkos Leben zusammenzufassen schien für den Komponisten Markus Tuusula keine besonders leichte Aufgabe zu sein. Das, was er mit gedämpfter Stimme von sich gab, war fragmentarisch und unzusammenhängend, zeitweise nur schwer nachvollziehbar.

Tuusula und Koivikko waren ein Arbeitspaar gewesen. Tuusula hatte die unsterblichen Melodien geschaffen und Koivikko einen großen Teil der anrührenden Texte geschmiedet. Koivikkos Stimme und Interpretation und sein angeborenes Charisma hatten für den Rest gesorgt. Auf diese Weise war ein vollkommenes Ganzes entstanden. Dieses an das finnische Volk zu bringen war dann nur noch ein Vertriebsproblem gewesen. Man hatte eine noch nie da gewesene Erfolgsgeschichte der finnischen Unterhaltungsmusik eingeleitet, einen Fleisch gewordenen feuchten Tagtraum.

Dem Siegeszug des Phänomens Harry Koivikko schienen keine Grenzen gesetzt gewesen zu sein. Man fragte sich bereits, ob er der größte Tangoheld aller Zeiten sei.

Harry Koivikko hatte auch verstanden, welche Gefahren eine fortwährende Entwicklung in sich barg: der Erwartungsdruck, die Stagnation, das Auf-der-Stelle-Treten. Harrys Plan war es gewesen, die Auftritte auf gewöhnlichen Tanzböden allmählich in den Hintergrund treten zu lassen und sich auf Konzerttourneen größeren Formats zu konzentrieren. Auch die Verhandlungen über seine erste Filmrolle waren schon in einem fortgeschrittenen Stadium gewesen.

Doch dann hatte das grausame Schicksal ins Spiel eingegriffen.

»Die Arbeit an Harrys sechster CD, die den Arbeitstitel ›Im Zauber der Nächte‹ trug, war in jenem Stadium des Frühlings schon weit gediehen. Die meisten Stücke waren schon komponiert, und Harry brannte darauf, sich an die Vertextung zu machen. Doch sollte die Platte nur ein Plan bleiben. Wir haben es nicht einmal mehr geschafft, ins Studio zu gehen ...«

Markus Tuusula hüstelte trocken. »Sicher weint Eero Vesimies noch immer deswegen. Die letzte Platteneinspielung des ermordeten Meisters – als posthume Gedenkedition herausgegeben. So etwas wäre auf dem finnischen Musikmarkt gar nicht mehr zu übertreffen gewesen. Das Herz und der Taschenrechner des Herrn Vesimies haben sicher tausend Mal geblutet wegen dieser Sache ...«

»Das Herz und der Taschenrechner«, lachte Donna. »Das war für den Mann ein und dieselbe Sache. Übrigens ist das Material, das ursprünglich für Harrys letzte Scheibe vorgesehen war, nicht später für Kalle-Veikko Lehtoruusus Platte verwendet worden?«, erinnerte sich Donna.

»So ist es. Aber so eine zappelnde Waldschnepfe wie dieser Lehtoruusu wird doch niemals zu einem so bewunderten Star aufsteigen wie der Adler selbst, der erlauchte König Harry Koivikko. Die Naturgesetze dieses Business sind nun mal hart. Aus KooVee wird nie ein Harry werden.« Markus Tuusula schmunzelte verhalten. »Und das hat der Mann sicher selbst begriffen.«

Das Gespräch wurde für einen Moment unterbrochen, als sich ein Kameraschwinger, der in der Nähe saß, in die Unterhaltung einmischte. Der hochrot angelaufene Mann stellte sich als großer und treuer Fan von Donna vor und hoffte, als Erinnerung ein paar Aufnahmen machen zu dürfen.

Markus Tuusula entschuldigte sich und sagte, dass er für einen Moment verschwinden würde. Donna gab der Bitte des Kameratypen mit einem steifen Lächeln statt. Vares rückte irritiert auf seinem Stuhl herum. Irgendwie fühlte er sich ein bisschen dämlich.

Der Fotograf wuselte mit seiner teuren Spiegelreflexkamera um den Tisch herum und schoss wie wild drauflos. Schließlich dankte er höflich und verschwand mit einem zufriedenen Grinsen durch die Tür nach draußen.

Nachdem der Komponist an den Tisch zurückgekommen war, war der sprühende Funke des Gesprächs endgültig erloschen. Tuusula blickte bedeutungsvoll auf seine Uhr und nannte irgendeinen fadenscheinigen Grund für seine Eile. Er reichte Vares die Hand, gab Donna einen Kuss auf die Wange und ging hinaus auf die Straße.

»Eine kleine Bitte, liebe Donna. Es wäre sehr interessant für mich, auch den Geschäftsführer Eero Vesimies zu treffen. Könntest du mir dabei behilflich sein?«

»Wir werden sehen, Jussi Vares. Ich werde dich in Kürze anrufen.« Donna starrte versunken auf den leeren Stuhl. »Ich mache mir übrigens Sorgen um Markus. Er sieht so blass aus. Ich hoffe von Herzen, dass er nicht krank ist.«

## 26

In der Apotheke war es an diesem Morgen ruhig. Otto lehnte hinterm Tresen, zwirbelte seinen langen schwarzen Schnurrbart und rauchte genüsslich eine North State. Jussi Vares und Leichenwagenfahrer Moilanen vom Beerdigungsinstitut Perttala schlürften einen starken Mokka. Kurzprosaist Luusalmi, wie immer mit triefenden Augen und unrasiert, machte sich an das erste Bier des Tages heran, ein Karhu.

Pastor Alanen schlüpfte durch die Tür herein und begann über Moilanens am Straßenrand geparktes Arbeitsmittel herumzumosern.

»Ein schwarzer Leichenwagen direkt vor der Kneipentür! Hör mal, Moilanen, so eine Symbolik kann so manchem potenziellen Morgentrinker auf den Magen schlagen.«

»Hör doch auf, Bürschchen, es könnte auch schlimmer sein«, rechtfertigte sich Moilanen.

»Wirklich?«

»Ganz bestimmt. Stell dir doch mal vor, wenn dort am Straßenrand ein rosaroter Leichenwagen stände.«

Moilanen schlug mit einem Gähnen das Abendblatt auf. Wie vom Schlag getroffen erstarrte er auf der Stelle.

»VARES! MEINE GÜTE, VARES!«

»Was ist denn los? Ist der Weltmarktpreis für Spundbretter angestiegen, oder was?« Vares hob die Brauen.

»Schau sich der Herr doch mal das hier an. Also, das Bild und den Text ...«

In der Unterhaltungsrubrik der Zeitung war ein Foto von Donna und Jussi Vares am Tisch eines Cafés abgedruckt. Beide waren ganz deutlich zu erkennen. Vares schaute sich mit angehaltenem Atem sein Gesicht auf dem Foto an, das Gesicht eines schuldbeladenen Mannes.

Ein zischender Fluch kam über seine Lippen. Er riss die Zeitung an sich. In dem einspaltigen Artikel war zu lesen, wie ein Turkuer Freelance-Fotograf am gestrigen Morgen im Café des Hamburger Börs einen absoluten Überraschungstreffer gelandet hatte. Während er am Nebentisch gesessen und sich der frühen Morgenstimmung hingegeben hatte, war ihm ein Pärchen aufgefallen, das ganz mit sich selbst beschäftigt war: Titten-Donna in Begleitung eines unbekannten Mannes!

Vares bewegte die Lippen wie ein gelehriger Waisenjunge, der einem alten Priester den Katechismus nachbetet. Den Nachforschungen der Zeitung zufolge handelte es sich bei der geheimnisvollen Herrenbegleitung um den Turkuer Privatdetektiv Jussi Vares.

»VERDAMMTE SCHEISSE! Das kann doch wohl nicht wahr sein ...«, seufzte Jussi Vares, dessen Wangen ganz blass geworden waren.

»Nein, wirklich nicht. Aber der Knabe dort auf dem Foto sieht dir frappant ähnlich, Vares. Du hast jetzt fast so'n Pech wie damals dieser Mister Finnland, dessen Doppelgänger in einem auf Ibiza gedrehten Pornostreifen herumschwengelte«, erzählte Moilanen begeistert. »Und übrigens. Dieser Bursche auf dem Zeitungsbild hat sich ganz zufällig die Uhr und das Jackett von dir ausgeliehen.«

»Jetzt muss ich aber mal telefonieren. Und zwar sofort!« Als er sich erhob, stieß Vares fast den Hocker um.

»Bleib nicht zu lange. Wir erwarten einen vollständigen Bericht über Titten-Donna.«

Nach ein paar Minuten kam Vares trüben Blickes vom Telefonautomaten zurück.

»Nun denn, Vares ...« Moilanen gab Vares einen Klaps auf die Schulter. »Du wirst dich doch sicher deinen besten Kameraden anvertrauen. Von uns werden garantiert keine Informationen weiterverbreitet. Na, fang schon an! Haste sie schon gebumst? Ja oder nein?«

»Hmm, 'n schönen Tag noch, Freunde. Ich muss los.« Jussi Vares verließ die Apotheke, ohne noch einmal zurückzublicken.

## 27

Als Vares zu Hause war, kam ihm ein böser Gedanke. Wenn ihm das Leben schon einmal so übel mitgespielt hatte, so war die einzig richtige Medizin für eine Heilung der Situation, den Schaden eiskalt weiterzugeben.

Mitleid ist doch eine Krankheit. Er beschloss, den Stier bei den Hörnern zu packen und zu seinem langjährigen Streitkumpanen und Erzfeind, dem Geschäftsführer Aaro Vartio, Kontakt aufzunehmen, um ihm ein kleines Verhandlungsangebot zu unterbreiten. Vielleicht konnte Vartio, als früherer Manager von Harry Koivikko, einige wertvolle und erhellende Hinweise geben.

Vares wusste, dass die Eröffnung eines Gesprächs mit Vartio kein Kinderspiel sein würde.

Vares hatte Vartio drei Mal vor Gericht gebracht. Zwei Mal war dieser mit einem Bußgeld und einer Schadensersatzzahlung davongekommen. Aus der Sache mit dem alten Kaufmannsehepaar war er nicht ganz so leicht herausgekommen. Vom Amtsgericht hatte Vartio ganze zwei Jahre ohne Bewährung aufgebrummt bekommen, von denen er dann die Hälfte im Turkuer Provinzialgefängnis absitzen musste.

Aaro Vartio war also nicht besonders gut auf Vares zu sprechen. Allerdings hatte Vares einen ganz neuen Verhandlungstrumpf im Ärmel.

Vartios geschäftsmännisch freundliche Stimme antwortete nach dem dritten Tuten.

»Jussi Vares hier, grüß dich. Wie sieht dein Sommer aus?«

»Wer spricht da?«

»Jussi Vares. Du erinnerst dich doch? Aber, was vergangen ist, ist vergangen, oder was, mein Lieber. Ich hab da ein ernstes Anliegen.«

»Vares?« Aaro Vartios Stimme klang ungläubig. »Wie bitte, ich hör wohl schlecht. Jussi Vares? Der Schnüffler persönlich? Wirklich? Was verschafft mir die Ehre?«

»Wie ich schon sagte, handelt es sich um ein ganz ernstes Anliegen.«

»Auch ich hab ein ernstes Anliegen an dich: Hol dir einen runter, du Schwanz!«

Das Aufknallen des Hörers dröhnte in Vares' Ohr wie ein Kanonenschuss. Eine besondere Überraschung war die Reaktion für Vares nicht. Er fackelte nicht lange, sondern schickte in aller Ruhe per Fax einige Bilder ab. Auf den Begleitzettel schrieb Vares eine kleine Nachricht:

»Aaro, mein Guter. Ich frage mich nur, was ich mit diesen Aufnahmen machen soll? Ob im Seura-Magazin wohl gerade ein Unser-kleiner-Sonnenschein Wettbewerb läuft? Deine Mutti wäre sicher stolz auf ihren Jungen! Ruf doch mal in den nächsten fünf Minuten bei mir an.«

Vares setzte sich vor sein Telefon. Es dauerte nicht lange, bis das Telefon klingelte.

»Verdammte Filzlaus!« Aaro Vartios Stimme bebte vor Zorn. »Jetzt hast du dich wirklich selbst übertroffen, Vares! Du verdammtes Arschloch!«

»Reg dich ab, Aaro. Ich bitte dich doch nur um eine kleine Audienz. In aller Freundschaft.«

»Komm her! Aber sofort!« Vartios Stimme brach nahezu. »Und bring die Fotos mit, wenn du kommst. Und die Negative!«

Vartio knallte den Hörer auf die Gabel. Tut-tut-tut-tut.

»Nett hier, Aaro, richtig stilvoll. Bist prächtig vorangekommen in deinem Leben. Hast hier 'n richtig nettes Ziegelschlösschen.« Vares zeichnete mit der Hand einen weiten Bogen.

»Edles Material, dieser Ziegel. Hast dich wohl darin vernarrt, als du im Knast warst?«

Vares hing lässig in dem weichen Sessel, der vor dem großen, eichenen Schreibtisch stand. Vartio starrte seinen Gast unablässig mit blutunterlaufenen Augen an. In seinem hochroten Gesicht glänzten einige warme Schweißtropfen.

»Vares. Die Bilder her.«

»Für so eine Immobilie muss man sicher einen Haufen Miete abdrücken, was? Du scheinst wieder auf die Füße gekommen zu sein, hast ja auch lange genug gesessen, um mit der Gesellschaft wieder in Einklang zu kommen.« Vares lächelte über den breiten Tisch hinweg. »Und der Draht nach oben scheint auch ganz gut zu sein, oder?«

»Was willst du damit sagen, verdammt?«

»Meines Wissens hast du in der letzten Zeit ziemlich viel mit einem Gottesprediger namens Risto Rautanen zu tun gehabt. Und der ist wirklich eines der kleinsten Schafe unseres Herrn ...«

»Gib jetzt die Bilder her, Vares!«

»Wirft das Geschäft mit dem Glauben eigentlich gut Geld ab, Aaro?«, setzte Vares gelassen fort. »Hast du zum Beispiel mal darüber nachgedacht, diesen prächtigen Ziegelbau neu zu benennen – wie wär's mit ›Wachturm‹?«

»Ach da läuft der Hase. Verdammte Scheiße, Mann. Rautanens Angelegenheiten interessieren mich nicht die Bohne. Ich habe es nur gut gemeint und den Kameraden dort im Obergeschoss übernachten lassen.« Vartio blinzelte mit seinen kleinen Schweinsaugen.

»Aaro Vartio, der große Wohltäter«, lachte Jussi Vares.

»Gib schon die Bilder her.« Vartios Stimme wurde bereits schwächer.

»Die sind hier – und auch die Negative.« Vares holte aus seiner Brusttasche einen braunen Briefumschlag hervor. »Aber ich würde dir vorher gern noch einige Fragen stellen, wenn's recht ist.«

»Na mach schon!« Vartio hob die Hand vor die Augen. »Spuck es aus!«

»Also. Es geht um Harry Koivikko. Du bist doch ganz in der Anfangsphase seiner Karriere sein Manager gewesen?«

»Schon gleich falsch. Ich bin niemals Manager eines Harry Koivikko gewesen.« Aaro Vartio rang sich ein müdes Lachen ab. »Ich war der Manager von Veijo Tuupponen. Dass du's weißt.«

»Dann erzähl doch mal die Sache zu Ende.« Jussi Vares fuchtelte ungeduldig mit der Hand.

»Hätte sich die große Öffentlichkeit denn wirklich für einen jungen Sänger mit dem Namen Veijo Tuupponen interessiert? Doch eher weniger. Und genau deshalb hab ich mir dann für Veijo-Boy einen neuen Namen ausgedacht, einen Namen, der etwas angenehmer in den Ohren klingt. Ich hab den Jungen sogar dazu gebracht, seinen Namen offiziell zu ändern. Verflixt und zugenäht! Ich, ich allein war es, der das Phänomen namens Harry Koivikko geschaffen hat! Und niemand anderer!« In Vartios Stimme lag tiefe Verbitterung. »Und dann hat sich der Bursche einfach von mir losgesagt und mich wie einen alten Socken zurückgelassen. Im selben Augenblick, als sich Ruhm und Erfolg einzustellen begannen! Bitter betrogen hat er mich, dieser Kerl!«

»Klingt fast so, als ob Judas Iskariot beklagen würde, dass einer seiner dreißig Silberlinge eine Fälschung sei. Besonders beeindruckt bin ich nicht, Aaro. Tut mir Leid.«

»Schmeiß jetzt die verdammten Bilder rüber, Vares.« Vartio bemühte sich, versöhnlich zu wirken.

Jussi Vares überlegte ein Weile und warf schließlich den Fotoumschlag über den großen Schreibtisch. Aaro Vartio schnappte sich den Umschlag aus der Luft, seufzte tief und steckte ihn ungeöffnet in die Schublade des Tisches.

»Ich brauch' jetzt eine Zigarette. Lass uns auf den Hof gehen.« Aaro Vartio zog eine Schachtel Camel aus der Brusttasche, stützte sich an der Tischkante ab und stemmte sich ächzend in die Höhe. »Hier drinnen rauche ich nicht mehr. Wegen dieser neuen Tabakgesetzgebung. Ich bin heutzutage ein Mann von Recht und Ordnung.«

Vares hob die Schultern und ging voran in Richtung Flur. Es war ihm nicht verborgen geblieben, dass auf der Ecke von Vartios Schreibtisch ein dicker Aschenbecher voller Kippen stand.

Vartio stapfte Vares, behäbig und schwitzend wie ein in Cholesterin gebadetes Nashorn, im Schlepptau hinterher. An der Schwelle verlangsamte er sein Tempo so, dass er sich den Baseballschläger schnappen konnte, der hinter der Tür stand. Draußen, auf der Treppe, holte er Vares' Vorsprung auf, nahm ein paar steife Schritte und setzte zu einem schwirrenden Schlag an.

Jussi Vares hörte es kommen und wich dem Schlag mit einem schnellen und gut abgepassten Satz zur Seite aus. Der schwere Schläger riss nur wenige Spann weit von Vares' linker Schulter entfernt ein großes Loch in die Luft.

»Immer noch die gleichen Bosheiten im Sinn, was, Aaro?«, spöttelte Vares.

»So, du Schwanzlutscher. Jetzt darfst du für alles bezahlen, und zwar mit Zinsen, verdammt!« Vartio näherte sich Vares mit drohend erhobenem Schläger, umfasste den Schaft mit weißen Knöcheln. »Ich hab dich hier auf den Hof gebeten, weil ich dort drinnen nicht die braunen Spritzer von Decke und Boden abwischen will.«

Vares trat langsam einen Schritt zurück. Ein paar Mal wich er mit einem einfachen Seitenschritt den ungeschickten Angriffsversuchen des steifen und schwerfälligen Mannes aus.

Schließlich fanden sich die einander scharf beobachtenden Herren im entlegensten Winkel des Hofgeländes an einem grünen Müllcontainer wieder. Der Behälter schien bereits voll zu sein, da sich eine Reihe prallvoller Müllsäcke daneben angehäuft hatte. Vares schaute sich um und sah hinter und neben sich einen hohen Eisenzaun. Jetzt musste man von der Abwehr zum Angriff übergehen. Jussi schnappte sich einen der Müllsäcke, hob ihn über den Kopf und schleuderte die ganze Ladung dem schnaubend auf ihn zustürzenden Schlägerschwinger entgegen.

Der wütende Schlag des Baseballschlägers zerfetzte den Sack wie ein zartes Daunenkissen. Über den Nacken des von blinder Wut ergriffenen Mannes ergossen sich Eierschalen, Transistorradiokrimskram, verschimmelter Leberauflauf, Buttermilchtüten, Bierdosen, Fischabfälle, Katzenstreu mit Kötteln und allerlei Glaswaren. Schließlich trat Vartio, halb blind vor sich hin stolpernd, auf ein sich drehendes Gurkenglas. Er stieß einen heftigen und schrillen Schrei aus. Der schwere Mann verlor das Gleichgewicht und rang mit den Händen, als würde er zum Flug ansetzen, konnte sich aber nicht gegen sein Schicksal wehren.

Vartio fiel mit einem lauten Plumps auf den Rücken mitten in den Unrat hinein, der aus dem Müllsack gefallen war. Man hörte ein hässliches Krachen.

»Aiiiiiii! Verfluchte Scheißeee!« Aus Aaro Vartios Kehle drang ein tierischer Schmerzensschrei.

»Traurige Sache, Aaro. Hoffentlich bist du gut versichert!« Vares wischte sich über die Stirn. »Versuch doch, positiv zu denken. Es gab genau zwei Alternativen – entweder hättest du dich verletzt oder ich hätte es getan. Gut, dass es so gekommen ist. Nicht wahr?«

In der folgenden Nacht musste Jussi Vares in seinem Albtraum wieder einmal splitternackt über den Turkuer Marktplatz laufen, dieses Mal mit zwei prallen, frischgrünen Freilandgurken unterm Arm. Als Vares am Morgen erwachte, war er zunächst einmal unentschlossen: Sollte er schon heute in Pastor Alanens Antiquariat vorbeischauen und nach dem vielfach empfohlenen orientalischen Traumdeutungsbuch fragen – oder sollte er die Sache erst morgen erledigen?

Vares hatte kaum die Morgenzeitung gelesen und sein Ei-Käsebrötchen gegessen, als es ziemlich eindringlich an der Tür klingelte. Er stapfte in den Flur und blickte der Sicherheit halber durch den Türspion.

Vares' Kopf schnellte zurück wie bei einem Stromschlag, fast so, als hätte ihm jemand mit der flachen Hand gegen die Stirn geschlagen. Er stand eine oder zwei Sekunden verdutzt da und riegelte schließlich, den Kopf voller Fragen, die Tür auf.

Auf dem Flur stand eine mit einer weißen Bluse, einem schwindelerregend knappen Rock, glänzend dunklen Nahtstrümpfen und Stöckelschuhen bekleidete Schönheit, deren stark geschminkte Lippen ein breites, weißes Lächeln umspielte. Es war das selbstsichere Lächeln eines Menschen, der daran gewöhnt war, immer und überall willkommen zu sein.

In Jussi Vares' Augen leuchteten zwei Fragezeichen auf.

»Guten Tag, Jussi Vares.« Das Lächeln der Frau wurde noch breiter. Es erinnerte Vares an die treuen Stammgäste der feinsten Zahnkliniken Hollywoods.

Annette Tala – von der Presse als Idealfrau gefeiert und vor einigen Jahren zweitplatzierte Miss Finnland – sah Jussi Vares gerade in die Augen. Schließlich wechselte sie ungeduldig das Standbein.

»Also, Herr Vares. Haben Sie Ihre guten Manieren vergessen? Wollen Sie mich nicht hereinbitten?«

# 28

Die Beine der Frau waren so lang wie eine Winternacht. Die schwarzen Strümpfe glänzten an ihren Beinen wie die dünne, schimmernde Haut eines Pfirsichs. Der enge Saum des Rocks schob sich zwangsläufig nach oben, als die Frau sich setzte, aber Annette schien sich nicht darum zu kümmern.

Du selbstbewusstes, knackarschiges kleines Flittchen, dachte Jussi Vares bei sich. Genau so, wie es dutzende oder hunderte von Zeitungsstorys immer wieder zu verstehen gaben.

»Ganz nett, Ihre kleine Bude hier.« Annette Tala zündete sich unbekümmert eine Zigarette an und schaute sich, mit einem schiefen Lächeln auf den Lippen, in der Wohnung um.

»Ach, doch nun wirklich nicht, das wissen wir beide doch ganz genau.« Jussi schob den Aschenbecher an den Rand des Sofatisches, näher an die Frau heran.

»Eine wahre Goldquelle scheint so'n Job als Privatdetektiv also nicht zu sein?«

»Auf das begehrte Muttergestein bin ich noch nicht gestoßen. Meistens muss man sich mit ein paar Klümpchen Katzengold zufrieden geben. Aber andererseits, was geht Sie das überhaupt an?«

»Seien Sie nicht so ungeduldig, guter Mann. Die Frage bezieht sich ganz wesentlich auf das Angebot, das ich Ihnen in Kürze unterbreiten werde ...« Annette Tala schlug die Beine übereinander und begann mit ihren zierlichen Füßen zu wippen.

»Ich bin ganz Ohr. Sie sehen hier einen Mann, der allein von Angeboten lebt.«

»Aber zunächst eine kleine Frage. Erzählen Sie mir, Jussi Vares, wie Sie eigentlich auf diese Sau gestoßen sind?«

»Entschuldigung, aber von wem sprechen wir denn?« Vares legte ein fragendes Lächeln auf.

»Von diesem Frauenzimmer namens Ainomaija Huttunen. Besser bekannt unter dem Namen Donna.«

»Ein besonders schöner Vergleich war das aber nicht«, rügte Vares.

»Na, vergessen wir die Sau und sprechen wir meinetwegen von einer Kuh. Ich könnte in null Komma nichts zehn enge Verwandte aus dem Tierreich von dieser billigen kleinen Schlampe nennen.«

»Muss ich daraus schließen, dass Sie beide nicht gerade die besten Freundinnen sind?« Jussi Vares zerbrach sich den Kopf darüber, welche Absichten seine Besucherin verfolgte.

»Das wissen Sie doch sicher schon. Sie haben bestimmt in der Zeitung von dem Zwischenfall gelesen, bei dem ich auf diese Arschwacklerin losgegangen bin ...« Annette schien sich wegen der Sache nicht besonders zu schämen. »Unser Fräulein Aino hat Ihnen vielleicht ihre eigene Version davon erzählt?«

»Zweifellos«, sagte Vares. »Sie scheinen der fixen Idee verfallen zu sein, dass Donna hinter Ihrem wunderbaren Micke her ist ...«

»Eine fixe Idee nennen Sie das!«, fuhr Annette auf. »Das ist eine Tatsache, die so wahr ist wie das Amen in der Kirche. Ich werde dafür sorgen, dass Fräulein Huttunen eines Tages begreifen wird, dass sie den schlimmsten Fehler ihres Leben begangen hat. Weil sie nämlich ihre kleinen, gierigen Augen auf den falschen Mann geworfen hat. Diesmal hat diese Schlampe sich einen etwas zu großen Brocken zu krallen versucht.«

Jussi Vares sah die Frau abschätzend an. Der flackernde Schimmer in Annette Talas großen Augen ließ sie als einen Menschen erscheinen, der immer und überall im Recht ist – und dem die heiligen Götter die unbegrenzte Macht gewähren, über seine Schuldiger zu urteilen.

»Eine kleine Frage, bevor wir dieses angenehme Plauderstündchen fortsetzen. Was glauben Sie eigentlich über mich und Aino, also Donna, zu wissen?«

»Das, was ich in den Zeitungen gelesen habe.« Annette Tala lachte. »Oder das, was ich aus meinen eigenen Quellen erfahren habe. Sie verbringen zum Beispiel Ihre Liebesnächte auf diesem alten Kahn, der am Fluss liegt. Oder Sie spazieren in romantischer Zweisamkeit in aller Frühe durch die Straßen. All die netten kleinen Dinge. Auf Grund meiner Lebenserfahrung und weil ich diese verfluchte Schlampe nur allzu gut kenne, würde ich behaupten, dass Sie beide auch miteinander vögeln.«

»Die Sache auf dem Trawler. Wie haben Sie davon erfahren?« Vares schaute die Frau starr an.

»Sie sind nicht der einzige Schnüffler in dieser Stadt, Vares. Wirklich nicht ...« Die Frau lächelte vieldeutig.

»Sie haben Donna Ihren eigenen Spürhund auf den Hals gehetzt?«, fragte Vares.

Jussi erinnerte sich, dass Donna diese schweren Schritte auf dem Deck des Trawlers erwähnt hatte. Und der andere Beschatter, die langhaarige Gestalt in dem Pritschenwagen? War das vielleicht ein und derselbe Typ?

»Wenn Sie unbedingt dieses Wort gebrauchen wollen ... ja, das habe ich.« Die Frau breitete ihre Hände aus.

»Aus welchem Grund machen Sie sich all die Mühe?«

»Damit ich weiß, wo's langgeht.« Annette Talas schöne Augen blickten Vares eisig an.

»Haben Sie dieses Problem schon einmal mit einem Arzt besprochen?« Vares schmunzelte.

»Ich kenne meine Charakterzüge ganz genau. Ich weiß, wer und was ich bin. Und damit basta.« Annette Tala hob ihre Schultern. »Aber wie ist es Ihnen gelungen, eine Promi-Frau wie Donna zu ködern, den berühmtesten Hintern der Nation?«

»Ich habe sie nicht geködert und sie auch nicht mich. Wir haben uns getroffen, weil ich sie befragen wollte.«

»Befragen? In welcher Sache?«

»Ich ermittle gerade im Mordfall Harry Koivikko ...«

Die Frau verstummte für eine Weile. Annette Tala blickte Jussi Vares über ihre qualmende Zigarette hinweg mit hochgezogenen Brauen und verwunderter Miene an.

»Schau an.« Annette lachte kurz auf. »In wessen Auftrag, wenn ich fragen darf?«

»Natürlich dürfen Sie fragen. Aber ich werde Ihnen nicht antworten.«

»Ich verstehe. Berufssache. Und was hat das Fräulein Aino mit der Sache zu tun? Haben Sie den Verdacht, dass sie die Mörderin ist?«

»Nein. Aber niemand kannte den verstorbenen Harry so gut wie sie. Zu meinen Ermittlungen gehört es auch, die unmittelbar Betroffenen zu befragen«, bemerkte Vares.

»Richtig. Das ist genau das, was sie auch in den Fernsehkrimis immer tun.« Annette schmunzelte und nickte mit dem Kopf. »Diese seltsamen Typen, die ständig mit einem alten Popelinmantel bekleidet sind und mit nachdenklichem Blick in der Gegend herumschnüffeln. Netter Zufall übrigens, dass Harry Koivikko ganz in Ihrer Nachbarschaft ermordet wurde.«

»Tja. Aber nur ein Zufall. Ich wohne erst seit einem Jahr hier. Damals, vor sechs Jahren, wohnte ich in einem ganz anderen Teil der Stadt.«

»Vor sechs Jahren, Mensch, wie die Zeit vergeht!« Annette Tala seufzte nachdenklich. »Damals war ich siebzehn und besuchte das Gymnasium in Raisio. Meine Mutter schwärmte total für Harry Koivikko, sie hatte alle Platten von ihm. Aber für mich war der Kerl nur ein vierzigjähriger Opa, ein alter Furz mit einem süßlichen Lächeln.«

»Eine siebzehnjährige Gymnasiastin aus Raisio kommt als Mörderin von Harry Koivikko wohl nicht in Frage?« Vares lächelte schief.

»Das kann ich mit gutem Gewissen behaupten. Zu jener Zeit hätte ich wohl lieber eine gewisse Birgitta aus der Parallelklasse umgebracht, die damals viel größere Titten hatte als ich, und der es gelang, mit Hilfe ihrer riesigen Milchkannen Manu Harju aufzureißen, einen ganz wahnsinnig geilen Typen, der eine rote Yamaha 125 fuhr.«

»Ich verstehe. Aber kommen wir auf den heutigen Tag zurück. Sie haben mir immer noch nicht den Grund Ihrer kleine Visite verraten.« Vares' Neugier wuchs von Minute zu Minute. »Was verschafft einem stinknormalen Privatdetektiv wie mir solch unerwartete Ehre?«

»Es macht Sie für mich besonders interessant, dass Sie, ganz anders als der Typ von Mann, den Donna normalerweise bevorzugt, so ein – entschuldigen Sie den Ausdruck – gewöhnlicher und abgebrannter Nobody sind.« Annette Tala warf einen bedeutungsvollen Blick über Vares' bescheidenes Apartment. »Und deshalb wünsche ich mir von Herzen, dass ein paar finanzielle Anreize Sie dazu bewegen könnten, über mein Angebot ernsthaft nachzudenken.«

»Und um was für ein Angebot handelt es sich?« Vares richtete sich auf dem Sofa gerade auf. »Kommen wir endlich zur Sache.«

»Mein Vorschlag ist folgender ...« Der rot lackierte Nagel des Zeigefingers der Frau deutete auf Vares wie die Spitze eines Speeres. »Setzen Sie nur in aller Ruhe Ihr Verhältnis mit Donna fort, so lange das Glück hält. Seien Sie ein richtiges Paar! Zeigen Sie sich viel zusammen in der Öffentlichkeit. Posieren Sie auch mal für die Zeitung. Das Wichtigste ist, dass man Ihr Gesicht wenigstens in gewissem Umfang mit dieser Schlampe verbindet. Auf diese Weise erreichen wir die nötige Glaubwürdigkeit ...«

»Moment ...«, fuhr Vares auf. Er kapierte jetzt gar nichts mehr.

»Hören Sie mich erst zu Ende an, mein Guter!«, sagte Annette ungeduldig. »Wenn sich die passende Gelegenheit bietet, geben Sie für eine Zeitung, die wir noch aussuchen werden, ein tief gehendes Interview, bei dem Sie die nötige Menge an schmutzigen Details aus dem intimen Privatleben des Fräuleins preisgeben. Die Hauptpunkte des Interviews können wir uns vorher gemeinsam überlegen. Ich werde natürlich den Kontakt zur Presse herstellen ...«

»Aha, jetzt verstehe ich. Ihre Absicht ist es, Donna zu diskreditieren, nicht wahr?«

»Den Nagel auf den Kopf getroffen, Sie fixes Kerlchen.« Annette Tala schnippte mit den Fingern und grinste. »Ich will diese Kuh ganz tief in den Schlamassel ziehen. Das ist meine Absicht. Aber auch Sie werden von Ihren Bemühungen ganz ordentlich profitieren. Ich bezahle Ihnen für eine Zeitungsstory ... sagen wir mal dreitausend, cash auf die Hand. Und wenn Sie Aino dazu bringen, auf einem Foto ihren wabbeligen, weißen Arsch zu zeigen, dann werde ich Ihnen für dieses große Vergnügen dasselbe noch einmal draufzahlen.«

»Harter Tobak.« Jussi Vares hob sichtlich verdutzt seine Augenbrauen. »Ein hammerharter Vorschlag.«

»Das Leben ist eins der härtesten. Aino hat in der letzten Zeit einen Rückschlag nach dem anderen erlitten. Ihr Haus ist abgebrannt. An den Stimmbändern scheint etwas nicht in Ordnung zu sein. Und das Schlimmste ist, dass die Auftrittsgagen schon seit langem immer niedriger ausfallen. Eine peinliche Skandalgeschichte in einem auflagenstarken Schmuddelblatt könnte der letzte Tropfen sein.«

Im Zimmer herrschte tiefe Stille. Annette Tala und Jussi Vares musterten sich gegenseitig. Vares musste sich enorm anstrengen, um seine Miene unter Kontrolle zu halten.

»Du wirst das für mich erledigen, nicht wahr, Vares?«, sagte die Frau ruhig. »Du wirst sie ordentlich abfüllen, von vorn und von hinten nehmen und einige brauchbare Fotos machen, angeblich nur für dich, als kleine Erinnerung. Sensationsfotos von Titten-Donnas heißer Liebesnacht! Kaufen und schauen! Mit solchen Fotos lassen sich auf einen Schlag hunderttausend Zeitungsexemplare extra verkaufen.«

»Sie sind eine harte Frau.«

»Nur die Harten kommen durch. So ist die Welt nun mal.« Annette zog ihre Schultern hoch.

»Sie sprechen hier die ganze Zeit so großspurig über große Summen ...« Vares machte eine berechnende Miene. »Aber bis jetzt habe ich noch nicht einmal die Ecke eines Scheins gesehen.«

»Prima. Ich hab es irgendwie sofort geahnt, dass Sie der richtige Mann sind.« Annette Tala schmunzelte, zwinkerte Vares zu und knipste ihre Handtasche auf. »Ich bin ein geborener Menschenkenner. Und Sie sind ein Typ, der schnell ein Geschäft wittert.«

Die Frau zog aus ihrer Tasche einen Tausender, einen Fünfhunderter und ein Bündel Hunderter hervor und legte das Geld ordentlich auf die Ecke des Sofatisches.

»Zweitausenddreihundert. Das ist alles, was ich an Barem bei mir habe. Als Vorschuss, quasi zur Deckung der Auslagen. Die Restzahlung erfolgt, wenn die Sensationsnummer der Illustrierten erschienen ist. Was halten Sie davon?«

Vares breitete die Hände aus, sagte aber nichts.

»Die Sache ist also abgemacht.« Annette Tala zupfte ihr Kleid zurecht. »Aber wir sollten nichts überstürzen. Was lange währt, wird gut.« Sie knipste ihre Handtasche zu und warf einen Blick auf ihre goldene Armbanduhr. Dann stand sie vom Stuhl auf, zog ihren kurzen Rock gerade und strich sich durch ihre Locken.

»Ich rufe Sie in Kürze an, um nachzufragen, wie die Dinge stehen. Viel Glück dann für unser kleines, gemeinsames Projekt, Jussi Vares.«

»Glück werden wir wirklich brauchen«, sagte Vares. Er schaute die Frau lange an und sah eine schöne Schlange vor sich. »Einen schönen Nachmittag noch, Annette Tala.«

## 29

Vares bekam Donna gegen Mittag an die Strippe. Er erzählte ihr ohne Umschweife das Wichtigste über den überraschenden Besuch von Annette Tala.

Donnas erste Reaktion war ein Tobsuchtsanfall. Als Nächstes drohte sie, die Polizei anzurufen und wegen der Sache Strafanzeige zu erstatten.

Die Frau beruhigte sich jedoch schnell, als ihr aufging, wie delikat die Angelegenheit in all ihrer Verrücktheit und Absurdität doch war und vor allem, welche Möglichkeiten sie bot.

»Ich danke dir, Jussi.« Donnas Stimme klang warm. »Dein Handeln ist ein Beweis echter Freundschaft. Wie kann ich das nur wieder gutmachen?«

»Wie wär's, wenn du für mich das Treffen mit Eero Vesimies arrangierst?«, erinnerte Jussi Vares.

»Vielleicht kann ich es für morgen arrangieren. Nimm dir nichts Besonderes vor. Ich versuche mein Bestes zu tun ...«

Als das Gespräch beendet war, zog sich Jussi Vares aus und ließ warmes Wasser in die Wanne laufen. Er hatte jedoch noch nicht einmal seine Zehen ins Wasser gesteckt, als das Telefon klingelte.

»Also, Mann! Bist du bereit, dich auf den Weg zu machen? Ich habe unseren Freund Eero Vesimies erreicht. Er hat uns schon gleich heute Nachmittag zu sich geladen.«

Donna lenkte unbekümmert ihr feuerrotes Saab-Cabrio über den Asphalt. Jussi Vares saß neben ihr, die Augen halb geschlossen, und ließ sich den sanften Wind durch die Haare wehen. »Unsere Schönheitsprinzessin hat dir also 'n schönes Taschengeld gegeben? Einfach die Scheine auf den Tisch geblättert?« Donna blickte Vares mit einem ungläubigen Lächeln an.

»Zweitausenddreihundert Finnmark.«

»Man munkelt schon lange, dass die Frau durchgedreht ist. Sie dürfte gar nicht mehr frei herumlaufen. Zumindest nicht ohne Begleitung weißbekittelter Herren.« Donna klopfte sich mit dem Zeigefinger bedeutungsvoll an die Stirn. »Micke, der arme Schlucker, sitzt voll in der Patsche mit dieser Furie. Der arme Kerl weiß gar nicht, was das Beste für ihn ist. Das Miezekätzchen hat die Eier dieses Sängerknaben anscheinend viel zu fest im Griff. Ein wirklich tragischer Fall.«

»Wie viel trägst du eigentlich selbst zu dieser Hass- und Rachespirale bei?«

»Das alles ist nur ein Hirngespinst dieses verrückten Weibsbildes, mehr nicht.« Donna überholte einen rostigen und klapprigen, dicken Dieselqualm ausstoßenden Lieferwagen, ohne sich um die durchgezogene Linie zu kümmern. »Es war auf einer PR-Veranstaltung von Aquarius Music. Micke und ich posierten Seite an Seite für mehrere Zeitungen, und zwar nur, weil wir bei derselben Plattenfirma unter Vertrag stehen. Die nervenschwache Braut des armen Kerls hatte jedoch den Punkt der ganzen Sache nicht verstanden. Das Mädel trank sich erst einmal mit ein paar Schnaps Mut an. Dann ließ sie eine Zeit lang ihren heiligen Hass in sich aufstauen – und fiel schließlich von hinten und ohne Vorwarnung wie eine tollwütige Wölfin über mich her.«

»Wie hat sich übrigens Eero Vesimies zu der Sache verhalten?«, fragte Vares.

»Der hat sich vor Freude fast in die Hose gemacht. Hat sicher im Kopf durchgerechnet, wie viele kostenlose Spaltenmillimeter die Sache einbringen würde. Die anwesenden Presseleute bekamen wirklich genau das geboten, was sie sich erhofft hatten. So ist er nun mal, unser Eero.«

Die von einer milden Nachmittagssonne beschienene protzige Blockhausvilla des Entertainment-Managers Eero Vesimies lag auf der Insel Hirvensalo, mit Blick zum Airisto-Archipel.

Donna ließ ihren Saab auf einem den Hang hinaufführenden, zweihundert Meter von der Villa entfernt liegenden asphaltierten Parkplatz stehen. Donna und Vares stiegen aus dem Wagen und lauschten eine Weile schweigend. Aus Richtung Villa war so laut Musik zu hören, dass die Singvögel im Strandgebüsch verstummten.

Der Geschäftsführer Eero Vesimies war nicht allein in seiner Villa. Der Grill war heiß, das Fett triefte, und der Gartentisch war mit allen möglichen Tellern und Gläsern gedeckt. Auf dem Servierwagen lag eine Batterie Weinflaschen und auch ein wenig Salziges zum Knabbern. Auf dem Rasen stand eine fast volle Kiste Bier und nicht weit entfernt davon eine weitere Kiste, die zur Hälfte mit Cidreflaschen gefüllt war.

Donna und Vares betraten den Vorgarten durch eine schwarz gestrichene Eisenpforte. Eine vierzigjährige, mit einem weißen Bikini bekleidete blonde Frau mit einer Haut, die brauner war als Mahagoni, begrüßte die Ankömmlinge von der Hängematte aus. Ganz in der Nähe saß hinter einem Kunststoffgartentisch der

Gastgeber selbst. Eero Vesimies trug eine knallig bunte Bermudashorts, deren Hosenbund beharrlich mit einer stattlichen Wampe kämpfte. Vesimies saß mit gespreizten Beinen in seinem Sonnenstuhl und hielt eine Flasche Bier in der Hand. Obwohl der Stuhl im milden Schatten einer Birke stand, schimmerte auf der rotglühenden Stirn des Mannes der Schweiß.

Donna begrüßte vertraulich die Gastgeber und stellte ihnen Jussi Vares vor. Vares schritt über den sorgfältig gemähten Rasen. Vesimies' Händedruck war lasch, nur eine ausweichende Berührung. Dann wandte sich Vares in Richtung Hängematte. Die braun gebrannte Frau rückte gerade ihre Bikiniträger zurecht und richtete sich in Sitzposition auf.

»Satu Koivikko, Hallöchen ... wirklich nett, Sie kennen zu lernen ...«

Die Witwe Koivikko schien deutlich betrunkener zu sein als der Besitzer der Villa.

Eero Vesimies schüttete seinen Gästen gelbgrauen Grapefruitsaft mit Eis ein. Donna trank den Saft pur, Vares hatte gegen einen Schuss Gin nichts einzuwenden. Eero Vesimies markierte den höflichen Gastgeber und plauderte ununterbrochen.

Vesimies und Satu Koivikko hatten angeblich eine Sonntagsbesprechung hinter sich, in der es um die Veröffentlichungsvorbereitungen für Micke Pinolas neue Platte ging. Vesimies gestand mit einem vielsagenden Lachen ein, dass man im Laufe des Nachmittags, bei angenehmem Sonnenschein, allmählich zum vergnüglicheren Teil des Tages übergegangen war. Man musste den finnischen Sommer doch genießen.

Donna und Jussi Vares kosteten von ihren Getränken. Satu Koivikko begann mit schlaffen Bewegungen eine neue Cidreflasche zu öffnen.

Es war wirklich kein Wunder, dass Vares die Frau nicht gleich auf den ersten Blick erkannt hatte. So sonnenverbrannt und von übermäßigem Alkoholgenuss ganz aufgedunsen, erinnerte sie kaum noch an die im ganzen Lande so hoch geschätzte Witwe des

Tangokönigs. Die letzten Jahre hatten Satu Koivikko nicht gerade mit Samthandschuhen behandelt.

»Hmm. Ganz schön was geschafft heute …« Satu Koivikko konzentrierte sich auf jedes einzelne Wort, das sie sagte. »Sie werden nie darauf kommen, wo wir die Party, also die Veröffentlichungs-Show für Mickes Platte, veranstalten. Ist übrigens richtig klasse, die Idee.«

»Ja, das stimmt. Wir werden die Presse und die anderen Gäste auf die Dachterrasse des Hotels Marina einladen. Dort gibt's auch einen Swimmingpool.« Eero Vesimies wandte Vares seinen wasserblauen Blick zu. »Also, herzlich willkommen …«

»Danke. Mit besonderem Vergnügen.«

»Sie sind also als Privatdetektiv im Fall Koivikko tätig. Sicher können Sie sich nicht vorstellen, wie viele Male ich während der letzten sechs Jahre meine Vermutungen über die möglichen Motive des Mordes äußern musste. Wenn ich für jedes Mal beispielsweise zehn Riesen bekommen hätte, dann könnte ich mir jetzt diese ganze beschissene Insel dafür kaufen – und noch die Nachbarinsel Kakskerta mit Golfplatz, Kirche und allem dazu!«

»Es ist gerade der Jahrestag des Mordes gewesen. Dasselbe Spiel hat sich also auch in diesem Frühling wiederholt, oder?«, fragte Vares.

»Das wiederholt sich in jedem verfluchten Frühling. Immer wenn sich der zweite Freitag im Mai nähert, graben die Wochenblätter die Story wieder aus. DAS RÄTSEL HARRY KOIVIKKO! WER TÖTETE DEN FINNISCHEN TANGO-KING?« Eero Vesimies' Hand malte schwungvolle Kreise in die Luft. »Aber auch das gehört zum Geschäft! Die Scheiben verkaufen sich zu Tausenden. Die Radiostationen in ganz Finnland legen immer noch dieselben alten Hits von Harry Koivikko auf. Das ist wie Zauberei. Wie Magie.«

»Aber reiner Zufall war es doch wohl nicht. Welchen persönlichen Anteil haben Sie übrigens an dieser Zauberei?«

»Ich war der Zauberer Merlin.« Vesimies lachte schallend auf. »Und Harry der König Arthur!«

»Und welche Rolle spielte Markus Tuusula? Etwa einen der Ritter der runden Tafel?«

»Ja, wenn Sie so wollen. Vielleicht trippelten auf Camelot auch diese warmen Ritter herum.« Vesimies zwinkerte Vares zu und spielte schelmenhaft mit seinen ausgestreckten kleinen Fingern.

»Ich kenne zufällig ganz persönlich einen gewissen Aaro Vartio. Welche Rolle spielt er dabei ...?«

»Verfluchte Scheiße! Die Freunde von diesem Kauz sind bei mir natürlich nicht ...«

»Verstehen Sie mich nicht falsch«, versicherte Vares eilig. »Als seine Freunde kann man uns beide beim besten Willen nicht bezeichnen.«

»Dieser Schwindler versuchte mit Harry auch noch Jahre, nachdem sich ihre Wege getrennt hatten, Geld zu machen. Ich musste immer irgendeinen Anwalt einschalten, um gegen diesen Wichser vor Gericht zu ziehen.« Vesimies strich sich übers Gesicht.

»Das sieht ihm ähnlich. Dieser Widerling verbringt sicher mehr Zeit im Vorraum des Gerichtssaals als ein gewöhnlicher Handelsreisender in seinem Auto«, bestätigte Vares.

»Dann würde es sich wirklich für ihn lohnen, sich ein wenig bessere Anwälte zu besorgen«, lachte Vesimies auf.

»Eine Sache hat mich schon des Öfteren beschäftigt.« Vares sah weit auf das blaue Meer hinaus. »Was glauben Sie, als Mann vom Fach, welche Stellung Harry heute im finnischen Musikbusiness hätte, wenn er noch leben würde? Wäre er immer noch Harry der Große?«

»Machen Sie keine Witze, Mann.« Vesimies schnaubte verächtlich. »Wäre Jim Morrison heute so eine Legende, wenn er noch leben würde? Stellen wir uns mal vor, der Kerl wäre nicht an seiner eigenen Kotze erstickt und würde jetzt nicht auf irgendeinem Pariser Friedhof liegen. Mit aller Wahrscheinlichkeit würde er als 120 Kilo schwerer Glatzkopf in seiner Millionenvilla irgendwo in Malibu vor seinem Computer thronen und die Erträge seines angelegten Geldes zählen. Oder er würde den Tag damit verbringen, den Staub von seiner Pornovideosammlung abzuwischen.« Eero Vesimies schien sich prächtig zu amüsieren. »Wer von den jungen Rotznasen heute hätte dann je etwas vom höllischen Lizard King gehört?«

»Womit Sie nicht ganz Unrecht haben.«

»Das Volk hebt sie in den Himmel, das Volk lässt sie wieder fallen. Das ist das grausame Gesetz in diesem Business. Nur die Toten können Gnade finden – in seltenen Fällen. Ein Star, der ein Messer in die Brust gerammt bekommt, lebt länger als ein alternder Star, an dessen Doppelkinn oder Augenwinkeln die Chirurgen von Zeit zu Zeit das Messer anlegen.«

»Das ist so anstrengend – dieses Gesprächsthema«, sagte Satu Koivikko unruhig. »Schütte mir doch mal einen Gin Tonic ein, Eerolein. Ruhig mit reichlich Gin. Eklig, dieses Tonic.«

»Trotz allem war Harry ein begnadeter Sänger«, bemerkte Donna. »Vielleicht nicht ganz mit Olavi dem Großen zu vergleichen, aber er wusste sein Publikum zu nehmen. Harry war von einem geheimnisvollen und faszinierenden Charisma umgeben.«

»Der Meinung bin ich auch.« Satu Koivikko lächelte in sich hinein und ließ das Eis in ihrem Glas klingen. »Den Geheimnisvollen spielen, das konnte er!«

»Wenn man Harry zum Beispiel mit dem neuen Tangotrumpf von Aquarius Oy, diesem KooVee Lehtoruusu, vergleicht, dann ist der Unterschied wirklich wie Tag und Nacht«, setzte Donna fort. »KooVees Aufstieg zur Spitze hatte spätestens dann ein Ende, als die große Käuferschar begriff, was für ein Schwein er im Grunde ist.«

»Was in aller Welt meinst du damit?« Eero Vesimies richtete sich in seinem Stuhl auf.

»Diese Sache mit dem Zimmermädchen in dem Hotel in Lappeenranta zum Beispiel war schon ziemlich traurig. Was mag es deine Firma wohl gekostet haben, der Armen den Mund zu stopfen?«, entgegnete Donna.

Vesimies kippte rasch sein Getränk hinunter und sah Donna verärgert an.

»Kommen wir zu dem Schicksal von Harry Koivikko zurück.« Vares versuchte, das immer hitziger werdende Gespräch in ungefährlichere Bahnen zu lenken. »Theorien gibt es viele. War Harrys Mörder ein ausgerasteter Fan, irgendein Geisteskranker, oder glauben Sie, dass jemand ein richtiges Motiv für eine solche Tat gehabt haben könnte?«

»Der einzige Typ, der meines Wissens einen richtig guten Grund hatte, Harry umzubringen ...«, murmelte Satu Koivikko in ihr Glas, »... war Harry Koivikko selbst!«

»Was soll das heißen?«, fragte Jussi Vares.

Satu Koivikko schniefte die Nase. »Harry war wohl der unglücklichste Mensch, den ich je gekannt habe. Im Grunde war er eine bedauernswerte Gestalt.«

»Satu ist ein wenig durcheinander«, lachte Vesimies heiser. »Diese Hitze und die ein wenig zu langen Drinks, das rächt sich bei Frauen sofort ...«

»Es ist wohl besser, wenn wir Satu jetzt ein wenig Ruhe gönnen.« Donna stellte ihr Getränk auf den Gartentisch.

»Das wird wohl das Beste sein. Nett, dass ihr vorbeigekommen seid. Und vergesst nicht Mickes Plattenveröffentlichung.«

## 30

Donna setzte Vares auf dem windstillen, heißen Innenhof des Fremdenheims *Märchenland* ab und fuhr schwungvoll auf die Straße zurück. Das feuerrote Saab-Cabrio kam dicht an einem erdbraunen Pritschenwagen vorbei, der am Fußweg geparkt war. Donna war jedoch so auf ein weißes Taxi konzentriert, das ihr mit hoher Geschwindigkeit entgegenkam, dass sie dem Pritschenwagen keine besondere Aufmerksamkeit schenkte. Der Fahrer des Wagens duckte sich halb über den Beifahrersitz, als ob er irgendetwas aus dem Fußraum hervorholen würde.

Zurück in seiner Wohnung, fiel Vares sogleich das Signallicht seines Anrufbeantworters auf, das so blinkte, als würden mehrere wichtige Nachrichten auf ihn warten. Vares beschloss, die Dinge der Reihe nach anzugehen. Er zog sein verschwitztes T-Shirt aus, trat sich die Schuhe von den Füßen und streifte ächzend seine Jeans ab, die unangenehm klamm war. Außerdem hatte er großen Hunger und auch etwas Durst.

Einige Salzgurkenscheiben, dünne Servelatwurst und ein paar dicke Scheiben Edamer zwischen zwei Schrotbrötchenhälften gestopft. Aus dem Kühlschrank noch eine Flasche kühles Karhu geholt. Den Kronkorken aufgehebelt. Das Brötchen in den Mund gestopft. Und dann war es Zeit, sich die Mitteilungen aus aller Welt anzuhören.

Die erste Grußbotschaft war vom Pastor, der den Vorschlag machte, zum Abschluss des Tages zum Beispiel bei Taisto Mononen ein paar Bierchen zu schlürfen. So kurz nach fünf. Vares nahm die Sache mit einem zustimmenden Nicken zur Kenntnis.

Danach war Annette Tala zu hören. Ihre wohlig schnurrende Stimme weckte ganz zwangsläufig die kühnsten Fantasievorstellungen. Für eine Frau mit so einer Stimme war das Brot garantiert gesichert, so lange man in den gebührenpflichtigen Leitungen der Telecom noch fleißig keuchte und sich gut tat.

Die ehemalige Vize-Miss wollte nur kurz grüßen und ihren neuen Verbündeten anspornen. Sie berichtete, dass sie schon mal die Redaktionssekretärinnen zweier Zeitschriftenverlage kontaktiert hatte, Bekannte von ihr und verlässliche Presseleute. Beide Verlage waren sichtlich interessiert gewesen an Insider-Storys, die aufschlussreiche Einblicke in Donnas Intimleben boten. Auch über die Provision war schon gesprochen worden.

»Jeder überschüssige Penni, den wir mit dieser Story einheimsen, landet ohne Abzüge in deinen Taschen, guter Mann.« Annettes Stimme schnurrte auf dem Band des Anrufbeantworters. »Nur zu deiner Information und als kleine Ermunterung.«

»Eine Gottesanbeterin und eine Schwarze Witwe sind im Vergleich zu dir ganz sympathische Viecher, Annettchen«, murmelte Vares vor sich hin und schritt zum Fenster, um sein Brötchen zu Ende zu essen.

Auf eines der Parkfelder vor der Wand des Fremdenheims fuhr rückwärts ein Pritschenwagen, der mit Sicherheit schon bessere Tage gesehen hatte. Der Wagen schien in irgendeiner dubiosen Klitsche mit erdbrauner Farbe gespritzt worden zu sein.

Vares stopfte die letzten Brocken seines Brötchens in sich hinein und beobachtete, wie aus dem Wagen ein hochgewachsener, jüngerer Mann ausstieg, der mit einer braun-grünen Tarnmusterhose und einer grünlichen Kapuzenjacke bekleidet war. Auf dem Kopf trug der Typ eine undefinierbare Schirmmütze, unter der eine helle und verfilzte Haarmähne hervorquoll.

Jussi schüttete den letzten Rest Bier in sich hinein und zappte schnell durchs Programm, fand aber weder Interesse an einer uralten finnischen Soldatenkomödie noch an dem Rap-Video, das über Satellit kam. Er blickte auf die Uhr. Bis fünf Uhr war noch Zeit totzuschlagen. Vielleicht wäre es ein angenehmerer Zeitvertreib, in Mononens Bar eine Flasche Bier zu trinken und die Zeitung zu lesen, als hier in der Bude die Minuten zu zählen.

Vares zog sich ein frisches T-Shirt und eine neue Jeans an und warf sich eine Jacke über. Dann stellte er den Anrufbeantworter wieder in Bereitschaft und schlüpfte in den düsteren Treppenflur, wo es nach angebranntem Zwiebelhackfleisch stank. Ein Stockwerk höher spielte in wahnsinniger Lautstärke das endlos erscheinende Rap-Video auf MTV.

Auf dem Treppenabsatz des ersten Stockwerks kam Vares der junge Mann entgegen, der seinen Wagen im Hof geparkt hatte. Der Mann schaute mit konzentrierter Miene auf einen kleinen Zettel, den er in der Hand hielt. Er würdigte Vares keines einzigen Blickes.

Jussi stieg forschen Schrittes weiter die Treppe hinunter. Der stechende Geruch des Zettelmannes kitzelte noch auf dem Hof in seiner Nase; es war eine besondere Mischung aus Kot, Erde, Rauch und Teer.

Vares war schon fast an der Pforte zum Fremdenheim angekommen, als ihm plötzlich etwas in den Sinn kam.

Was hatte Donna noch von diesem Typen erzählt, der sie bespitzelte?

Hatte sie nicht von einem Pritschenwagen gesprochen, dem sie ein wenig zu häufig im Straßenbild zu begegnen glaubte? Moment mal! Vares runzelte die Brauen. Dieses Stinktier von eben?

Im selben Augenblick war das Knallen eines Auspuffs zu hören. Der erdbraune Schrottwagen preschte, ohne groß abzubremsen, aus der Toreinfahrt auf den Gehweg, bog mit einem leichten Rucken und quietschendem Keilriemen nach links auf die Straße und verschwand hinter einer bläulichen Abgaswolke in Richtung Itäinen Pitkäkatu. Vares fischte einen Kugelschreiber aus seiner Jackentasche hervor und schrieb sich schnell die Autonummer in die Hand.

In Mononens Bar sah er zuerst Olga Primalova, die an einem Ecktisch saß. Irgendein zweifelhafter Typ stand neben ihr und erklärte ihr etwas mit lauter Stimme.

»Grüß dich, Taisto. Darf ich mal telefonieren?«, fragte Vares.

»Das Telefon ist dort, wo es immer steht ...«

Vares nahm den Hörer ab, holte sein Notizbuch hervor und tippte die Nummer von Donnas Handy.

»Hallo, Jussi hier!«

»Hallo, schon Sehnsucht, oder was?«

»Na klar. Aber, hör mal! Dieser Pritschenwagen, der dir gefolgt ist, war der ungefähr so braun wie Schifferscheiße?«

»Ja. Stimmt genau.«

»Und der Fahrer?«

»Warte mal. Das war so'n schmuddeliger Strohkopf.«

»Strohkopf. Das trifft genau zu.« Jussi Vares schnippte mit dem Finger. »Also, wir seh'n uns.«

Vares legte den Hörer auf und bemerkte sofort, dass Olga an ihrem Tisch in Schwierigkeiten war. Der untersetzte Bauerntrottel, der einen hellen Blouson von der Stange und eine Kordsamthose trug, wollte nicht begreifen, dass seine Gesellschaft unerwünscht war.

»Na mach schon! Nenn deinen Preis, du Russenfotze! Sag an, was 'ne Nummer mit dir kostet. Zweihundert, dreihundert, häh? Ras-dwa-tri? Ich hab zwar schwache Mathekenntnisse, aber 'n langen Dödel, weißte. Damit hab ich mich mein ganzes Leben gut durchschlagen können.«

»Jetzt ist aber Schluss mit der Tuschelei«, knurrte Vares und setzte sich neben Olga an den Tisch.

»Was bist du denn für'n verdammter Lude?«, ereiferte sich der Kerl. »Vierundvierzig, im Fortsetzungskrieg, ha'm unsere Väter und Onkel dafür gesorgt, dass solche Ingrier und Russenmafiosi nicht viel zu lachen hatten, verflucht.«

»Hast du nicht verstanden?«

»Verdammt, bei Tali-Ihantala wurden solche Arschlöcher mit Waffen in Schach gehalten!«

»Der Herr da spricht so unanständig, dass es wohl besser für ihn wäre, dort aufs Klo zu gehen und sich den Mund mit Seife auszuwaschen«, griff Taisto Mononen vom Tresen aus in die Situation ein.

»Spül dir nur ordentlich was durch die Kehle!« Vares winkte mit der Hand ab.

»Genau. Ab, den Mund ausspülen oder raus«, knurrte auch Taisto Mononen hinterm Tresen. Er klapste mit einem Gummiknüppel, der sich wie eine Strandschlange in seiner großen Hand herumwand.

»Verfickte Schwänze, Politruks und Russenhuren«, knirschte der Kerl mit hochrotem Kopf. »Ich werde keine Minute länger mehr bleiben.«

Der Mann im hellen Pullover verdrückte sich mit gekrümmtem Nacken auf die Straße. Die Tür schlug so heftig zu, dass die Gläser klirrten.

»Jussi, gibt es ... irgendetwas Neues?«, fragte Olga, nachdem sie die Schweinereien des Fritzen verdaut hatten.

»Irgendwas schon. Aber die Aufklärung des Schicksals unseres Jaskas liegt immer noch in weiter Ferne«, stellte Vares fest.

Sie saßen eine Weile schweigend da. Harry Koivikko blickte von dem alten Tourneeposter direkt in Vares' Augen und lächelte so einnehmend wie immer.

»Ich habe den Verdacht, dass Harry Koivikkos Mörder von jemandem erpresst wurde. Aber das Seltsamste an der Sache ist, dass dieser Jemand anscheinend erst vor drei Jahren aktiv wurde, also drei Jahre nach dem Mord. Diese Verzögerung kommt mir doch seltsam vor.« Jussi Vares strich sich nachdenklich übers Kinn. »Kannst du dich an etwas erinnern, das mit der Sache zusammenhängen könnte? Irgendwann vor drei Jahren muss es gewesen sein, Anfang Sommer? Ist damals irgendetwas Besonderes vorgefallen?«

»Vor drei Jahren, hast du gesagt?« Olga Primalovas Blick richtete sich schräg nach oben zu den dunklen Ikonen, die der hartnäckige Zigarettenrauch im Laufe der Jahre an der Deckenkante hinterlassen hatte. Sie sah elendig aus, abgemagert und blass.

»Vor drei Jahren im Sommer, genau zu jener Zeit also, bin ich nach Russland gereist, um meine geliebte Mutter zu beerdigen. Um den einzigen Menschen zu Grabe zu geleiten, der mir noch geblieben war ...«

Olga verstummte und senkte den Blick. Sie blieb eine Weile still.

»Aber bald fand ich das Glück. Ich traf meinen Jaska ...«

Vares legte anteilnehmend seine Hand auf Olgas Schulter.

»Jussi, ich muss jetzt gehen. Aber lass uns in Verbindung bleiben ...« Olga gab Vares einen schnellen Kuss auf die Wange und verschwand durch die Tür nach draußen.

Pastor Alanen ließ sich von Taisto ein großes Glas einschenken und setzte sich an den Tisch.

»Johannes, wo du dich nun schon für einen Mann mit Verstand hältst, könntest du mir auch mal ein wenig helfen. Was war das für ein Gespenst, das Nuokku Kielo dazu trieb, diese Stadt zu verlassen?«

»So eine leichte Frage gleich zum Auftakt.« Der Pastor nahm einen langen Schluck und lachte.

»Weshalb musste sich Nuokku mit seinem geerbten Geld ins Ausland absetzen? Warum musste er bis nach Budapest reisen, um dort zu sterben, wo er doch zum ersten Mal im Leben viel Geld zur Verfügung hatte und sogar eine Zeit lang hier in Turku auf großem Fuß hätte leben können? Das ist eines der größten Mysterien bei dieser Sache.«

»Nuokku fürchtete das Wissen, das er von seinem Onkel geerbt hatte, ist doch klar«, entgegnete der Pastor und wischte sich den Schaum vom Mund. »Nuokku hatte von dem alten Knopp zwei Erbschaften bekommen, eine gute und eine böse. Geld und Wissen. Und das Böse der einen Erbschaft hat das Gute der anderen besiegt.«

»Ja, genau. Aber weshalb machte ihm dieses Wissen Angst? Nuokku hat den wichtigsten Teil der Aufzeichnungen seines Onkels zerstört, also das Heft Nummer zehn, in dem der alte Tauno den Ablauf des Mordes an Harry Koivikko niedergeschrieben hatte. Nuokku hatte also Angst. Aber wovor?«

»Moment, Jussi. Eine Sache schwirrt mir immer noch im Kopf herum. Hatte Nuokku in diesem Budapester Spritzenpark Jaska gegenüber nicht etwas von Richten erwähnt?« Der Pastor hob eine Hand an die Schläfe.

»Ja, das hat er. Angeblich wollte er nicht hier in Turku bleiben, weil er über niemanden richten wollte ... weder über die Lebenden noch über die Toten.« Jussi Vares ließ sich die Worte auf der Zunge zergehen.

»Hinter diesem Satz verbirgt sich sicher mehr, irgendetwas, was wir nicht verstehen.«

»Mag sein. Aber Nuokku kann uns nicht mehr sagen, was er damit meinte. Leider.« Vares breitete die Hände aus. »Aber warum ist Nuokku nicht hier zu Hause geblieben, um über den Mörder von Harry Koivikko zu richten? Warum wollte er diesen Typen nicht für seine üblen Taten zur Verantwortung ziehen?«

»Könnte der Grund zum Beispiel sein, dass Nuokku den Mörder total gut kannte? Zu gut, vielleicht?« Der Pastor stand, mit dem leeren Bierglas in der Hand, vom Tisch auf.

»Das könnte sein. Nun, dann das andere Mysterium: Weshalb begann Tauno Kielo erst drei lange Jahre nach dem Mord damit, den Mörder zu erpressen?« Vares breitete wieder fragend die Hände aus.

Der Pastor wartete, während sich sein Glas füllte, mit nachdenklicher Miene am Tresen, gab Taisto ein paar Münzen und setzte sich an den Tisch zurück. Er probierte einen Schluck, zog die Schultern an und schüttelte den Kopf.

»Denk doch mal nach.« Vares hob seinen Zeigefinger und begann seinen Vortrag. »Drei Jahre behielt dieser alte Spanner und Polizistenhasser das große Geheimnis für sich. Hat sich bestimmt eins ins Fäustchen gelacht, als er hörte, wie die Menschen auf den Straßen und Plätzen munkelten und die haarsträubendsten Mordtheorien entwickelten. Der Typ hat es sicher genossen, wie sich die Redakteure über ein und dasselbe Thema in immer neue Spekulationen verrannten, und ein Kribbeln verspürt bei dem Gedanken, dass sich alle anderen irrten und nur ein einziger Mensch auf der Welt die Wahrheit kannte: er selbst. Ein pfiffiges Kerlchen namens Tauno Kielo.«

»Tauno war sicher äußerst zufrieden mit der Situation«, schmunzelte Pastor Alanen. »Ich glaube sogar, dass der alte Teufel richtig Spaß an seinem Geheimnis hatte.«

»Drei Jahre. Drei lange Jahre.« Jussi Vares wiederholte die Worte wie ein Mantra. »Was in aller Welt war hier damals passiert? Was hatte Tauno Kielo dazu gebracht, ganz plötzlich den Mörder zu erpressen?«

# 31

Am Morgen erwachte Jussi Vares in einem Zustand, der nach einem Abend mit »nur ein paar Bierchen« völlig normal war: hinterm Stirnbein schlug der Richterhammer, der Gaumen schmeckte wie ein Sumpfgrab, das Herz pochte ganz dumpf und schwerfällig: bodom, bodom, bodom, bodom ...

Vares ging die Wand entlang in den Korridor, hob die Zeitung vom Boden auf und setzte sich zum Lesen in seinen Lieblingssessel, der gleichzeitig der einzige Sessel in seiner Wohnung war. Die Kreuze der Todesanzeigen tanzten so beängstigend vor seinen Augen herum wie die Ausrufezeichen in einem schlechten Gruselcomic. Jussi Vares schloss müde seine lichtempfindlichen Augen und versuchte sich zu erinnern, worüber er kurz vor dem Einschlafen nachgedacht hatte.

Ach ja. Natürlich. Über Tauno Kielo und das Rätsel des drei lange Jahre währenden Wartens.

Jussi öffnete seine Augen und zwinkerte mit den Augenlidern. Eine ganz andere Art von Erinnerung versuchte an die Oberfläche zu dringen. Der Traum in der vergangenen Nacht! Der vertraute Albtraum hatte sich wiederholt. Wieder einmal!

Wieder einmal war Jussi Vares nackt über den Turkuer Marktplatz spaziert, natürlich zur besten Marktzeit. Einkäufe hatte Jussi dabei jedoch nicht getätigt, weder Gurken noch Erdbeeren. Das Volk auf dem Markt schien dieses Mal mehr über ihn zu grinsen als bisher in seinen Albträumen. Schließlich war Jussi wie ein Blitz aus heiterem Himmel aufgegangen, warum die Menschen so lachten. Jeeesus Christ, hier stolzierte Jussi Vares, der eifrige Marktflitzer, mit dem Pimmel eines etwa Dreijährigen! Drei Jahre, drei und noch mal drei! Diese verfluchte Zahl war also schon bis in seine Träume vorgedrungen. Sogar bis in seine vertrauten, immer wiederkehrenden Albträume. Verflixt und zugenäht!

Zur Mittagszeit fühlte sich Vares bereits in der Lage, Kriminalhauptmeister Jorma »Jompe« Siltanen, einen ihm bekannten Polizeibeamten, anzurufen.

Jompe war richtig guter Laune. Die Kombi-Wette hatte unter einem ertragreichen Stern gestanden. Bei der gestrigen Runde war der Ball genau richtig ins Tor gekullert. Jompe erzählte, dass er ganz bewusst ein kleines Risiko eingegangen war und auf richtig hohe Quoten spekuliert hatte. Er hatte Pori Jazz und Inter Turku auf Sieg gesetzt und HJK auf Unentschieden im Auswärtsspiel. Die Elf aus Helsinki war zuerst gar nicht richtig zu Potte gekommen, dann aber glückte ihr nach einer Minute Nachspielzeit der Ausgleichstreffer, und dabei blieb es! Soll ein ganz ordentlicher Gewinn gewesen sein.

Vares beglückwünschte Jompe und fragte schließlich, ob er über den Fall Erkki Vehmanen etwas Neues gehört habe.

Die Sache sollte irgendwann im nächsten Monat vor Gericht behandelt werden, und Jompe schätzte, dass der stellvertretende Geschäftsführer wegen illegalen Waffenbesitzes eine ordentliche Geldstrafe aufgebrummt bekäme, mehr nicht.

»Aber total durchgedreht, der Mann. Das lässt sich nicht bestreiten«, brummte Siltanen. »In die Anstalt würde ich so einen stecken, im Interesse der Allgemeinheit. Ab nach Kupittaa, Elektrokabel an die Schläfen und die Stecker ans Netz ...«

»Ich weiß. Hab selbst oft mit ihm sprechen müssen. Viel zu oft. Aber hör mal, Jompe!« Vares räusperte sich. »Ich hab da mal wieder 'ne kleine Bitte an dich.«

»Na, schau an. Worum geht's denn?«

»Um einen bestimmten Wagen. Ich hab hier das Autokennzeichen. Bräuchte da ein paar Informationen über den Halter der Schrottkarre. Was für ein Mann er ist und ob sich möglicherweise ein paar dunkle Flecken in seiner Vergangenheit finden. Nachdem ich den Typen gesehen habe, würde mich das nicht wundern.«

»Wird sich wohl machen lassen. Ich kann dir sicher schon nach der Mittagspause mit einigen Hinweisen dienen. Gib mal die Nummer ...«

Im bescheiden eingerichteten Hinterzimmer der Tief- und Straßenbaufirma Kasurinen Oy saß Tapio Kasurinen, der Geschäftsführer des Unternehmens, und legte den Hörer auf. Er schrieb sich schnell die bestellte Menge Sprengstoff auf, mit dessen Hilfe im Juni wieder einmal einige Ellen neue Autobahn in die fruchtbare südfinnische Kulturlandschaft gepflügt werden sollten.

Kasurinen wandte seinen Blick zurück zum Bildschirm seines PCs. Die wohlgeformte süße Biene aus dem Internet entledigte sich weiterer Kleider und befeuchtete dabei mit der Zungenspitze ihre üppigen Silikonlippen.

Tapio Kasurinen seufzte schwer. Sollte man sagen, was man wollte, aber diese moderne Informationsgesellschaft war doch ein großer Segen. Vor langer Zeit, irgendwann Anfang der Sechzigerjahre, hatte Kasurinen die Wege der Informationsvermittlung kennen gelernt, als er heimlich auf dem Dachboden im Schein einer Taschenlampe eine Schwarzweiß-Veröffentlichung namens »Cocktail« durchblätterte.

Es wurde forsch an die Tür geklopft, der Ankömmling trat unumwunden ein.

Auf Kasurinens Lippen stieg ein überraschtes Lächeln. Verdammt noch mal, das war ja Vehmanen! Tapio Kasurinen stand mit ausgestreckter Hand von seinem Schreibtisch auf. Er hatte den alten Lehrgangskameraden aus der Zeit der Reserveoffiziersschule bestimmt seit eineinhalb Jahren nicht mehr gesehen, da er wegen des Stresses, der durch die Fernstraßenbaustellen verursacht wurde, auch die Teilnahme an den Aktivitäten der Reserveoffiziere einschränken musste.

Die Männer gaben sich mit einem kameradschaftlichen Lächeln die Hand. Kasurinen goss Vehmanen sofort eine Tasse Kaffee ein, und das Geplauder kam so ungezwungen in Gang, wie man es von alten Armeekameraden erwarten konnte.

»Na, Straßen in Bau und Termine, die einzuhalten sind?«, erkundigte sich Erkki Vehmanen.

»Man muss doch den Neureichen von St. Petersburg 'ne ordentliche Verkehrsstraße bieten, auf der sie mit ihren dicken Mercedessen über den Hafen von Turku zum Krawattenkauf nach Stockholm düsen können«, lachte Kasurinen. »Aber wie steht's mit eurem Konzern? Man hört ja, dass ihr immer mehr in Europa expandiert. Das muss ein hartes Geschäft sein.«

»Ist schon 'ne harte Sache. Aber zeitweise auch ganz ergiebig.« Vehmanen setzte die Kaffeetasse ab, schlug die Beine übereinander und hob die Schultern. »Es müssen natürlich immer Prämien und Anreize im Spiel sein.«

»Hast es immerhin geschafft, dich in Form zu halten.« Kasurinen glaubte zu bemerken, dass Erkki, der immer so sportlich gewesen war, jetzt dünner wirkte als zuvor. Die hohen Wangenknochen zeichneten sich deutlich unter der straffen Haut ab.

»Tja. Auf das Tennisspiel werd ich wohl nicht verzichten, solange die Beine nur mitmachen«, schmunzelte Erkki Vehmanen.

»Und, wie geht's Kaarina? Wird sicher von Jahr zu Jahr schöner.«

»Klar doch. Sie bat mich, dass ich Barbro Grüße ausrichte.« Vehmanen räusperte sich. »Kaarina und ich haben uns übrigens im Frühling ein neues Sommerhaus gekauft. Komm doch im Sommer mal mit deiner Frau vorbei und lernt die Landschaft auf Korppoo kennen.«

»Keine schlechte Idee«, gab Kasurinen zu. »Viel gegrillt haben wir in diesem Jahr noch nicht.«

»Nun, Tapio ...« Erkki Vehmanen blickte auf seine Armbanduhr. »Wir haben beide viel zu tun. Ich komme also gleich zur Sache. Schau mal, ich wollte dich um eine kleine Gefälligkeit bitten ...«

»Na, sag an!«

»Also. Dort in Korppoo gibt's ein wenig Probleme mit dem Parkplatz fürs Auto. So ein blöder Felsblock steht da im Weg. Ich hab mir gedacht, dass ich das ganze Prachtstück in die Luft sprenge. Und deshalb bin ich vorbeigekommen, um dich, als einen von uns Reserveoffizieren, zu fragen, ob es vielleicht möglich wäre, mir einige Stangen geeignetes Material zu besorgen, mit dem man diesen Klotz in Bewegung setzen könnte. Ganz gewöhnliches Dynamit würde schon reichen.«

Jompe Siltanen rief Vares am Nachmittag an. Laut Kraftfahrzeugzulassungsregister hieß der Besitzer des Ford-Pritschenwagens Heikki Ilari Malmio, Alter 25 Jahre. Vares holte ein Notizheft hervor und schrieb sofort die Adresse auf, die Siltanen angab. Malmio wohnte irgendwo am Strand von Pitkäsalmi, an der Grenze zwischen Turku und St. Karins.

Weitere Informationen folgten. Trotz seines jugendlichen Alters war Heikki Malmio von Beruf Rentner.

»Finden sich Angaben über früher ausgeübte Berufe?«, wollte Jussi wissen.

»Nein. Dieser Malmio scheint nicht zu den Typen zu gehören, die berufsbedingt in Frührente gehen.« Jompe Siltanen räusperte sich.

»Und findet sich noch anderes im Register?« Vares' Stimme klang hoffnungsvoll.

»Ja. Warte mal, ich suche mal den Protokollausdruck.« Man hörte, wie Siltanen in den Papieren raschelte. »Nun, hier wird gleich am Anfang gesagt, dass Malmio in Rente ist, weil er's im Kopf hat. Also 'n Dachschaden oder etwas in der Richtung …«

»Was wird sonst noch gesagt?«

»Halbwaise ist er, unser Heikki. Mutter Alkoholikerin, der Junge wurde ihr als Sechsjähriger entzogen. Er ist also eingeschult worden, als er im Kinderheim war. Hat's dann in Kerava zu einer einjährigen Jugendstrafe gebracht: Autodiebstahl, Kioskeinbrüche und etliche Schlägereien.«

Kriminalhauptmeister Jorma Siltanen hustete in den Hörer.

»In dem Bericht wird übrigens darauf hingewiesen, dass Heikki Malmio vom Charakter her ein ziemlich impulsiver und unangenehmer Typ ist. Und laut Angaben zur Person auch noch ein ziemlich stattlich gebauter Bursche. Eine ziemlich bedenkliche Zusammenstellung also. So einer kann auf freiem Fuß ziemlich gefährlich sein.«

»Geht aus den Papieren hervor, was mit dem Kerl los ist?«

»Hier findet sich so'n Fachausdruck: Legasthenie. Aber er hat anscheinend noch 'n schlimmeren Schuss inner Birne. Und dann war da natürlich noch diese schwierige Kindheit, ungeschliffenes Spielzeug und so ...«

»Ein ziemliches Durcheinander. Aber im Moment hat Heikki Ilari kein Urteil zu erwarten?«

»Malmio scheint sich gebessert zu haben. Zumindest den Papieren nach hat er die letzten Jahre jede Nacht ganz brav zu Hause geschlafen, die Hände über der Decke gefaltet.«

»Genau, was ich immer gesagt habe! Hoffnungslose Fälle gibt es nicht.«

»So isses.« Jorma Siltanen lachte. »Was hat Heikki denn Böses ausgeheckt?«

»Ich werde dich sofort anrufen, wenn ich's herausbekomme«, versprach Vares. »Und dann bin ich dem Herrn Siltanen natürlich noch ein großes Helles schuldig.«

## 32

Ein leichter sommerlicher Regenschauer spülte durch die schon seit längerer Zeit unter der Hitze ächzende, stickige Stadt, als Jussi Vares auf dem gewohnten Parkfeld unter der alten Linde seinen Ford Mondeo anließ.

Vares fuhr in einer Wasserfontäne, die ein vor ihm fahrender LKW-Sattelzug produzierte, auf der Fernstraße 1 in Richtung Süden. Im Vorort Piispanristi, an der Grenze zu St. Karins, hörte der Regen abrupt auf. Auf dem schwarzen Asphalt der Fernstraße sah man jedoch vereinzelte Pfützen. Die Wolken hatten sich verzogen und setzten ihren Weg fort. Der junge Rasen glänzte, und die Blätter der Bäume sahen so feucht und frisch aus wie der Salat im Kühlregal des Lebensmittelhändlers.

Vares bog nach rechts ab und fuhr eine Weile auf der sich träge durch die Landschaft schlängelnden neuen Straßentrasse. Im

Radio sang die Turkuer Band Vilperin Perikunta von einem Typen, der den Beruf des Gebietsverkäufers ausübte und mit seiner Berufswahl anscheinend zufrieden war. Dann musste Vares wieder nach rechts abbiegen. Die schmalere Seitenstraße verlief schnurgerade zum Strand an der Meerenge Pitkäsalmi.

Jussi Vares kurbelte das Seitenfenster herunter und ließ den Wind hereinströmen. Auf beiden Seiten der Straße huschte eine fruchtbare ländliche Gegend vorbei, wie sie sich nur im finnischen Sommer präsentierte: ebene Ackerfelder, Laubwäldchen und schöne, gepflegte Bauernhöfe.

Das wohlhabende Südwestfinnland von seiner typischsten Seite.

Nach einiger Zeit kam der Wagen an einer großen, nicht ganz so gut in diese reizende Landschaft passenden Abwasserkläranlage vorbei. Danach wurde die Straße schlechter und verjüngte sich schon fast zu einem Feldweg. Das Brachland entlang der Straße war von unkultiviertem Niederwald bewachsen. Inmitten eines überwucherten Gartens stand ein unbewohnt aussehendes Holzhäuschen. Die Ränder des Blechdachs hingen verwahrlost herunter. Ein alter Mann mit Glatze spazierte mit einer Wurmangel auf der Schulter am Wegesrand entlang. Vares hielt es für besser, anzuhalten und den Mann nach dem Weg zu fragen.

»Aha, so was. Zu Malmio, diesem Grützkopf. Der Herr kommt wohl vom Sozialamt, oder?«

»Na, nicht ganz. Ich bin vom staatlichen Meinungsforschungsinstitut. Malmio wurde per Zufallsstichprobe ausgewählt. Es sollen Bürger dazu befragt werden, welchen möglichen Einfluss die Koppelung der Finnmark an den Wechselkursmechanismus auf den persönlichen Wohlstand haben könnte. Also, er wohnt doch hier in der Gegend?«

»In der Tat. Wie sollte man diesen Nichtsnutz loswerden. Er wohnt da unten, kurz vorm Strand. Das letzte Häuschen. Nicht gestrichen. Auf dem Hof steht ein großes, verrottetes Boot. Lassen Sie den Wagen dort am Felsen stehen. Das restliche Stück Weg ist ziemlich schlecht.« Der Alte zeigte in Richtung Strand.

Jussi Vares dankte, setzte seinen Weg fort und stellte den Mondeo auf dem sandigen Wendeplatz vor der senkrecht in die Höhe steigenden Felswand ab. Er stieg aus dem Wagen, streckte die Beine aus und blieb stehen, um die Umgebung zu inspizieren.

Die mit dichtem und dunklem Fichtenwald bewachsenen Felsabhänge fielen fast steil zum Meer ab. Die Meerenge Pitkäsalmi schimmerte so silbern zwischen den Stämmen der Fichten hervor wie die Schuppen eines gerade ausgenommenen Ostseeherings. Der mit schwarzem Matsch aufgewühlte, morastige Fahrweg schlängelte sich um dicke Baumstämme herum in Richtung Strand. Die tiefen Reifenspuren stammten mit aller Wahrscheinlichkeit von einem Pritschenwagen.

Jussi erschlug eine Mücke, die sich an seinem Nacken festgesaugt hatte, und marschierte, der schlammigen Fahrspur ausweichend, den Weg entlang. Das Gelände war ziemlich sumpfig, und in den Schlaglöchern stand Regenwasser. Vares versuchte von einer Raseninsel zur anderen zu hüpfen, aber seine leichten Schuhe wurden zwangsläufig nass. Der Gesang der Vögel in den Baumkronen über ihm wuchs zu einem wahren Chorgesang an. Man versuchte, den Eindringling mit gemeinsamen Kräften zu vertreiben. Irgendwo schräg hinter ihm war ein seltsames Rascheln im Gebüsch zu hören. Jussi Vares erstarrte auf der Stelle. Er lauschte eine Weile mit angehaltenem Atem. Im selben Moment schwang sich ein größerer Hühnervogel mit flatternden Flügeln in die Lüfte.

Heikki Malmios baufälliges Wohngebäude war von den Abmessungen her ein ausgezeichnetes Beispiel für das in ländlichen Regionen Finnlands immer noch sehr häufig anzutreffende großelterliche Anwesen, das ewige Streitobjekt von Erbengemeinschaften.

Die alte Hütte war vermutlich irgendwann vor den Kriegen zuletzt gestrichen worden. Überbleibsel des roten Ockers waren allerhöchstens noch in den Ecken der Holzverkleidung zu erkennen. Die Bruchbude war windschief und grau wie ein Montag im November.

Anders als bei normalen Großelternhäusern wuchs neben der Treppe keine blätterreiche, mit dem Bodensatz des Kannenkaffees gedüngte Johannisrose. Vor der Wand der flachen Behausung lagen ein schon vor Zeiten ausrangierter Saunaofen und ein undefinierbarer Metallhaufen, möglicherweise der Getriebekasten eines Traktors oder Lastwagens.

An diesem Haus gab es kein Fenster, hinter dem Großmutters Geranien zwischen den Vorhängen hervorlächelten. Das eine der beiden zum Pfad hin liegenden Fenster war mit einer gräulichen Hartfaserplatte bedeckt, vor das andere Fenster war ein schäbiger Stoff gespannt. An der Außentür hing eine durchweichte Dartscheibe, dessen Mitte bereits durchgemodert war.

An der Giebelseite der Bruchbude lag auf kippligen Holzböcken ein ungefähr sechs Meter langes, mit einer niedrigen Kajüte ausgestattetes Holzboot. Das Boot schien gerade kürzlich geteert worden zu sein, sonst aber machte es einen altersschwachen und maroden Eindruck. Am Rumpf des Bootes stand in ungelenker Blockschrift in weißer Farbe: TITANIK.

Am Rande des Fichtenwaldes, am anderen Ende eines mit Unkraut und Wiesenkerbel bewachsenen Gartenhofs, stand ein Häuschen mit einem Schrägdach, zu dem ein matschiger Trampelpfad führte. Der Hof erinnerte eher an eine Müllkippe als an einen häuslichen Garten. Überall lag wie Kraut und Rüben Gerümpel herum.

Jussi Vares sah das Metallgestell einer Klapppritsche, eine halb mit Erde gefüllte Sitzwanne und ein paar traurig aussehende Fahrradgestelle (von Herren- und Damenrädern). An der Hauswand war in einer sauberen Reihe eine Serie Autobatterien aufgestellt. Etwas weiter entfernt standen ein Fernseher ohne Bildschirm und eine Kommode aus Furnierholz, in der alle Schubladen fehlten. Hinter der Kommode lag ein auf die Seite gekippter angeschimmelter Sessel mit Blumenmuster. Ein vor langer Zeit weggeworfener Bierkasten hatte neben dem zum Häuschen führenden Pfad Wurzeln geschlagen. Durch die Kiste hindurch wuchs ein knapp ein Meter hoher, sich stark verzweigender Weidenbusch.

Vares kam ein Gedanke: Würde man diesen herumliegenden Krempel beispielsweise auf dem grünen Rasen vor dem Wäinö-Aaltonen-Museum verteilen und als ein eigens aus Italien eingeflogenes Stilllebenarrangement eines hoch bezahlten Rauminstallateurs ausgeben, dann würden die Kritiker sicher überschwänglich die »beflügelte Fantasie und ursprüngliche Kraft« des Künstlers rühmen sowie seinen »ausgeprägten Spielsinn, der vereint mit der sensiblen Beherrschung der besten Tradition des Modernismus und so weiter ...«

Hier, in dem versumpften Erlenwäldchen, in Heikki Malmios trostlosem Gartenhof, wurde dasselbe Arrangement zu einer Krankengeschichte, die nichts anderes beschrieb als das schmutzige und chaotische Wesen eines offensichtlich minderbemittelten Zeitgenossen. Die Schönheit liegt in den Augen des Betrachters.

Der braune Pritschenwagen war nirgendwo zu sehen. Im und am Holzhaus war es still, nur die zahlreichen Kleinvögel waren zu hören, die in den Erlen am Ufer mit dem Nestbau beschäftigt waren.

Vares sog die frische, regenfeuchte Luft in seine Lungen ein. Er drehte seinen Kopf wie ein Jagdhund, schnüffelte und lauschte der bewegungslosen Stille. Jussi stieg ein leicht nach Meer riechender Duft in die Nase. Aus dem dichten Fichtengehölz, das das Holzhaus umgab, stieg wieder der faulige und süßliche Geruch vermoderter Pflanzen und anderer vor dem Sonnenlicht versteckt gebliebener Organismen.

Jussi Vares lief eine leichte Gänsehaut über den Rücken. Er lachte leise über seine seltsamen Gefühle. Jussi drehte sich, mit scharfem Auge und gespitzten Ohren, langsam herum. Dort war nichts und niemand. Nur eine verlassene und verwahrloste Bruchbude und dieser verfluchte, an eine Müllkippe erinnernde Garten.

Plötzlich spürte Vares ein Zwicken im Unterleib. Er räusperte sich. Nein, verdammt noch mal! Ob seine Magennerven etwa zu rebellieren begannen? Das Brennen schien immer mehr zuzunehmen. Jussi musste sich eingestehen, dass er aus irgendeinem Grund, so demütigend es auch war, Durchfall hatte.

Vares' skeptischer Blick richtete sich auf das am Rande des dunklen Fichtengehölzes stehende Plumpsklo. Die graue Brettertür, die nur noch an einem Scharnier hing, stand einladend offen. Jussi Vares meinte den Gestank im Häuschen sogar am anderen Ende des Gartens wahrzunehmen.

Aber die Natur lässt dem Menschen oft keine Alternativen.

Vares spürte wieder ein Stechen im Unterleib, jetzt noch stärker als zuvor. Ihm war klar, dass jedes Hinauszögern nur vergebliches Zeitspiel gewesen wäre.

Vares sog entschlossen Luft in seine Lungen ein und lief mit eiligen Schritten den morastigen Gartenpfad entlang auf den am Rande des Waldes wartenden Ort der Erleichterung zu.

Die Erleichterung war so groß wie immer in solchen Situationen. Sogar Papier fand sich, dünnes, gräuliches Toilettenpapier, und nicht nur die Turkuer Nachrichten, wie man es hätte erwarten können. Vares erhob sich, um die Hose hochzuziehen.

Erst jetzt blieb ihm Zeit, sich etwas genauer umzuschauen. Vorn in der Ecke des Plumpsklos stand eine verrostete Gurkendose. Sie war zur Hälfte mit Zigarettenkippen angefüllt, die von Selbstgedrehten stammten. Neben der Dose lagen drei große, recht seltsam aussehende Streichholzschachteln, die dreifarbig und auf der Deckelfläche mit einer Aufschrift in einer fremden Sprache versehen waren.

Die Wände des düsteren Plumpsklos waren nach finnischer Tradition mit verschiedenen Farbfotos ausgekleidet, die man aus diversen Zeitungen ausgeschnitten hatte. Auf diesen Fotos war jedoch nur ein und dieselbe Person abgebildet, die entweder an einem exotischen Strand in einem besonders gewagten Bikini posierte oder sich in einem eng anliegenden Festkleid auf einer Schickeria-Party amüsierte.

Auf einigen etwas älteren Fotos war dieselbe Frau links neben der weinenden, frisch gekürten Miss Finnland zu sehen – mit dem glänzenden, kleinen Diadem der Zweitplatzierten in ihrem dunklen, lockigen Haar und einem starren und enttäuschten Lächeln im Gesicht.

Vares suchte an seinem Gürtel das richtige Loch und kam zu dem Schluss, dass Heikki Malmio wohl einer der treuesten Fans von Annette Tala war. Wirklich interessant. Wenn man diesen Gedanken etwas fortspinnen würde, könnte man möglicherweise ein ganz neues Garnende finden.

Das Geschäft war erledigt. Jetzt galt es, dieses primitive Hotel der Erleichterung schleunigst zu verlassen. Jussi Vares trat mit vorgebeugtem Kopf und in Gedanken versunken in den Garten hinaus.

Irgendein leises Geräusch warnte ihn wie ein zischendes Flüstern im Dunkel. Jussi hielt inne und hob langsam seinen Blick.

Wie vom Blitz getroffen fuhr er zusammen und erstarrte auf der Stelle. Er konnte seine Augen nicht lösen von den schwarzen Rohröffnungen der doppelläufigen Flinte, die direkt auf seine Brust zielte.

Auf die Stelle, wo das Herz lag.

## 33

Jussi Vares stand wie erstarrt auf der Schwelle des Plumpsklos und schaute wie hypnotisiert in die zwei schwarzen Rohre der auf ihn gerichteten Flinte. Er begriff, dass er nur eine federleichte Fingerkrümmung vom Tod entfernt war.

Heikki Malmio stand dort mit gespreizten Beinen, die Knie leicht angezogen, den Mund halb geöffnet. Die rote Zungenspitze schob sich nervös zwischen den angedunkelten, stumpfen Zähnen hervor. Malmio erinnerte an ein riesiges, sich mit Hilfe seines dicken Schwanzes aufrichtendes Reptil, das gerade seine Beute gewittert hatte.

Das verfilzte Haar des Mannes zierte ein blutrotes Tuch, ein Bandana. Er war mit einer grünlich-braunen Tarnanzughose und einem dreckigen Jeans-Hemd bekleidet, das ihm über die Hose hing. An den Füßen trug er schwarze Springerstiefel. Seine Erscheinung erinnerte Vares an das Zeitungsfoto eines berüchtigten Aufsehers in einem Gefangenenlager auf den grausamen Schlachtfeldern Jugoslawiens.

»Gehen wir die Sache mal ganz ruhig an«, hörte Vares sich sagen. Die Stimme klang irgendwie dumpf und hohl in seinen Ohren, als würde sie aus einem Grab hervorhallen.

Der Lauf der Waffe zitterte kein bisschen. Malmios dümmlicher, merkwürdig starrer Blick und ein dämliches, schuljungenhaftes Grinsen bestätigte die Einschätzung, die Kriminalhauptmeister Jorma Siltanen über den geistigen Zustand des Mannes abgegeben hatte. Jussi Vares verstand, dass er es mit einem völlig unzurechnungsfähigen und äußerst gefährlichen Typen zu tun hatte.

»Kein Grund zur Beunruhigung ...« Mühsam kamen die Worte zwischen Jussis Zähnen hervor, wie die Stiftnägel aus dem Mund eines verkaterten Zimmermanns.

»Was hast du hier zu suchen?« Heikki Malmios Stimme wirkte überraschend dünn für einen Mann von solch massivem Körperbau.

»Bin nur mal eben scheißen gegangen ...« Jussi Vares versuchte ein Lächeln in sein Gesicht zu zaubern. Aber Humor war in dieser Situation wohl die weitaus schlechteste Wahl.

»Ich sollte dich gleich durchlöchern, verdammt!« Der Doppellauf von Malmios Flinte bewegte sich einen Fingerbreit. »Auf seinem eigenen Grund und Boden darf man Dieben immer den Hals umdrehen. So sagt das Gesetz.«

»Hör mal, Heikki. Solch ein Gesetz gibt es nicht!« Vares' Magen begann so zu zwicken, dass er glaubte, das große, schwarze Loch bald wieder in Anspruch nehmen zu müssen.

»Was würdest du sagen, wenn ich dich durchlöchere und deinen Kadaver dort unters Häuschen stampfe und in der Scheiße verfaulen lasse?« Ein neuer Funke entflammte in Heikki Malmios Augen. Jussi Vares war gar nicht begeistert. Der Mann begann Ideen zu bekommen.

»Derartiges solltest du nicht einmal im Scherz sagen!«

»Ich mach keine Witze.«

Vares' Magen zog sich zusammen. Er bezweifelte keinen Augenblick die Worte, die dieser humorlos wirkende Mann gerade geäußert hatte. Eine Welle von Gedanken wälzte sich mit Hochdruck durch sein brausendes Gehirn. Aus dieser Entfernung abgefeuert, würden die beiden Gewehrladungen dafür sorgen, dass Malmio nicht mehr viel zu begraben hatte.

»Verdammt, was drohst du hier eigentlich herum, Heikki. Ich wäre doch gar nicht hier, wenn ich nicht von Annette die Erlaubnis dazu bekommen hätte!« Jussi Vares hatte beschlossen, alles auf eine Karte zu setzen.

Malmios Miene verwandelte sich wie durch einen Zauberschlag. Das Misstrauen verschwand jedoch nicht aus seinen kleinen, blinzelnden Augen.

»Willst du mich verarschen?«

»Natürlich nicht.« Jussi Vares fuchtelte ungeduldig mit der Hand. »Denk doch mal nach. Woher sollte ich sonst wissen, wie du heißt und wo deine Bude hier liegt, wenn Annette es mir nicht erzählt hätte?«

Heikki Malmio dachte einige Sekunden nach. Sein Gehirnkasten versuchte, mit der frischen Information ein neues Vorgehensmodell zu erarbeiten. Es waren lange Sekunden für Jussi Vares. Schließlich senkte sich der Lauf der Flinte kaum merklich.

Vares seufzte lautlos. Das Stochern im Dunklen hatte zu einem Treffer geführt. Das Schlimmste war vielleicht überstanden.

»Na, dann setzen wir uns mal dort hin!« Malmio zeigte mit dem Kopf auf die Bruchbude.

Der Mann hielt seine Flinte halb in Bereitschaftsstellung, als er Vares auf dem matschigen dunklen Pfad zum Holzhaus folgte. Malmio setzte sich auf einen Plastikgartenstuhl und streckte seine langen Beine auf dem Saunaofen aus, der in dem nassen Gras vor sich hin rostete. Dann legte er die Flinte quer auf seinen Schoß. Vares setzte sich ohne Aufforderung auf die Betontreppe des Holzhauses. Er versuchte, möglichst gelassen und selbstsicher zu wirken. »Hast den Kahn 'n bisschen auf Vordermann gebracht ...«, sagte Vares wie nebenbei und nickte in Richtung des auf Stapel liegenden Bootes.

»Ja. Schon drei Jahre, der wird noch richtig schön. Hab mir den Namen selbst ausgedacht. Titanic.«

»Ein richtig netter und passender Name für das Boot.« Vares blickte nachdenklich auf die Sohlenmuster der riesigen Geländeschuhe, die Malmio trug. In den tiefen Rillen hatte sich Erde festgesetzt und irgendein kleines Gebilde, das eine platt getretene Erdbeere hätte sein können, wenn es nicht ein dünnes, schwarzes Hinterleibsende und netzartige Flügelstümpfe gehabt hätte.

»Was hast du mit Annette zu schaffen?«, fragte Malmio.

»Na, du weißt doch, dass auch ich bei Titten-Donna auf der Lauer liege, im Auftrag von Annette sozusagen.«

»Aha ... ja, ja.«

»Also genau so wie du«, betonte Jussi Vares und legte eine kleine, abwartende und bedeutungsvolle Pause ein. »Wir sind quasi Kollegen.«

»Ja, stimmt. Aber was weißt du überhaupt über diese Sache?« Heikki Malmio kratzte sich mit seinem Daumennagel an seinem großen stoppeligen Kinn.

»Annette selbst erzählte mir davon. Sie erwähnte, dass schon seit längerer Zeit ein weiterer Profi hinter Donna herspioniert, also du. Machst du eigentlich häufig solche Detektivjobs, Heikki?«

»Na ja, hängt ein bisschen von der Auftragslage ab und so. Im Herbst weniger.«

»Bist ja richtig begabt in Sachen Einschüchterung. Ich kann nur sagen, dass Donna ziemlich verängstigt ist.«

»Das ist ja auch die Absicht gewesen. Dieses sanfte Weib ganz wild zu machen. Sie völlig durcheinander zu bringen. Annette weiß nämlich, dass diese Schlampe mit den Nerven am Ende ist. Besonders, nachdem ihr Haus abgebrannt ist.« Malmio lächelte wissend.

»Bist du gut mit Annette bekannt?«

»Klar, bin ich das. Ich war in ihrer Parallelklasse, obwohl ich ’n paar Jahre älter bin. Also, eigentlich war ich in der Beobachtungsklasse. Annette ist ’ne richtig gute Freundin – das ist sie immer gewesen.« Ein kleines Lächeln huschte über Malmios Gesicht.

»Sieh an. Jetzt verstehe ich, weshalb sie dir so viel Vertrauen entgegenbringt.«

»Warum hat sie eigentlich dich in die Sache mit reingezogen?« Malmios Augenwinkel zogen sich plötzlich in Falten.

»Ich soll in Annettes Auftrag Fotos von Donna machen. Für die Zeitung. Unanständige Fotos.«

»Haste ’se schon gebumst?«, grinste Malmio.

»Noch nicht. Ist aber geplant. Fotos hab ich noch nicht machen können.«

»Was führt dich eigentlich zu mir?«

»Schau. Ich hab dich zufällig bei mir im Treppenhaus gesehen. Und mich ein wenig zu wundern begonnen …«

»Wie hast du mich denn bemerkt?«

»Rein zufällig, ganz unbeabsichtigt. Aber du bist ja richtig begabt als Beschatter. Muss man schon sagen.«

»Hab ein wenig trainiert. Der Job flutscht nicht einfach nur so.«

»Das merkt man. Warum bist du eigentlich bei mir im Treppenhaus gewesen?«

»Hab dich ein wenig beobachtet, als du mit dieser Alten zusammen warst, und bin dann ein wenig neugierig geworden. Also, wie der Kerl wohnt und so …«

»Ich verstehe …« Jussi Vares blickte Heikki Malmio vertrauensvoll in die Augen. »Nun. Ich dachte nur, dass ich einfach mal vorbeischaue, um Guten Tag zu sagen, hier bei dir zu Hause. Wo man schon mal fast im gleichen Job tätig ist. Das kann in der Zukunft unsere Arbeit nur erleichtern. Ach, eine Sache noch, nur unter uns.« Vares senkte die Stimme. »Wie gut wirst du von Annette bezahlt?«

»Gut. Richtig gut. Kann nicht klagen.« Heikki Malmio lächelte, dass seine dunklen Zähne zum Vorschein kamen.

»Na dann, Heikki, war nett, dich kennen zu lernen, also ... nach den anfänglichen kleinen Schwierigkeiten. War allein meine Schuld, dieser unangenehme Zwischenfall – bin ja einfach ganz unangemeldet hier aufgetaucht ...« Vares stand auf, um zu gehen.

»Ich bin nicht dran gewöhnt, dass hier in der Gegend Typen auftauchen.«

»Nun.« Jussi Vares räusperte sich und reichte seine Hand. »Nett, dich getroffen zu haben. Wir sehen uns, Heikki.«

»Warum nicht. Von mir aus steht dem nichts im Wege.«

Malmio blieb in seinem verkommenen Gartenhof sitzen, als Vares den Pfad entlang zu seinem Auto ging. Sein langer Blick kitzelte in Vares' Nacken wie eine locker angelegte Galgenschlinge.

## 31

Die vorsommerlich grünenden Felder, die kurzen Waldstücke und die Landhöfe mit ihren Gärten zogen an Vares vorbei, aber er schenkte der Landschaft keinen einzigen Blick. Es gelang ihm einfach nicht, den leicht unterbelichteten, grobschlächtigen Mann aus seinen Gedanken zu verbannen.

Plötzlich fuhr Vares blitzartig ein Gedanke durch den Kopf. Die Zündhölzer! Die großen ausländischen Streichholzschachteln, die in einer Ecke des stillen Örtchens gelegen hatten. Weshalb hatte er nicht gleich bei seiner Sitzung den Zusammenhang erkannt?

Die mit den ungarischen Flaggenfarben verzierte Streichholzbox war genau dieselbe wie die, die Jussi Vares in Jaska Teikaris Wohnung gesehen hatte. Könnte es sein, dass dieser hochgewachsene Bursche in Teikaris Bude ein kleines Souvenir hatte mitgehen lassen?

Vares versuchte, seine Begeisterung zu zügeln. Von einem wirklichen Durchbruch konnte man noch nicht reden, nur von einem kleinen Flämmchen in der erdrückenden Dunkelheit. Noch gab es gar keine eigentlichen Beweise.

Jussi Vares bog an der Ampel auf die Fernstraße 1 ab und steuerte auf Turku zu. Am neuen Stadtfriedhof musste er auf Grün warten. Jussi lauschte, in Gedanken versunken, der Musik im Autoradio. Plötzlich glaubte er, ein weiteres Detail gefunden zu haben, das seine Annahme stützte: Heikki Malmio hatte sich eines Verbrechens schuldig gemacht. Zumindest eines Einbruchdiebstahls.

Jaskas Wohnung hatte ganz danach ausgesehen, als ob sich ein geistig minderbemittelter Übeltäter darin blindwütig ausgetobt hätte. Und was war mit den großen Fußabdrücken, die auf dem Boden der Wohnung in den getrockneten Weinflecken hinterlassen worden waren? Stammten sie vielleicht von Heikki Malmios verbeulten Geländeschuhen?

Aber okay! Wenn Heikki Malmio der Mann war, der in Jaskas Bude gewütet hatte, was bedeutete das schon? War irgendwo auch schon der neue, die Ermittlungen vorantreibende Schritt in Sicht?

Sicher. Daran gab es keinen einzigen Zweifel. Die Antwort lag für Jussi so deutlich auf der Hand wie der Joker beim Kartenspiel.

Jussi Vares sah vor seinem inneren Auge das klassisch schöne Gesicht einer Frau, ihre betörend schönen braunen Augen, nach denen sich im Laufe der Jahre schon so mancher Mann verzehrt hatte.

Vares dachte an das sorgfältig aufgelegte Make-up der Frau und an das gnadenlose und rachsüchtige Wesen, das sich hinter einem gut einstudierten Lächeln verbarg. Davon hatte er schon eine gute Vorstellung bekommen. Für Vares gab es keinen einzigen Zweifel daran, dass die Miss-Schönheit Annette Tala, wenn sie wollte, zu allem fähig war.

Vares seufzte zufrieden. Vielleicht würde sich dieses undurchschaubare Knäuel jetzt allmählich entwirren.

Annette Tala schien die wichtigste Figur auf dem Spielbrett zu sein – die gefährliche schwarze Königin.

Das Olkku war zur Hälfte voll mit Gästen, als Vares das Lokal betrat. Er stellte sich an die Theke, direkt hinter »Wiborgs letzten Gigolo«, und bestellte sich ein großes Karhu. Der Gigolo bezahlte gerade seinen Fernet Mint. Er fragte Jussi, ob er wisse, was eine in Russland hergestellte Arschrassel sei. Vares nahm sein Bier entgegen und sagte, dass er es schon wisse.

Der Gigolo zuckte mit den Schultern, strich sich durch sein graues Haar und bemerkte kaum hörbar, dass er es dann eben nicht erzählen würde.

Der Pastor spielte gerade mit einem Mathematiker vom Universitätshügel Billard. Vares setzte sich mit seinem Karhu auf ein Sofa und wartete. Er nahm einen Schluck von dem kühlen Getränk und lauschte den vertrauten Hintergrundgeräuschen: Flüche, laute Trinksprüche und zufriedenes Gemurmel.

Vares listete im Geiste die paar Fakten auf, die er bisher über Heikki Malmio zusammengetragen hatte.

Heikki Malmio war ein Mann mit einem zweifelhaften Hintergrund. Er war vom Charakter her unberechenbar und neigte zur Gewalttätigkeit. Und er gehörte wirklich nicht zu der Sorte von Bürgern, die die kleinen Klippen des Lebens erfolgreich zu umschiffen verstehen.

Es war wirklich unbegreiflich, dass diese beiden in völlig verschiedenen Welten lebenden Menschen so zusammenhielten: Annette Tala, eine gefeierte ehemalige Schönheitskönigin, die noch immer in der ersten Reihe der finnischen Prominenz stand. Und Heikki Ilari Malmio, ein von der Stütze lebender, geistig minderbemittelter Herumtreiber und Loser, der die typische Karriere eines jugendlichen Kriminellen durchlaufen hatte.

Jussi Vares nahm einen weiteren Schluck von seinem Bier und sah eine Weile dem Pastor beim Spiel zu, das ganz gut zu laufen schien. Schließlich wanderten seine Gedanken wieder zur Tageslosung zurück. Die wichtigste Frage war, was in aller Welt Annette Tala mit Jaska Teikaris Mordermittlungen und dem sechs Jahre zurückliegenden Mord an Harry Koivikko zu tun haben konnte? Zur Zeit des Mordes an Harry Koivikko war Annette erst siebzehn Jahre alt gewesen, eine kleine Gymnasiastin aus dem benachbarten Raisio.

Jussis Gehirn lief auf Hochtouren, immer mehr Bilder stiegen zur Oberfläche auf. Sie schwirrten in Vares' Bewusstsein herum wie ein Schwarm Wanderfische, der auf der Suche nach dem richtigen Weg war.

»Nuokku« Kielo, eine traurige Gestalt, die der Grausamkeit der Welt schon vor einiger Zeit den Rücken gekehrt hatte. Harry Koivikko, ein Mann, der am Höhepunkt von Leben und Karriere gestanden hatte. Annette Tala, eine Skandalnudel, schön, entschlossen und hart.

Heikki, ein flintenschwingendes kleines Würstchen. Jaska Teikari, ein Journalist und Lebenskünstler mit der gefräßigen Natur eines jagenden Fuchses und der zähen Hartnäckigkeit eines Dackels.

Der Pastor räumte mit seinem letzten Stoß ab, legte das Queue auf die Bande, schnappte sich das Geld des zerknittert aussehenden Mathematikers, holte sich ein Bier und setzte sich schließlich zufrieden zu Vares an den Tisch.

»Was ist denn los mit dir?« Der Erfolg beim Billard hatte den Pastor in eine übermütige Laune versetzt. »Du hast so einen hämorrhoidialen Blick, wenn ich das mal sagen darf!«

»Glückwunsch zu deinem sportlichen Erfolg. Hast du 'n Moment Zeit, mir zuzuhören?«, brummte Vares.

Der Pastor nickte. Vares begann zu erzählen.

Als Vares seine Ausführungen beendet hatte, war der Pastor einen Augenblick still und erwiderte schließlich, seine Fingernägel betrachtend und die Nase rümpfend, ganz wie nebenbei:

»Eine Bemerkung gleich zu Anfang, Jussi. Du suchst vielleicht zu sehr nach dieser Person, die hinter dem Verschwinden von Jaska Teikari steht. Was andererseits natürlich verständlich ist, weil es genau das ist, was Olga von dir will.«

»Was willst du damit sagen?«, wunderte sich Vares. »Sollten wir etwa davon ausgehen, dass Harrys Mörder und der Typ, der hinter Jaskas Verschwinden steht, ein und dieselbe Person ist?«

Eine Stunde später waren Vares und der Pastor ein kurzes Stück bergan in die nur einen Steinwurf entfernte Neue Apotheke gegangen. Sie holten sich am Tresen zwei große Karhu und ließen sich an dem Tisch nieder, an dem Jonski Skarppi und einige andere Musiker saßen. Jonski schien schon ein wenig angeheitert zu sein, wie es sich für einen richtigen Musiker gehörte.

Vares wurde zwischendurch ans Telefon gerufen. Donna war an der Leitung. Sie erinnerte Vares an die Veröffentlichungsfeier für die neue Scheibe von Micke Pinola. Sie machten ab, dass sie gemeinsam zum Hotel Marina gehen würden.

Der Abend kroch mal wieder träge dahin. Irgendwann kam Vares auf das bevorstehende Großereignis der finnischen Musikwelt zu sprechen, die Veröffentlichung der neuen Scheibe von Micke Pinola.

Die Musiker in der Tischgesellschaft griffen das neue Thema begeistert auf. Man erinnerte sich an Micke Pinolas kurvenreiche Karriere. In längst zurückliegender Vergangenheit war der Mann Mitglied einer sagenumwobenen Rockband namens Brennender Transformator gewesen. Nachdem die Band aufgelöst worden war, hatte sich Micke, um sein Brot zu verdienen, als gewöhnlicher Gitarrist einer Begleitband für große Schlager- und Tangostars angeschlossen.

Schließlich war der Goldfinger der Branche, Eero Vesimies – immer mit einem guten Riecher für angehende Stars –, auf den vielversprechenden jungen Mann aufmerksam geworden und hatte das kleine Risiko auf sich genommen, mit ihm ein paar Singles zu produzieren.

Das Happy End gehörte dann in die Geschichte der finnischen Unterhaltungsmusik.

»Micke ist im Moment einer der ganz großen Namen im Geschäft. Ein Fixstern, der seinesgleichen sucht«, unterstrich Jonski Skarppi, während er sich seinem neuen Glas Bier widmete. »Koo-Vee Lehtoruusu kann Micke nicht im Geringsten das Wasser reichen, verdammt. Weder musikalisch noch was den Grad seiner Beliebtheit betrifft ...«

»Ein eiserner Mann. Nicht einmal diese Miss aus Raisio hat es geschafft, Mickes Karriere zu zerstören«, bemerkte Hana, ein Musikerkollege von Jonski. »Ob Micke wohl auch die Brennenden Transformatoren an die Spitze gebracht hätte? Ich meine, wenn man die Band noch einige Jahre hätte zusammenhalten können?«

»Ja, Scheiße!«, schnaubte Jonski. »Schau dir doch uns an. Ich darf meine Zeit an der Gitarre totschlagen, kreuz und quer durch Finnland touren und auf den Tanzböden zum Tango aufspielen. Das letzte Mal, als Arto Kielo zum Bass griff, war irgendwann vor fünf Jahren. Von da ab passte der Notenschlüssel des Burschen nur noch in die Tür des Arzneischranks. Und jetzt ist der Arme von uns gegangen. Und die anderen? Peltsa Kovero verkauft Duschköpfe in einem Warenhaus in Jyväskylä. Raikku ist wohl Tellerwäscher in Stockholm oder Kopenhagen, oder war's in Amsterdam? Hey, come on, man! Was hätte aus so einer Truppe denn werden können? Micke ist der Einzige von uns, dem es gegeben ist – und das aus vollem Horn. Und deshalb ist er auch der Einzige von uns, der jetzt an der Spitze ist – und dort noch lange bleiben wird!«

»Hey, jetzt hör aber auf! Auch Micke hat zu Anfang in Begleitbands alle möglichen Tangos und andere Scheiße gespielt. Ist Micke nicht auch ein paar Jahre lang Gitarrist bei Harry Koivikko gewesen?«, meinte sich der Drummerkollege zu erinnern. »Wer weiß. Vielleicht wird unser Freund Jonski wirklich einmal aus dem Schatten von Lehtoruusu herauskommen und zu wahrer Größe aufsteigen …«

»Willste mich anmachen, Hana? Jetzt reicht's aber wirklich, verflixt noch mal!«

Jussi Vares saß noch mindestens zehn Minuten schweigend da. Dann ließ er seine Kameraden mit ihren Streitereien allein und schob sich, ganz in seine Gedanken versunken, durch das Gedränge zum Tresen. Ein Gedanke, der sich soeben in sein Bewusstsein geschlichen hatte, wollte ihn einfach nicht loslassen.

# 35

Der Himmel war am Morgen halb bedeckt und grau, aber es war so warm wie in einem noch um Stufen graueren finnischen Armeemantel. Die pockennarbigen Gehilfen in Paavo »Schweinchen« Kurittus dubioser Reparatur- und Servicewerkstatt hatten den oberen Teil ihres Overalls bis zum Gürtel heruntergestreift und machten eine kleine Pause. Die Männer hockten wie die Kalmücken an der Ziegelwand des langen Kasernengebäudes und rauchten leise kichernd Zigaretten.

In unmittelbarer Nachbarschaft der Werkstatt befand sich ein fortschrittlicher Dritte-Welt-Verein. Die jungen Herren des Vereins machten gerade Probefahrten. Sie hatten während des Frühlings in ihrer Recyclingwerkstatt alte Fahrräder repariert. Die bedauernswert quietschenden und knarrenden Drahtesel, zukünftige Fortbewegungsmittel für Briefträger in Nepal und im Himalaja, waren in den Augen der schwielenfingrigen Gehilfen von Possu Kurittu überhaupt nicht zu gebrauchen.

Possu Kurittu stand an der Tür zu seiner Werkstatt, rauchte ein Zigarillo und verfolgte, wie Jewgeni, ein echter karelischer Junge, mit einem neu gespritzten Saab 9000 vom Hofgelände auf die Straße fuhr. Der Wagen war noch Ende der letzten Woche im Besitz eines Turkuer Flugkapitäns gewesen, der sich gerade auf der anderen Hälfte der Weltkugel aufhielt. Der Mann wusste noch nicht, dass ihm gleich nach seiner Heimkehr ein Besuch bei der Polizeibehörde und der Versicherungsgesellschaft bevorstand. Nach Possu Kurittus Zeitplan würde der Wagen schon morgen Abend jenseits der Grenze bei seinem neuen Besitzer sein.

Veikko Hopea schritt, mit den Händen in der Tasche, durch die Pforte auf den Hof. Die beiden Männer gingen ins Innere des Werkstattgebäudes, und Possu goss Kaffee in zwei Becher ein.

»Du siehst ein bisschen blass aus, Veikko.«

»Eisenmangel, Eisenmangel …«

»Du hast also immer noch keine Knarre?«

»Hmm, nein.«

»Gerade eben ist das letzte Gefährt vom Stapel gelaufen, das wir in Arbeit hatten«, bemerkte Possu und schlürfte laut an seinem Pott Kaffee. »An Bestellungen herrscht kein Mangel, nur an Nachschub fehlt es ein wenig.«

»Ich glaub, dass ich dir in Kürze den Mondeo besorgen kann«, versprach Veikko.

»Gut. Ich hätte auch schon einen Interessenten dafür. Aber auch an großen Amerikanern ist der Kunde immer interessiert. Vielleicht findest du ja zufällig einen neueren Ami-Schlitten. Am liebsten mit Automatik. Schau dich mal ein wenig um. Er soll für die Frau oder Schwiegermutter eines Metalldealers aus Petrosawodsk sein. Oder für seine kleine Miezekatze.«

»Ich werde die Augen offen halten.«

»Also. Nochmals zum Thema Eisenmangel ...«, setzte Possu Kurittu fort. »Ist es heutzutage wirklich so schwer, 'ne Knarre zu beschaffen?«

»Vielleicht nicht mehr. Wilma, diese Friseuse, hat versprochen, mir was zu vermitteln. Ich treff heut' Abend 'n Typen, über den man immer irgendwelche Ballermänner bekommen soll. Hab bei ihm 'n Revolver in Bestellung.«

»Bist du immer noch in Kontakt mit Wilma?«

»Ja, man sieht sich manchmal«, brummte Hopea.

»Aha. Wo treibt denn dieser Kaufmann sein Unwesen?«

»Im Stadtteil Itäharju.«

»Und wie heißt der Kerl?«

Hopea nannte den Namen des Burschen.

Possu Kurittu behauptete, den Mann nicht zu kennen.

Kurz nach sieben Uhr abends erhob sich Veikko Hopea von der weißen Rückbank des Mercedes-Taxis, zahlte dem Fahrer die genau abgezählte Summe und warf einen forschenden Blick aus dem Fenster. Der Ort, zu dem er sich auf Wilmas Anweisung hatte fahren lassen, war ein schattiges Hofgelände, das zu einer dreistöckigen, aus Ziegel gebauten Industrie-Immobilie gehörte.

Das Gelände war voll von Gerümpel. An der Giebelseite des Gebäudes stand ein neuerer silbergrauer Pontiac.

Veikko Hopea begab sich direkt in den Büroraum. Hinter einem großen Tisch saß ein dicklicher, rotgesichtiger Mann. Die rechte Hand des Burschen hing schlaff in einer weißen Stützbinde.

Aaro Vartio setzte ein gekünsteltes Geschäftslächeln auf und erhob sich ächzend. Ein wenig ungeschickt gab er dem Hereinkommenden seine gesunde linke Hand.

»Virtanen, 'n Abend«, sagte Vartio.

»Lahtinen, hallo«, sagte Hopea und setzte sich in den Sessel, der vor dem Tisch stand.

»Es scheint sich zum Abend hin aufzuklären.«

»Kein schlechtes Wetter.«

»In welcher Branche sind wir denn zu Hause?« Aaro Vartio schaute den hochgewachsenen Gast neugierig an.

»Ziegelbranche. Zuletzt. Was ist denn mit Ihrer Flosse los?«

»Schlüsselbein beim Volleyball gebrochen. So was passiert.«

»Macht das Leben und Sein bestimmt nicht leichter ... ich meine beim Autofahren und so.«

»Man gewöhnt sich daran. Zum Glück hat der Pontiac eine Automatikschaltung.«

»Automatik.« Veikko Hopea hob fragend die Brauen. »Klasse. Welches Baujahr denn?«

»Aus dem letzten Jahr.« Aaro Vartio versuchte erst gar nicht, seine selbstzufriedene Miene zu verbergen.

»Prima Sache. Mit so was fährt man gern.«

»Ja, doch. Und dann die Klimaanlage, die ist gar nicht so übel bei diesem Sommerwetter.« Vartio richtete sich auf und hustete in seine Hand, in die linke. »Aber zur Sache. Der Herr ist also an einer Trommelknarre interessiert?«

»In der Tat.«

»Ich hab da so'n altes Eisen. Ein Veteran, hat mehrere Kriege mitgemacht. Aber top in Schuss.« Aaro Vartio öffnete die Schreibtischschublade und holte eine schwarze, robuste Waffe hervor.

»Was für eine ist das?«

»Das ist eine Enfield Number Two. Spitzname Commando. Ist zwar kein Präzisionsteil, weist aber aus näherer Entfernung jeden beliebigen Orang-Utan in die Schranken. Ein richtig nettes Spielzeug.« Vartio lächelte süßlich.

»Ach, ein nettes Spielzeug.« Meine Güte. Diese dicke Wurst verstand wirklich gar nichts von Waffen. Dieses Eisen war alles andere als ein Spielzeug. Das war ein richtig gemeines Killerteil. Und genau das, was Veikko suchte.

Veikko Hopeas Blick löste sich von der Waffe und richtete sich auf den Kaufmann. Warum lachte der nur die ganze Zeit über wie ein Rollgabelschlüssel? Verdammt! Der machte sich sicher über Veikkos neuen Afro-Schnitt lustig, dieser Dickwanst.

Moment mal. War dieser Kerl nicht noch im Frühjahr bei Wilma gewesen und hatte sie gebumst? So glaubte es Veikko jedenfalls zwischen den Zeilen gelesen zu haben in den Erzählungen der Frau. Veikko mochte diesen hochroten Specksack überhaupt nicht.

»Na, und was ist mit den Patronen?« Hopea nahm die Enfield und wog sie mit nachdenklicher Miene in der Hand.

»Eine Schachtel hab ich da.« Aaro Vartio öffnete wieder die Schreibtischschublade und warf einen Pappkarton auf die Tischecke. »Da.«

Veikko Hopea steckte die Patronenschachtel in die Brusttasche und den Revolver in seinen Hosenbund.

»Alles klar. Und dann noch die Schlüssel zu deinem Pontiac, hier auf die Hand!«

Ungläubige Stille legte sich über den Raum.

»Also ... was?« In Aaro Vartios breites Gesicht stieg ein verwundertes Lächeln. Er glaubte falsch gehört zu haben.

»Na. Mach schon. Aber plötzlich. Ich kann hier nicht den ganzen Abend warten.« Hopea erhob die Stimme.

»Was soll der Quatsch ...«

Hopeas forschender Blick richtete sich als Nächstes auf den Baseballschläger, der an der Seite des Archivschranks lehnte.

Aaro Vartio verfolgte mit aufgerissenen Augen, wie sich der hochgewachsene Eindringling vom Stuhl erhob, flink um den

Tisch herum ging, sich das Spielgerät schnappte und mit erhobenem Schläger auf ihn zukam.

»Eeey. Tu das nicht ...«

Veikko Hopea verschwendete keine überflüssige Kraft bei seinem Schlag, schlug dem Opfer nur leicht mit dem Schläger auf die Schulter, das reichte.

Aaro Vartios linkes Schlüsselbein brach wie ein zarter Eiszapfen. Der jämmerliche Schmerzensschrei des dicken Dealers hallte durch die staubigen und verlassenen Gänge des Fabrikgebäudes. Die Stimme wimmerte in einem auf- und absteigenden Glissando wie der Wind in dem entlegensten Cañon einer trockenen Felslandschaft.

»Na, jetzt haste sozusagen beide Flossen in Reparatur«, stellte Veikko Hopea kühl fest. »Und kannst mit dieser Automatik eigentlich gar nichts mehr anfangen. Da musste dir schon von der geschickten Hand eines treuen Gehilfen einen von der Palme schütteln lassen. Die Schlüssel des Pontiacs her, aber dalli!«

»Die sind ... die sind in der o-o-obersten Sch-sch-schublade ...« Aaro Vartio japste nach Luft wie ein Schlaganfallpatient.

Veikko Hopea nahm die Schlüssel und machte sich aus dem Staub, ohne sich noch einmal umzuschauen.

»Danke. Ein schönes Mittsommerfest! Und wenn du schwimmen gehst, achte immer darauf, wohin du springst!«

Veikko Hopea war von Natur aus ein ziemlich impulsiver Typ. Der Mann selbst wusste allerdings nicht einmal, was das Wort impulsiv bedeutete, obwohl er einmal in Stockholm, mit einer im Young-Fashion-Shop gestohlenen Kapuzenjacke der Marke Impulse bekleidet, aus einer Laune heraus eine kleine Postfiliale ausgeraubt hatte.

Als Hopea im Auto Platz genommen hatte, kam er auf neue Gedanken. Er brauchte ja nicht unbedingt sofort mit seiner Beute zu Schweinchens Werkstatt zu fahren. Der Pontiac schien ein ganz handliches und angenehmes Gefährt zu sein, und so beschloss er, zunächst eine kleine Testrunde durch die Stadt zu drehen, da sich das Wetter nun schon einmal deutlich aufklärte.

Hopea fuhr mit dem Pontiac in flottem Tempo (jedoch die Geschwindigkeitsbegrenzungen einhaltend) die Itäinen Pitkäkatu entlang, als ihm wieder ein Gedanke kam. Hey! Wohnte dieses Arschloch, dieser Vares, nicht irgendwo ganz in der Nähe?

Veikko Hopea brauchte nicht lange, und der Entschluss war gefasst. Er hatte beschlossen, Jussi Vares zu töten, jetzt auf der Stelle. Wo er schließlich das geeignete Arbeitsmittel dabei hatte.

Hopeas Pontiac machte einen leichten Knicks wie eine Ballerina, als er durch die Hausdurchfahrt auf den Hof des Fremdenheims Märchenland fuhr. Veikko drehte auf dem Asphalt des Hofes einen langsamen und weiten Bogen und stellte das Auto einige Parkfelder von Vares' rotem Mondeo entfernt ab.

Na also. Der Schlitten war immerhin da. Veikko Hopea sah sich prüfend um. Der Hof war verlassen und still. Gut so. War nur zu hoffen, dass Vares selbst zu Hause war. Würde man sich doch endlich auch dieser Sorge entledigen.

Hopea holte aus seiner Brusttasche die Patronenschachtel hervor und zog die große Enfield aus seinem Hosenbund. Veikko füllte die Trommel mit Patronen, checkte ein paar Mal vorsichtig den Schlagbolzen und schmunzelte zufrieden. Was für ein nettes Spielzeug!

Schließlich steckte Veikko Hopea seine furchteinflößende Waffe unter die Jacke und stieg aus dem Wagen. Er schritt gelassen über den Hof und warf im Vorübergehen einen Blick auf den Mondeo. Die Karre müsste man sich dann ein anderes Mal abholen.

Veikko Hopea studierte eine Weile die Bewohnertafel und stieg schließlich mit schweren Schritten in den zweiten Stock. Die richtige Tür fand sich sofort. In einiger Entfernung war ein Poltern zu hören. Keine Sorge. Das Geräusch kam vom Hof. Es war die Tür des Fahrradschuppens.

Hopea stellte sich neben Vares' Wohnungstür und lauschte eine Weile. Niemand rührte sich. Also okay. Er holte die Enfield hervor, spannte den Schlagbolzen, klingelte heftig und wartete mit gespitzten Ohren.

Stille.

Hinter der Tür bewegte sich niemand. Verfluchte Scheiße noch mal. Dieser Vares war also doch in der Stadt unterwegs.

Veikko Hopea steckte seinen großen Revolver wieder zurück und legte verärgert die Stirn in Falten.

Im selben Moment dachte er aus irgendeinem Grund an ein Sonderangebot, auf das er in der Zeitung aufmerksam geworden war: einen doppelten Cheeseburger für nur zehn Finnmark. Veikko Hopea verspürte plötzlich ein enormes Hungergefühl. Wo verdammt mochte das nächste Hamburger-Restaurant sein?

## 36

Während er seine Kaffeetasse unter laufendem Wasser abspülte, erinnerte sich Vares an den Albtraum, den er in der letzten Nacht gehabt hatte. Es war wieder eine Fortsetzung der bekannten Marktplatzserie gewesen, die bisher mit Abstand eigenartigste Folge.

In dem Traum saß Vares mitten auf dem Turkuer Marktplatz vor der Kaffeebude. Er war natürlich wieder splitternackt, worüber sich das Marktvolk amüsierte.

In Vares' Gesellschaft saß Annette Tala, ebenfalls unbekleidet. Und in einiger Entfernung präsentierte sich ein dritter Nackedei dem Marktpublikum, ein ziehharmonikaspielender Musikant: Micke Pinola.

Vares lief es kalt den Rücken hinunter. In dem Albtraum hatte Micke Pinola keinen seiner beliebten Schlager gesungen, sondern einen Choral, aus irgendeiner Totenmesse oder etwas in der Art …

Jussi Vares lachte halblaut vor sich hin. Ziemlich bald würde er einen Klapsdoktor aufsuchen müssen, der etwas gegen diese wiederholten nächtlichen Nacktfilme tun konnte.

Jetzt aber musste er die Träume und allen anderen Unsinn vergessen. Dieser Tag würde sehr anstrengend werden. Jussi hatte sich als Tagesziel gesetzt, eine Bestätigung für den einzigartigen Gedanken zu finden, der ihm am Abend zuvor in der Apotheke gekommen war.

Vares blickte auf seine Uhr und machte sich auf den Weg. Gestern in der Apotheke hatten sie abgemacht, dass der Pastor seinen Laden pünktlich öffnen würde. Alanen war sich sicher gewesen, dass sich in seinen Regalen das Buch finden würde, das Vares suchte. Also, eine Spalt geschluckt und ab die Post.

Der Pastor stand gähnend, mit schlaff vorübergebeugtem Oberkörper und ungekämmten Haaren hinter seiner vorsintflutlichen Kasse. Vor ihm lag ein aufgeschlagenes Farbbildmagazin.

»So isses, mein Jussilein ...«, murmelte der Pastor. »Wir leben in einer Zeit großer gesellschaftlicher und geistiger Umwälzungen!«

»Ich weiß, Johannes, auch ich lese fleißig Zeitungen. Und sogar der Einfuhrzoll für Schnaps soll innerhalb der nächsten Jahre aufgehoben werden.«

»Das ist natürlich auch wichtig. Aber ich meine in erster Linie, dass wir uns mit voller Geschwindigkeit auf eine Welt zubewegen, in der all dieser vom Himmel herunterkommende Schmutz, also dieses bewegliche Bild, das geschriebene Wort auffressen wird«, brummte der Pastor verärgert. »Die Jugendlichen von heute sind doch verloren. Die chatten und surfen nur und ziehen sich irgendein Ecstasy rein. Und bald wird unsere Welt so langweilig, nichts sagend und fade sein wie eine mehlige Fleischwurst. Überall auf Erden werden die Menschen gleich denken, das gleiche Futter fressen, die gleichen Klamotten tragen und sich auf dieselbe Weise ihren Arsch abwischen. Schon heute wartet die eine wie die andere Rotznase auf dieser Welt – von Kem über Kittilä bis Canton – ähnlich ungeduldig auf das neueste Video von Oasis. Pfui, sag ich da nur! Es gab mal Zeiten, in denen das große Idol der finnischen Jugend ein gewisser Dichter namens Pentti Saarikoski war. Schöne Zeiten waren das. Bei den Jungs war damals algerischer Roter angesagt, und die Mädels legten nachts Lyrikbände unters Kissen.«

»Sind doch beides schlechte Vorbilder für die heranwachsende Jugend ...«, stellte Vares fest. »Auf jeden Fall ist klar, dass diese Mopköppe von Oasis niemals die Kerzen auf einem Geburtstagskuchen auspusten werden, der mit dem Text FOURTY HAPPY YEARS verziert ist. Aber was die guten alten Zeiten angeht, so ist unser Pentti auch nicht gerade ein Ausbund an gesunder Lebensführung oder ein Super-Opa gewesen.«

»Hey, jetzt kommen wir aber ein wenig vom Thema ab. Ich will mit dir nicht über irgendwelche Lebenserwartungsprognosen reden, verdammt!« Der Pastor blickte seinen grinsenden Kameraden vernichtend an. »Ich versuche dir nur zu erklären, dass dieser Dreck, der dort unaufhörlich vom Himmel in unsere Jaucheröhren rinnt, einmal alles töten wird, was uns eigen ist. Also unsere ureigenen Worte und unsere Seelen! Wir bewegen uns mit hoher Geschwindigkeit auf eine Welt zu, in der irgendwelche pfiffigen Marketingjongleure mit ihren manipulierten Bildern unser ganzes Leben beherrschen. Überall dieselben verfluchten Bilder, von Rangoon über Rawalpindi bis Ranua. Ich wollte dir damit nur erklären, dass der multinationale böse Videowolf all die kleinen Rotkäppchen der kleinen Völker verschlingen wird! Der Satellit wird der Märchentante in den Arsch ficken und dabei höhnisch lachen!«

»Ey, Johannes, beruhige dich ...« Vares hob beschwichtigend die Hand. »Wo um Himmels willen findest du eigentlich immer die Themen für deine Tagespredigt?«

»Diesmal in diesem Blättchen. Ein in Finnland erscheinendes Wochenmagazin, das sich in dänischem Besitz befindet ...« Der Pastor präsentierte Vares eine Doppelseite. Auf einem großen Farbfoto posierte Madonna mit ihrem gerade geborenen Balg im Arm.

»Da lächelt ja das Fräulein Ciccone mit ihrem Sprössling. Was ist denn mit Madonna, dass du so rot wirst?«

»Hier im Text wird zufällig gesagt, wie sich die Lady den Vater für das Blag auserkoren hat. Nur auf Grund des äußeren Bildes.«

»Ja und?« Vares war irritiert.

»Madonna sah in einem Park einen Bodybuilder an sich vorbeijoggen und dachte: Mensch, wow, da laufen mir doch gerade die besten Gene des Universums davon! Ein ziemlich schnelles Urteil über einen Burschen, mit dem das Fräulein noch nie ein Wort gewechselt hatte.« Der Pastor breitete wie Jesus auf einer alten Altartafel die Hände aus.

»Ich verstehe. Das Bild hat mal wieder, unter Missachtung der Verkehrsregeln, das Wort überholt. Rechts auf dem Seitenstreifen. Ganz einfach.« Vares schnippte mit den Fingern. »Aber jetzt zurück nach Turku, mein Brüderchen. Hast du dir in der Nacht Gedanken über die neue Theorie gemacht, die ich dir nach dem Apothekenbesuch unterbreitet hatte – an irgendeiner Würstchenbude oder so?«

»Beim Pinkeln. Du hast es mir erzählt, als wir in diesem Innenhof in der Sirkkalankatu 'ne Stange Wasser inne Ecke gestellt haben. Also, hmm. So viel hab ich nicht über die Sache nachgedacht. Sobald ich im Bett lag, bin ich weggeratzt ...« Der Pastor begann in einem eingetauschten Playboy zu blättern und rümpfte die Nase, als er bemerkte, dass die mittlere Doppelseite fehlte.

»Etwas ist sicher dran an deinem Gedankengang. Und zwar, dass es unseres Wissens nur eine einzige Person gibt, die als verbindendes Element und fehlendes Glied zwischen Annette Tala und Nuokku Kielo in Frage kommt. Und zwar niemand anderer als Micke Pinola.«

»Ganz genau!«, ereiferte sich Vares. »Stell dir Folgendes vor: Annette wickelt diesen großen Kartoffelsack, Heikki Malmio, um den kleinen Finger. Und zahlreiche Indizien weisen darauf hin, dass genau Malmio es war, der in Jaskas Bude eingebrochen ist. Malmio und Annette haben also möglicherweise auch mit Jaskas Verschwinden etwas zu tun. Nicht wahr?«

»Nun, da könnte natürlich etwas dran sein.«

»Gut. Aber lass uns mit unserem Gedankenspiel fortfahren!« Vares begann zu Höchstform aufzulaufen. »Interessant ist, dass Annettes Freund, die goldene Kehle Micke Pinola, in seinem vorigen Leben in Harry Koivikkos Begleitband gespielt hat. Auch das passt ins Bild. Ich habe mir Dutzende Male Harry Koivikkos letztes Tourneeplakat angeschaut, das in Mononens Bar hängt. Irgendwo im Hintergrund sind einige dunkle Schatten mit ihren Instrumenten zu sehen. Micke war eine von diesen gesichtslosen Musikerseelen.«

»Ja. Das stimmt.«

»Und jetzt kommen wir zu der Verbindung zwischen Micke und Nuokku. Nuokku Kielo und Micke Pinola waren schon seit Jahren richtig gute Freunde und Bandkollegen. Sie gründeten damals mit Jonski Skarppi und ein paar anderen Kumpanen eine Band namens »Durchgebrannter Transformator«, die Suomi-Rock spielte. Und das wiederum passt zu deiner Theorie wie der Nagel auf den Kopf, Brüderchen Johannes. Du hast doch gerade laut darüber nachgedacht, dass Harrys Mörder ein guter Bekannter von Nuokku sein könnte. Irgendein Bursche, den Nuokku um keinen Preis hätte verpfeifen wollen.«

»Unerhörte Geschichte, Vares! Du sprichst gerade von einem Fürstenmord. Dann hätte der stolze Prinz also seinen eigenen König ermordet!«

»Jonski erzählte gestern in der Apotheke, dass Micke und Nuokku die engsten Freunde in der Band waren, wie Pech und Schwefel. Auch später soll Micke Nuokku immer mal wieder unter die Arme gegriffen haben, wenn dieser in der Klemme saß, sozusagen in Erinnerung an alte Zeiten.«

»All das kann natürlich stimmen.« Der Pastor breitete mit zweifelnder Miene die Hände aus. »Nur, dass es bei der Sache dieses eine, aber ziemlich große Aber gibt, und zwar das Motiv. Warum sollte Micke Pinola in den Mord an Harry Koivikko verwickelt sein?«

»Das ist eine Sache, die wir noch nicht geklärt haben. Zwischenmenschliche Beziehungen – Hass, Zuneigung, Neid, Ekel –

können von gar seltsamer Natur sein. Alles kann mitunter von ganz kleinen Dingen abhängen. Das Leben und der Tod.« Jussi Vares hob die Schultern.

»Du willst also behaupten, dass Annette Tala irgendwie in das Mordgeschehen verwickelt wäre?«

»In den Mord an Harry wohl kaum. Sie war damals noch eine minderjährige Gymnasiastin, die bei ihrer Mutter in Raisio lebte. Erst einige Jahre später lernte Annette Micke kennen. Aber sie ist wirklich eine selten unverschämte und miese kleine Hure, die zu allem fähig ist ...«

»Aber die Beweise, guter Freund. Die Motive und Indizien. Wo sind sie?« Pastor Alanen rieb symbolisch Daumen und Zeigefinger zusammen.

»Nirgendwo. Bis jetzt«, brummte Vares. »Und wo ist das Buch, von dem wir gestern gesprochen haben? Hast du's gefunden?«

»Ich hab's gleich am Morgen herausgekramt. Hier, bitte schön.«

Pastor Alanen suchte aus dem auf dem Tisch liegenden Stapel mit Tauschmagazinen ein Softcover-Buch hervor. Schon die Einbandgestaltung deutete darauf hin, auf welchen Geldbeutel das Werk zugeschnitten war. Auf einer Hochglanznahaufnahme lächelte Micke Pinola mit einem geheimnisvollen, ein wenig abwesenden Blick auf seinem sensibel gezeichneten Gesicht direkt in die Kamera, seine Gitarre fest an sich gedrückt. Der Name des Buches war: »Die Sternschnuppe! Micke Pinolas autorisierte offizielle Biografie«. Das Werk war von irgendeiner jungen Redakteurin zusammengestellt worden. Vares schlug das Titelblatt auf. Das Büchlein war offenbar noch ziemlich neu, vor etwa eineinhalb Jahren gedruckt.

»Das ist es. Danke auch. Genau das Werk, das ich gesucht habe!« Jussi blätterte begeistert in den Seiten des Buches herum. »Ich werd' mich wohl ein wenig zurückziehen, um mich in aller Ruhe mit dem Text vertraut zu machen, wenn's recht ist.«

»Och, ich glaub nicht, dass meine Kunden an deiner Anwesenheit Anstoß nehmen.« Pastor Alanen warf einen bedeutungsvollen Blick zur Außentür. Während der letzten halben Stunde war sie nicht ein einziges Mal aufgegangen. Der Pastor gähnte und begann schließlich, müßig einen Stapel eselsohriger Pornohefte auszuzeichnen.

Vares saß auf einem Stufenhocker in einer hinteren Ecke des Antiquariats vor dem Krimiregal und blätterte das kleine Buch mit wachem Auge durch.

Das rasch zu Papier gebrachte Machwerk war für eifrige Fans verfasst worden, die an allem Gefallen fanden, was in irgendeiner Weise mit Micke Pinola zusammenhing. Es gab nur sehr wenig Text in dem Buch, und die Schriftgröße war besonders groß gewählt. Die Zeilenabstände waren so weit wie das erbarmungslose Gähnen eines strengen Rezensenten. Bilder gab es dagegen reichlich, einige Aufnahmen auf jeder Seite. Einen noch größeren Umfang hatte das Buch dadurch bekommen, dass einige an Micke geschriebene Fanbriefe darin abgedruckt waren.

Jussi Vares überflog die Briefe mit hochgezogenen Augenbrauen. Herzblut und Tinte zusammengeflossen. Ergüsse abgöttischer Verehrung, selbstlose Anbetung des Goldenen Kalbs. War der Gehirnkasten des Menschen wirklich so gebaut, dass immer irgendwo ein Götze gefunden werden musste, und wenn nicht auf dem Altar, dann auf der Bühne?

Die Bilder waren eigentlich viel interessanter als der Text des Buches. Die Behauptung, die der Pastor soeben aufgestellt hatte, stimmte, zumindest was das Buch betraf. Das Bild siegte deutlich über das Wort.

Besonders rührend war ein etwas unscharfes Bild aus ferner Vergangenheit. Auf dem Bild posierte eine Suomi-Rock-Band namens »Durchgebrannter Transformator« auf der Bühne irgendeiner Schulsporthalle. Jonski Skarppi stand mit seiner Gitarre im Vordergrund, in einer Pose, die direkt aus einem Jugendmagazin hätte stammen können. Etwas weiter hinten standen Nuokku Kielo und Micke Pinola, Bass und zweite Gitarre. Die Jungs zeigten ein breites Lächeln und hatten einander lässig die Hände auf die Schultern gelegt. Wie die besten Kameraden.

Nuokku sah auf dem Bild frisch und unschuldig aus. Alles befand sich noch im Anfangsstadium. Micke Pinola wirkte ernsthafter. Er schien schon auf diesem Bild durch seine trüben Augen weiter in die Ferne zu schauen als die anderen.

Vares blätterte weiter und bemerkte, dass dieses etwas unbeteiligte und abwesende Lächeln eine Art von Grundausdruck in Mickes Gesicht war. Es handelte sich sicher nicht um eine einstudierte Pose, sondern gehörte zu der ihm eigenen Art, sich vor der bedrückenden Welt, die ihn umgab, zu verschließen.

Zehn Seiten später war Micke auf einem Farbfoto zu sehen, auf dem er mit gestriegelten Haaren und Sakko hinter Harry Koivikko stand, als dritter von links – ein einfaches Mitglied in den Reihen der Kapelle. Harry der Große war natürlich der Mittelpunkt. Der König lächelte, mit einem strahlend weißen Anzug bekleidet, einnehmend in die Kamera und schloss theatralisch das Gesangsmikrofon in die Hände. Vares betrachtete das Bild lange.

Irgendwann zwischendurch klapperte die Tür, und der Pastor bekam einen Kunden.

Dieser, ein betagter, vor sich hin säuselnder Herr, fand in fünf Minuten das Werk, das er gesucht hatte: »Der alte Patagonien-Express« von Paul Theroux. Der Ausgangspreis, den der Pastor für das Buch verlangte, betrug vierzig Finnmark. Das war zu viel. Schließlich verließ der alte Herr mit dem Buch unterm Arm den Laden, nachdem er den Preis auf fünfundzwanzig Finnmark heruntergehandelt hatte.

»Verdammt. Der Mann will mit dem Expresszug nach Patagonien und ist nicht bereit, mehr als fünfundzwanzig Mark dafür hinzublättern«, fluchte der Pastor. »Scheiße. Ich hätte diesem Knauserich am liebsten gesagt, dass er in die nächste Videothek gehen und sich für zwanzig Mark einen Film namens ›12 Monkeys‹ ausleihen soll. Das macht dann nicht mehr als, warte mal ...« Der Pastor begann auf seinem Tischrechner herumzutippen. »... nicht mehr als eine Mark sechsundsechzig pro Meerkatze. Wirklich billig.«

Fünf Minuten später kam der nächste Kunde und knallte eine Plastiktüte mit Color-Climax-Magazinen auf den Verkaufstresen.

Danach wuselte der Mann in einer hinteren Ecke am Pornoheftregal herum, fand, was er suchte, und verließ schließlich mit einer Tüte Teenage-Sex-Magazinen unterm Arm den Laden.

»Ein Stammkunde, kommt ein paar Mal in der Woche vorbei«, kommentierte Pastor Alanen, nachdem die Tür zugefallen war. »Wenn jemand einen chronischen Tennisarm hat, dann dieser Typ. Obwohl er mit Sicherheit nicht einmal weiß, was ein Tiebreak ist ...«

»Johannes. Halleluja! Jetzt hab ich was gefunden!« Vares sprang von seinem Hocker auf.

»Na, zeig es dem Onkel.«

Vares breitete vor dem Pastor eine Seite aus, auf der die Titelseite einer vor fast genau drei Jahren erschienenen Wochenendnummer des Abendblatts abgebildet war. Auf der Seite prangten die Schlagzeilen zu Micke Pinolas phänomenalem Aufstieg zur obersten Spitze der finnischen Unterhaltungsbranche.

»Verstehst du, Johannes, was das bedeutet?«, fragte Vares streng.

»Ehrlich gesagt – ich verstehe gar nichts.«

»Schau dir mal das Datum des Heftes an, guter Mann! Micke Pinola rückte erst vor drei Jahren in den hellen Lichtkegel der Öffentlichkeit!« Vares schnippte aufgeregt mit dem Finger wie ein aus der Rheumaklinik entlassener Flamencotänzer.

»Und genau vor drei Jahren tauchten in Tauno Kielos blau eingebundenen Memoiren die ersten Eintragungen über ein Blutgeld von fünftausend Finnmark auf! Jeeesus Christ, Pastor! Das ist doch die direkte Verbindung, die wir gesucht haben!«

»Könntest du das ein wenig eingehender erläutern?«, bat Alanen.

»Also, pass auf! Kielo beobachtet mit seinem Fernglas den Mord an Harry Koivikko. Er sieht zwar den Mörder, weiß aber nicht, wer er ist. Den verhassten Bullen erzählt der alte Psychopath natürlich nichts von der Sache, sondern beschließt, das ganze erschreckende Geheimnis dem finnischen Volk vorzuenthalten und mit sich ins Grab zu nehmen.« Vares holte tief Luft.

»Na, und was geschah dann?«

»Dann, eines schönen Tages, genau drei Jahre später: BINGO! Tauno sieht auf dem Titelblatt der Abendzeitung das bekannte Gesicht. Zuletzt hatte er das gleiche Gesicht etwa drei Jahre zuvor durch die Optik seines Fernglases gesehen – mit einem Messer in der Hand. In Zimmer 15 des *Märchenlands*. Der schicksalhafte zweite Freitag im Mai kehrt ihm wie ein Blitz ins Gedächtnis zurück. Und Kielo beschließt, aus seinem Wissen Kapital zu schlagen.«

»Glaubst du wirklich?« Der Pastor hielt den Atem an. »Oder könnte es sein, dass …«

»Ich glaube es nicht, ich bin mir sicher, dass es so war! Gerade damals begann der zweite große Albtraum in Micke Pinolas Leben, eine Erpressung. Aber andererseits konnte es sich unser Goldjunge ja leisten zu zahlen.«

»Obwohl an der Sache etwas dran sein könnte, stehen wir immer noch vor der Frage, welchen Grund Micke Pinola gehabt haben könnte, Koivikko zu ermorden.«

»Das weiß nur Micke selbst. Und vielleicht auch unsere hinreißende Vize-Miss, Annette Tala.«

Der Verkehr auf der breiten Straße vor dem Antiquariat des Pastors war völlig zum Erliegen gekommen. Ein LKW stand quer auf der Kreuzung und blockierte mindestens drei Fahrspuren. Er schien einen Lieferwagen gegen einen Ampelpfahl gestoßen zu haben. Die hinteren Türen des Hiace waren aufgeflogen, und auf dem schwarzen Asphalt hatten sich Dutzende von Kohlköpfen und Freilandgurken verteilt.

Zwei Polizisten hatten die Situation unter Kontrolle, und einige Schaulustige waren auch schon herbeigeeilt.

Jussi Vares schien die Episode jedoch nicht zu interessieren. Er schritt an den Umherstehenden vorbei, bog in die Itäinen Pitkäkatu ab und setzte, die im Softcover gebundene Biografie von Micke Pinola fest unterm Arm geklemmt, unbeirrt seinen Weg fort.

Ein Häuserviertel hinter der Unfallkreuzung wurde Vares aus seinen Gedanken gerissen, als hinter ihm ein PKW abbremste. Kurz darauf hörte er neben sich ein leichtes Hupen.

Vares blickte kurz über die Schulter und bemerkte einen großen Volvo. Es dauerte nur ein paar Sekunden, bis Vares erkannte, dass es sich um Erkki Vehmanens Wagen handelte. Der große Motor des Fahrzeugs brummte leise, und die Geschwindigkeit war bereits auf Schritttempo reduziert. Das verdunkelte Seitenfenster blitzte in der Sonne wie ein Signalspiegel und glitt schließlich langsam wie in Zeitlupe hinunter.

Vares' Bauch krampfte sich zusammen, und ein bitterer Geschmack stieg in seiner Kehle auf. Er erstarrte auf der Stelle, als würde plötzlich der Asphalt unter ihm schmelzen.

Erkki Vehmanen saß mit einem sonnigen Lächeln im Gesicht hinterm Steuer und zeigte mit dem gestreckten Zeigefinger seiner rechten Hand wie mit dem Lauf einer Pistole an seine Schläfe.

Dann aber erstarrte Erkki Vehmanens Lächeln zu einem maskenhaften Grinsen. Er blinzelte Vares an und presste aus den Wangen ein schussähnliches Geräusch hervor.

»Einen süßen Erdbeersommer, Jussi Vares!«

Das Seitenfenster schloss sich lautlos, und der Volvo gab kräftig Gas. Der Wagen fuhr die Itäinen Pitkäkatu weiter hinunter in Richtung Hafen, bis er schließlich aus der Sicht verschwand. Nur der bläuliche Auspuffqualm lag noch über der in der Hitze flimmernden Straßenschlucht.

Einige Minuten später stand Vares im sicheren Dunkel seines Korridors. Er lehnte sich leicht gegen die Toilettentür und schnappte, die Augenlider halb geschlossen, nach Luft.

Der stechende Blick, der in Erkki Vehmanens Augen gelegen hatte, wollte ihn nicht in Ruhe lassen. Er tauchte immer wieder aus der verfluchten Dunkelheit auf.

Schließlich zwang sich Vares, ins Wohnzimmer zu gehen.

Das Signallicht des Anrufbeantworters blinkte unheilverkündend. Wie ein rotes Raubtierauge funkelte es ihn unentwegt an. Vares zögerte einige Sekunden, bevor er den grauen Knopf drückte.

»Grüß dich, Jussi Vares. Du weißt sicher, wer hier spricht ...«, schnurrte Annette Talas softe Stimme auf dem Band. »Ich habe gerade von unserem gemeinsamen Freund gehört, dass du in seiner Gegend herumgeschnüffelt hast. Ts ts ts. Du böser Junge, du. Das war nicht ganz das, was wir vereinbart hatten, Jussi. Ich bin jetzt sogar ein wenig enttäuscht von dir. Werde dich wieder anrufen. Du bist mir eine gute Erklärung schuldig.«

## 37

Das rote Mercedes-Taxi hielt vor den breiten Glastüren des Hotels Marina Palace. Donna blickte nach rechts und links und bemerkte sofort ein paar Fotografen, die unter dem Vordach herumlungerten.

»Einen Moment noch!«, sagte Donna zum Fahrer und griff zu ihrer Handtasche.

»Kein Grund zur Sorge. Du siehst ganz okay aus. Richtig gut.« Jussi Vares tätschelte der Frau das Knie. »Take it easy, Ballerina.«

»Vertrauen ist gut, Kontrolle ist besser: Es dauert nur ein paar Sekunden.« Donna holte einen kleinen Taschenspiegel hervor und fuhr durch ihr luftiges Haar. Noch ein wenig Lippenstift. Und schon war alles fertig.

Vares bezahlte und öffnete die Seitentür des Taxis. Donna posierte einige Sekunden lang für die Pressefotografen. Und die Fotografen bekamen das geboten, was sie sich erhofft hatten: Titten-Donnas verführerisches Lächeln und interessante Einblicke in das offenherzige, tief ausgeschnittene Dekolleté des Stars. Jussi Vares machte eine Ausweichbewegung. Er stand ein wenig abseits und war darauf eingestellt, sich sofort davonzuschleichen, falls sich die Objektive auf ihn richten sollten.

In den Aufzug schoben sich glücklicherweise keine weiteren Menschen.

»Ich werde mich ein wenig im Hintergrund halten, wenn wir draußen auf dem Dach sind. Ich möchte wirklich nicht meine blöde Visage auf den bunten Seiten der Frauenmagazine sehen …«

»So, wie wir's abgemacht haben.« Donna spitzte ihre Lippen und blinzelte ihr Spiegelbild an. »Aber geh nicht zu weit fort. Ich möchte, dass du in der Nähe bist, falls ich Schwierigkeiten mit dieser eifersüchtigen Furie bekomme. Bei unserer kleinen Vize-Miss weiß man nie.«

»Weit fortlaufen kann man dort nicht. Wir fahren immerhin aufs Dach – in den siebten Stock …«

Donna lächelte Vares durch den Spiegel des Aufzugs an. Sie schien zu zögern, öffnete dann aber doch ihren Mund.

»Was glaubst du, Vares? Werden wir es jemals tun?«

»Mit absoluter Sicherheit, das hoffe ich doch ganz stark …« Vares zwinkerte der Frau schelmisch zu. »Aber vielleicht nicht unbedingt miteinander.«

Donna brach in ein kicherndes Gelächter aus und kniff ihn neckisch ins Ohrläppchen. Vares gab ihr einen leichten Klaps auf das Hinterteil. Im selben Augenblick öffneten sich die Aufzugtüren.

Der Geschäftsführer Eero Vesimies und Micke Pinola – der Star des Abends persönlich – standen in der Aufzughalle des siebten Stockwerks und nahmen die geladenen Gäste in Empfang. Eero Vesimies' Händedruck war schweißig und schlaff. Vares registrierte die gequälten, rot unterlaufenen Augen des Mannes und die kleinen Tropfen, die auf seiner Stirn perlten. Ein mittelschwerer Kater, irgendwo zwischen sechs und sieben auf der nach oben hin offenen Richterskala. Vares kannte die Symptome einigermaßen gut.

Micke Pinola trug ein legeres, weinrotes Jackett, ein graues, kragenloses Seidenhemd und eine Bügelfaltenhose in derselben Farbe. Der Gesangsstar drückte Vares kräftig und ruhig die Hand und hieß ihn freundlich willkommen.

Micke Pinola wirkte so ganz in natura irgendwie scheu, viel bescheidener als auf den Vierfarbfotos und in den Fernschinterviews. Das Diva-Gehabe, das der Erfolg häufig mit sich bringt, fehlte völlig: kein übersteigertes Geltungsbedürfnis, kein künstliches Lächeln. Pinola machte den Eindruck eines sachlichen Menschen, der mit sich selbst im Reinen zu sein schien.

»Hoffen wir auf Gold und Platin für Ihre neue Platte«, sagte Vares.

»Danke. Beides habe ich wirklich nötig.« Ein schnelles Lächeln huschte über Pinolas Gesicht. »Sonst wird Herr Vesimies hier noch ankommen und die Kosten für die Partyhäppchen und die Bowle des Abends von mir zurückverlangen.«

Der Smalltalk mit Pinola dauerte nur fünf Sekunden, dann glitt der Blick des Gesangsstars schon weiter zum nächsten Ankömmling.

Vares begann sofort, das kurze Zusammentreffen im Geiste zu analysieren.

Jussi hielt es für ziemlich ausgeschlossen, dass er gerade einem kaltblütigen Mörder die Hand geschüttelt hatte – einem Mann, auf dessen Gewissen seit sechs langen Jahren eine grausame und unwiderrufbare Tat lastete.

Vares wurde plötzlich von einem Gefühl der Unsicherheit übermannt. Noch gestern, im Antiquariat des Pastors, hatte alles so klar und einfach ausgesehen, und ein Gefühl des süßen Triumphes hatte alle Zweifel unter sich begraben. Die fehlenden Teile des schwierigen Puzzles hatten sich wie durch einen Zauberschlag eingefügt.

Jetzt aber, wo er Micke Pinola von Angesicht zu Angesicht gegenübergestanden hatte, sah die Situation völlig anders aus. In Vares' Gedanken tauchte immer wieder ein und dieselbe Frage auf. Habe ich mich vielleicht doch geirrt?

Vares hielt sich wie ein Prinzgemahl ein paar Meter von Donna entfernt. Sie kamen an einem grünlichen Schwimmbassin vorbei und traten auf die Dachterrasse hinaus, in den behaglich wärmenden Schein der Abendsonne.

Jussi Vares blieb vor dem Metallgeländer stehen und schaute forschend in die Runde. Plötzlich zuckte er zusammen, als er in einer Entfernung von rund fünf Metern Annette Tala sah. Annette trug ein bezauberndes, matt glänzendes Kleid mit schlichten Linien. Das Kleidungsstück brachte die »besseren Seiten« des Körpers vorteilhaft zur Geltung. Annette hatte bei diesem großen Festabend nichts dem Zufall überlassen wollen: Sie würde die unangefochtene Königin des Abends sein. Das schimmernde Abend-Make-up und die prächtige Frisur trugen die Handschrift von Spitzenkönnern.

Annette Tala sah durch Donna hindurch, als wäre diese billiges, von Fliegenschiss beschmiertes Fensterglas. Dann wandte sie sich um, hob ihr Sektglas an und prostete Vares zu. Ihre Lippen umspielte ein vieldeutiges, kaum merkliches Lächeln.

Vares nickte kurz zu Annette hinüber und nahm sich von dem nächsten Tablett einen Kelch mit dem perlenden Nass. Es kam ihm der Gedanke, dass diese schöne Klapperschlange, im Gegensatz zu ihrem Freund, ein Mensch war, dem man wirklich alles zutrauen konnte, auch einen Mord.

Ein Mensch, der immer Recht hat, neigt in seiner Unfehlbarkeit leicht dazu, den Part des Richters zu übernehmen, und erteilt, ohne mit der Wimper zu zucken, auch mal die Todesstrafe. Und so ein Mensch würde wegen einer solchen Kleinigkeit überhaupt kein schlechtes Gewissen haben.

Jussi Vares trat an den Rand der Dachterrasse, beugte sich vor und sah auf den acht Stockwerke tiefer dahinfließenden Aurajoki hinab. Die an den Pollern festgemachten Boote schaukelten gemächlich vor sich hin, doch in der Ferne war am Flussufer ein übles Gegröle und Gefluche zu hören. Auf einer Wiese randalierte eine Gruppe langhaariger Kiffer herum. Einer der tätowierten Typen, ein langer und spindeldürrer Bursche, plantschte mit bloßem Arsch, nur mit einer Jeansjacke bekleidet, in den Wogen des Flusses herum.

Vares wandte sich wieder zur Terrasse um und richtete seine Augen erneut auf Annette Tala, neben der jetzt Ruuhio stand, der bekannte Redakteur vom Abendblatt, mit einem Schreibblock in der Hand und einem zufriedenen Lächeln auf den Lippen. Ein

Fotograf derselben Zeitung trat von der Seite herbei und machte einige schnelle Schnappschüsse.

Vares dachte darüber nach, wie er sich nähern könnte. Ein unerwarteter und direkter Angriff würde in einer solchen Situation vielleicht die wirksamste Strategie sein. Vares wusste gut, dass er zur Bestätigung seiner Theorien nicht mehr vorweisen konnte als eine unterbewusste Ahnung, Streichholzschachteln und Springerstiefel. Alle richtigen Beweise fehlten, von Motiven ganz zu schweigen.

Er beschloss, auf irgendeine Weise Annette Talas porzellanhafte äußere Schale zu durchbrechen, gerade dann zuzuschlagen, wenn es die Frau am wenigsten erwartete.

Vares trat zu dem reich gedeckten, mit einer weißen Decke überzogenen langen Buffettisch und füllte sich ein paar knackigbraune kleine Würstchen auf den Teller. Das Festpublikum schwärmte fröhlich plaudernd auf der Dachebene aus. Die Sonne schien von einem fast wolkenfreien Himmel herab. Eine einsame Möwe flog vorbei, schlug die Flügel und wunderte sich. Die Temperatur auf der Terrasse konnte nicht angenehmer sein. Ein sanfter Wind brachte die Servietten in ihren Haltern leicht zum Flattern.

Redakteur Ruuhio nahm seinen Teller und leistete Vares Gesellschaft. Sein Kragenhemd zierte eine Krawatte, auf der ein volles, schäumendes Bierglas abgebildet war.

»Na, Ruuhio. Wie ich sehe, hast du gerade Fräulein Talas vorwitzige Fuchsschnauzen interviewt«, stellte Vares fest.

»Ach. So hat das also ausgesehen.« Ruuhio strich sich schmunzelnd über den Bart.

»Jepp. Wie geht's denn den identischen Zwillingen?«

»So prall und drall wie nie …«, lachte Ruuhio. »Aber mal im Ernst, das Mädel ist richtig beeindruckt von dem neuesten Erfolg ihres Boyfriends. Und dann hatte die Miss auch noch eine kleine Neuigkeit zu vermelden. Die Hochzeit, über die so viel geredet wird, ist vielleicht gar nicht mehr nur reines Altweibergeschwätz.«

»Die Hochzeitsglocken läuten also schon?« Vares hob die Brauen.

»Über das genaue Datum wurde noch nicht gesprochen.«

»Übrigens, Ruuhio. Du hast doch damals, in deiner Eigenschaft als Redakteur, aus ziemlicher Nähe das Leben von Harry Koivikko verfolgt«, nuschelte Vares mit einem Fleischklops im Mund.

»Ja, stimmt. Als Turkuer Redakteur war ich es, der in vorderer Reihe stand und sich im Namen der Zeitung um ihn kümmerte. Man musste doch das gemeine Volk über den großen Helden auf dem Laufenden halten. Ich hab über Koivikko wohl an die hundert Storys geschrieben.«

»Wie würdest du dann das Verhältnis zwischen Harry Koivikko und Micke, dem Star des heutigen Abends, beschreiben? Pinola hat doch früher in Koivikkos Begleitband gespielt.«

»Zwischen ihnen lag natürlich ein großer Altersunterschied. Zwanzig Jahre mindestens.« Ruuhio starrte auf seinen Teller. »Aber Koivikko verhielt sich Pinola gegenüber richtig kameradschaftlich. Wenn ich im Nachhinein darüber nachdenke, erinnere ich mich an Situationen, in denen Koivikko Pinola ganz besondere Aufmerksamkeit zuteil werden ließ. So, dass es auch einem Außenstehenden auffiel.«

»Vielleicht hatte Koivikko, als scharfsichtiger Mann, schon damals Mickes versteckte Begabung erkannt?«

»Vielleicht.«

»Es handelte sich also deiner Meinung nach um so etwas wie väterliche Gefühle eines älteren Kollegen …«

»Väterlich. Ja, vielleicht.« Ruuhio schmunzelte in sich hinein. »Oder eigentlich eher mütterlich.« Im selben Augenblick wurde Ruuhio von seinem Fotografen angestupst. Überall drehten sich die Köpfe herum. Auf die Terrasse rauschte ein jüngeres Techno-Sternchen. Das Mädel hatte sogar einmal versucht, in Amerika Karriere zu machen. Ruuhio stellte hastig seinen Teller auf einer Ecke des Tisches ab und lief ihr mit dem Schreibblock in der Hand nach.

Vares entdeckte in dem Gedränge auch den Komponisten Markus Tuusula. Der Mann war ganz in seine eigene Welt versunken und schien den Blicken der Umstehenden auszuweichen. Im selben Augenblick begannen die Lautsprecher probeweise zu knistern.

Micke Pinolas Stimme erfüllte den zwischen Himmel und Erde errichteten Festraum: Der klare und schöne Eröffnungstrack von Mickes neuem Album »Herzensnacht«, der gleichzeitig auch der Titelsong der CD war, brachte das Festpublikum zum Verstummen.

»Was glaubst du eigentlich, wer du bist, Jussi Vares?« Annette Tala benetzte ihre Zungenspitze mit Champagner und musterte Jussi Vares wie eine Katze einen Ostseehering aus dem Angebot.

»Dieselbe Frage könnte ich auch dir stellen, Annettchen.«

»Ein wenig enttäuscht bin ich schon. Ich habe wirklich gedacht, dass ich dir vertrauen kann. Immerhin bin ich mit offenen Karten zu dir gekommen und habe dir ein faires Angebot gemacht.«

»Aha, mit offenen Karten. Dann hast du wohl ganz vergessen, von dem bösen Pik-Ass zu erzählen, das du in deinem Kurzzeitgedächtnis verborgen hältst. Wirklich frech.«

»Was meinst du damit?«

Jussi Vares sah die Frau lange an und versuchte die Antwort hinauszuzögern. Jetzt musste er bedacht handeln. Es war der passende Moment gekommen, um zuzuschlagen.

»Vielleicht will ich damit andeuten, Annettchen, dass ich dich des Schlimmsten verdächtige. Ich habe nämlich den Verdacht, dass du eine Leiche im Keller hast.«

Es folgte ein tiefes und langes Schweigen. Jussi Vares und Annette Tala musterten sich wie zwei kampfbereite Foxterrier.

»Du redest doch absoluten Unsinn.« Annettes Lachen klang wie das Trällern einer Lerche an einem Sommerabend. »Der Herr scheint sich vor der Feier ein wenig Mut angetrunken zu haben.«

»Wie läuft's übrigens mit dir und Micke heutzutage?« Jussi Vares hustete gespielt in seine Faust und sah die Frau fragend an.

»Wieso? Aber danke der Nachfrage. Ausgezeichnet natürlich«, lachte die Frau. »Micke hat an dieser CD über ein halbes Jahr gearbeitet. Es haben ihn dabei die bestmöglichen Kräfte unterstützt, beim Komponisten angefangen. Alle Fachleute, die ich gesprochen habe, waren der festen Meinung, dass eine Platinplatte so sicher sei wie das Amen in der Kirche.«

»Na prima. Da fällt mir ja ein Stein vom Herzen. Eine kleine Frage noch. Weshalb ist eigentlich dein Busenfreund Heikki Malmio heute nicht eingeladen?« Jussi Vares blickte sich suchend um. »Ist die Musik nicht nach seinem Geschmack? Gehört eher Georg Malmstens ›Micky Maus in Seenot‹ zu seinen Favoriten?«

»Verflucht! Den Jungen wirst du da auf keinen Fall hineinziehen!« Der Ausdruck im Gesicht der Frau verwandelte sich, als ob man ihr mit einem nassen Lappen übers Gesicht gewischt hätte.

»Entschuldigung. Das war unüberlegt von mir.« Vares breitete die Hände aus. »Aber wie ist das übrigens – ist dieser Herr Malmio auch ein guter Freund von Micke? Oder kennen sich die Jungs überhaupt nicht?«

»Micke ist Künstler. Ich organisiere für ihn alles. Ich kümmere mich gut um ihn und bewahre ihn vor unnötigem Ärger. Ich sorge dafür, dass er sich ganz auf seine Arbeit konzentrieren kann. Das ist unsere Arbeitsteilung. Es gibt keinen Grund, weshalb Micke Heikki Malmio kennen sollte.« Annettes Wangen wurden ein wenig blasser. Ihr Selbstvertrauen begann schon ein wenig zu bröckeln, was Vares als äußerst angenehm empfand.

»Das Ausschnüffeln von Donna und all die verzweifelten Versuche, sie zu verleumden, sind also euer gemeinsames Projekt?« Vares schaute Annette mit großen Augen an. »Ein ziemlich interessanter Aspekt. Und ich hatte die ganze Zeit gedacht, dass es sich um ein kleines persönliches Projekt von dir handelt.«

»Ich versteh wirklich nicht, weshalb ich überhaupt mit so einem bedeutungslosen Typen wie dir solche Scheiße rede!«

»Weil du herausbekommen willst, wie gefährlich ich bin.«

»Gefährlich! Du? Klar bist du gefährlich – wenn man Luftverschmutzung als allgemeines Gesundheitsrisiko ansehen will!«

»Ihr seid seit drei Jahren zusammen. Eine ziemlich lange Zeit. Ist eure kleine Liebesbeziehung noch intakt? Brennt die Liebe immer noch so heiß? Oder muss die ehemalige Vize-Miss mit allen Mitteln um ihren Platz an der Sonne kämpfen?«

»Na gut. Da es kein Geheimnis mehr ist, kann ich's ja erzählen.« Annette Tala lächelte spöttisch und zeigte ihre makellosen Zähne. »Unser Hochzeitstag steht schon fest. Wir werden Anfang Herbst heiraten, also dann, wenn Mickes nächste Tourneepause beginnt. Die dreiwöchige Hochzeitsreise werden wir wohl irgendwo im Pazifik verbringen. Auf Samoa oder Hawaii. Aber in Ell-Äi schaun wir auch kurz vorbei.«

»Meinen Glückwunsch. Prima Sache. Dann hat das Fräulein ihr langfristig angestrebtes Ziel also erreicht. Sicher eine totale Genugtuung, für das hartnäckige Bemühen endlich entschädigt zu werden. Und für die jahrelange Plackerei.« Jussi prostete Annette mit seinem Glas zu.

»Denk über die Sache, wie du willst. Das juckt mich gar nicht«, lachte Annette. »Kannst du mich bitte jetzt in Ruhe lassen.«

»Klar, kann ich das, gleich. Nur eine Frage noch. Ist eigentlich Heikki Tarnanzug als Brautführer eingeladen?«

»Du elende Ratte!« Die Stimme der Frau klang so schneidend wie verrosteter Stacheldraht bei Frostwetter. »Ich warne dich noch ein letztes Mal, du erbärmlicher Schnüffler. Deine Mühe ist vergeblich, wenn du versuchst, einen Keil zwischen mich und Micke zu schlagen.«

»Hast du auch Jaska Teikari im Voraus gewarnt?«, schlug Vares ohne Vorwarnung los. »Hat der arme Bursche vielleicht den schicksalhaften Fehler begangen, dass er zu weit ging und direkt zu dir Kontakt aufnahm? Ohne sich zuerst den Rücken zu sichern?«

Jussi Vares schloss den Mund, blinzelte die Frau an, wandte ihr den Rücken zu und tat ein paar Schritte. Dann drehte er sich plötzlich noch einmal um, als ob er etwas vergessen hätte. Jussi Vares schaute der auf der Stelle erstarrten Frau gerade in die Augen.

»Ach ja. Richte Micke meine Glückwünsche aus. Er ist ja auf dem besten Wege, denselben Grad an Beliebtheit zu erlangen wie einst Harry Koivikko. Scheint wohl in die Fußstapfen seines Meisters zu treten, was?«

Annette kniff die Augen zusammen, als versuche sie, etwas in Jussi Vares' Gesicht zu lesen.

»Harrys Schicksal hat Micke damals sicher stark mitgenommen«, setzte Jussi in etwas leichterem Tonfall fort.

Annette Tala stand ganz still da. Ihr makelloses, schönes Gesicht sah wie eine kunstfertig gemalte fernöstliche Theatermaske aus. Es verriet nichts.

»Einen schönen Abend noch, Jussi Vares.« Die Stimme der Frau war weich. »Amüsieren Sie sich gut auf unserem großen Fest. Aber ... sehen Sie sich vor.«

## 38

Veikko Uolevi Hopea schritt durch das Einkaufszentrum von Varissuo und ließ in der Hand eine halb leere gelbe Einkaufstüte baumeln, in der sich ein schmaler, länglicher Gegenstand befand.

Das Treiben in dem Einkaufszentrum des größten Turkuer Vororts war wie immer international. Zwischen den gewöhnlichen Finnen, die mit ihren Einkäufen und Erledigungen beschäftigt waren, bemerkte Veikko Hopea auch den einen oder anderen exotischen Farbtupfer. Veikko runzelte die Brauen. Wirklich, dieses Finnland hatte sich in sieben Jahren ziemlich verändert.

Eine Gruppe mit dunklen Bügelfaltenhosen und glänzenden Lederjacken bekleideter junger Vietnamesen stand vor einer Apotheke und hielt in verschiedene Richtungen Ausschau. Jeder der drei Männer ließ seinen Autoschlüssel wie eine buddhistische Gebetsmühle um den Zeigefinger kreisen. In einiger Entfernung lehnte an einem Treppengeländer ein langer, schwarzer Bursche mit Rastalocken, der sich im Takt seines Walkmans wiegte. Er tat so, als ob er die beiden pickeligen Teenie-Girls nicht bemerkt hätte, die einige dutzend Meter entfernt standen und ihn mit großen Augen anstarrten.

Vor dem großen Lebensmittel-Konsum stand eine dunkel gekleidete, mollige Türkenmama und schimpfte laut mit ihren vier Blagen, von denen noch kein einziges das schulpflichtige Alter erreicht hatte. Eine Gruppe lautstark lachender Araber war unterwegs, um sich in der örtlichen Spielhalle die Zeit zu vertreiben. Vor dem Zeitungskiosk kauerte in seltsamer Hockstellung ein pergamenthäutiges, Zigarette rauchendes Männchen, dessen graues Haar von einem uralten schwarzen Topfhut bedeckt war. Der unbewegliche und wässrige Blick des Alten schien weit in die Ferne gerichtet zu sein – sowohl geographisch als auch zeitlich. Sah der Alte etwa vor seinem inneren Auge einen schönen Sonnenuntergang irgendwo in seiner fernen Heimat – der Kalmückensteppe von Mittelasien womöglich?

Als Nächstes kamen Veikko Hopea zwei mit langen, dunklen Kaftans und islamischen Schleiern bekleidete jüngere Frauen entgegen, die ihre Kinderwagen vor sich herschoben. Veikko runzelte verwundert die Stirn, als er bemerkte, dass aus der Schleieröffnung ganz klare und gutgläubig dreinschauende finnische Augen schauten.

Aus der Tür des Pubs Vanha Varis zwängten sich drei halb angetrunkene, laut herumkrakeelende finnische Suffköppe. Veikkos Aufmerksamkeit richtete sich auf einen blonden Lulatsch, der wohl der Anführer des Dreiergespanns war.

Moment mal! War der aufgeblasene Typ dort nicht dieser alte Knasthase aus Ostbottnien, der irgendwann vor fünf Jahren in Riihimäki wegen Betrugs eingesessen hatte? Die Ähnlichkeit des Mannes mit jenem Knastbruder war verblüffend. Der Sicherheit halber legte Veikko Hopea einen Zahn zu und verschwand schleunigst durch die an der Stirnwand des Einkaufszentrums gelegene Flügeltür nach draußen. Veikko schritt mit raschen Schritten auf dem Fußweg den Hügel hinan. Typisch finnische Pärchen trotteten ihm entgegen – stille und ruhige Menschen in Windjacken.

Wilma öffnete gleich beim ersten Klopfen die Tür.

»Ach, du bist's. Nett, dass du vorbeikommst.« Die Frau setzte ein breites Lächeln auf und schmiss die in ihrem Mundwinkel hängende North State durch die offene Toilettentür in die Kloschüssel.

»Hier. Kannst selbst einen aussuchen. Oder nimm einfach mehrere.« Hopea räusperte sich die Kehle frei und nahm aus der gelben Plastiktüte eine mit Samt bezogene viereckige Tafel heraus, an der etwa zwanzig verschiedene Ringe befestigt waren.

Veikko Hopea war tags zuvor am späten Abend zum Zeitvertreib im Holzhausviertel Portsa umherspaziert. Er hatte einige Pubs aufgesucht, um ein paar schnelle Bierchen zu trinken, und dann, auf dem Rückweg zu Schweinchen Kurittus Werkstatt, ein kleines Juweliergeschäft entdeckt – gerade an einem geeigneten ruhigen Ort. Das dicke Sicherheitsfenster des Ladens hatte sich ohne Probleme mit einem Abtrittrost einschlagen lassen.

»Ach du liebe Güte, Veikko, was hast du denn da ...« Wilma holte erschrocken Luft und schlug überrascht die Hände an ihre Wangen.

»Ich dachte nur ...« Hopea bewegte sich ungeschickt. »Ist mir nur so in den Sinn gekommen. Du kannst dir einfach einen aussuchen. Nimm den, der dir gefällt, Wilma. Oder nimm einfach mehrere ...«

»Aber nicht doch! Das kommt jetzt so völlig ... überraschend, dass ... Ich bin ganz sprachlos ...« Wilma schniefte. Ihre Stimme wurde heiserer.

Wilma Salonen war schon einmal in ihrem Leben verlobt gewesen. Das Glück hatte nur etwa fünf oder sechs Tage gedauert, auf jeden Fall weniger als eine Woche. Dann hatte ihr der Verlobte zugemurmelt, dass er kurz am Kiosk vorbeischauen würde, um ein Zigarettenblättchen zu holen. Und danach hatte sich der besagte Verlobte vier Jahre lang nicht mehr sehen lassen.

»Bist 'n netter Kerl. Richtig nett ...« Wilma kam näher, gab Veikko einen Kuss auf seine stoppelige Wange und öffnete mit fast besorgter Geste seinen Hosenschlitz.

»Du bist auch 'n dolles Mädel, Wilma.« Veikko Hopea strich sich über die Nasenflügel.

»Na, aber hereinspaziert ...«, begann Wilma begeistert. »Da woll'n wir mal 'n richtig guten Kaffee machen!«

Veikko folgte der Frau langsam in die Küche und setzte sich an den Esstisch. Er schlug die Beine übereinander und wusste plötzlich gar nicht mehr, was er sagen oder tun sollte.

Wilma beschäftigte sich, vergnügt vor sich hin pfeifend, mit dem Filter, dem Edel-Kaffee und der Kaffeemaschine. Die Ringe glänzten auf der dunkelblauen Unterlage in edlem Matt, fast erwartungsvoll.

Plötzlich blieb Wilma am Spültisch lehnend stehen und schaute Veikko Hopea in die Augen.

»Veikko, hör mal! Ich hab eine Idee! Wir sollten diese Sache ein wenig angemessener feiern. Weißt du, auf der Silja Line werden gerade irgendwelche Brasilianischen Wochen oder so was veranstaltet. Lass uns eine Schiffsreise nach Stockholm machen, ja?«

»Tut mir Leid. Ich kann mir keine Sperenzchen mit den Zollbeamten erlauben. Das verstehst du sicher. Wir müssen uns etwas anderes einfallen lassen, Darling ...«

»Was?« Wilma wurde blass und verzog ihre Lippen zu einem Schmollmund.

»Leihen wir uns lieber von Schweinchen einen richtigen Amischlitten und fahren zum Beispiel nach Lappland.«

»Zum Liebesfluss?« Ein neues, hoffnungsvolles Lächeln erleuchtete Wilmas Gesicht.

»Hmm, warum nicht ...«

»Wann fahren wir, Veikko ...«

»Sobald wie möglich. Ich hab da nur noch eine kleine Sache zu erledigen.« Veikko Hopea zog langsam einen großen Trommelrevolver unter der Jacke hervor und legte ihn auf die Tischecke, direkt neben die Ringe.

»Scharfes Eisen«, stellte Wilma fest. »Was ist das für eine Sache? Du musst 'n Typen umlegen, oder was?«

»Genau.«

»Sofort? Kann das nicht warten? Wilma möchte mit ihrem Veikko nach Lappland fahren!« Die Frau warf Veikko eine schmatzende Kusshand zu.

»Ja, bald. Wenn du noch ein bisschen warten kannst, dann werde ich die Sache jetzt gleich erledigen.«

## 39

Ein dünner, mit einem blaugrauen Zweireiher bekleideter Mann kam vom Innenhof und ging auf die Straße zu. Er blickte verstohlen nach links und rechts und trat, mit einer großen schwarzen Aktentasche in der Hand, aus der Toreinfahrt in den hellen Sonnenschein.

Der Aktenkoffer war etwas schwerer als ein gewöhnliches Aigner-Täschchen. Genau solche Koffer bevorzugten zum Beispiel eilige, sich mit ihren Verkaufsbroschüren abschleppende Handelsvertreter, irgendwelche Juristen und andere Personen, die täglich kiloweise DIN-A4-Schmutz mit sich herumtragen mussten.

Der Mann seufzte tief und lächelte leise in sich hinein. Er lächelte die ganze Zeit über, bis er die Eingangstür des Fremdenheims *Märchenland* erreichte. Dort blieb er stehen, blickte vorsichtig nach links und rechts und fuhr sich schnell mit der rechten Hand übers Gesicht.

Das dünne Lächeln war wie weggewischt. Der Mann wechselte die schwarze Tasche von einer Hand in die andere und trat in den Flur des Fremdenheims. Er schaute noch einmal nach links und rechts und schritt schnurstracks auf den Tresen zu.

Taisto Mononens steife Gestalt huschte im Hinterzimmer herum, aus dem das tiefe Glucksen einer Kaffeemaschine zu hören war. Der dünne Mann stellte seine Aktentasche auf den Boden, holte einen Kugelschreiber aus seiner Brusttasche und begann, das vor ihm liegende Meldeformular auszufüllen.

Taisto Mononen erschien und wischte sich einige Brotkrümel vom Mund.

»Aha. Ein Zimmer?«

»Genau.« Der Mann schaute nicht vom Formular auf.

»Eine oder vierundzwanzig Stunden?«

»Vierundzwanzig Stunden.« Der Kugelschreiber des dünnen Mannes kratzte ohne Unterbrechung.

»Zum Hof hin ist es ganz ruhig ...«

»Nein! Ein Zimmer zur Straße hin – unbedingt!« Der Mann hob entschlossen den Blick.

Als er später verhört wurde, erzählte Taisto Mononen den ermittelnden Polizeibeamten, dass er schon ein wenig verwundert gewesen war über den sonderbaren Blick des Mannes. In den Augen hätte etwas Schauriges gelegen.

Doch konnte man sich, wie Mononen den Polizeibeamten erklärte, in seinem Job nicht über jeden seltsamen Blick oder Gesichtsausdruck den Kopf zerbrechen.

»Na gut. Dann geb ich Ihnen das Zimmer Nummer zwölf«, sagte Taisto Mononen gelassen. Der Kunde hat immer Recht. Es gibt sogar auch solche, für die zum Beispiel nur das Zimmer Nummer sieben in Frage kommt.

»Hauptsache, das Zimmer liegt zur Straße hin.«

Taisto Mononen nahm das ausgefüllte Formular und überflog es schnell. Der Name sagte ihm gar nichts.

Erkki Vehmanen. Mononen steckte das Formular in die Schublade. Das war also der Name des Aktentaschenmannes. Er hatte angekreuzt, dass er geschäftlich unterwegs war.

Vares erwachte um elf Uhr in seinem Bett. Er fühlte sich gar nicht gut. Jussi erinnerte sich, dass er an der Bar im Erdgeschoss des Marina zusammen mit der kichernden Donna und dem mürrischen Komponisten Markus Tuusula Scotch Whisky getrunken hatte, der wie ein trockener Weißwein schmeckte.

Später war Eero Vesimies erschienen und hatte wichtigtuerisch einige Leute zusammengetrommelt, um in seiner Villa weiterzufeiern.

Jussi hatte an einer kleinen Geste erkannt, dass er selbst nicht gerade an der Spitze der Gästeliste stand, und die Einladung höflich abgelehnt.

Den Rest des Abends hatte Jussi Vares dann in Gesellschaft von Pastor Alanen und einem ganzen Trupp weiterer Spielleute und Vaganten im Olkku und in der Apotheke verbracht.

Natürlich war es spät geworden.

Jussi Vares drehte sich ächzend zur Seite und setzte sich am Bettrand auf.

Plötzlich fiel ihm wieder sein Traum ein. Er erstarrte auf der Stelle und schloss wieder die Augen.

Ach du Scheiße. Das war aber wirklich nicht mehr schön, dieser Albtraum, der sich jetzt schon fast jede Nacht wiederholte.

Zum Teufel noch mal! Jussi rieb sich mit beiden Händen die Schläfen. Bei der Erinnerung an die letzte Variante seines Albtraums lief es Vares kalt den Rücken herunter. Das war ja grauenhaft. Was für ein Traum. Kein Mann sollte so etwas jemals erleben: Jussi Vares war in dem Traum nackt über den belebten Turkuer Marktplatz marschiert, nur mit strammen, durchsichtigen und hautfarbenen Damenkniestrümpfen bekleidet! Und dann war da noch so ein Müßiggänger gewesen, der hinter ihm her gepfiffen hatte.

Erst um die Mittagszeit herum fühlte sich Vares in der Lage, der ersten normalen Tagestätigkeit nachzugehen. Laut eines Benachrichtigungsscheins, der mit der Post gekommen war, wartete auf Jussi Valtteri Vares im nächstgelegenen Postamt eine eingeschriebene Paketsendung.

Was mochte das für ein Paket sein? Vares warf sich die Jacke über und machte sich auf den Weg. Die Sonne schien glühend vom wolkenfreien Himmel auf den Hinterhofparkplatz. Es würde mit Sicherheit ein dumpfer und stickiger Tag werden, so unpassend wie nur möglich für einen verkaterten Mann.

Der Mondeo stand glücklicherweise im Schatten der Linde. Vares schritt über den Hof und suchte die Schlüssel aus seiner Tasche hervor. Ja verdammt noch mal! Er hatte die Wagenschlüssel in seiner Bude gelassen! Mit einem genervten Seufzer machte Jussi kehrt und stieg die Treppen in den zweiten Stock hinauf. Heute wollte man es wirklich von ihm wissen.

Die Schlüssel fanden sich nicht wie gewohnt auf dem Korridortisch. Nachdem Jussi Vares überall gesucht hatte, fiel ihm endlich ein, dass er sie in der Tasche der anderen Jeans gelassen hatte. Er hob die Hose vom Korridorboden auf und nahm die Schlüssel heraus. Plötzlich hatte er Durst. Vares ging zum Kühlschrank, um ein Glas Saft zu trinken.

Im selben Augenblick klingelte es hartnäckig an der Tür.

Als Vares die Tür öffnete, musste er wirklich staunen: Auf dem Flur stand Annette Tala.

Sie war mit einer langen, großzügig geschnittenen Jacke bekleidet und hatte ihre Haare unter einem dunkelblauen Seidenkopftuch verborgen. Ihre Augen waren von einer undurchdringlichen Sonnenbrille verdeckt.

»Was um Himmels will …«

»Guten Morgen, Jussi Vares. Du siehst aber mitgenommen aus.« Annette lachte nervös.

»Was suchst du hier?« Jussi Vares versuchte erst gar nicht, den Höflichen zu spielen.

»Unser Gespräch von gestern, auf dem Dach des Marina, hat die Dinge erheblich verändert.« Annette schluckte, als würde sie nach Worten suchen. »Ich glaub, ich hab dir da 'ne Menge zu erzählen. Wenn du nur bereit bist zuzuhören.«

»Komm rein.« Vares trat zur Seite. »Mit einem Morgenkaffee kann ich leider nicht dienen. Die Milch ist wieder mal sauer.«

»Danke. Ich mach mir nichts aus Kaffee.« Annette setzte ein dünnes Lächeln auf.

Sie trat mit langen, sicheren Schritten näher und blickte sich prüfend wie ein Spürhund um.

»Solltest du hier nicht mal ein wenig lüften, was meinst du?«

»Riecht es muffig hier, oder was?«, wunderte sich Vares. »Ich jedenfalls rieche nichts. Allerdings ist meine Nase morgens oft ganz verstopft.«

»Das kann an den Hausstaubmilben liegen. Diese kleinen Teufel feiern hier bestimmt ihr ewiges Mittsommerfest. Ich öffne das Lüftungsfenster, wenn du nichts dagegen hast.«

»Fühl dich wie zu Hause.« Jussi hob großzügig die Hand und ließ sich in seinen Sessel fallen.

Annette Tala ging zum Fenster, schaute auf den Hof hinaus, zupfte eine Weile ihr Seidenkopftuch zurecht und öffnete schließlich das Lüftungsfenster.

»Bitte. Such dir irgendwo eine Sitzgelegenheit.« Vares schwenkte mit der Hand.

»Danke. Ich stehe lieber. Wird sicher nicht lange dauern.« Annette Tala versuchte ein wenig natürlicher zu lächeln. Das Ergebnis war nicht sehr überzeugend. Sie trat zum Bücherregal und begann in aller Ruhe die Buchrücken zu studieren.

Jussi Vares war verärgert über Annettes seltsames Verhalten. Was hatte sie nur dazu bewegt, sich herabzulassen und trotz des unangenehmen Zwischenfalls bei dem gestrigen Fest diese bescheidene Behausung aufzusuchen?

»Könntest du mir jetzt freundlicherweise verraten, was du hier willst, liebe Annette«, sagte Vares. »Ich habe nämlich noch anderes zu tun.«

»Was bist du für ein ungeduldiger Mann, Jussi Vares. Aber okay. Gleich wirst du alles hören. Ich geh nur noch mal eben auf Toilette. Entschuldige mich …«

Annette Tala marschierte in den Korridor. Jussi erstarrte auf seinem Sessel. Plötzlich begannen die Warnglocken in seinem Kopf zu klingeln. In einer Hundertstelsekunde gelang es ihm, verschiedene Dinge zu kombinieren: das nervöse Verhalten der Frau, das seltsame Drehen und Wenden am Fenster – und diese schweren und entschlossenen Schritte, die durch das Treppenhaus hallten …

… und natürlich ausgerechnet vor seiner Tür Halt machten.

Jussi Vares fluchte. Er begriff, dass er den wohl verhängnisvollsten Fehler seines Lebens begangen hatte, versuchte, sich aus seinem weichen Sessel zu erheben, aber es war zu spät.

Die trockenen Scharniere der Wohnungstür knarrten. Annette Tala hatte die Tür schon öffnen können. Zu spät, alles war jetzt zu spät!

Vares hörte, wie eine dritte Person entschlossen über die Schwelle trat. Jussi Vares fiel in seinen Sitz zurück. Alle Kraft schien aus seinen Gliedern zu weichen. Seine furchtsamen und aufgerissenen Augen hefteten sich auf die untersetzte und etwas gebeugte Person, die an der Türöffnung erschien.

Heikki Malmio lächelte so fröhlich, dass seine angedunkelten Zähne zum Vorschein kamen, und ließ seinen schweren Rucksack aus seiner linken Hand auf den Boden gleiten. Zur Ausrüstung des Mannes gehörte etwas, das Jussi nur allzu gut kannte. In seiner rechten Hand hielt Malmio eine abgesägte Schrotflinte. Aha! Heikki Malmio hatte also kürzlich ein wenig mit der Metallsäge herumgewerkelt.

Der Doppellauf der pechschwarzen Mordwaffe zeigte, halb unbeabsichtigt, auf Jussi Vares.

»Hallo Kumpel, lange nicht gesehen.«

## 40

»Ist alles in Ordnung mit dir?«, fragte Heikki Malmio und klopfte Vares leicht auf den Schädel. Der große Mann sah aus, als müsse er sich ein Lachen verkneifen.

Jussi Vares sagte nichts. Er lag auf der rechten Seite auf dem harten Boden des Wohnzimmers und starrte benommen und apathisch, den Schädel so leer wie eine Kesselpauke, mit glasigen Augen vor sich hin.

Malmio tat einen kleinen Schritt zur Seite. Vares zuckte ein paar Mal mit den Augenlidern. Sein Blick heftete sich auf die schwarzen Springerstiefel des breitbeinig dastehenden Mannes. Ganz nebenbei bemerkte Vares, dass an den Seiten der stabilen Profilsohlen hellbrauner, kleisterartiger Lehm backte.

Das sieht ja aus wie Kinderkacke, dachte Vares für sich.

Dann schloss er fest die Augen und fühlte, wie er aus Zeit und Raum herausgetragen wurde. In seinem Inneren spürte er einen eisigen Klumpen schwarzes Eis, der sich immer mehr ausdehnte und schließlich jeden Winkel seines Körpers auszufüllen schien. In seinem Schädel begann eine völlig fremde Stimme zu sprechen. Die Stimme wiederholte immer wieder dieselben Worte, mit einem spöttischen und allwissenden Unterton:

»Gelebtes Leben, gelebtes Leben, gelebtes Leben – ist es jetzt vorbei? Dein Leben, Jussi Vares? Ist es vorbei?«

Gleich nachdem er in die Wohnung eingedrungen war, hatte Heikki Malmio aus seinem Rucksack ein aus groben Fasern geflochtenes Nylonband hervorgeholt. Der Mann war mit seinen Kräften nicht gerade sparsam umgegangen, als er die Knoten des Bandes festzog, mit dem er Vares die Handgelenke auf dem Rücken zusammengebunden hatte.

Jetzt lag Jussi Vares seitlich, mit angewinkelten Beinen, auf dem fleckigen Kunststoffteppich, der seinen Wohnzimmerboden bedeckte. Der Boden fühlte sich seltsam kühl an den Wangen an. Die Temperatur im Zimmer erschien dagegen unangenehm warm.

»Soweit ich mich erinnere, hab ich dich gefragt, du Matschhirn, ob alles in Ordnung mit dir ist!«, wiederholte Heikki Malmio mit gespannter Stimme seine Frage.

Jussi Vares gab keine Antwort. Er öffnete vorsichtig die Augen und sah vor sich auf dem Boden einen Flecken und den ein wenig ausgefransten Saum des verschlissenen Kunststoffteppichs.

Malmios großer schwarzer Springerstiefel schwang durch die Luft. Vares sah ihn kommen, schaffte es aber nicht, sich richtig darauf einzustellen. Es bereitete ihm ein wenig Schwierigkeiten, seine Knochen zu sortieren. Der harte Tritt traf ihn an seiner linken Brustkorbhälfte. Wie ein Schmiedehammer donnerte der Schuh gegen die Rippen. Ein starker, glühender Schmerz verdunkelte Vares die Augen und nahm ihm den Atem.

Jussi Vares fürchtete einen Moment, dass sein heftig pochendes Herz durch die Wucht des Trittes wie eine überreife Tomate auslaufen würde.

»Ist alles okay?«, wiederholte Heikki Malmio seine Frage. »Hört mich der Herr nicht oder versteht er mich nicht?«

»Öhhh ... besser könnt's nicht gehen.« Jussi Vares hustete. Ein blasiger Gallenschleim rann über seine Wange auf den Teppich.

»Na also ... mir auch nicht ...«, lachte Heikki Malmio. »Du, Vares, das Leben ist doch verdammt schön, was?«

Annette Tala streifte durch das Zimmer wie ein Nerzweibchen durch eine enge Höhle. Sie zündete sich schon zum wer weiß wievielten Male eine Zigarette an. Das Klacken der Stöckelschuhe klang wie der verzweifelte Morseruf von einem untergehenden Dampfer.

Jussi Vares' gläserner, umherirrender Blick traf zufällig auf den schlanken linken Knöchel der Frau. Seine Augen starrten wie gebannt auf einen sich am Knöchel abzeichnenden Fleck, der wie ein verwischter Tintenklecks aussah. Vares blinzelte mit den Augen. Das Bild wurde allmählich schärfer. Nein, es handelte sich nicht um einen Fleck, sondern um eine kleine, blauschwarze Tätowierung.

Jussi Vares begann der Tätowierung hinterherzujagen. Als die Frau vielleicht schon zum zehnten Mal vom Fenster zur Korridortür zurückkehrte, konnte Jussi Vares endlich erkennen, was der Tattookünstler mit seiner Nadel auf Annette Talas Knöchel geritzt hatte.

Auf die glatte, helle Haut war ein kleines Herz gestochen, in dem sich in großen Schmuckbuchstaben der Name MICKE befand.

Ach, wie originell! Ein leichter Anflug eines schmerzlichen Lächelns fuhr über Jussi Vares' Lippen.

»Annette, erklär mir mal eine Sache. Was hat Harry Koivikko deinem Micke eigentlich Böses getan?«, fragte Jussi Vares mit heiserer Stimme.

Jussi holte rasselnd Luft und versuchte seinen Kopf so zu wenden, dass er der Frau direkt in die Augen sehen konnte. Er hatte ein seltsam taubes Gefühl im Nacken, und jede kleine Bewegung schmerzte in den Rippenzwischenräumen wie die Klinge eines grausam auf ihn einstechenden, stumpfen Messers.

In dem starken Gegenlicht, das durch das staubbedeckte Fenster hereinfiel, konnte Jussi nur das dunkle Oval von Annette Talas Gesicht erkennen. Vares blinzelte mit den Augen. Das war sie, die leibhaftige böse Königin.

»Was hat Harry deinem Micke getan?«, wollte Jussi Vares wissen.

»Er hat ihn gefickt«, sagte Annette Tala mit ruhiger Stimme. »Harry Koivikko hat meinen Micke gefickt.«

## 41

Annette Tala drückte mit einer aggressiven Geste die Zigarette aus und wandte sich Vares zu.

»Es war vor sechs Jahren, Anfang Frühling, nach einem Gig in Kuopio. Die lange Tournee war zu Ende, und Koivikko hielt mit der Band in einer Suite des Hotels Puijonsarvi ein abschließendes Zechgelage ab. Es war eine ziemlich wilde Nacht. Und irgendwann kam dabei wohl auch noch was anderes als Schnaps ins Spiel …« Annette seufzte tief. »Micke zumindest hatte in dieser Nacht das eine oder andere Zeugs probiert. Und dann kam es so, dass er irgendwann nach Mitternacht abschmierte. Um zehn Uhr morgens wachte Micke völlig benommen und ganz wirr im Kopf neben Harry Koivikko auf.«

Annette legte eine bedeutungsvolle Pause ein.

»Der arme Micke fand sich mit einem ziemlich üblen Gefühl auf den zerknautschten und verschmutzten Laken wieder – er hatte sozusagen seine Jungfräulichkeit verloren.«

Die verbitterten Worte der Frau hallten in dem stickigen Zimmer wie ein Zauberspruch oder eine Beschwörungsformel. Malmio lachte schallend auf. Als er bemerkte, dass die anderen nicht mitlachten, führte er seine Pranke vor seinen großen Mund und verstummte.

»Und dann hat Micke Harry umgebracht, aus Rache?«, vermutete Jussi Vares. »Ist es so gewesen?«

»Genau. Oder … ganz so einfach ist es nun doch nicht gewesen.« Annettes Stimme bebte.

»Micke musste zunächst einmal alle Qualen des Hasses und der Scham durchmachen. Drei lange Tage und Nächte kämpfte mein armer kleiner Micke mit sich selbst. Zuerst nahm er alle möglichen Beruhigungsmittel und trank übermäßig Schnaps, versuchte sich von diesem scheußlichen Akt, dieser Vergewaltigung, zu erholen. Dann nahm er zu einem bekannten Drogendealer Kontakt auf und bekam von ihm stärkeres Zeug.« Annette Tala strich sich eine dunkle Haarsträhne von der Stirn.

»Micke hat mir viele Male erzählt, wie er nach den drei durchwachten Nächten schon so durcheinander gewesen war – vor lauter Hass und von den Medikamenten und all der anderen Scheiße, die dieser Drogenfuzzi ihm besorgt hatte –, dass er schließlich einfach beschloss, das Recht selbst in die Hand zu nehmen und es diesem Arschloch heimzuzahlen.«

Vares schloss eine Weile die Augen. »Wie hat sich das alles abgespielt?«

»Micke hatte einen richtigen Plan gemacht. Einen Mordplan. Er rief Koivikko an und machte mit ihm ein Treffen aus …« Die Stimme der Frau wurde noch gespannter und kälter. »Micke gab vor, dass er sich für den hysterischen Zwischenfall im Hotel Puijonsarvi bei Koivikko entschuldigen und sich mit ihm treffen wolle … Er sagte, dass er einen schweren Kampf durchgemacht und eine ganz neue Seite an sich entdeckt hätte. Und dass er seinem wahren Ich nicht mehr im Wege stehen wolle. Micke erklärte also diesem Schwanzlutscher am Telefon all solchen Mist, den so ein Typ wie er hören wollte …«

»Und Koivikko biss an?«

»Der Haken versank samt Schwimmer. Micke sagte, dass das Arschloch am Telefon so richtig einfühlsam und empathisch gewesen war, eine Zeit lang irgendetwas Vages über seine Gewissensbisse erzählte und die Schuld auf den Schnaps schob – aber gleich auch ein Zimmer reservieren wollte, um mit Micke ganz von Mann zu Mann zu sprechen. Stell dir mal vor, welche Frechheit! Ganz von Mann zu Mann – verdammte Scheiße!« Annette lachte verbittert.

»Und Micke hat Koivikko dann getroffen?«

»Ja. Micke erzählte mir, dass er zuerst noch ’ne ordentliche Tüte geraucht hatte. Dann war er zum Fremdenheim gegangen, hat das Schwein eiskalt abgeschlachtet und wollte schon zur Polizei gehen, um sich anzuzeigen. Micke beherrschte nur der eine Gedanke: das Geständnis. Und danach wäre alles vorbei gewesen.« Annette zog eine Zigarette hervor und zündete sie mit etwas zittrigen Fingern an. »Micke erzählte, dass er durch die ganze Stadt gelaufen war, bis vors Polizeipräsidium, und dabei die ganze Zeit überlegt hatte, ob er ein Geständnis ablegen sollte.«

»Aber dann konnte er sich doch nicht dazu durchringen, oder?«

»Nein. Ganz so war es nicht. Die Pillen hatten sozusagen Gewalt über ihn genommen. Zum Glück. Micke setzte also seinen Weg fort, am Polizeipräsidium vorbei, ganz wie ein Schlafwandler. So hat mir Micke seinen Seelenzustand beschrieben. Er ist die Linnankatu entlang gelaufen, bis zum Hafen und von dort weiter bis nach Ruissalo, wo er über die Wanderwege bis zur äußersten Landspitze der Insel trottete. Dort saß Micke bis kurz vor Mitternacht in irgendeinem Felsloch und fühlte sich wie ein unbeteiligter Zuschauer in diesem ganzen schrecklichen Schauspiel.«

»Also total cool gehandelt!«, kommentierte Heikki Malmio zwischendurch.

»Micke kehrte mit dem letzten Bus ins Zentrum zurück.« Annette seufzte tief. »Die ganze Stadt war völlig in Aufruhr. Die Leute sprachen von nichts anderem mehr als von dem Mord an Koivikko. Es war die Meldung Nummer eins in allen Nachrichtensendungen. Meine Mutter saß zu Hause in Raisio vor dem Fernseher und weinte fast hysterisch. Ich erinnere mich gut daran. Obwohl mich selbst die Sache kaum erschüttern konnte. Hab ich doch von Micke damals noch überhaupt nichts gewusst …«

»Micke kam also noch einmal glimpflich davon«, stellte Jussi Vares fest. »Bis sich ein Augenzeuge meldete. Jahre später.«

»Ganz genau. Dieser miese, alte Scheißkerl hatte die ganze Sache beobachtet. Der erste Erpresserbrief kam irgendwann vor drei Jahren, kurz nachdem Mickes Gesicht auf die Titelseiten und Zeitungsplakate gelangt war. Der Brief war ein fürchterlicher Schlag für Micke.« Die Frau schüttelte langsam den Kopf und blinzelte mit den Augen. »Dem Himmel sei Dank, dass ich damals schon mit ihm zusammen war. Micke erzählte mir alles. Und ich habe Micke sofort zur Seite gestanden. Bedingungslos und hundertprozentig. Wäre ich nicht gewesen, hätte Micke mit Sicherheit seine verrückte Idee verwirklicht, wäre zu den Bullen gegangen und hätte alles ausgeplaudert. Ich aber habe ihn zur Vernunft gebracht. Es wäre völlig unsinnig gewesen, alles zu zerstören, auf das er sein ganzes Leben lang so verdammt fleißig hingearbeitet hatte.« Annette nahm schnell hintereinander ein paar tiefe Züge von ihrer Zigarette. »Schließlich gab er nach, mein geliebter Micke. Und wir begannen zu zahlen. Wir konnten es uns ja leisten. Ein ganz leichter Entschluss. Das Leben, die Freiheit und die Liebe waren doch viel teurere Dinge als dieser kleine monatliche Obolus!«

»Dann hat die kleine Annette also die Zügel in die Hand genommen und angefangen, Mickes Leben zu ordnen. War es so?« Jussi Vares' Blick richtete sich wieder wie unbeabsichtigt auf Annettes Knöcheltattoo.

»Genau so war's.« Ein kleines Lächeln huschte über Annettes Gesicht. »Erst da verstand Micke, wie unzertrennlich wir beide sind. Für immer und ewig eins. Micke ist nichts ohne mich, so wie ich nichts ohne ihn bin.«

»Aber jetzt hast du die Sache ganz allein und selbstständig in die Hand genommen?« Jussi redete und redete, um sein Leben noch um ein paar Sekunden, Minuten hinauszuzögern. »Weiß Micke, was ihr mit Jaska Teikari getan habt?«

»Micke kennt den Burschen nicht einmal!«, fuhr Annette auf. »Jaska Teikari nahm, Gott sei Dank, zuerst zu mir Kontakt auf. Der Typ erzählte mir dann alles und betonte ganz stolz, was für ein harter Bursche er sei. Erst von ihm erfuhr ich übrigens den richtigen Namen des Erpressers, also dieses verstorbenen Alten.«

»Jaska hat das Fallbeil seiner Guillotine quasi selbst sausen lassen«, sagte Vares leise.

»Wie auch immer. Ich musste eine Entscheidung treffen, ganz allein. Es gab einfach keine andere Möglichkeit. Dieser elende Journalistenscheißer glaubte, er könne all das gefährden, für das ich – oder vielmehr wir – Jahre investiert und hart gearbeitet hatten. Na, wie wir wissen, hat sich der Bursche schwer geirrt.«

»Wo ... wo ist Jaska jetzt?« Jussi Vares spürte, wie sein Mund trocken wurde.

»Dieser Scheißtyp schwimmt natürlich in seiner eigenen Scheiße, wo sonst.« Heikki Malmio stieß einen kurzen Lacher aus.

Jussi Vares blinzelte mit den Augen und erinnerte sich plötzlich an das graue, ein wenig windschiefe Plumpsklo, das auf dem verwilderten Gartengelände im düstren Schatten der Fichten gestanden hatte. Er erinnerte sich an den ranzigen Geruch und das seltsame Zittern, das seinen Körper durchlief, als er in jener Bretterbude gesessen hatte.

Verdammt noch mal! Wie ein Hefeteig breitete sich das Grauen in ihm aus.

»Sicher verstehst du, Vares, dass mir jetzt keine andere Möglichkeit bleibt«, setzte Annette Tala fort. »Du kannst keinem anderen die Schuld für dein Schicksal zuschieben als dir selbst. Und du kannst auch nicht bestreiten, dass du ein ganz unverschämter Scheißkerl bist. Genau so wie dein Freund Teikari.«

»Hör auf rumzureden, du verfickte Hure!«, knurrte Vares hoffnungslos.

Malmios großer Schuh schwang wie ein Mauerbrecher durch die Luft. Vares' Rippen krachten wieder bedrohlich, und wie ein

Präriefeuer stieg ein rotglühender Schmerz in ihm auf. Vares lag zusammengekrümmt da und schnappte nach Luft. Dennoch, er musste weitermachen.

»Deine Motive, Annette, kann ich ja irgendwie verstehen ...« Vares spuckte einen glänzenden Qualster auf den Boden. »Du bekommst den Prinzen und das ganze verdammte Reich dazu. Aber Malmio, hey! Welchen Nutzen hast du eigentlich von alldem, du hirnloser Grützkopf?«

»Ähh, meinst du mich?«

»Wen denn sonst?« Vares' Stimme erhob sich vor Zorn.

»Ich bin nur Annettes Kumpel.«

»Die Alte verarscht und benutzt dich doch wie einen blöden Hammel – der du ja auch bist. Aber was glaubst du, was für dich dabei abspringt?« Vares versuchte vergebens, Augenkontakt zu dem Mann zu bekommen.

»Eine kleine Belohnung wird Heikki jetzt gleich bekommen!«, unterbrach Annette Vares' Moralpredigt und wandte sich mit einem leichten Lächeln Malmio zu.

»Jetzt gleich?« Malmios Mund öffnete sich und seine Augen wurden größer. In seinen Pupillen lag ein erwartungsvoller Glanz.

»Ja. Hier und jetzt. Sofort und gleich. Na, hol schon deine große Kanone hervor, mein Goldjunge.«

»Willst du es sofort tun?«

»Klar will Annette das. Jetzt sofort!«

Heikki Malmio grunzte, leckte sich den Mund und begann hastig mit seinem Reißverschluss zu kämpfen. Aus dem Mund des Kolosses drang ein seltsames Quäken. Annette Tala sagte mit tiefer Stimme etwas zur Aufmunterung und kniete sich langsam vor ihrem Kumpan nieder.

Vares sah, wie die Knie des großes Mannes bebten, ganz so, als ob ihm jemand von hinten mit dem Baseballschläger in die Kniekehlen geschlagen hätte. Vares schloss die Augen, aber den Stimmen und Geräuschen konnte er sich nicht entziehen.

Heikki Malmios Gestöhne dauerte nicht länger als eine Minute. Annette Tala lachte heiser und richtete sich auf.

»Gut so, großer Junge«, sagte die Frau wie zu einem Hund.

Annette ging in die Küche und ließ sich Wasser in ein Glas laufen. Heikki Malmio schloss, immer noch angestrengt atmend, seinen Reißverschluss, ganz so, als ob er gerade bei einem Training die schwersten Gewichte gestemmt hätte.

»Nun. Das war's.« Annette blies grauen Zigarettenrauch in die Luft, als sie ins Wohnzimmer zurückkam. »Wir können hier nicht den ganzen schönen Tag vertrödeln. Es ist höchste Zeit, dem Herrn hier eine Gute Nacht zu wünschen.«

»Lass mich raten, Annette …«, sagte Jussi Vares. »Das hat geschmeckt und gestunken wie eine Spitzmaus, nicht wahr?«

## 42

»Hallo, der Pastor hier, grüß dich. Hab den ganzen Tag über 'n bisschen Kopfschmerzen gehabt. Wie wär's, wenn wir uns auf ein paar Bierchen in der Apotheke treffen, nach fünf Uhr so. Ruf zurück, wenn du Zeit hast!«

Pastor Alanens Stimme rasselte auf dem Anrufbeantworter und übermittelte Jussi Vares eine Nachricht aus einer Welt, in der noch die Sonne schien, das Bier schmeckte und der Mensch nach fünf Uhr das tun konnte, wonach ihm der Sinn stand. Es war eine Nachricht aus dem Leben. Und sie klang ziemlich bitter in den Ohren eines Menschen, der wusste, dass sein Leben praktisch vorbei war.

»Wer war das?«, fragte Malmio.

Jussi Vares sagte nichts. Der Springerstiefel schwang durch die Luft, und wie eine blutrote Kapuze zog sich der Schmerz über das ganze Bewusstsein.

»Wer?«

»Äääh … ein Kumpel. Er ist Pastor.«

»Der Pfaffe will dir wohl die Letzte Ölung erteilen, was?« Ein schallendes Lachen.

»Heikki, jetzt mach mal Dampf!«, hörte man Annettes Stimme

aus Richtung Toilette rufen. »Wir können hier nicht den ganzen Tag bleiben.«

In Heikki Malmios vollem, tarnfarbenem Rucksack fand sich das eine oder andere praktische Zubehör: sauber zusammengefaltete schwarze Müllsäcke, ein langschneidiges Messer, eine Bindfadenrolle, Klebeband und noch mehr von diesem dickeren Nylonband, mit dem Vares' Hände auf dem Rücken zusammengeschnürt waren.

Außerdem fand sich in dem großen Rucksack ein Hammer, ein großer Meißel und ein kurzstieliges Fahrtenbeil, dessen Schneide mit irgendeiner dunklen Schmutzschicht überzogen war.

In einer länglichen Zwei-Liter-Plastikflasche schien sich irgendeine grünliche Flüssigkeit zu befinden, möglicherweise Desinfektionsmittel. Schließlich kam noch ein elektrisch betriebenes Arbeitsgerät zum Vorschein, das mit einem kurzen Sägeschwert ausgestattet war – eine Black & Decker oder etwas in der Art.

Vares verfolgte mit weit aufgerissenen Augen, wie der große Mann pfeifend und ohne Eile seinen Rucksack entleerte.

»Was habt ihr beiden vor?«, fragte Jussi Vares schnell. Er wunderte sich, weshalb er diese Frage stellte und weshalb seine Stimme so unnatürlich ruhig klang.

»So, willste das wissen?«, schmunzelte Heikki Malmio. »Nun, zuerst lass ich dich dort in die Badewanne plumpsen. Danach werde ich dich mit Hammer und Meißel erledigen. Mit den anderen Werkzeugen werde ich dich in tragbare Stücke zerteilen. Die Beine, die Hände und dein Köpfchen werden extra abgetrennt. Die kommen zusammen in einen Müllsack. Und das, was übrig bleibt, der Rumpf, kommt in einen anderen Sack. Das wäre alles in Kürze dargestellt. Problemlose Entsorgung also!«

Heikki Malmio blinzelte Jussi an und inspizierte daraufhin das Sägeschwert seines elektrisch betriebenen Arbeitsgeräts. Er schien gar keine Eile zu haben, handelte so gelassen wie ein Gärtnermeister, der dem interessierten Publikum die neuesten Erkenntnisse über das Entasten von Apfelbäumen vermittelte.

»Ich bin nicht der Einzige, der weiß ...«, setzte Jussi Vares noch einmal an, obwohl er wusste, dass es nur überflüssige Zeitverschwendung war.

»Lass es sein. Hör auf.« Annette schüttelte den Kopf und betrachtete gelangweilt ihre Fingernägel. »Ohne dieses belanglose Gefasel wirst du uns in angenehmerer Erinnerung bleiben.«

»Also. Die Säcke werde ich dann unter mein Plumpsklo stampfen, in die Scheißgrube. Dort darfste dann bei deinem guten Kumpel liegen, ganz dicht neben ihm, meinetwegen bis in die Ewigkeit.« Malmio prüfte stirnrunzelnd und mit zusammengepressten Lippen das Sägeblatt des Geräts.

»Hör auf. Warum soll man dem noch groß was erklären.« Die Frau fuchtelte genervt mit der Hand herum. »Aber Heikki. Ich werd dann gehen.«

»Ja. Das wird wohl besser sein. Wann kommste mal wieder vorbei?« Ein erwartungsvolles Lächeln breitete sich über das Gesicht des Mannes aus. »Morgen?«

»Morgen schaffe ich es auf keinen Fall. Ich muss mit Micke nach Helsinki.« Annette öffnete ihre Handtasche und schaute in ihren Kalender. »Zu irgendwelchen Werbeaufnahmen oder so. Aber ich kann versuchen, am Mittwoch zu kommen.«

»Prima Sache. Bis dann also.«

Die Tür schlug zu, und die Frau war verschwunden wie der Frost an einem Frühlingsmorgen. Vares schloss die Augen und hörte, wie sein Herz klopfte und sein Blut rauschte. Er fühlte sich wie gelähmt und hoffte nur noch, dass alles bald vorbei wäre.

Heikki Malmio richtete seinen langen Körper auf und begann, das Elektrokabel von der Rolle zu ziehen. Das Kabel zuckte auf dem Boden wie eine Schlange.

Der hochgewachsene Mörder entwirrte einen verdrehten Kabelabschnitt und versuchte eine Steckdose zu finden. Im selben Augenblick klingelte es drängend an der Tür.

»Was will denn Annette noch?« Malmio hielt mit der Arbeit ein und runzelte die Augenbrauen. »Hat sie irgendwas vergessen?«

Malmio ging polternd in den Korridor. Jussi Vares verfolgte das Treiben des Mörders so stumpfen Sinnes wie ein langweiliges Sonntagnachmittags-Leihvideo.

Der Mann griff zur Türklinke und wollte schon die Tür öffnen. Dann aber schien ihn irgendein Geräusch zu warnen. Malmio presste sein rechtes Auge an den kleinen, schwarzen Türspion. Er erstarrte zu Stein und schniefte laut auf.

Jussi Vares hörte mehrere Male hintereinander ein lautes Ploppen. Ganz so, als ob man im Treppenhaus Champagnerflaschen geöffnet hätte.

Dann geschah etwas so Unwirkliches, dass es schien, als ob Zeit und Welt stillstehen würden. Jussi Vares blinzelte mit den Augen; er glaubte, irgendwelche seltsamen Stimmen in seinem Kopf zu hören, und dachte schon, dass er Halluzinationen hätte.

In derselben Sekunde wusste Jussi Vares, dass die seltsamen Geräusche, die er im Treppenhaus gehört hatte, eine Serie von schnell aufeinander folgenden Schüssen gewesen war. Er bemerkte, dass ihm etwas über den Kopf spritzte: Knochen, Blut, Hautfetzen und außerdem etwas Gräuliches und Weiches – wie Dillfleisch. Ein Stück von Heikki Malmios Schädel klatschte nur einige Meter von Vares' Gesicht entfernt weich auf dem Boden auf. Das Schädelstück war rund und auf der Innenseite blutig. Es erinnerte Vares an den Blechdeckel von Großmutters Erdbeermarmeladendose, die gute altmodische Marmeladendose, auf der dieser verärgert aussehende Luchs mit dem aufgerissenen Schlund abgebildet war.

Plötzlich hörten die Schüsse auf. Aus Heikki Malmios Mund drang ein pfeifendes Geräusch, und erst jetzt fiel er langsam mit dem Rücken auf den Korridorboden wie der Bad Boy in einem dieser Filme von Sam Peckinpah.

Malmio blieb mit ausgebreiteten Armen und gespreizten Beinen auf dem Boden liegen. Jussi Vares sah, dass der Bereich um den Türspion herum nur noch ein schwarzes und ausgefranstes Loch war. Ein ähnliches Loch befand sich etwa einen halben Meter unter dem Türspion.

Es war kein Ton mehr zu hören. Keine Schritte hallten im Treppenhaus, nichts.

Nur quälende Stille erfüllte den Raum und eine Leere, die so gellend war wie tausend Minarette um fünf Uhr in der Frühe.

## 43

Jussi Vares presste seine Kiefer fest zusammen und fluchte über seine hinterm Rücken zusammengebundenen hilflosen Hände. Er drückte seine Wangen gegen den Boden, stemmte sich zunächst langsam auf die Knie und dann mit einem angestrengten Ächzen auf die Beine.

Vares schwankte eine Weile und suchte sein Gleichgewicht, ganz so, als ob er auf dem glatten Deck eines kippeligen Segelboots stehen würde. Schließlich wankte er über den Boden zum Fenster und lehnte sich keuchend an den Fensterrahmen.

Das Lüftungsfenster stand sperrangelweit offen. Das Geräusch der Einfahrtspforte drang deutlich zur Wohnung herauf bis in Jussi Vares' sausende Ohren. Die Pforte ging auf und wieder zu, und die Schritte verhallten auf dem Asphalt.

In Vares' Gesichtsfeld erschien ein grobschlächtiger, kurzhalsiger Mann, dessen Haut fast kränklich blass war. Der Haarschopf des Mannes sah aus wie ein dunkler und struppiger Bausch Stahlwolle.

Der Mann hatte bereits den Schatten der hinter dem Fremdenheim Märchenland wachsenden großen Linde erreicht, als Vares endlich ein Licht aufging. Und den entscheidenden Funken mochte letztendlich der eigentümliche, schwerfällige und wankende Gang des Mannes ausgelöst haben, der irgendwann vor langer Zeit tief in Vares' Gehirnwindungen seine Spuren hinterlassen hatte.

Erinnerungen, die sieben, vielleicht acht Jahre zurücklagen, stiegen ganz plötzlich und überraschend zur Oberfläche empor. Jussi Vares öffnete seinen Mund und stieß einen überraschten und lautlosen Fluch aus. Veikko Hopea! Das war Veikko, der Kerl dort, und kein anderer.

In Jussis Bewusstsein schoss wie eine Stichflamme die Erinnerung an eine eisig kalte Winternacht empor, vor vielen, vielen Jahren. Die brutale Szene hatte sich in der Stadt Pori abgespielt, genau genommen am Rande des schwarzen Hafenbeckens von Mäntyluoto ...

Veikko Hopea stand ein paar Meter hinter Kriminalkommissar Saastamoinen. Hopea nahm die letzten Züge an seiner noch einen Zentimeter langen North State, schleuderte die feuchte Kippe zu Boden und trat sie mit einer kreisenden Bewegung der Hacke aus. Dann tat er einen kurzen Schritt nach vorn, erhob ganz ruhig den Lauf seiner schwarzen Selbstladepistole und schoss mit ausdrucksloser Miene dem leise vor sich hin wimmernden und zitternden Mann in die Nackenfalte.

»Wie ich schon sagte«, wandte sich Veikko Hopea mit gelassener Stimme an Jussi Vares, der vor Schrecken und Kälte völlig erstarrt war.

»Ich habe die Angewohnheit, dass ich eine Sache immer zu Ende führe ...«

»... dass ich eine Sache immer zu Ende führe.« Jussi Vares stand mit blinzelnden Augen am Fenster seiner Wohnung. Er konnte die grummelnde und drohende Stimme des Mannes fast hören.

Veikko Hopea war also aus dem Bau zurückgekehrt, um sein Versprechen einzulösen.

Aus Jussi Vares' Kehle entwich ein seltsames Glucksen. Ein Schluchzen oder ein Lachen – schwer zu sagen.

Aber was um Himmels willen hatte Veikko Hopea hier gerade getan? Jussi Vares schärfte seinen Blick und rückte mehr zur Mitte des Fensters hin, um besser sehen zu können.

Hopea schritt auf Vares' Mondeo zu. Er blickte sich schnell um und holte aus der Tasche einen dünnen, elastischen Gegenstand hervor, der wie ein Metallspachtel aussah. Veikko Hopea schob den Spachtel zwischen Dichtung und Glas des Fensters an der Fahrerseite. Er konzentrierte sich, streckte die Zungenspitze heraus, fand schnell die richtige Stelle und ruckte leicht. Der Trick funktionierte, die Zentralverriegelung des Mondeos sprang auf.

Jussi Vares verfolgte von seinem Logenplatz aus den Diebstahl seines Wagens. Es machte ihm jedoch kaum etwas aus. Ein Auto mehr oder weniger, was machte das schon.

Veikko Hopea setzte sich flink hinters Steuer, zog die Tür laut zu und bückte sich nieder, um den nächsten Schritt in Angriff zu nehmen.

Vares wusste, dass jetzt die Kabel des Anlassers an der Reihe waren.

Plötzlich blendete ein greller Blitz seine Augen.

Er fuhr zurück, versuchte sein Gleichgewicht zu finden, aber es war unmöglich, weil seine Hände hinterm Rücken zusammengebunden waren. Vares fiel nach hinten und plumpste auf den Boden. Eine starke Druckwelle erschütterte die Wände des Wohnhauses wie ein tropischer Orkan. Die Scheiben der Außenfenster zersprangen in Tausende von Splittern und fielen scheppernd und klirrend auf den Asphalt des Parkplatzes hinab. Das Getöse war so ohrenbetäubend wie Artilleriebeschuss.

Jussi Vares blinzelte mit den Augen, holte tief Luft und drehte sich auf allen vieren. Dann stemmte er sich hoch und wankte zum Fenster zurück. Sein Herz stockte vor Schreck.

Ihm bot sich ein atemberaubender Blick.

Das dichte Blattwerk der alten Linde brannte lichterloh wie eine riesige Fackel. Vares' Ford Mondeo war praktisch vom Erdboden verschwunden. Einige in der Nähe parkende Autos standen in Flammen. Irgendwo explodierte ein Benzintank und schickte neue Funken in die Lüfte.

Die hintere Längswand des Fremdenheims Märchenland war an einigen Stellen schwarz wie ein angebranntes Fladenbrot. Die Grasflächen vor dem Haus waren von rauchendem Müll übersät. Das Feuer schwelte in zahllosen glühenden und zischenden Brandherden. Auch auf dem Dach qualmte es an vielen Stellen. Auf der

Seite des Hofes war kein einziges Fenster des Fremdenheims heil geblieben.

Jussi Vares ließ sich mit dem Rücken auf seinen Schreibtisch fallen. Sein Körper zitterte wie im Schüttelfrost. Plötzlich drang irgendwo tief aus seiner trockenen Kehle ein unbändiges Lachen hervor. Doch bald schon begann sich die Art des Lachens zu verändern. Es verwandelte sich in ein hysterisches Schlucken, bis schließlich nur noch ein Schniefen und Schluchzen zu hören war.

Jussi Vares wälzte sich auf die Seite und wischte mit seiner feuchten Wange über einen Papierstapel. Schließlich entdeckte er das Telefon.

Einige Telefongespräche ...

Kriminalhauptwachtmeister Jorma Siltanens Telefon klingelte drängend.

»Siltanen«, antwortete Siltanen.

»Gut. Also der verdammte Bulle, der vor kurzem meine Waffe beschlagnahmt hat«, sprach die Stimme in der Leitung. »Vehmanen hier. Erkki Vehmanen.«

»Tag auch, Vehmanen.«

»Ich habe da 'ne kleine ... sagen wir mal eine Art Strafanzeige.« Erkki Vehmanen gelang es nur mit Mühe, seine Begeisterung zu verbergen.

»Na, lassen Sie hören.« Siltanen nahm einen Schluck Kaffee. Der Geschmack war so bitter, dass es ihn schüttelte. Verdammt. Wieder dieses abgestandene Altöl.

»Ausgezeichnet. Ich rufe vom Fremdenheim *Märchenland* aus Zimmer zwölf an, das hier zur Straße hin liegt.« Erkki Vehmanen sprach mit ruhiger Stimme, ganz so, als ob er seiner Sekretärin ein Angebotsschreiben diktieren würde.

»Ich möchte der Kripo Folgendes mitteilen: Der bekannte hinterfotzige Schurke Jussi Vares ist gerade eben, genau genommen vor etwa einer halben Minute – in die Ewigkeit eingegangen. Direkt in die Erdumlaufbahn.«

»Vehmanen. Verdammt, was reden Sie da für ein' Scheiß!« Jorma Siltanen verschüttete seinen Kaffee über das Verhörprotokoll, das vor ihm auf dem Arbeitstisch lag.

»Ich wollte nur sagen, dass Jussi Vares' PKW, ein roter Ford Mondeo, den Sie vielleicht kennen, in diesem Augenblick schon Weltraummüll ist. Das bedeutet also, dass Jussi Vares nicht mehr ist.«

»Verflucht, was soll das heißen ...«

»Ist dem Herrn Kriminalhauptwachtmeister noch nicht beigebracht worden, dass es sich für einen Beamten nicht gehört, seinen Gesprächspartner zu unterbrechen«, rügte Erkki Vehmanen und lachte in sich hinein. »Gehen wir jedoch davon aus, dass meine Anzeige damit aufgenommen ist.«

»Was ... was ist denn eigentlich geschehen?« Siltanens Blick kreiste wie um Hilfe flehend durch den leeren Raum.

»Hier ist nicht mehr oder weniger geschehen als Gerechtigkeit. Ich habe meine Aufgabe erfüllt. Die Polizei kann mich ohne weiteres vom Fremdenheim *Märchenland* abholen, wann sie nur will. Ich werde nicht flüchten. Ich bin ein Pionieroffizier, Leutnant in Reserve, und so gesehen auch ein Mann von Ehre.« Erkki Vehmanen räusperte sich stolz. »Ich stehe immer für meine Taten ein.«

Jorma Siltanen holte ein paar Mal ganz tief Luft und hob irgendwie kraftlos seine Hand. Nein, verflucht! Neue Willenskraft flammte in ihm auf. Scheiße, diese Kraftlosigkeit! Ein Berufsmensch musste sich jetzt beim Schopf packen und so handeln, wie es sich gehörte. Er musste sofort die Alarmzentrale benachrichtigen, damit die Streifenwagen losgeschickt werden würden.

Im selben Augenblick klingelte noch einmal das Telefon. Jorma Siltanen zögerte eine halbe Sekunde, griff aber dann zum Hörer und antwortete mechanisch:

»Siltanen ...«

»Vares hier, grüß dich!« Die Stimme im Hörer war heiser, kaum identifizierbar, aber es handelte sich dennoch um Jussi Vares' Stimme.

»Grüß dich!« Siltanen setzte wieder seine Tasse an die Lippen. »Von wo aus rufst du an?«

»Aus meiner Bude. Ein bisschen schwierig, die Sache hier, weil mir die Hände gebunden sind. Der Hörer liegt hier auf dem Tisch an meiner Wange. Und ob du's glaubst oder nicht, Jompe, aber ich hab deine Nummer mit einem Stift im Mund gewählt. Musste fast anfangen zu lachen dabei.«

»Hey, Vares ...« Kriminalhauptwachtmeister Jorma Siltanen nahm einen weiteren Schluck Kaffee, der jetzt eigentlich nach gar nichts mehr schmeckte, weder schlecht noch gut. »Weißt du, ich glaub jetzt wirklich gar nichts mehr.«

»Na gut. Dann wirst du sicher auch nicht glauben, was gerade vor einer Minute hier vorm Haus mit meinem Wagen passiert ist ...« Vares schien sich zu amüsieren.

»Lass mich mal raten.« Jorma Siltanen schloss die Augen und hob seine Hand langsam an die Stirn. »Ist vielleicht gerade dein Ford Mondeo in die Erdumlaufbahn befördert worden?«

»Den Nagel auf den Kopf getroffen. Der ist gen Himmel gezischt wie eine Raumfähre. Aber woher weißt du das?«, wunderte sich Vares. »Ich bin wirklich überrascht.«

»Hör mal, Vares, ich versichere dir, dass der Gast auf Zimmer zwölf des Fremdenheims Märchenland noch viel überraschter sein wird.«

## Heinrich Steinfest

### *Tortengräber*

*Ein rabenschwarzer Roman. 288 Seiten. Serie Piper*

Klaus Vavras tägliche Freuden sind es, Croissants zu essen und Frauen am Telefon anzuschweigen. Seine beiden Gewohnheiten bringen ihn in ernste Gefahr: Vavra kann es nämlich nicht unterlassen, die auf einem Geldschein – den er natürlich beim Croissant-Kauf bekommen hat – gekritzelte Nummer zu wählen und wie gewohnt zu schweigen. Wenige Minuten später stürmt die Polizei seine Wohnung. Und damit beginnt eine ebenso mord- wie wendungsreiche und hoch komische Rallye quer durch Wien.

»Heinrich Steinfest verfügt über ein schamlos bloßlegendes Sprachbesteck.«
Der Standard

05/2136/01/L

## Heinrich Steinfest

### *Ein dickes Fell*

*Chengs dritter Fall. 608 Seiten. Serie Piper*

Ein Kartäuser-Mönch soll im achtzehnten Jahrhundert die Rezeptur für ein geheimnisvolles Wunderwasser erfunden haben – 4711 Echt Kölnisch Wasser. Als in Wien ein kleines Rollfläschchen mit dem Destillat auftaucht, beginnt eine weltweite Jagd nach dem Flakon: Seinem Inhalt werden übersinnliche Kräfte nachgesagt, wer es trinkt, erreicht ewiges Leben. Ausgerechnet der norwegische Botschafter muß als erster sterben, und Cheng, der einarmige Detektiv, kehrt zurück nach Wien. Sein Hund Lauscher trägt mittlerweile Höschen, hat sich aber trotz Altersinkontinenz ein dickes Fell bewahrt. Und das braucht auch Cheng für seinen dritten Fall in Heinrich Steinfests wunderbar hintergründigem Krimi.

»Steinfest unterhält nicht nur, er öffnet einem buchstäblich die Augen für – ein großes Wort – den Reichtum und die Vielfalt der Schöpfung.«
Denis Scheck in der ARD

05/2128/01/R

## Heinrich Steinfest
## *Die feine Nase der Lilli Steinbeck*

Kriminalroman. 352 Seiten. Klappenbroschur

Lilli Steinbeck, die international anerkannte Spezialistin für Entführungsfragen, wird in einen brisanten Fall eingeschaltet. Die Wienerin in deutschen Landen ist eine ausgesprochen elegante Person, jedoch ausgestattet mit einer äußerst auffälligen Nase, die zu korrigieren sie sich hartnäckig weigert. Die Polizei hofft auf ihren feinen Spürsinn in dem so heiklen wie unerklärlichen Entführungsfall. Lilli Steinbeck muß das gekidnappte Opfer rechtzeitig finden und gerät dabei in ein Spiel mit zehn lebenden Figuren, um die ein weltweit operierendes Verbrecherteam auf allerhöchstem Niveau kämpft. Zum Zeitvertreib. Es gewinnt, wer alle zehn Spieler getötet hat …

»Heinrich Steinfests Romane lesen sich, als hätten Heimito von Doderer und Raymond Chandler eine Schreibgemeinschaft gegründet – der eine liefert die farbige, elegante Sprache, der andere den spannenden, immer wieder durch neue Erzählstränge angereicherten Plot.«
*Süddeutsche Zeitung*

04/1066/01/L

SERIE PIPER

## Arne Dahl

### *Tiefer Schmerz*

*Kriminalroman. Aus dem Schwedischen von Wolfgang Butt. 432 Seiten. Serie Piper*

Ein toter Nobelpreiskandidat und eine bis zur Unkenntlichkeit verstümmelte Leiche in einem Stockholmer Freizeitpark – haben sie etwas miteinander zu tun? Fieberhaft suchen die Sonderermittler um Paul Hjelm und Kerstin Holm nach dem Verbindungsglied in einer bizarren Mordserie. Der Fall führt sie nicht nur durch halb Europa, sondern auch in die Vergangenheit, bis hin zu einem monströsen Verbrechen vor langer Zeit.

»Arne Dahl beherrscht das Spiel mit der Spannung professionell. Seine Figuren sind vitale Geschöpfe, die in den Köpfen der Leser weiterleben.«
Der Spiegel

05/1993/01/L

## Arne Dahl

### *Rosenrot*

*Kriminalroman. Aus dem Schwedischen von Wolfgang Butt. 400 Seiten. Serie Piper*

Dag Lundmark war Leiter der rasch und effektiv durchgeführten Razzia. Winston Modisane mußte dabei sterben – aber war der Tod des Südafrikaners wirklich unvermeidlich? Paul Hjelm und Kerstin Holm ermitteln in einem Fall, der im Milieu illegaler Einwanderer beginnt und in der trügerischen Idylle eines schwedischen Sommers atemlos endet. Ein Fall, der mehr mit ihnen selbst zu tun hat, als sie wahrhaben wollen …

»Der schwedische Bestsellerautor Arne Dahl zählt unbestritten zu den Größten seines Fachs: Seine Thriller sind nicht nur packend, sondern auch modern, international und sensibel.«
Iris Alanyali, Die Welt

05/2291/01/R

PIPER

## Carlo Fruttero

## *Frauen, die alles wissen*

Roman. Aus dem Italienischen von Luis Ruby. 256 Seiten. Gebunden

»Ich hatte genug von all den Commissari und Carabinieri«, sagt Carlo Fruttero. »Auf dem Krimi-Genre lasten so viele Klischees, dass man neue Wege gehen muss.« Und das ist dem Altmeister des literarischen italienischen Kriminalromans hervorragend gelungen. Auch als Solist ist der Überlebende des weltberühmten Schriftstellerduos Fruttero & Lucentini eine Sensation. »Frauen, die alles wissen« gelangte bis an die Spitze der Bestsellerliste und verkaufte sich allein in Italien mehr als 200 000 Mal. Dabei begann es ganz einfach: mit der Stimme einer Hausmeisterin, die der Autor eines Morgens vernahm. Sie sollte die Leiche finden, beschloss er, die Leiche, die er gerade in der ersten Zeile platziert hatte: eine junge, hübsche Rumänin tot am Stadtrand von Turin. Was folgt, ist ein ganz besonderer Kriminalroman, raffiniert gebaut und literarisch elegant – ein typischer Fruttero eben.

01/1719/01/R

SERIE PIPER

**Volker Klüpfel, Michael Kobr**

***Milchgeld***

*Kluftingers großer Fall. 320 Seiten. Serie Piper*

Ein Mord in Kommissar Kluftingers beschaulichem Allgäuer Heimatort Altusried – jäh verdirbt diese Nachricht sein gemütliches Kässpatzen-Essen. Ein Lebensmittel-Chemiker des örtlichen Milchwerks ist stranguliert worden. Mit eigenwilligen Ermittlungsmethoden riskiert der liebenswert-kantige Kommissar einen Blick hinter die Fassade der Allgäuer Postkartenidylle – und entdeckt einen scheinbar vergessenen Verrat, dunkle Machenschaften und einen handfesten Skandal.

»›Milchgeld‹ ist ein Volltreffer, weil er Mentalität in Reinform verkörpert.«
Süddeutsche Zeitung

05/1899/02/L

**Volker Klüpfel, Michael Kobr**

***Erntedank***

*Kluftingers zweiter Fall. 384 Seiten. Serie Piper*

Der Allgäuer Kriminalkommissar Kluftinger traut seinen Augen nicht: Auf der Brust eines toten Mannes in einem Wald bei Kempten liegt, sorgfältig drapiert, eine tote Krähe. Im Lauf der Ermittlungen taucht der Kommissar immer tiefer in die mystische Vergangenheit des Allgäus ein, und es beginnt ein Katz-und-Maus-Spiel mit dem Mörder, bei dem die Zeit gegen ihn arbeitet. Denn alle Zeichen sprechen dafür, dass das Morden weitergeht …
Mit eigenwilligen Ermittlungsmethoden riskiert der liebenswert-kantige Kommissar einen Blick hinter die Fassade der Allgäuer Postkartenidylle und deckt Abgründe auf.

»Kommissar Kluftinger hat in seinen Kniebundhosen durchaus das Zeug zum Columbo von Altusried. Und schon deshalb wird dieser Krimi auch über die Grenzen des Allgäus hinaus bekannt werden.«
Die Welt

05/2061/01/R

## Anne Holt

### *Was niemals geschah*

*Kriminalroman. Aus dem Norwegischen von Gabriele Haefs. 384 Seiten. Serie Piper*

Eine beliebte Talkmasterin wird mit gespaltener Zunge tot aufgefunden, eine junge Politikerin hängt gekreuzigt an der Schlafzimmerwand: Sorgsam inszenierte Ritualmorde, die es in der Vergangenheit schon einmal gegeben hat – wieder beginnen Kommissar Yngvar Stubø und die Profilerin Inger Vik fieberhaft zu ermitteln. Doch was, wenn der Mörder ein raffiniertes Spiel spielt und kein herkömmliches Motiv vorhanden ist? Ein meisterhafter Thriller, in dem Anne Holt die Abgründe menschlicher Eitelkeiten erkundet.

»Lange nicht hat das Rätselraten um die (perfide) Lösung so düster gekitzelt.«
Westdeutsche Allgemeine

05/2290/01/L

## Gisa Pauly

### *Die Tote am Watt*

*Ein Sylt-Krimi. 352 Seiten. Serie Piper*

Ein furchtbarer Mord auf der Ferieninsel Sylt! Eine vermögende Witwe wird erdrosselt aufgefunden. Eigentlich müsste der Täter per DNA-Analyse schnell zu überführen sein, weshalb Hauptkommissar Erik Wolf auf eine rasche Lösung hofft. Mamma Carlotta jedoch, seine italienische Schwiegermutter, die derzeit zu Besuch ist, hält wenig von solchen modernen Ermittlungsmethoden. Viel lieber verlässt sie sich auf ihre weibliche Intuition. Mit italienischem Charme und zum Schreck der Beamten mischt sie sich in die Ermittlungen ein. Dabei bringt sie sich selbst in Lebensgefahr …
Atmosphärisch, spannend und humorvoll erzählt Gisa Pauly von Mamma Carlottas erstem Fall, bei dem das italienische Temperament mit dem norddeutschen mehr als einmal zusammenprallt.

05/2079/01/R

SERIE PIPER

## Jason Goodwin

### *Die Weisheit des Eunuchen*

*Kriminalroman. Aus dem Englischen von Ulrike Wasel und Klaus Timmermann. 368 Seiten. Serie Piper*

Konstantinopel im Jahr 1836: Eine mysteriöse Mordserie bedroht die Ruhe im osmanischen Reich. Yaschim Togalu, der kluge, weltgewandte Eunuch des Sultans, muß den Mörder finden, bevor die Macht seines Herrn ins Wanken gerät. Und so macht er sich auf die gefährliche Jagd nach dem Täter, die ihn durch die engen Gassen Konstantinopels, durch die Serails und prächtigen Moscheen der Stadt bis in die Quartiere der entmachteten, von Rache beseelten Janitscharen führt …

»Eine packende Geschichte aus dem historischen Istanbul, großartig geschrieben und mit einem wundervoll verführerischen und äußerst originellen Detektiv.«
Kate Mosse

05/2247/01/L

### *Racheengel*

*Krimigeschichten aus Skandinavien. Herausgegeben von Gabriele Haefs, Christel Hildebrandt und Dagmar Mißfeldt. 256 Seiten. Serie Piper*

Von den isländischen Familiensagas bis zu den erfolgreichen Krimis der Gegenwart – das Thema Rache hat in der skandinavischen Literatur eine lange Tradition. Hier sind über zwanzig Geschichten der interessantesten Autorinnen und Autoren versammelt: von Arne Dahl, Karin Fossum und Levi Henriksen bis zu Leena Lehtolainen und Åke Edwardson. Sie erzählen von Racheengeln, die erst Ruhe geben, wenn das Unrecht gesühnt ist.

»Wer nordisch-kühle Rachegefühle kosten will, dem sei dieses Buch empfohlen. Wenn der Leser vielleicht selbst Rachegedanken hegt, hier kann er sie beim Lesen abreagieren oder lernen, was er besser nicht täte …«

05/2248/01/R

PIPER

## John Burdett
## *Der buddhistische Mönch*

Thriller. Aus dem amerikanischen Englisch von Sonja Hauser. 400 Seiten. Gebunden

Als Polizist im berüchtigten achten Bezirk von Bangkok hat Sonchai Jitpleecheep schon viel gesehen. Kein Verbrechen aber hat ihn je an der menschlichen Spezies verzweifeln lassen. Doch Sonchai spürt, dass er in diesem Augenblick ein solches Verbrechen mit ansehen muss: Im abgedunkelten Raum der Polizeistation läuft ein Snuff-Video. Und die junge Frau, die in diesem mörderischen Film vor seinen Augen getötet wird, ist niemand anderes als Damrong, die begehrteste Prostituierte Bangkoks – und Sonchais ehemalige Geliebte. Damals war er besessen von ihr, und noch immer verfolgt sie ihn in seinen Träumen. Jetzt, mit ihrem qualvollen Tod, treibt ihn nur noch eines – das Verlangen, ihre Mörder zu finden. Wie weit er dafür gehen muss, ahnen weder sein Vorgesetzter Colonel Vikorn noch die erfahrene FBI-Agentin Kimberley Jones …
Abgründig, rasant und erfüllt von der brodelnden Atmosphäre Bangkoks erzählt John Burdetts neuer Thriller von einem perfiden Verbrechen und seiner schockierenden Auflösung.

01/1717/01/R

SERIE PIPER

## Martin W. Brock

### *Nachtnebel*

*Ein München-Krimi. 288 Seiten. Serie Piper*

In einem Waldstück bei München findet ein Spaziergänger einen ausgebrannten Pkw – und auf dem Fahrersitz die verkohlte Leiche eines Mannes. Wer ist er, und warum mußte er sterben? Zunächst tappt Hauptkommissar Ricardo Bauer im dunkeln, doch dann überstürzen sich die Geschehnisse. Die Polizisten selbst und ihre Familien geraten in die Schußlinie einer skrupellosen Verbrecherbande, die auch vor Mord nicht zurückschreckt …

»Wer ›Nachtnebel‹ liest, läuft selbst Gefahr, eine schlaflose Nacht zu verbringen. Denn einmal in den Fängen von Martin W. Brock, läßt einen der Roman nicht mehr los.«
Süddeutsche Zeitung

05/2215/01/L

## Wolfgang Burger

### *Schwarzes Fieber*

*Ein Heidelberg-Krimi. 288 Seiten. Serie Piper*

Eine bewusstlose Frau mit starken Kopfverletzungen, die in der Nähe von Heidelberg gefunden wird, gibt der Polizei Rätsel auf: Wer ist sie? Und weshalb wird sie von niemandem vermisst? Als sie aufwacht, stellt sich heraus, dass sie nicht sprechen kann. Kripochef Alexander Gerlach übt sich in Geduld, doch dann kommt es zu weiteren Mordanschlägen auf die Fremde. Erst als die Leiche eines Mannes aus Angola auftaucht, beginnt Gerlach die wahren Zusammenhänge zu erahnen, und ein gefährlicher Wettlauf mit der Zeit beginnt.

05/2217/01/R

PIPER

**Daniel Silva**

## *Das Terrornetz*

Thriller. Aus dem Amerikanischen von Wulf Bergner.
432 Seiten. Gebunden

Wieder ist Kunstrestaurator und Mossad-Agent Gabriel Allon im Einsatz. Diesmal muss er ein saudiarabisches Terrornetz zerschlagen, das auf dem überfüllten Petersplatz in Rom einen kaltblütigen Anschlag verübt hat. Eine Spur führt ihn von versteckten Islamisten im Vatikan zu dem saudiarabischen Milliardär und Kunstsammler Aziz al-Bakari, der ein mächtiges Netzwerk des Terrors finanziert. Mit Hilfe eines unbekannten und erst vor Kurzem entdeckten Gemäldes von Van Gogh schleust Allon die junge amerikanische Kunstexpertin Sarah Bancroft in den Kreis um al-Bakari ein. Doch dann macht die unerfahrene Agentin einen Fehler und Allon wird klar, dass nicht nur sein Plan, sondern auch Sarahs Leben in größter Gefahr ist …

»Daniel Silva geht endgültig in die Annalen der weltbesten Autoren von Spionagethrillern ein. Er beerbt die Großmeister Frederick Forsyth und John Le Carré und hebt das Genre auf ein neues Level. Schneller, spektakulärer, zeitgemäßer.«
*Bild am Sonntag*

01/1718/01/R

PIPER

# Michael Kibler

## *Zarengold*

Ein Darmstadt-Krimi. 336 Seiten. Broschur

Auch wenn die Kühlkeller des ehemaligen Darmstädter Brauereiviertels vom Ried bis in den Odenwald als »Katakomben« bekannt sind, sollten sie nie als Grabkammer dienen. Daher ist das Entsetzen groß, als darin die Leiche einer Frau gefunden wird. Trotz der Kälte gerät Hauptkommissarin Margot Hesgart ins Schwitzen, denn es ist schon der zweite Mord, den sie zu klären hat: Beim Einbruch in die Russische Kapelle wenige Wochen zuvor wurde ein Wachmann getötet. Als sich herausstellt, dass es sich bei der Toten im Keller um eine Russin handelt, liegt die Vermutung nahe, dass es eine Verbindung zwischen den Verbrechen gibt. Obwohl Margots Kollege Steffen Horndeich sich lieber von russischen Klängen verführen lässt, ist nun harte Arbeit angesagt. Und dann stoßen die beiden auf ein Geheimnis, für das so mancher über Leichen geht.

01/1731/01/L